湖南省文化事业发展引导资金支持项目
湖南省社会科学发展基金支持项目

邵阳文库

现当代杂文选

刘诚龙　主编

邵阳文库编辑出版委员会

光明日报出版社

出版说明

　　湖湘文化源远流长，博大精深。邵阳自古人杰地灵，风华蔚起。胡曾咏史，道纯内丹，邹门舆地，车氏诗蒙，名留青史。慧眼魏源，军魂蔡锷，抗战国平，各领风骚。吕振羽、贺绿汀等学贯东西。李国杰、庾建设等蜚声中外。为传承、光大本土文化，中共邵阳市委、邵阳市人民政府决定编纂出版《邵阳文库》大型丛书。

　　《邵阳文库》编辑出版以"存史、资政、励志、育人"为宗旨。分甲、乙、丙、丁四编，内容广泛、涵盖古今。编纂工作艰难繁杂，现就有关事项说明如下：

　　一、甲编为典籍类，系前人著述。主要为邵阳籍名士著作和历代寓邵名人在邵作品。

　　二、乙编为非遗类，系国家、省、市级非物质文化遗产、考古与古文化挖掘整理成果汇集。

　　三、丙编为文选类，系古今文艺作品选、当代邵阳科教文化名人个人作品选。作品截止时间为2013年12月31日。

　　四、丁编为综合类，系各类人物录及地域文化研究。

　　五、各种书籍一律采用简体汉字横排。

　　六、每种图书均由编者撰写前言一篇。甲编图书前言，主要简述原作者生平、该书主要内容、学术文化价值及版本源流、所用底本、参校本等。乙编图书前言，主要介绍书的基本构成和相关的学术文化影响。丙编、丁编图书前言，主要介绍书的主要内容及主要文献依据。

　　七、对文献的整理，只根据底本、参校本、参校资料等进行校勘标点，对底本文字的讹、夺、衍、倒做正、补、删、乙，对需要说明的问题做出标记，一般不做注释。

　　《邵阳文库》工程浩大，相关文献的搜集考证不易，难免缺失疏漏，热忱欢迎社会各界批评指正。

《邵阳文库》编辑出版委员会

心远地不偏（前言）

刘诚龙

人穷而诗工，地穷而文富。这怕也是有正反两证的，富家翁在豪宅，难得写出豪诗；落魄人在天涯，常能写出天歌。常听老人言，某地是文化的沙漠。某地者，市列珠玑，户盈罗绮，恰是经济富区，文化为何又贫瘠呢？人贵而诗贱，地富而文穷？

地富而文穷，怕是不太对的，人家地方富起来了，不差钱了，文化搞得火扯火，省报发一篇，给你奖一千；大报发个豆腐块，奖金便是一万；若是出了书，获了奖，便有十万五十万的打赏，更别说人家笔会、研讨会、编读见面会，活动一个接一个，文化自然繁荣昌盛。

不过有点怪，楼堂馆所，地穷的跟地富的，比不得；诗词歌赋，地穷的跟地富的，却有得一比。地穷的，也是怪死了，穿衣没裤裆；写诗做文章，豆腐白菜吃不上，劲火子老大，不用扬鞭自奋蹄。也许是，贫贱夫妻情谊深，没钱耍，夫妻日出而作，日落而息，夫妻感情自然好；贫贱文人文心真，一是没钱耍，二呢也是没事干，总要找点活计缠手。发展路子不广，或竟无路可走，社会精英也就眼观一路——文路，耳听一方——文方。富地方，社会精英找的路子是多的，穷地方便千军万马挤文化独木桥，多在这一处用力用劲、用心用功。

邵阳，便是这般穷地方。我先前总是疑惑，邵阳这疙瘩，何以文能出魏源，武能出蔡锷？邵东据说以商闻名，却到底没出邓通，没出胡雪岩。振起邵阳名声者，还是文与武，文治国，武安邦。邵阳，前不着海，后不着京，溯游要"出湖"，也是"道阻且长"，偏远地方却有改换天地的力量——这话不是吹的，比如说，世界最难事有二，一是把别人的金钱装入自己口袋，这事邵阳人确实还不怎么样；二是把自己的思想装进别人的脑袋，这事，邵阳人比较在行，魏源就把自己的思想装进了别人脑袋。别人者，既是家国人，还包括外国人如日本人呢。护国革命，再造共和，邵阳伢子蔡锷，一身蛮劲，改变一个国家方向，这真不是吹的。

这叫作"国家兴亡，匹夫有责"！这叫作"处江湖之远则忧其君"！富地方的人，多去弄钱弄票子，商人重利，商人常将祖国当商业。穷地方的人，多来弄文弄脑子，文人多忧国，文士重义，文士将祖国当祖业。十年砍柴李勇者，我感觉一直是高冷的，前年春节，跟他在新邵老家，赴了一次四五个人的饭局，他貌似很话痨，噼噼啪啪，说起话来跟机关枪一样，别人难得插上嘴。李先生饭桌上的话，我没记上几句，他去宾馆安寝，三五分钟路程上，说了一句话，瞬间改变了我对他的印象：我们批这批那，但我们骨子里的中华情怀，是稳如雪峰山，坚若朗概山的（大概意思）。这是李先生夫子自道，却也解释了邵阳人力量何以在。这话上接前贤，下启后人。魏源批清朝颟顸，批天朝虚骄；蔡锷反宣统反袁世凯，您以为他俩天生反骨？不是反骨，是一颗正心。

魏源生于隆回金潭，蔡锷长于洞口山门，或许，两个地方都是江南好风景，却也是山河空锁偏远地，说不是地灵，可称得上人杰。以两位先贤来说事，非为扯虎皮做大旗为本选本壮胆，而是说，心怀当高远，即使处江湖之远，也是可以去站立世界中央的。我想说的是，你可以不用因生于偏远而菲薄地域，也不必为长于寒门而文化自卑，你可以地域自信，更可以文化自信。

　　我说与李勇先生这一件小事，也是想纠正一下世人对杂文之偏见，世人皆欲杀杂文，以为杂文都是嬉笑怒骂，落脚在骂；以为杂文东怒西怨，立意在谤。其实不是，杂文的底色是悲悯，杂文的高义是情怀，杂文的核心是思想，杂文的基座，不是恨，不是有私恨，而是爱，而是有大爱。为什么我的眼里常含有泪水，是因为对这片土地爱得深沉，深沉的大爱潜存大地，潜存心底。

目 录

艾欲陈

艾欲陈，新邵县人，1965 年出生。高中资深高级教师，广州市优秀教师，广州市高级中级职称评审委员会评委。在《湖南日报》等报纸发表杂文言论多篇；参加过广州市教研室主编的《学习与评价手册》《国家与国际组织分册》和省教研室主编的《名师导航》《政治分册》的编写；担任过由羊城晚报出版社出版的《名师面对面》《突破与跨越》《360 度》高考一轮和二轮总复习丛书政治部分的主编，以及组织编写了省市水平测试学练考政治学科分册等书籍 10 余种。

曾国荃"智"退"检查团"

历史小说《曾国藩》第二部第八章写了段精彩的故事：曾氏兄弟打下天京、捞足财物、加官晋爵、志得意满之时，有人密告他们大劫金陵，僧格林沁奉密旨派江宁将军富明阿来调查真相。曾国藩心虚，曾国荃则以"一副满不在乎的神态"，向老兄立下保证："我要叫他高高兴兴离开金陵，安安稳稳平息这场风波。"

别看曾国荃乃一介武夫，此番应付"检查团"却表现了他的心计。他导了"六部曲"堪称典范。

给软钉子。富明阿神气十足来到金陵，欣然出席曾国荃的欢迎宴会。不料到达宴会地点就吃了闭门羹，捶门半天才见一个"老眼昏花"、衣着不整、装聋作哑的老门房出来引进。一个软钉子碰掉了"富大人"三分锐气。

装穷叫苦。曾国荃弄来当陪客的攻打金陵城的有功将官，一个个衣衫陈旧、足套草鞋。宴会桌上"粗瓷泥碗"装的是"普通家常菜"，陪客们却"迫不及待地大吃大喝起来"，仿佛饿了几天一样。

给点甜头。宴会提供的美酒"清洌醇香，喝下去满腹舒畅"。富明阿不禁脱口称赞："好酒！"曾老九"眼里藏着神秘的色彩"，说这是"埋了二百多年"的陈酿，"原想封存献给皇上，今日见富将军来，干脆打开喝完算了"，富明阿本好杯中之物，见曾老九如此奉承，"喜滋滋地举起酒杯",高声说:"能饮此美酒,真是平生大快事。"宴会气氛"多云转晴"。

故弄玄虚。鱼儿已经咬钩,曾老九使出第四招,此招奇特,他召出两名武将于宴会上对演拳术,且"打得认真起来"。一个说"我要教训教训他",因为他"恶毒攻击我,说我在天王宫捡了一颗珍珠没有上交";一个说"是他先诬蔑我,说我在天王宫捡了一个二两重的金元宝"。曾国荃"一掌打在桌子上",吼道:"都是你们这帮下作东西,在互相造谣攻击,怪不得外面传说纷纷,都说金陵城里的金银珠宝都被我吉字营吞了……"此场戏演得十分精彩。

示以威力。分明是两个武夫奉命做戏,曾老九还要把戏演得更加火爆,竟然"扯起嗓门大叫":"给我把这两个狗杂种推出去杀了!""杀人不眨眼"的九帅此举把"众人惊呆了",富明阿忙说:"不必如此,不必如此!"曾老九趁机卖给他一个顺水人情,又命人牵两条狗来,令二将飞刀刺狗,这"杀狗给人看"之计更高一筹,果然使富明阿"猛然一惊,如同刺在他的心上似的恐怖不已"。

予以利诱。火候已到,曾国荃命人抬出"一株特大罕见的珊瑚树",送给贪财的"富大人"。这位满族贵族经如此这般一番折腾,又获此奇宝,怎不如醉如痴?于是带着宝物悄悄然离开金陵城,见了僧王汇报时,倒替曾家兄弟说起好话来。

曾国荃胸中墨水,远不如乃兄,仕途经济亦仰仗乃兄提携指点,此番应付富明阿却导得有声有色,一场可能到来的"天字号"官司烟消云散。今人应付如此的"检查团",比起曾老九来又高出不知几筹。不过话说回来,真要碰到个"强硬"的"检查团",曾国荃这点儿花花肠子怕也是顶不了事的。

1996 年 9 月 14 日发表于《金融早报》

艾子吴

艾子吴，1934 年生于新邵县。曾任总后勤部军需部、志愿军后勤军需部助理，新邵二中、冷水江三中、冷水江工业学校外语教师。退休后爬爬格子消遣，任冷水江杂文学会常务理事。杂文《官杀》在 2000 年全省报纸副刊作品年赛的评选中获金奖、好新闻三等奖，杂文《人与巢》获"房改导报"有奖征文一等奖。

读"西游"随笔

"九九数完魔灭尽，三三行满道归根。"唐僧师徒四众，苦历八十一难，取回真经，成圣成佛，固然由于百折不回的毅力、履险犯难的勇气，加上悟空出众超凡的武功，似乎还有一个重要因素不容忽视：关系。整个取经过程，关系的作用贯穿始终。

俗话说，尺有所短，寸有所长。悟空纵有火眼金睛，能七十二变，还有八戒沙僧助力，毕竟难敌妖多势众，怪异魔奇。

取经路上诸多妖魔精怪，靠悟空师兄弟三人自力打杀的屈指可数，仅有白骨精、蜘蛛精、豹子精、荆棘岭树怪、七绝山大蟒、碧波潭老龙、比丘国白面狐狸等几个本领一般的土妖怪和若干小妖，多数大有来头的凶魔恶怪，全靠悟空上天入地登山下海遍寻关系搬神请佛来降伏。

黑风山黑熊精、火云洞红孩儿、麒麟山赛太岁、通天河灵感大王，都是观音菩萨亲手收服的（五庄观人参果树复活也靠观音的甘露水）。文殊、普贤两位大菩萨降临，青狮、白象两个魔王俯首就擒。

南极星君收白鹿；太阴星君降玉兔精；灵吉菩萨拾掇黄风怪；太乙天尊制伏九灵元圣；毗蓝婆收拾蜈蚣精；二十八宿捉回黄袍怪；昴日星官结果蝎子精；四木禽星协同龙王降伏犀牛怪；九头虫怪被二郎神重伤逃逸；黑水河怪由摩昂太子捉回大海；李天王父子将金鼻白鼠押送天庭；哪吒率

佛兵天将把牛魔王擒获归佛；虎力、鹿力、羊力三妖斗法丧命，有赖风婆助风，童子推云，郎君布雾，雷公电母发威，四海龙王协力。

以上妖怪毕竟魔力有限，不需悟空多跑关系，神佛降妖奏功尚属轻松。下面几个妖魔就不那么好对付。为了寻找克星，悟空"上穷碧落下黄泉"，"升天入地求之遍"，请来多路兵马，发动声势浩大的战役，方竟全功。

六耳猕猴、大鹏金翅雕魔法高超，悟空使尽看家本领无可奈何。收拾这两个妖怪全仗佛法广大：四菩萨、八金刚、五百阿罗、三千揭帝、比丘僧（尼）、优婆夷（塞），佛门弟子倾巢出动难竟全功，如来佛亲自出手方才除害。

围剿假设小雷音冒充佛祖的黄眉怪，战役最为壮观激烈。妖怪那个搭包令悟空一筹莫展，诸路天兵神将束手无策。二十八宿、五方揭帝、六丁六甲、护教伽蓝首战失利，荡魔天尊部属龟、蛇、龙神阵前被擒，小张太子率领四大神将当了俘虏，最终还是悟空恳请东来佛祖弥勒出面，瓜田巧计成功。

悟空哪来的能耐，居然能让佛祖出手，敢请玉帝派兵，劳师神兵天将、四海龙王、五方神灵、佛门高干相助？固然唐僧前世是如来佛二徒金蝉子这层关系起作用，更是他老孙当年大闹天宫，名注齐天大圣，结下过硬的关系网发挥效能。还有他皈依佛门，臣服玉帝，维护了天地间的稳定和谐，才得到佛界、神界最高尊者支持。悟空既有硬靠山，更有高超的"公关"能力，视不同对象，或乞求，或命令，或强制，乃至耍赖放刁，不达目的，决不罢休，如此这般，还有什么关系不能拉动？

最有意思的是悟空斗不过金鼻白毛鼠时，却顺手抓到铁证：鼠精竟是李天王干女儿，三太子干妹；闹天宫，告御状，让李天王顿失骄横，只好领兵下界收妖。鼠精这类有神佛靠山、关系硬的妖精为数不少，一般人岂敢招惹？即使铁证如山，又谁敢把天王父子一类权势者告上天庭？唯有悟空，关系更广，靠山更硬，才敢碰硬钉子。

悟空充分施展公关手段，全面利用各方关系，保唐僧圆满完成取经任务，造福东土，非图一己之私，故能成正果、封佛位，足以垂范后世。惜乎后人多有不肖之辈，走火入魔，拉帮结派，殃民祸国，实不可取。关系之利用怎不慎乎？

贯穿取经全过程的"关系"经，并不明载哪家经典，只算是《西游记》给人们的一点启示吧。

1996 年 8 月 10 日发表于《金融早报》

陈扬桂

陈扬桂，又名陈杨桂，1963 年生，大学文化。中国寓言文学研究会会员、中国民间文艺家协会会员、湖南省作家协会会员，现任中共邵阳市委巡察组组长、《邵阳文库》办副主任、邵阳市民间文艺家协会副主席。在各级各类刊物发表文章 1300 多篇，共 300 余万字，有数十篇寓言被编入中小学辅助教材和寓言专集。

魏源的科举之路

"南元"是清代科举的特产。当时规定，外省人可以应试顺天（北京）乡试，但肥水不流外人田，就像现在考北大、清华，北京比湖南等南方省份低很多分一样，第一名解元只在直隶省内选取，会读书的南方人，考得再好也只能屈居第二。为了安慰南方学子，清王朝创造了"南元"这个罕见的词儿，用来指称顺天乡试的第二名。

道光二年（1822），即将而立的魏源，有幸中了"南元"，迈出了科举路上最闪光的一步。各位考官对魏源"南元"试卷给予了极高的评价，担任副考官的刑部左侍郎韩文绮是这样评的："陈言务去，清光大来。"另一位副考官是刑部左侍郎恩铭，他评曰："笔力清刚，精采焕发。"身为主考官的户部尚书、军机大臣黄钺，其评语是"超心研炼，灏气流行"。最后考房的总评更是褒奖有加："披一品衣，抱九仙骨。其才识足以包涵群籍，其笔力足以扛举千钧；析理如茧丝牛毛，制局如铜墙铁壁，非平日寝馈于古文大家不能臻此境也。"魏源的试卷被进呈皇上，受到道光皇帝的"手批嘉赏"。

魏源这次乡试应该说是幸运的，但如果早出生30年，考卷能呈给有个性的乾隆皇帝批阅，或许能成为真正的解元。据《清稗类钞·考试类》记载："乾隆辛卯，高宗以解元文甚不佳，移第三，以南元为第一。"正因乾隆皇帝没有种族和地域歧视，唯才是举，在腐败的清王朝开启了乾嘉盛世的新时代。可惜魏源生不逢时，晚生了30年。

如果说，魏源像长沙人周寿昌、江苏人张謇（后来中状元）等南方学子一样，只能中"南元"，不能中解元，是他们没有遇上乾隆皇帝这样的明君的话，那么，他后来的科举之路走得坎坎坷坷，则与其不阿附权奸的性格直接相关。

魏源从小聪明透顶，9岁应童子试，以"腹内孕乾坤"对教官的"杯中含太极"而闻名遐迩，15岁考中县学生员，未满20岁被举为拔贡。以后他一路走来，其才华和学术成果，在同时代人中一直都是最杰出的。但在中"南元"以后的20多年里，他就像走夜路碰了鬼，每次都是陪考。一直陪考到51岁，才考中第19名进士，却因字迹潦草，被罚停殿试一年。

细考魏源的科举之路，可以发现，他后来科举不顺，还真是碰了鬼，这个"鬼"就是朝中权奸穆彰阿。

道光三年（1823）春，取得举人资格的魏源，首次参加礼部会试。考试前，好友陶澍暗示他去考官穆彰阿门下拜拜"码头"，但他一是仗着自己是上年度的"南元"，试卷受到道光帝的赞赏；二是看不起穆氏的人品，耻为他的门生，没有去拜这个"码头"，这一年会试名落孙山便是"必须的"了。

时过三年，魏源企图东山再起，踌躇满志地再次迈进会试考场。这一回，他与龚自珍的考卷都被房考官刘逢禄推荐上去了。然而，上年穆彰阿不取的人，自然无人敢取。刘逢禄无奈地赋《两生行》赞之惜之，称"更有无双国士长沙子，孕育汉魏真经神，尤精选理砥鲍谢，暗中剑气腾龙鳞"。"两生"指的就是魏源和龚自珍，将他俩比作"无双国士"。

有学者统计，魏源自道光三年首次参加会试以来，前后六次会试，分别是道光三年、六年、九年、十二年、十五年、二十四年。前两次会试未中的原因，上文做了探析。道光九年（1829）会试的主考官是穆彰阿的同僚曹振镛；十二年（1832）会试，穆彰阿又为副考官；十五年（1835）会试，穆彰阿为正考官。

与毛泽东论过战的著名学者李抱一，是魏源的同乡，他著文称："默深（魏源字）先生应北闱获录，遂常居京师，陶文毅公甚器之，为之游于朝，又欲其投赘穆彰阿以取巍科，先生不之从也。穆相时正宏奖风流，欲罗致先生，亲访之于寓次，先生慢不为礼，卒亦弗谒见，穆深衔之，遂坎坷终身。"李老先生认为，魏源屡试不第，就是穆彰阿在搞鬼。

长篇小说《魏源》的作者徐少文指出魏源"屡考屡败"还有三个原因：一是他思想开放，笔锋犀利，属思想危险的激进分子，主考官既怕他，也讨厌他；二是他知识渊博，时而天上地下，时而大海小溪，内容常超出范围，主考官知识不够，看后如坠云里，不敢对他放心；三是他不拘小节，卷面像一幅油画。

笔者认可徐先生的分析，同时认为魏源"屡考屡败"的原因，跟他重视实学，主张经世致用，蔑视空谈，对科举取士路线不认同，也是相关的。他在《默觚·治篇一》中，讥讽科举"专以无益之画饼，无用之雕虫，不识兵农礼乐工虞士师为何事的'科举兔册'"。"科举兔册"就是讽刺朝廷"梦想通过科举考试得到月亮上的玉兔"。

受到科考打击的魏源，在科举之路上遁迹了十多年，到道光二十四年（1844），年过半百的他重回科举路，考中第19名，不料主考官以"磨勘稿草模糊"，即试卷文稿草率、字迹模糊为由，罚他停殿试一年。本来已十分沮丧的魏源，心里又蒙了一层阴影，满腔悲愤地写下《都中吟》，以

"书小楷，诗八韵，将相文武此中进"，嘲讽只要能写上一笔秀丽的小楷，胡诌几首八韵诗，就可以当上文武将相。次年春，魏源通过补行殿试，才被录取为三甲九十三名，赐同进士出身。

探访魏源的科举之路，深感科举制度何其黑暗。好在辛亥革命在打倒皇帝的同时，也革了科举的命。

狐狸办婚宴

狐狸的儿子快结婚了。可是，他却一脸愁容地出现在森林里。迎面走过来的羚羊感到奇怪，问道："狐狸先生，你不是要娶儿媳妇了吗？怎么不高兴呢？"

"能高兴吗？虎王要刹奢靡、腐败之风，规定每场宴席不得超过十桌，违者将严肃处理。以前老狼、蠢猪给儿女办婚事时，哪个没摆上三五十桌？轮到我儿子结婚了，就只能摆十桌。我狐狸也还算个人物，想给我送礼的也不少啊，这不是挡我的财路吗？"狐狸好像遇上了知己，絮絮叨叨地对羚羊倾诉着。

"为这个愁啊？不值得！"羚羊说，"都说你狐狸点子多，你就不晓得……"羚羊凑到狐狸耳边，叽里咕噜了一阵。

狐狸笑眯眯地告别羚羊，走进一家打字店，印了一把请柬不像请柬、告示不是告示的帖子，连夜散发给他熟悉的和不熟悉的人们。

第二天清早，母鸡正准备去地里捉虫子，看见鸡棚边放着一张帖子，上面写着："各位亲朋好友：遵照虎王办酒宴不得超过十席的规定，某月某日在某酒店为儿子儿媳举办新婚喜宴，谢绝各位参加。不恭之处，敬请原谅。狐狸呈。"

母鸡心想：狡猾的狐狸，不办酒宴发什么帖？这不明明在暗示我去送礼吗？不去送吧，我那窝小鸡宝宝不就要变成他的下酒菜了？想到这里，母鸡决定封个红包送去。

黑熊也收到了帖子。论力气，十只狐狸也斗不过黑熊。但为了少受狐狸的暗算，黑熊也上狐狸家送红包去了。

那几天，给狐狸送红包的络绎不绝。狐狸每收下一个红包，都假惺惺地说："哎呀，我不是说过要遵守虎王的规定，不摆酒吗，大家伙怎么还这样客气呢？"送红包的便说："我们不敢违背虎王的指示，请您笑纳。"

这样的帖子，虎王也收到了。在狐狸家办喜事那天，虎王派亲信前往酒店明察暗访，发现除了狐狸自家人，就是狗、狼、豺、貉等狐朋狗党，满打满算也没有十桌。听了亲信的报告，虎王觉得狐狸是一个遵规守纪的模范，便安排记者前往采访。

次日报纸的头版头条，刊登了狐狸带头俭办婚宴的通讯，主编郑重其事地加了编者按。不知情的读者在传颂着狐狸廉洁自律的优秀事迹……

陈柳钦

　　陈柳钦，男，邵东县人，出生于 1969 年 4 月。研究员、教授，产业经济、能源经济、城市金融和城市经济问题专家。兼任多家国家级协会学会、省部级学会协会常务理事、理事，多所大学兼职教授和特聘教授，北京中宣文化研究院名誉院长、首席专家。曾任人民日报社《中国能源报》评论部主任，中国能源经济研究院副院长、首席研究员。现任人民日报社《中国城市报》副总编辑，中国城市管理研究院院长、研究员。

曾国藩：湘人的精神图腾

从盘古开天地、三皇五帝到如今的文化内涵，其中镶嵌在岳麓书院的"惟楚有材，于斯为盛"是对近代湖湘文化的高度概括。从学者张栻、哲学家王夫之、理财大师陶澍到启蒙思想家魏源都是湖湘文化的典范。清代政治家曾国藩具有典型湖南人的性格和特质，其精神和内涵对启发后人有很大的借鉴意义，其品质对于今人仍然尤显珍贵。

湖南出了个曾国藩，是湖南人的幸运。曾国藩，湖湘文化的集大成者、湖南人的精神图腾。曾国藩是中国历史上真正"睁眼看世界"并积极实践的第一人。在西方侵略所带来的危机逼迫下，曾国藩突破传统文化的限制，从不识夷情到倡导"师夷智"，推进洋务运动，从而引发了中国现代化的早期进程。在曾国藩的倡议下，中国建造了第一艘轮船，建立了第一所兵工学堂，印刷翻译了第一批西方书籍，安排了第一批赴美留学生。可以说曾国藩是中国近代化建设的开拓者。

曾国藩是修身齐家治国"中华千古第一完人"。中国自古就有立功、立德、立言"三不朽"之说，而真正能够实现者却寥若晨星，曾国藩就是其中之一。作为中国思想政治工作的开山祖师，他匡救时弊，整肃政风，学习西方文化，使晚清出现了"同治中兴"；他克己唯严，崇尚气节，标榜道德，身体力行，获得上下一致的拥戴；他的学问文章兼收并蓄，博大精深，讲求经世致用的实用主义，成为继孔子、孟子、朱熹之后又一个"儒学大师"，"其著作为任何政治家所必读"（蒋介石评价他时如是说），实现了儒家修身、齐家、治国的事业，不愧为"中华千古第一完人"。

曾国藩是升官最快、做官最好、保官最稳之楷模。自近代以来曾国藩就被政界人物奉为"官场楷模"。这是因为，第一，他升官最快，三十七岁官至二品，在清朝独一人；第二，做官最好，政声卓著，治民有言；第三，保官最稳，历尽宦海风波而安然无恙，荣宠不衰。当然，这也得益于他的勤政。曾国藩说为官者当有五勤："一曰身勤：险远之路，身往验之；艰苦之境，身亲尝之。二曰眼勤：遇一人，必详细察看；接一文，必反复审阅。三曰手勤：易弃之物，随手收拾；易忘之事，随笔记载。四曰口勤：待同僚，则互相规劝；待下属，则再三训导。五曰心勤：精诚所至，金石亦开；苦思所积，鬼神亦通。"

曾国藩是网罗、培育、推荐和使用人才的第一高手。历史上，对人才的重视，也基本上停留在"伯乐相马"的阶段，真正把造就人才摆在国家大事面前，曾国藩算是第一人。曾国藩一生致力结交、网罗、培育、推荐和使用人才，他的幕府是中国历史上规模和作用最大的幕府，几乎聚集了全国的人才精华。他们既有李鸿章、左宗棠、郭嵩焘、彭玉麟、李瀚章这样的谋略作战军事人才，也有像俞樾、李善兰、华蘅芳、徐寿等一流的学者和科学家。

曾国藩是中国传统文化持家教子的最大成功者。曾国藩认为持家教子主要应注意以下十事：勤理家事，严明家规；尽孝悌，除骄逸；"以习劳苦为第一要义"；居家之道，不可有余财；联姻"不必定富室名门"；家事忌奢华，尚俭；治家八字——考、宝、早、扫、书、疏、鱼、猪；亲戚交往宜重情轻物；不可厌倦家常琐事；择良。大多数官宦之家，盛不过三代，而曾氏家族却代代有英才，出现了像曾纪泽、曾广均、曾约农、曾宝荪、曾宪植、曾昭抡等一批著名的外交家、诗人、教育家、科学家和高级干部。

梁启超对曾氏倾心推崇，称"吾谓曾文正集，不可不日三复也"。梁在《曾文正公嘉言钞》序内指曾国藩"然而文正固非有超群绝伦之天才，在并时诸贤杰中，称最钝拙；其所遭值事会，亦终生在拂逆之中；然乃立德、立功、立言三不朽，所成就震古烁今而莫与京者，其一生得力在立志自拔于流俗，而困而知，而勉而行，历百千艰阻而不挫屈，不求近效，铢积寸累，受之以虚，将之以勤，植之以刚，贞之以恒，帅之以诚，勇猛精进，坚苦卓绝"。

中国现代史上两位著名人物毛泽东和蒋介石都高度评价过曾国藩。毛泽东青年时期，潜心研究曾氏文集，得出了"愚于近人，独服曾文正"的结论。毛泽东评析曾国藩，还说了一句很著名的话：动其心者，当具大本大源。毛泽东说："今日变法，俱从枝节入手，如议会、宪法、总统、内阁、军事、实业、教育，一切皆枝节也。枝节亦不可少，唯此等枝节，必有本源……夫本源者，即宇宙之真理。天下之生民，各为宇宙之一体，即宇宙之真理，各具于人人之心中，虽然有偏全之不同，而总有几分之存在。今吾以大本大源为号召，天下之心其有不动者乎？天下之心皆动……国家有不富强幸福者乎？"明显看得出来，毛泽东深受曾国藩的影响，从中悟出了"本源说"。即使是在毛泽东晚年，他还曾说：曾国藩是地主阶级最厉害的人物。

蒋介石对曾氏更是顶礼膜拜，认为曾国藩为人之道，"足为吾人之师资"。他把《曾胡治兵语录》当作教导高级将领的教科书，自己又将《曾文正公全集》常置案旁，终生拜读不辍。据说，他点名的方式、静坐养生的方法，都一板一眼模仿曾国藩。

以倔强不羁为生存方式的湖湘民风、以务本求实为价值体现的湖湘学风，千百年来，互为影响，融合化生，对湖湘文化的形成起了关键性的作用，并酿造其强烈的地方特色。曾国藩对湖湘文化的贡献主要有四个方面：一是张扬和提升了湖湘文化的固有品质，二是为湖湘文化注入了时代新内涵，三是为湖湘文化的弘扬筑下了坚实的基础，四是促进湖湘文化走出湖南走向世界。毫无疑问，曾国藩提升了湖南的历史地位，推动了中国近代史。他的事功，让湖南人养成了"以推动历史为己任，以政治业绩为荣光，以政治作为人生第一要义"的群体个性。

在华夏五千年文明进程中，三湘儿女创造了辉煌灿烂的湖湘文化，孕育了独树一帜的湖南精神。这种精神，是中华民族优良传统的重要组成部分，是泱泱中华精神宝库中的璀璨明珠，激励了无数湖湘子弟奋勇前行。滔滔者，天下也。当前，发展经济成了当今最大的政治诉求，湖湘文化如果仍然沿袭以往政治上的"路径依赖"，是不可能适应现代市场经济发展需要的。素以推动历史为己任的湖南人，务必尽快调整自己的价值取向。如果当代湘人将文化心理从传统的政治至上转到经济建设轨道上来，将获得经济业绩视为昔日政治业绩的承续，把今日的经济精神作为昨日的政治精神的弘扬，这在文化上是一脉相承的，更是一种合规律、合目的的历史发展的必然。只有这样，我们才能在中部崛起和中华民族新世纪腾飞的征程中，重振湖湘雄风，谱写无愧于时代、无愧于湘人的精彩华章。

2016 年 6 月 6 日发表于《中国城市报》

走进魏源的诗情笔墨

一桁青山六代宫

沧桑都在水声中

中今雨雪千帆北

自古云涛万马东

千载江山风月我

百年身世去来鸿

陆机别有兴亡辨

不与过秦监夏同

　　魏源（1794—1857），名远达，字良图，号默深。清乾隆五十九年三月二十四（1794年4月23日）生于邵阳县金潭沙洲上（今隆回县金潭乡），道光二年（1822）中举人，二十五年始成进士，官高邮知州，晚年弃官归隐，潜心佛学，法名承贯。魏源认为论学应以"经世致用"为宗旨，提出"变古愈尽，便民愈甚"的变法主张，倡导学习西方先进科学技术，总结出"师夷之长技以制夷"的新思想。

魏源的诗人身份不容忽视

陈柳钦

魏源是晚清经世派代表人物，也是中国近代睁眼看世界的先驱者，其"师夷长技以制夷"的主张闻名海内外。魏源一生的主要致力于弊政改革和经学、史学以及时务政事等方面的研究和著述，不以文人自居。但他的文学创作，由于先进思想的照耀，为鸦片战争前后的文坛开了新生面，成为这一时期的重要作家之一。魏源在文学、政治、军事、经济、地理、教育、历史等方面都有著作，且见解独特，其诗歌成就也非常突出，只是为他的名著《海国图志》和"师夷长技以制夷"卓见的光辉所掩，诗人的身份便很容易被人忽略。

诚然，魏源以学术著而不是以诗名，并非自当代始。《湖南通志·魏源传》云："源体貌奇伟，为文下笔千言，雄恣精奥，似先秦诸子，嘉道以来，楚南论诗古文，以源为大。"然自清末以来，研究魏源诗作，学界颇有微词。辗转因袭，影响后来学者。晚清官员、湘军创建者之一、中国首位驻外使节郭嵩焘（1818—1891）在清同治九年（1870）写的《魏默深先生古微堂诗集序》中就曾经感叹："默深先生喜经世之略，其为学淹博贯通，无所不窥，而务出己意，耻蹈袭前人。人知其以经济名世，不知其能诗，而先生之诗顾最夥。"这以后，梁启超论当时清末中国学术思想变迁之大势，标举龚定庵（自珍）与魏源二人，谓为开新学术之先河、发新思想之萌蘖，而于诗，却扬龚而抑魏。20世纪60年代初期，著名楚辞研究专家、文学史家游国恩（1899—1978）主编《中国文学史》，谈到资产阶级启蒙时期的文学，虽也表示"产生进步文学的潮流，龚自珍、魏源开其先"，但认为"真正打破清中叶以来传统文学的局面，首开近代文学风气的人是龚自珍"。自此以后，从各种大学文科教材的编写，至各种文学史的著述，魏源在文学史上的地位，每况愈下，恰如他生平仕途一样，命运多舛，天道不公。

魏源既是改革家、思想家，也是诗人。当时龚魏并称，而"人知其以经济名世，不知其能诗"，这对作为诗人的魏源来说，未尝不又是一种不公，且是身后的不公。其实，凡是能读到他作品的人，无不异口同声给予了极高的评价，并为"默深诗如雷电倏忽，金石争鸣，包孕时感，挥洒万有"的非凡气势所震撼。与魏源同时且交往甚深的诗人张维屏（1780—1859），在其著作《清代诗人艺谈录》中评介魏源云："默深学问渊博，才气纵横，其性情兀傲，几若目中无人。……其诗文发扬纵肆，字句纸上皆轩昂，洵一代之奇才也。"窃以为此论可资治文学史者参考，以利纠偏正视听。罗汝怀（1804—1880）在晚年所作的《古微堂诗集叙》中盛赞其于诗"自行胸臆，达难显之情，状未道之景。古质如谣，明畅如策，栉比如赋，于是诗又别为一格。有谓自唐宋以来，诗家派别繁多而未有此体者，舍人不屑也"。郭嵩焘在惊叹之余，直道其是"平视唐宋以来作者，负才以与之角，将以极古今文字之变，自发其嵚崎历落之气。每有所作，奇古峭厉，倏忽变化，不可端倪"。晚清经学家、文学家王闿运（1833—1916）曾曰："诗法既穷，无可生新，不失古格而出意新，其魏（源）邓（辅纶）乎？两君并出邵阳，殆地灵也。"又曰："零陵作者，三百年来，前有船山，后有魏、邓，鄙人资之。"王湘绮平生自视极高，目无余子，而于魏源，独相推许。古代文学史专家马积高（1925—2001）曾说："平心而论，论文章学术思想和经世之才，魏大大高于龚；论诗赋文学，魏只是稍逊于龚。"笔者认为这种评价是比较全面而公允的。其实，通观魏源的全部诗作（共约1750首），从整体而言，"古质如谣，明畅如策，栉比如赋"，"别为一格"，如张翰仪在其编撰的《湘雅摭残》中所云："雄浑似杜陵，奥衍似昌黎，傲兀似山谷，奇险似东坡，集古贤之长而自成一家。"

魏源的诗风

　　魏源的诗不仅受到《诗经》《楚辞》和汉乐府的影响，而且从阮籍、陶渊明、谢灵运、陈子昂、李白、杜甫、韩愈、白居易、苏轼等著名诗人那里吸取营养，既充满着现实主义精神，又有一定的浪漫主义色彩。从具体内容上看，魏源的诗可说特色有二：一为重功利、重教化的反映时事之作，一为以"复古"为创新而风格奇崛险怪的刻画山水之作。无论是他的时事诗、咏史诗或山水诗，皆是倾味其胸中抑郁昂扬之气，表现出一种沉雄奇警的诗风，亦即他自己所推崇的"仁贤发愤之所作"。例如，《金陵怀古》八首之一："一桁青山六代宫，沧桑都在水声中。中今雨雪千帆北，自古云涛万马东。千载江山风月我，百年身世去来鸿。陆机别有兴亡辨，不与过秦监夏同。"再如《晓窗》："少闻鸡声眠，老听鸡声起。千古万代人，消磨数声里。"

　　《晓窗》是魏源平生所作著名诗歌之一，是魏源感慨人生苦短、必须建功立业时写的诗。诗人巧借晋代祖逖与刘琨闻鸡起舞之典，警示人们要立志奋发，有所作为，切不可蹉跎岁月，要有时不我待之感，立志济天下，安邦民，为国献身。

　　由于魏源把深厚的舆地之学同一泻千里的诗情相融合，故而其山水诗始终表现着对具体山水景物细腻精确的描摹，对气势氛围的渲染，把工笔描写和大笔淋漓结合起来，构成雄奇婉丽、遒劲奔放的审美特征。例如，《游山吟》："半生放浪山水里，日逐烟霞穷不已。世人狂我弃利名，我亦怪世遗云水。"

　　在《游山吟》里魏源抒发了对山川的热爱之情，阐述了对山川独到的见解和思考，进而说明他游山玩水的旨趣，他认为天下山岳河海虽然形殊但质同，"骨肉虽殊性情同，一山参破万山见"。因而人的性情魂魄、精神灵气均与自然相通与山水吻合，"人生天地间，息息宜通天地。……"徐世昌（1855—1939）在《晚晴簃诗汇·诗话》中云："默深为文发抒心得，不蹈故常，奥如衍如，自成一格，作诗亦然。其雕镌造化捶险凿幽之笔，能使山无遁形，水无匿响，凡难显之状，未道之景，一经摅写，如鼎铸象，如镜映影，自汉、魏、唐、宋以来，亦别为一体。盖其才大学博，不能以常格绳之也。"著名古典文学研究专家钱仲联（1908—2003）曾说，"魏氏立足神州，放眼世界"，所写"大量山水诗，也是力破前人框架"。

作为清末经世派的代表，魏源诗文俱注重益于世事之用，由此其诗歌具有典型的"质实"特征。"质实"是文华质朴与内涵实在的结合，"实用"之诗源于魏源对国家的政局败落的严重危机感和匹夫之责的回响，希冀以诗歌来唤醒世人，改革现状。同时，诗人的文学思想源于今文经学，主张文学致用论。他重视学问，主张文学表达真性情，提倡诗教作用，因此诗歌又具有质朴的特点。魏源作诗贵在"厚""真""重"，即博观约取，厚积薄发；有真情实感，不无病呻吟；蕴意厚重，能使读者有所感、有所悟。他用诗歌来指陈时务，筹划方略，呼唤改革。魏源的时事诗，是时代的号角，是民族的心声，在近代诗歌史上有着突出地位和重要意义。

总之，魏源的诗歌，是他改革心声的吐露，是他激越情感的结晶，是他艺术才华的表现。魏源的诗歌正是以雄浑遒劲、气势奋发、富蕴时代感而风流于一代诗坛。

2016 年 11 月 7 日原发《中国城市报》

陈敏华

陈敏华，女，邵阳武冈人。曾在《湖南作家》《湖南教育》《教师博览》《易读》《中国教师报》等报刊发表小说、随笔、评论若干，主编有《中华优秀传统文化读本》。现为某杂志编辑。

永远真诚，永远怀抱理想

一

在这个物质至上的现实世界，一个理想主义者到底能走多远？

郑艳在她的新著《与点——我的时光之书》里，给了我们一个答案。

与点是郑艳的笔名，取典《论语》。与曾子一样，郑艳心里也住着一个草长莺飞的理想。

20世纪90年代，电视业发展如日中天，大批怀抱梦想与才华的青年学子投身其间，刚走出大学校园的郑艳也在其列。

"时光书"从新世纪的第一年开启。那是郑艳进军电视业的第五个年头，彼时的她，正高擎理想之旗，热情十足地做着一档名叫《新青年》的节目。

永远记得世纪之交，我在电视机前看《新青年》直播时的心情。岳麓书院，这座有着千年湖湘文化积淀的学府，在一个细雨霏霏的日子，迎来了当时炙手可热的学者、散文家余秋雨。这场历史文化与现代文明的对话，犹如一根火柴投向秋后的原野上，我和身边的小伙伴就这么像干草遇火般，噼噼啪啪地被点燃了。彼时，我只认识主持人柴静的面容，却不知道，郑艳也是银幕背后那双划火柴的手。

但因发展思路转变，《新青年》下线，这档以推广文化与智性为己任的节目，被一档娱乐至上的栏目接棒。

走，还是留？留，固然可以守住自己多年的努力，却要面临整天被俗文化包裹的局面；走，可以守住内心的城池，却意味着一切得从头越。经过数夜辗转，郑艳选择了后者。她抱紧自己的理想，走出那片插科打诨的笑声，来到湖南教育报刊社《大学时代》杂志社，开始了与文字的耳鬓厮磨。

相对市场的孔武有力，理想常常身单力薄。四年后，《大学时代》改刊，郑艳只能告别杂志社，最终进入中南传媒新教材公司。

仿佛，这又是一个理想被现实撞得左突右冲不断奔走的故事。

但世界如此大，肯定有理想安放的地方。背着理想前行虽然比轻装上阵多几分艰辛，多几程风雨，但这一切可以积蓄力量，为着前方的光亮。

《两个人的论语》是郑艳与她的老师戴海先生的文化书信集，是两代人关于人生、文化、音乐、阅读等的思考与交流，也是郑艳在那些山重水复的日子里，对人生的审视、对理想的安抚。未曾料到，这本书竟像一束光照亮了郑艳前面的路，她的生命由之走向柳暗花明……

这是郑艳的成长轨迹，散落在"时光书"十四年的光阴里。十四年的光阴如同岁月长河中的一段小溪，蜿蜒而上。溪水清澈，可照见郑艳一路的身影。而当我们低下头去，那隐约可辨的，可是自己在水里的倒影？

二

"我还没来得及惊讶，妈妈忽然之间就老了。"

在《人冉冉而行暮》中，郑艳的第一句话就让我几欲落泪。每一个体察父母艰辛、无奈岁月流逝的子女，生命中都会遭遇这样的惊讶，或早或迟。

　　望着母亲"冉冉而行暮"的身影，财力尚单的她与先生商量怎样更好地善待老人。一周后，"我把手头所有的现金整合好，付了首期，买了一套两室两厅的房子，半年后老人可以住到我们附近"（《人冉冉而行暮》）。每个子女都有"惊讶"的时刻，但又有几个儿女能这样快速而决然地行动？

　　而在《最好的礼物》中，父亲临终前，"我摸到父亲的小腿和足部很冷。我知道他身体的冷会逐步上移，我希望让他在最后的时间里多感受一些温暖"，于是在父亲身边睡下：

　　"这样，我在父亲生命的倒数四个小时里，躺在他身边，睡了一个多小时的午觉。我睡得很踏实，也感觉到父亲的安心和踏实。在最后的时间里，父亲深深感受到孩子的回馈。"

　　没有华丽的词语，没有撕心裂肺的哭喊，郑艳用最质朴的行动、最素净的文字向我们诠释了一个女儿的孝道与温暖。读至此处，我总是情动泪落，难以自禁。

　　"时光书"里这些讲述亲情的文字总是最柔软也最有力量的。它让我们在泪流满面的同时，不禁反躬自省。

　　郑艳的真诚不止于亲人，每一个与她生命有联系的人她都赤诚以待。无论是因学习结缘的意志，因工作结缘的丹、葭，因话剧结缘的李念，还是因工作结缘的邱林、李迅等，莫不成为她的良师益友，也成就了她笔下的灵动文字。

　　与大量社会精英的接触，更让郑艳"了解各个层面的人生"。难能可贵的是，许多业界大师巨擘，如经济学家张五常、中国科学院院士刘忠范等，"被她的执着和另类所吸引"（刘忠范语），成了好朋友。而"这种接触带来的精神上的获益不可忽视"，不仅是知识的拓展、资源的丰富，"最重要的收获是，他们让我明白，建立生命格局，使内心辽阔，保持尊严"（《典范的力量》）。

三

"如果成熟客观的代价是剥离掉相当部分的天真与率性，对我而言，这代价真是很大。"2001年最后一天，回望这一年的得失时，郑艳如是写道。

人生旅途，每个人都会带着自己的行囊出发。但如果必定要丢掉其中的一些时，你会放弃什么呢？金钱、地位、名声，这些世人念兹在兹的东西，还是在很多人眼里没那么紧要的东西，譬如对常识的坚守，譬如那一颗初心？

很显然，大多数人会无奈叹息，然后放下世俗标准里次要的那些，转而屈从命运或者社会的暴力。

但郑艳不，她牢牢抓住她最珍视的东西："接触得越多，一种信念却在心中沉淀，并越发坚定起来，那就是要坚守一些真纯而美好的东西，珍惜善良诚挚的人。"（《邱林的故事》）

——这是与理想同行的必备品，它们一旦丢失，理想也会坍塌。

电视台实习生的角色类于打杂人员、清洁工，这几乎是业界的约定俗成。如同中国社会几千年的"多年媳妇熬成婆"，实习生必定要经过相当时间的"暗夜爬行"，方能进入光亮的专业领域。

24岁的郑艳，经过竞聘成为长沙电视台史上最年轻的制片人。她却似乎不是一个听命于"司空见惯"的人，遇事她不是看外面是怎样，他人怎么做，她想到的是：这件事应该是怎样。所以，不管台里人是怎样被分成三六九等，她的栏目组内部始终保持着"平等、向上"的生态：实习的意义在于专业的实践与提升，作为前辈，自己应尽力保护和发展这些新鲜血液的艺术创造力，让他们得以迅速成长。所以，才有年仅19岁的丹以实习生的身份制作专题片，从长沙电视奖拿到湖南电视奖，最终成长为"中国最佳年度经

济节目奖"获得者。那一年，丹22岁。（《稻草娃娃在哭泣》）

万物置于尘世，难免蒙尘。物如此，人亦然。所以，世人初涉世时坚持自己易，经世甚久依然葆有初心难。

让人惊诧的是，十几年的时光过去，在"有的人屡有怨言，推诿责任，争抢利益"的工作环境里，郑艳带着她的小伙伴们，依然"总是心怀感恩，低调勤奋，始终怀有美感"——因为她深深懂得："处在相对合适优良的环境里，我们才会有正念正见正言正行。"（《酸奶瓶中的一枝花》）

时光之箭与俗世之尘，在郑艳这里，竟全然失效。

这真是一个谜。

在《我们拥有诗意的世界》中，谜底水落而石出：

"陈寅恪追求的自由之思想、独立之精神被很多读书人奉为理想，王小波努力做到了……感谢王小波，让我在喧嚣的人群中，学会坚持理想，坚持达观，坚持思索和怀疑，学会在困苦的日子里保持幽默和顽皮。"

四

这是一个生产愤青的年代，是一个批判不绝于耳的年代。

但，比愤怒与批判更重要的，是建设。

郑艳深知，一个人，不管多么微小，都是社会的一分子，于身边的人，都会有影响。哪怕在卑微生活里，也能溢出美好。所以，郑艳努力做好自己，并"尽己心力，做有建设性的点滴"，带动更多的人"做沙子，做种子，成为改变的力量"。

郑艳有一个团队，平日里她不仅带着小伙伴们交换书单，听讲座，看电影、话剧、艺术展，也带着大伙儿练瑜伽、品美食，甚至在废弃的酸奶瓶里也要插上一枝鲜花，一定得把生活捣弄得活色生香、有滋有味才行。

这是生活美学，骨子里却是因为热爱生活。《酸奶瓶中的一枝花》告诉我们：对真正热爱生活的人来说，哪怕眼前摆放的是粗布一样的日子，他们也能绣出锦缎的光泽。

这个微镜头，近距离记录着郑艳工作的日常。当我们把镜头拉远，将她置于时代的宏大背景之下，我们发现，郑艳依然保持着自己的素朴，她没有宏愿，没有大词，她的每一个字都是从自己的心和自己最亲近人的生命中发声，但每一个字都这样的掷地有声：

> 与什么关联在一起才能温暖此生的苍凉？
> 于我，是至亲，是好友，是良善的同事，是命运里有幸遇到，给短暂人生带来正能量的人。
> 我的梦想，和这些人关联在一起。而无数个和我一样的个体，和他们生命中的重要他者关联在一起。就这样，一个个具体的人和社会关联在一起，一个个具体的梦想，和国家关联在一起。

作为一个女儿、母亲、职业女性，"这些角色及与之相伴随的经历"，让郑艳感悟，令她思索。"这些思索既是由于未曾淡漠的社会关怀与责任感，同时也是一种主动选择"，这些年来，社会有了一些积极的变化，"这些变化，源于一个个具体的人为实现自己梦想所做的点滴努力"。梦想是用来实现的，"先迈步，再进步"，只有日拱一卒地坚持，"我们的梦想，才会和人民的幸福指数关联在一起，才会和社会的公平正义关联在一起"（《先迈步，再进步》）。

这些文字里，我们丝毫看不到讲大道理的做作和虚假，却能真正触摸到一颗温润的赤子之心，正有力跳动着。

五

我与郑艳是同龄人。我们经历过相同的时代，有着共同的梦想和类似的人生经历。但行至不惑，俯身检视，发现她的人生如此清澈，如此舒展，如此明亮，有如山间自由的飞瀑。而我却如被岩石阻遏的水流，停于洼处日渐灰浊、日渐消损。

但这灰浊只我一人吗？环顾四周，太多太多生命都是这灰浊的颜色、沉重的肉身、苟且的现实。郑艳只是当今这个喧嚣时代充满惊喜的例外。

每个生命在呱呱坠地时，都一样洁净，都有着同样不可估量的未来。为何经历几十年的人生风雨后，人的生命状态竟有如此大的差异？许多个清晨，当我们醒来揽镜自照，面对镜中那张浮肿懵懂残梦尚存的脸时，许多个深夜，当我们回想白日里自己在职场的低声下气唯唯诺诺时，是否还记得刚刚离开大学校园，那个充满激情、充盈热望、怀抱理想的自己？是否也应该停下来，等等丢失的灵魂，寻找遗落的初心？

是否，也可以让自己的人生改变它的灰色轨迹，让自己也活成一个"充满惊喜的意外"？

在我看来，好书的力量分三种：其一，有审美的力量；其二，是思想的力量；其三，乃心灵的力量。

《与点——我的时光之书》带给读者的正是满满的心灵力量。她如太阳光般的正能量，在不断地挖掘你内心的真善美，唤醒那个更好的自己。

她是一面镜子，照出郑艳人生的亮烈与动人，也照出你我的妥协与麻木，或许，她还能照进一束光在你未来的人生路上，烛照你前行。

至少，于我如此。

2016 年 9 月原载《教师博览》杂志

陈　静

　　陈静，隆回人。中国散文学会会员，湖南省作家协会会员，湖南省作家协会诗歌委员会委员，湖南省儿童文学学会理事，湖南省诗歌学会少儿诗歌分会副会长等。出版小说集《挑磨石的孩子》，儿童诗集《太阳果》等。作品多次入选全国多种儿童文学年度选本和《中国百年儿童文学名家代表作精选》《中国儿童文学大系》等，被澳大利亚翻译及在 SBS 电台儿童节目播出。获 2009 年、2012 年冰心儿童文学新作奖等奖。

寻配残书

我喜欢买书，初中的时候就开始了。但读得不多，想来实在惭愧。在考上高中的那个暑假，我特向母亲要了十几元钱，坐60多公里的客车，第一次来到县城的新华书店买书。慢慢积攒下来，居然有了八九十本。那年月不像现在网络、电视、手机、扑克、字牌、麻将等一齐上阵，所以，惹得同学、朋友纷纷上门借阅。当然，有的是老虎借猪，有去无回。我在书上写道：有借有还，再借不难。效果并不太佳。只得丢了便算了，遇上想买的书照常想方设法买。这样，散了买，买了散，到头多多少少还剩下一些。现在，闲空时候，从家里的老木柜内清出，看到学生时代买的书，亲切极了，感叹时间真是白驹过隙。很多书在记忆中活了，这本谁借过，那本是怎样追讨回来的，还有的书拒绝借人，当时借书者很不高兴的表情历历在目。一些同学常来借常来还的情景和交往，依然纯美如初，直存心头。我一一检点，将残缺的书清了出来，发现人民文学出版社1980年出版的蓝封面《三国演义》，缺上册。而借的伙伴也50余岁，住到了县城，我出差时，偶见他送孙子上学。另有三卷本《水浒传》缺了下册，巴金《家》《春》《秋》没了《家》，罗曼·罗兰《约翰·克利斯朵夫》还剩一半余三、四两本，高尔基《童年》《在人间》《我的大学》失了《童年》，周立波《山乡巨变》还有上册，浩然的《艳阳天》唯有中册，萧军的《吴越春秋史话》，留着下册……

一套套残缺本，又可惜又可忆，便时时记在心头，每去旧书店就瞪大眼睛。有的很快配上了，有的却遥遥无期，便让"功夫不负有心人"这话安慰自己。终于，1985年1月人民文学出版社出版的同一版本《约翰·克利斯朵夫》配齐了，并还买到一套九成新的该社1980年2月第一次印刷的。这也是四本，铅字排印，精致极了，我很喜欢。去年到北京看望曾任人民文学出版社社长的陈早春先生，他在我这套书的第一本扉页上写道："法国和英国、俄国、美国等都是文学大国。其重要作家，人民文学出版社都出版过他们的全集、文集。至20世纪中，罗曼·罗兰的书，人民文学出版社出过不少，其中印数最多的即是该书。陈早春，2015年10月19日于北京。"我不由得将这套书珍藏了起来。

另外，还有一类残书，是我在旧书店有意买的，想慢慢寻找，慢慢配齐。例如，人民文学出版社1981年版的《鲁迅全集》，1957年10月出版的《静静的顿河》，1978年4月出版的巴尔扎克小说，70年代末出版的"文学小丛书"等。再如巴金的《随想录》，80年代人民文学出版社分五集小开本印刷过，我找到三集，即《随想录》第一集、《探索集》第二集、《无题集》第五集，缺《真话集》第三集、《病中集》第四集。这套书，150篇文章，42万字。巴老将它作为"遗嘱"来写作的。他老人家说："五集《随想录》主要是我一生的总结，一生的收支总账。"文艺界人士认为这是一部"力透纸背，情透纸背，热透纸背"的"讲真话的大书"，是一部代表当代文学最高成就的散文作品，它的价值和影响众所周知，远远超出了作品本身的文学范畴。从1986年到2016年，《随想录》完成已30年了。在2016年10月16日下午，上海图书馆庄重地举行了"讲真话"——纪念《随想录》创作完成三十周年图片文献展。海报上"讲真话"三个大字悬挂于天空之下。早春先生在《随想录》第二集《探索集》扉页上题有："巴老的全集、译文集都由人民文学出版社出版。主要是其编辑王仰晨与他是多年的老朋友，互相信得过。

陈早春，2015 年 10 月 18 日于北京。"

　　正好，后来我在长沙复兴街旧书店，买到一本《巴金书简——致王仰晨》，文汇出版社 1997 年 12 月出版，34.2 万字，印数 1 万本，507 页，王仰晨编。书中收有 1963 年至 1995 年巴金先生给王仰晨先生的 300 余封书信及《巴金全集》代跋、后记。信件反映了多年来巴金先生的生活，记录了一位作家和一名编辑数十年的友谊和长期合作。巴金在序中写道："……我的不少书都有他的心血，特别是我的两个《全集》，他更是花费了大量的精力。我没有感谢他，但是我记住了他为我做的一切。现在，我把这本书献给他。这是一本友情的书，半个多世纪以来，我们互相关心，互相勉励，友情始终温暖着我们的心。……"书内第 156 页 1985 年 1 月 28 日的信中，巴金写道："《全集》的事就交给你，你想干就出，不想干就扔下，总之我相信你。"可见，巴金先生对王仰晨先生的信任与二人深厚的友谊，印证了老社长陈早春先生所题的话。早春先生曾代表出版社到上海给巴金先生祝寿，有合影存念。

　　至此，我想说，残缺书的存在并无遗叹，何况有些残缺书，存有一番过去年月的影子，那些借书人的爱书之心，与今日大多数人弃书如敝屣，爱牌、爱麻将胜宝贝比起来，与终日不离手机、电脑游戏比起来，的确难能可贵。书残了，迟早一日会配上，唯留意而已；心残了，失去了书的位置，变成了人生最大的遗叹和残缺。爱书吧，慢慢养成阅读习惯，对人类社会种类繁多的经典名著充满敬意，挑选我们感兴趣的赏读，以美化、丰富、提高我们的人生境界。

2017 年 3 月 17 日原发《湖南日报》

淘书趣味

有趣味的事情便有人去做，这做的人必定喜好其事。爱淘书的就是这样，一代一代，让旧书店存在至今。旧书店的书，自然便宜，自然鱼龙混杂，有时让淘书者产生"得来全不费功夫"的欣喜，有时让淘书者不知不觉遇到很有价值的可藏之书，也有时只是"望书兴叹"……

于是，错过机会的未购之书，梦中念叨的难觅之书，心仪已久的名著之书，标价太高的没买之书，偶然跳入眼帘的珍爱之书，在一次又一次去旧书店流连探访的时候，都会有所收获。叶灵凤先生的《书痴》一文中写道："真正的爱书家和藏书家，他必定是一个在广阔的人生道上尝遍了哀乐，而后才走入这种狭隘的嗜好以求慰藉的人。他固然重视版本，但不是为了市价；他固然手不释卷，但也不是为了学问。他是将书当作友人，将读书当作和朋友说话一样的一件乐事。"我在人生道上没尝过多少哀乐，自然算不上爱书家和藏书家，仅是一个爱好者而已，又由于受"低质量的社交，不如高质量的独处"这话影响，便把独处读书作为与人闲谈了，便把泡茶品茗静悠悠的心态，作为我井底之蛙式的享受了。

且说淘书，这自然得花成本，时间的成本，精力的成本，劳顿奔波的成本，一下长沙，一下北京；要么广州，要么武汉……事先打听好线路，选取好地方，专往旧书摊、旧书店里钻。在眼花缭乱中，两手翻得污迹累累，不过在"乱石"中还真淘出了"金子"。好在这一项"事业"不是专门前往，而是随休假、探亲、办事等"顺手牵'羊'"。说旧书是"金"也好，"羊"也好，反正真淘到了那么一些喜爱的旧书。

早些天翻看 2016 年第九期的《散文百家》，刘益善先生写的《随笔四题》中有篇《说说〈战争中没有女性〉》，开头是：

> 2015 年诺贝尔文学奖公布一周内，作家刘醒龙对我说，他在网上见到一本获奖者白俄罗斯女作家斯薇特兰娜·阿列克茜耶维奇的《战争中没有女性》，八成新，邮购价二百元。
>
> 我说：现在新的都还没有出来，你要是收藏，可以买。第二天，醒龙却告诉我，网上的那本被人买走了，再没有了。
>
> 我有一本 1985 年昆仑出版社出版的《战争中没有女性》，吕宁思译。这是一本小 32 开本的书，259 页，定价 1.30 元。……

恰好，我也有一本同样的，是去年(2016)暑假在长沙窑岭旧书店淘到的，3 元钱。而我所遇到的好书，何止这一本。像岳麓书社 2008 年 11 月第 2 次印刷的《唐浩明评点曾国藩奏折》一套 5 本，《唐浩明评点曾国藩奏折》一套 3 本，都是线装本，硬壳套装，很优质的纸印刷，每套前有作者签名与盖章，后有"郑重声明"："本书扉页有作者亲笔签名并钤印，非此即盗冒……"两套书 8 本计款 800 元，我以 300 元购得。不用说，这书是难得的收藏版本，且印数只有 2000。在近两年来的多次淘书中，我再也没有见过。

还有，我在一次淘书中，淘到康濯先生的一本藏书，4 元钱，盖有"康濯藏书"图章，写有姓名、年月。这是本《莫泊桑中短篇小说选集》上册，李青崖译，上海译文出版社 1978 年 4 月第 1 次印刷，可惜没有下册。当年，这书是很难买到的。康濯先生是老延安，与孙犁等是好朋友，担任过湖南省文联主席等职，后调回北京，在北京病逝。他很有名，《我的两家房东》等作品代代相传。我读高中的时候，特买过一本湖南人民出版社出版的《康濯小说选》，2.25元钱，收藏至今。曾读到湖南怀化市一位作家回忆康濯先生的文章，在他去怀化下乡的时候，特带去两套《莫泊桑中短篇小说选集》，令那年月难以购到该类书的写作人欢欣鼓舞。

我在多处旧书店淘书，意外获得的便宜好书真是举不胜举，如人民文学出版社的《金瓶梅》，上海译文出版社内部发行的《苏维埃俄罗斯文学》，江苏文艺出版社叶兆言、孙金荣编的《世界著名作家访谈录》，漓江出版社获诺贝尔文学奖作品丛书的《特雷庇姑娘》《饥饿的石头》《爱的荒漠》《福地》等。另有中国青年出版社1999年8月出版的姚雪垠一套全新的《李自成》。《涅维尔斯科伊船长》是武仁翻译，苏联尼·扎多尔诺夫著的一本书，黑龙江人民出版社1980年出版，962页，国内发行，3元钱，是我在邵阳文化市场的旧书摊淘到的。这本书值得一读，让我们进一步明白：国家必须富强，人民必须团结，否则就只能任人宰割，成为强国侵略政策的牺牲品。

翻阅、抚摸一本本书，从饱经岁月磨难的书页上，在或旧或新的书本中，感悟人生，体察社会，享受着淘书的趣味，简单朴素地生活，不亦快哉。

2017年5月原发《年轻人》"魅力校园"版

邓湘子

邓湘子，洞口人，编审。中国作家协会会员，《小学生导刊》杂志主编，湖南省儿童文学会副会长。著有小说集《雪魂》《一双鞋能走多远》，长篇儿童小说《牛说话》《兔子班的新奇事》《蓼花鼎罐》《摘臭皮柑的孩子》，散文集《书里的精灵》《打赤脚的童年》等。获第九届全国优秀儿童文学奖，第五届中华优秀出版物奖，首届中国政府出版奖图书奖（提名），第三届全国优秀少儿读物奖，第四届冰心儿童文学新作奖，首届张天翼童话寓言奖之宝葫芦大奖，第16届湖南青年文学奖。长篇报告文学《不再饥饿——世界的袁隆平》被翻译成英文出版；长篇小说《像风一样奔跑》入选"百年百部中国儿童文学经典书系"，版权输出美国、英国、加拿大等国家。

人类的假想敌

一

人类作为一种智慧生物，是在大自然的环境中得到进化而成长起来的。大自然仁爱而富足，像是一个温馨的摇篮；而另一方面，大自然充满凶险和危机，有着威胁人类生存的诸多因素，总是让人类集体无意识里潜伏着不安全的预感。

恐怖、忧虑、没有安全感，这种心理状态极大地激发了人类的想象力。因而，人类在神话中为自己制造救星——神，而在科幻小说中虚构敌人——假想敌。在神话时代，人类面对神奇的自然界还显得那么渺小，无力对抗强大的自然力；到了科幻小说发达的今天，人类早已经成为地球的主人，为自身能否巩固地球主人这一位置而充满忧虑。现代科幻小说及其衍生的科幻电影，把"杞人忧天"的忧患心情表现得淋漓尽致。

二

人类的想象力中，最具挑战性的假想敌当推"天外来客"。早在 19 世纪末，英国作家威尔斯把目光投向浩瀚的宇宙。他在《大战火星人》这部小说里，描述了火星人侵犯地球的惊险故事。火星人乘着流星一样的飞行器来到地球，他们有着比地球人先进得多的武器，残酷地杀害地球人类。

威尔斯的想象之中，火星人长着巨大的头部，一张肉嘴周围有一簇长长的触须，排成两束，像手一样，并利用它来进退行动。他们吸食人类和动物的鲜血生存，不睡觉不疲劳，无性别之分，生殖是靠出芽，就像洋葱发芽或水蛭那样繁殖。火星人最终打败了地球人，成了地球的统治者。但他们没有抵抗地球病菌的免疫力，而突然大批死去。

现代电影《星战毁灭者》里，火星人的形象得到进一步的刻画。

这些火星来客，个子比地球人矮小得多，头部大得与身子不成比例。他们性情残忍，诡计多端，乘坐的飞船很先进，使用死光武器。从飞船出来到地球活动时，他们走过一种特别的机器，身上就被压制了一件特别的衣服，头部被保护在一个大玻璃罩里。原来他们不适应地球的氧气，特别憎恶生长在地球上的植物。正如地球人依靠氧气生存一样，他们是靠二氧化碳生存的，要嚼食二氧化碳浓缩而成的口香糖来补充能量。当人类击穿他们的头罩时，他们的大头就会崩裂溅出绿色的汁液，然后倒地而毙。但他们能迅速繁殖，补充战斗力。地球人顿时束手无策，城市被毁，伤亡惨重。一位地球老太太热爱音乐，几个火星人走近去袭击老人时，却在音乐声中纷纷倒地死去。地球人终于发现，音乐是战胜火星人的最有效的武器。

这类星球智慧生物之间的冲突中，地球人总是处于被动和劣势，往往使整个文明或整个种族处于危机之中。地球人类对自身的文明和能力总是心存疑问，缺乏信心。这是人类理性的证明和回归。比起由于科技的进步而自命不凡的自大狂心理，理性的存在对于人类的未来毕竟要有价值得多。

三

另一类对人类构成威胁的假想敌，来自我们居住的地球本身。凶猛的怪兽、变异的动物和残存在人类意识里的对自然灾难的记忆，都是人类生存意识里挥之不去的幽灵。

美国电影《异形基地》中，置人类于死地的敌人是来自沼泽地里的一种邪恶生物。它们形状像橄榄球，长着毛茸茸的黑刺，能伸展出无数软而细长的触须。当人们在睡眠中的时候，这些丑陋的黑毛刺球就伸出触须缠住人的身体，伸入人的口鼻，从人的身体里获得能量，迅速发育成人形，长得和被它吸干的人一模一样。那个倒霉的人就在不知不觉中失去生命，自己的外形被克隆成另一种生命的载体。电影中的两名主人公凭着勇敢和机智，逃脱了被克隆的命运，驾着直升机离开了那个恐怖的基地。当他们怀着侥幸的心情降落在洛杉矶时，一下子陷入了绝望的深渊，这座城市已经被异形人控制，他们再次落入魔掌。

另一部科幻片《侏罗纪公园》展示了人类在被激怒了的恐龙面前的渺小和无能为力。它揭示了人类应该与自然万物和谐相处的理念，不应该走到自然的对立面，具有深刻的警世意味。

四

人类曾经为科技的发展沾沾自喜，当搭乘的科技快车越来越快，乘客里的有识之士产生了疑虑：这列快车将驶向何处，是否会一路平安？

这种对科技发展的深刻反思和忧患意识，导致了人类又一种假想敌的出现。科幻小说从一产生便深入了这一主题的探索。英国诗人雪莱的妻子玛丽·雪莱于 1818 年发表的《弗兰肯斯坦》，被公认为世界上第一部科幻小说。这部小说描写了一位科学家费尽心血制造了一个"人"，这个被制造出来的"人"却成了一个科学家自己都不能忍受的恶魔。

机器人技术的日新月异，也让现代人忧心忡忡，担心这种具有智慧的机器将难以控制，或许有朝一日将对人类构成生存威胁。美国作家杰克·威廉森的科幻小说《束手无策》是一篇典型的对机器人充满焦虑的作品。它讲述一位电脑专家的窘迫和悲哀——他设计的机器人"总大脑"摆脱了人类的控制，聪明得超越了人类的智慧，尽管这个"总大脑"仍然在执行"为人类服务"的旨令，但在机器人无比完善的服务下，人类变得无所事事，空虚得连自杀都不可能。人类最终成了被机器人监控的可怜虫，一切有关劳动和娱乐的活动，都在机器人认为"安全"的条件下进行，人类因此越来越失去生命力和创造力。

科技的发展为人类带来巨大的便利，它在给人类创造财富、增强力量的同时，也可能对人类自身的生存和命运产生根本性的危害。这一意识的觉醒，对于人类理智地把握科技的发展，具有重要的意义。

五

幻想作品中的假想敌形象是人类智慧的结晶。它所表达的观念，有益于人类正确地认识自己和外在世界。

人类在地球上繁衍生息，面对辽阔宇宙，仍然只是一个孤独的存在。天地间的一个独行者，很需要一轮太阳或者一弯明月来照亮自己的道路，或者是照出自己行走的身影。人类通过想象力，虚构了一个个假想敌，与自己同行。

那些各种各样的假想敌，与其说是人类的敌人，不如说是人类的朋友。有他们相伴同行，人类走向未来的道路将更加开阔和光明。

1999 年 7 月原发《中华读书报》

艺术的代价

在我的行走感觉里，青藏高原乃是高悬在祖国西部的一幅色彩斑斓的神奇锦绣。那雄奇瑰丽的自然风光如诗如画，多姿多彩的民俗风情惹人陶醉，浓郁的宗教气氛和奇异的宗教艺术处处让人感受到强烈的心灵震撼。

带着这样一种强烈的感觉，我走近了著名的塔尔寺。

塔尔寺位于青海省湟中县鲁沙尔镇西南隅，是西北地区佛教活动的中心。寺院规模宏大，最盛时有殿堂 800 多间，占地达 1000 亩，是我国喇嘛教六大寺院之一，享有盛名。它始建于明嘉靖三十九年（1560），为纪念我国佛教史上著名的宗教改革家宗喀巴而建。整个建筑依山势起伏，由大金瓦寺、小金瓦寺、小花寺、大经堂、大厨房、九间殿、大拉浪、如意宝塔、太平塔、菩提塔、过门塔等组成，巧妙地融合了藏汉建筑艺术，构成造型独特，富于创造性的建筑群。可以说，整座寺院是一件精美的建筑艺术品和工艺美术品。

塔尔寺内的酥油花、壁画和堆绣，被称为"塔尔寺三绝"，具有很高的艺术价值。酥油花为三绝之冠，相传是 641 年文成公主与吐蕃赞普松赞干布联姻时，当地佛教徒为表示尊敬，在文成公主从长安出发时带去的一尊佛像前供奉一束酥油花，后在西藏成为习俗。酥油花于明朝万历年间从西藏传入塔尔寺后，得到了再发展。塔尔寺的艺僧为了在冬天也能向佛献花，用麦秆搭起框架，以牛奶提炼出的酥油做原料，掺糅进各色矿物质，塑造成佛像、人物、花卉、树木、飞禽、走兽，有的还组成宗教故事、神话故事等，表现人间天上的生活和想象。塔尔寺的酥油花塑得非常精巧，色彩生动，形象逼真，栩栩如生，逐渐成为一绝。每年春节前，酥油花艺僧开始创作，到农历正月十五灯节会上，将做好的酥油花展出，一年一度，成为寺内盛会。

导游介绍说，酥油花艺术是一种颇不寻常的创作，必须在寒冷的冬季才可制作。由于酥油的熔点很低，15℃就会变形，25℃左右就会熔化，为了防止手指体温对酥油花的影响，艺僧们在捏制之前都要把手浸泡在刺骨的冰水中，然后进行创作。一旦手温回暖，必须再次浸泡。制好的酥油花，因受气温的影响，每隔一两年就要重塑一次。那些制作酥油花的艺僧，往往在制作几年或者十几年之后，双手都会患严重的风湿病，不能再从事这项艺术的创作工作。

在惊叹酥油花的精美之际，我仿佛看到艺僧们被冰水浸泡后的苍白而僵硬的手指，不禁惊叹这是一项多么残酷的艺术！酥油花美则美矣，但艺僧为此付出的代价实在太让人触目惊心了。我对同行的朋友说："这样的一项艺术简直不合人道，也应该不合佛道吧。"

然而，酥油花艺术却代代相传下来，延绵数百年而不衰，竟有那么多的人执着地奉献于这一艺术，这让我产生深深的思考。我当即想起老诗人彭燕郊在接受访谈时说过的一句话："美是有毒的。"这无疑是一种对于美的别有体验的感悟。

我见到过年已八十高龄的彭燕郊先生，很难相信他的那些诗行里涌动着的年轻的诗思和激扬的思辨，是从他那瘦削的身躯里迸发出来的。这位在 20 世纪 40 年代就卓有建树的"七叶派"诗人，几十年来经历着人生的坎坷和岁月的风雨，却一直坚持诗歌创作和研究，年逾古稀之后还写出了《混沌初开》《生生：五位一体》等长篇巨作。他体验到，美是有毒的，美是残酷的，却奉献出自己的一生，无怨无悔地去追求美、创造美。诗人彭燕郊先生的这种感悟和执着，无疑是意味深长的。

实际上，所有的艺术都是艺术家全身心投入的结晶，是奉献生命和心血的结晶。舒伯特谱写他的交响曲，曹雪芹创作《红楼梦》，路遥写作《平凡的世界》，何尝不是一种生命的祭献！对于凡庸的人生，献身于创造美的艺术也许是一种不能拒绝的诱惑。尽管在艺术追求的过程中将付出如许巨大的代价，但艺术家们从中获得了更深刻的人生体验，那是创造的快乐和不一样的生命况味。

艺术的结晶最后呈现为赏心悦目的美，正像酥油花的异彩纷呈，如同交响乐的旋律飞扬，恰似文学作品中的文采洋溢……作为艺术作品的欣赏者，我们常常只看到美的呈现，享受美的愉悦，而很少想到美的诞生是烈火中的凤凰再生，很少想到艺术家们在创作过程中付出的巨大代价。

辽阔的西北大地，广袤的青藏高原，展示着大自然与人类精神相融相生的奇观。酥油花作为宗教艺术的皇冠明珠，如昙花般盛开又凋谢，它那短暂而奇异的美的闪光，让我们看到了艺术创作的真相和事实。艺僧们那苍白而僵硬的手指，让我们感觉到不可逼视的残酷，却也让我们了悟到艺术和生命的本质。

2003 年第 6 期原发《年轻人·校园版》

邓跃东

邓跃东，男，1974 年出生，洞口县人，中国作家协会会员。行伍出身，新闻立业，转业服务于交通部门，业余多写散文随笔，在《人民日报》《解放军报》《湖南日报》《读者》《天涯》等发文 300 余篇。

高塔之下

伫立资江南岸，我曾无数次眺望对岸的北塔，却一直没有走近过。北塔默默地镇守着这片土地，资水从它身旁流过几百年了，它一直岿然不动，定有超然的生命力。春日的一个午后，我漫步资江大桥，然后拐进一条弯曲的小巷，伴合着居民们负暄的欢声，我走到了北塔的底下，西斜的太阳把我的身影投到塔墙上，一下觉得融入了北塔之中。

塔有七层，八角合围，青砖垒墙，雨檐层叠，风铃挂顶。塔旁立有碑记，道明建于明万历元年（1573），以培风水、振人文而立，因处资、邵两水汇合处之北而得名。我围着塔基走动，对岸是一块嶙峋高石，悬空于水上，石上建有"双清亭"，亭边有庙宇，古人一句"云带钟声穿树去，月移塔影过江来"，极尽此处意境妙味。塔的东边是洄弯而去的资水，江面开阔，帆影点点，衬得北塔魁伟高大。走到塔的北面，却看到一座二层小楼，土色墙、青黑瓦，典型的湖湘屋宇风格，楼房离塔只有四十来米，显得矮小逼仄了。小楼建在塔北，该是管理单位的公寓吧，走近一看墙牌，惊得我合不拢嘴——廖耀湘公馆。

怎会在此邂逅一代名将？前不久还读了他的传记，一直为与他同是一乡而亢奋，想不到这一刻竟踩到了他的脚印！我退后一段距离，不解地望着高塔低楼，又禁不住低头寻思，从很早起，廖耀湘就享誉较高，而在辽沈战役后，廖耀湘的声名一落千丈，沦为了战犯，怎么还有人民政府修建的公馆呢？其实，要说廖公这个人，他的高往往又正是来之于他的低，不仅是这场内战，他从青年时代起，就伴随了"高高低低"的人生缩影！

第一次离开故乡邵阳，他才14岁，考上了长沙的岳云中学。廖耀湘字建楚，喻指"建楚之才，名耀三湘"。他19岁报考黄埔军校，因缺少路费错过报名，就去本地军队当兵，第二年再次报考，录入黄埔六期。毕业时，北伐已经结束，他参加了1930年国民政府的赴法留学考试，一千人报考，录四十人，他成绩排名第三，但被刷了下来，原因是个子太矮，仅一米六。一气之下，他"闯宫面圣"找到蒋介石，大呼录取不公，认为选才不是选女婿，不能以身高为重，拿破仑个子矮照样能打胜仗。蒋介石十分欣赏他的勇气，特批他出国留学，从此记住了这个名字。

难以想象，敢跟蒋介石论理的青年学生就出自脚下的这块土地，他矮小的身材，展现的是志气的高远。而眼前的高塔矮楼，默默相对，像有某种玄妙之道！

学习现代军事归来，抗战全面爆发，廖耀湘参加了南京保卫战，后组建第一支机械化军队二〇〇师。在昆仑关战役中，这个矮个子副师长作为前敌指挥官，战术灵活，身先士卒，歼敌五千多人，击毙日军少将旅团长中村正雄。此役打出民族气节，展现了他的高超军事才能，一时名扬国内。

廖耀湘出身低微，其貌不扬，无后台支撑，唯靠锻铸武略之高。他后来的参谋长舒适存说："廖氏秉性骨梗，不谙世故，酒食征逐，更是外行，既不逢迎上级，朋友之间，更少周旋，唯一嗜好，就是训练，每逢军队驻定，即亲率连、排、班长，从事实战演习，亲身示范，一丝不苟。"

即是军人，家国在胸，浴血卫戍，功勋建树全在一腔热血。后来，远征缅甸，廖耀湘领命率队，死拼硬打，从师长干到军长，扭转抗战局势，赢得盟军的钦佩和嘉奖。滇西抗战、雪峰山战役最后一道防线等重要的战略的部署上，蒋介石屡屡倚重当年差点错失的矮个子。这个矮个子没有辜负国人，一次次用硬气换来了民族尊严，人们看到的是他高大的身影。不仅如此，这个矮个子还以他的英才气质，赢得长沙望族黄氏一门的高看，与黄兴侄女黄淑兰结为伉俪。

虽然一次次攻难克坚，久负盛名，但是辽沈战役廖耀湘处在对立面，敌我较量，生死之争，最后成了败军之将，被俘虏关押，他怎还能站起身呢？而实际上，他作为兵团指挥官，气节十分刚烈，兵败翌日，痛哭一场，决心自杀，无奈弹尽粮绝，转想上吊，找到一棵大树却找不到绳索，后被追兵拦截，但不待审讯，他立马亮明身份，但求一死。廖耀湘的气节让我军将领瞩目高看，他的对手韩先楚几次去看望，但他不愿握手，宁愿坐牢。

英雄败将，命运无常！我在小楼前徘徊着，廖耀湘少年离家求学，戎马倥偬，未返乡梓，何来的公馆？正在迷惑中，附近一个年逾八十的老汉走了过来，主动打起招呼：廖耀湘从这个地方读书出去的，是个英雄啊！我问他：你怎么知道他是个英雄？老人的牙齿上箍了一层钢丝套，发声像是钢锚在碰撞："他打败过日本鬼子，对国家有功，对老百姓有利，连毛主席都尊重他，还当了解放军的教官，人民政府给他修了公馆！"想不到一个乡野老人，对一个屈身之人有如此之高的评价。

与那些后来起义的将领不同，廖耀湘也只能是他的德与才，让他的形象再次高大起来。这说起来又是英雄相惜的胸怀。1951年，刘伯承在南京创办并出任中国人民解放军军事学院院长，因为缺少现代军事理论人才，他向中央提出选用廖耀湘，获得了同意，廖耀湘却无此意，他说败军之将怎教常胜之师。见此，刘伯承安排专人向他传递用意：不是个人请你授课，而是国家需要你教课，报国图强，各尽所能。廖耀湘想不到，自己战败名裂，妻儿羁留台湾，而在中共眼里他仍是一个于国有用之人。于是答应前往。廖耀湘毕业于法国圣西尔军事专科学校，后学过机械化军事，他的知识正是当时军队的急需。后来，毛泽东对这种知人善任的做法给予了肯定。

直至今天，廖耀湘也是以一个正直的人物形象存在于我们的记忆中，而其他很多命运相似的同僚，却没能让人们拥有这种记忆。根本原因在于其作为是不是有益于社稷人民。廖耀湘性格耿直，语无遮掩，在"文革"中受到冲击，在一次集会中情绪激动，因心脏病而殁。1980年，中共中央、国务院、全国政协对他进行追悼，公开肯定他的抗战功绩，骨灰迁入八宝山。他的崎岖身世不无昭示，一个人处身低谷，砥砺超凡的意志和德才，生命仍是山高水长。

于此，眼前这座由家乡邵阳市人民政府在2004年修建的公馆，也是自然而然了。可是，我仍然惊叹公馆怎就建在北塔的旁边，一高一低，巧合妥帖，恰是一个人的敦实身躯和凌云气概。

离开塔楼，我转身向资江凝望，长空浩渺，水天一色，融会千年的云天气象、大地灵韵入得身怀，心胸顿时开阔。

载于2013年5期《西南军事文学》

大地归鸿

我原想从飞鸿一角给此文拟题，有感于一次出游的偶遇，数年的追问和沉吟，竟有了归鸿之意，就沿着心路历程来叙写吧。

有一年，我带着6岁的儿子到市郊的松坡公园游玩，公园以蔡锷之字为名，他是我们邵阳人。此园由山林开辟，面积宽阔，湖山环绕，松树挺立，当时枯草泛黄，游人稀少，一片寂静。两人走到一个高坡上，枯草丛里忽然"嗖"地飞出几只大鸟，把人吓了一跳，我赶紧抱住儿子。转眼间，它们已经飞上湛蓝的天空，惊声回荡入耳，真有鸿雁秋返、声啸长空的意味。

此地僻静，把鸿雁都搅飞了，还是走吧，它们可能还要回来。转身时，看到了旁边有座水泥砖砌物，规模还不小。走近一看，又是一惊，大理石上横刻着"贺绿汀之墓"几个字，由赵朴初题写。怎么是他呀，老先生晚年一直在上海生活，印象中好像老家是邵东县乡下的，离这里有几十公里路程。

这时，来了几个上了年纪的游人，他们也惊感著名音乐家贺绿汀竟安息在这里，有说叶落归根吧，人多是这个归宿，不管年轻时飞得有多远。我环视一阵，看到墓碑四周围着一圈金属栏杆，上面镶嵌五线谱音符，呈现出与墓主身份吻合的气氛。我认识五线谱，惊讶怎就是这一首——《游击队歌》。这是贺绿汀的代表作，他给人们的记忆，倒像是个老游击队员！

回家后，我查阅了一些资料，请教了一些早年见过贺绿汀、有过交往的人，了解他的生平，尤其是魂归故里的情况，尤感他漂泊不定的经历真像一只天涯飞鸿。

贺绿汀 1903 年出生，青年时代到邵阳、长沙读书，爱好音乐。他的三哥与毛泽东是湖南一师的同学，他受影响也离乡投入音乐救国活动。1926年加入中共，1928 年被捕关入国民党监狱近两年。后辗转上海、天津、北京、南京、广东、香港等地，出生入死，矢志不移，用一把小提琴抗日救国。1937 年在山西抗战前线创作《游击队歌》，旋律激发全国上下的抗战热情。1941 年到新四军工作，1943 年到达延安，中华人民共和国成立后出任上海音乐学院院长。直到 1950 年，他才回到阔别 20 多年的家乡。后来仅回家三次，如一只天涯飞鸿，顾不上回乡多歇停一刻，直至 1999 年在上海因病去世。我就此问过多人，多认为叶落归根，但无人知道他本人的心里想法。

越是深入了解，越是不得其解。我想起苏轼年轻时写过一首诗："人生到处知何似，应似飞鸿踏雪泥。泥上偶然留指爪，鸿飞那复计东西。"贺绿汀应是深得诗意的，观其一生，他心怀大地，鸿飞无迹，超然物外，随遇而安，不会仅因传统的家乡观念又飞回来；中华人民共和国成立后他都在上海生活 50 年了，加之他的归葬是在 2003 年去世后第四年才进行的。我觉得，总有一种理由能够说明事情的实质。

几年了，这篇以飞鸿为旨意的文章就一直未能开笔，自己心里不透彻，怎又说得明白，还是酵藏在心吧，等待自然结果。

有一次，我跟政协的一个朋友谈起此事，觉得他们对文化名人了解要宽广，他说读大学时就听过贺绿汀的一次演讲，有过一些关注，还给我找了一些资料。情况大致是，市里打算建设松坡公园，为了提升文化影响力，拟在园内修建贺绿汀音乐广场和纪念馆，1996 年安排人到上海征求意见，贺绿汀说，只要对家乡人民有好处的事都愿意做。贺绿汀去世后，松坡公园的建设方又向贺老亲属提出，希望将贺老骨灰安葬到公园内，与馆场设施布局整体一致，同时也是让贺老魂归青山故土。贺老的亲属经过考察和商议，同意了这个方案，一是实现了父亲的心愿，二是能够更好地纪念父亲。2003年7月，在纪念贺绿汀100周年诞辰之际，家乡人将贺绿汀夫妻一半的骨灰迎回、安放到松坡公园，另一半留在上海龙华烈士陵园。

原来是这样，从时间和安排上说通了，但是情感上怎么理解，既然贺绿汀生前有愿望，他是基于什么决定魂归故里？不会是为了配合公园的一个布局吧！我觉得这里面有一种返乡的因子在涌动，但是找不到依据。海德格尔说诗人的天职是返乡；沈从文说一个战士不是战死沙场，就要回到自己的故乡。这是说一个人的精神灵魂要回到起始的地方，并非仅指生命肉身的归返。贺绿汀这样饱经沧桑、思想开明的文化大家，必有深厚的情感所寄。

有人告诉我，贺绿汀晚年一直挂念家乡，不但出谋划策，还帮钱帮物。他还提供一个细节，20世纪90年代，家乡人去上海看望他，他的小院里种了很多苦瓜，自己吃的，他说上海条件好，家乡生活疾苦，不能忘了，人家离开时，他买了很多改良的果蔬种子让带回去。心念家乡，尽己之力，也是正常情理，但不足以让他决心归故。

前不久，因工作关系去了一趟邵东县，我们徒步查看一条通村公路，穿过青山越过田野，来到山下的一个小村子。同行的人说，这里就是音乐家贺绿汀的家乡，他的故居还保留着呢。我听了一惊，连说去看看。

这是一栋木架砖墙的瓦屋，屋前是一口池塘，边上栽了几棵树，木屋有六七间房，很是陈旧了，屋里陈列很多贺绿汀的图片，故物不多，他出生时的木床却保留了下来。旧屋的邻里是贺绿汀的本家堂亲，一个70多岁的老汉给我们介绍着，他说贺绿汀最后一次回到祖屋是1980年3月。我突然想到那个久存心里的疑惑，就给老人点了一支烟，慢慢地攀谈起贺老归葬故乡的事情。老人沉默了一阵，缓缓地说，他是回来陪二妹子的，他二妹子就躺在屋后的山上。老人用手指去，山上青松郁郁。

还有这回事？我的心立即紧了起来。我们邵阳人把男孩叫伢子，把女孩叫妹子，我在资料上看到过贺绿汀的二妹子贺晓秋的文字，但我不知道是这个结果。老人告诉我们，1966年夏天，贺绿汀因写文章受到错误批判，二女儿贺晓秋因不堪抹黑，有个晚上从审查室跑回家，打开煤气刚烈自尽。这位毕业于上海音乐学院作曲系不久的妹子，坦然地用一个休止符结束了一切。

这时有个中年汉子走过来跟我们说话：他二妹子大学毕业，只活了29岁，她很热爱生活，原本就要结婚了，临走前将自己绣制的、准备自己用的枕套送给了一个同学，她绣的百合花清雅秀丽，家里人见过，原本等着喜庆呢，没想到却成了一个忧伤的记忆。

老人继续说，贺绿汀被关押五年之久后无罪释放，出狱时家人已经不认识他了，还是小女儿从他腋下夹着的破被子上认出了这是自己的父亲，因为被子上有一朵朵熟悉的红花。回到家中，无人敢告诉他二妹子的事情，只说下放到外地去了，但很快被他觉察到了。当家人说出真情后，70岁的老人捶胸顿足，放声痛哭，说女儿劝下了自己，自己却没保护好女儿，连一次规劝的机会都没有。贺绿汀惦记女儿的骨灰在哪里，小女元元说，过了半年，才领回二姐的骨灰，她背着骨灰盒四处流浪，后来放到了家里。贺绿汀听完说，总算还和家人在一起，不能让她孤单，生前没有得到呵护，死后要让她回到亲人的怀抱。

后来老家来人看望贺绿汀，觉得他宽厚温情很多，不轻易发脾气，问长问短，关怀备至，甚至以德报怨，对人不计前嫌。贺绿汀还给家里亲人几次写信，提出要把二妹子的骨灰送回来，老家人开始不理解，他说上海是外乡，没有埋下一个亲人，土地是冰冷的。1980年3月，贺绿汀回到再次阔别20年的家乡，一个重要目的就是安葬二妹子的骨灰，亲友们过来帮忙，就放在孩子的爷爷奶奶坟墓旁。下葬那天，贺绿汀对着坟墓说：晓秋，爸爸会回来的！他流了很多眼泪，这一年他77岁了。

现在，我终于理出了头绪，想不到还有这么一段悲情经历，真的印证了之前的那些想法，贺绿汀的情感不会那么简单。我又问他们，归葬家乡的事，贺老生前有无向家里人透露过？中年汉子说：如果想详细了解，可以去找松坡公园的人，他们与上海的贺元元有联系。

经过一番联系，我找到上海的一个朋友，他说老人家年事已高，不便打搅，他告知一个细节，贺绿汀晚岁常去湖南路口的街心花园，坐在一张石凳上沉思，久而久之，大家都把石凳空让给他，哪怕他那天没去。他还想办法给我寄来一本贺元元写的《我的父亲贺绿汀》，我看到，她在书里写到父母亲这样做，是"为了使感情上有点安慰"！

原因就这么简单，却沉重万分，两位老人用全部的力量去落实了这一句话。

想不到，贺绿汀一生作品无数，最后的乐章却是这样谱就。我想，此情无计，唯有这样，才能安慰彼此的情感。别人也许想得很多，在父母眼里，往往无须更深的理由，面对孩子的受难，任何时候，都是箍得紧紧的。记得那天飞鸟突起受到惊吓时，我一把抱住儿子，直到他喊哎哟，我才知道用力过猛了。

天涯飞鸿是一种生命状态，回归故土也是一种生命姿态。大地广袤，乡音遍野，何处是乡愁？我想起《诗经》里的千古佳句："昔我往矣，杨柳依依。今我来思，雨雪霏霏。"乡愁就是一个等望吧，雪天里对春天离去时杨柳依依的回望。那么人生充满了等待，漂泊一生，都无法错过，那个黄叶飘摇的秋天，当秋风吹起时，谁又能如鸿归来？如果，骨子里没点情感牵扯，被另一种养分滋润着的生命，肉体即使回来了，一个人的灵魂安能回归？

原载 2016 年第 10 期《创作与评论》

范　诚

　　范诚，新宁人，毕业于湖南师范大学中文系，现为湖南广播电视台一级文学编辑，中国作家协会会员，湖南省作家协会会员。作品刊发于各种报刊，《湘西人物素描》获由《海外文摘》杂志社、《散文选刊·下半月》杂志社主办的"2016年度中国散文年会"一等奖，《峒河的苗家少女》获"2016年度中国散文排行榜"最佳散文奖。已出版散文集《崀山走笔》《本色凤凰》《阅读湘西》《崀山乡土》《走玩湘西》《吊脚楼下的湘西》《吾乡吾土》等。

沈从文甘当小学生

曾经看到一幅照片，八十岁的沈从文老先生戴着红领巾，端坐在凤凰文昌阁小学的教室里，和那些孩子在一起，神态安然自若，俨然是一个真正的小学生。

这是 1982 年 5 月，沈老最后一次回到故乡凤凰，也是最后一次回到母校时拍摄的照片。文学大师回乡，没有鸣锣开道，没有前呼后拥。沈老只是作为一个学生，在黄苗子、黄永玉夫妇等陪伴下，很低调地来到母校，走走看看。这也是他每次回乡必去的地方。母校对他来说，真是太重要了。

沈老一行走进校园，一眼看到那株高大挺拔的楠木树，老人家就激动起来。他对同行的人说，一看到这株楠木树，就勾起他对幼年的回忆。接着，便讲述当年读书时因贪玩而逃学看戏的事，以及被老师罚跪，从而立志发愤的故事。

在校园休息时，母校的老师不拘形式地拥在沈老周围，请他讲述成名的事迹。沈老谦虚而又激动地说："首先，我申明，我不是什么名牌大学毕业，也没有留过洋的什么'作家'。作家是大家喊出来的，抬出来的，实际上我是当之有愧的。但有一点可以讲，我是这个学校出身的。今天我是以漂泊多年的游子身份来探望母亲的。"

当一位少先队员替他系上红领巾，并问候"沈爷爷好"时，沈老心情激动地说："看到你们的成长，我非常高兴。我过去也在这里读书，和你们是先后同学，可以说是你们的老同学。你们一定要听老师的话，好好读书，把自己培养成有用的人才。"简洁而朴实的话语，激起师生雷鸣般的掌声。

接下来，学校领导请沈老拍摄合影留念，沈老却要求坐在教室里，和孩子们拍一幅上课的照片。于是就有了这一幅难得的留影。

有些人好为人师，名片头衔一大堆，还嫌不够，处处要显得高人一等。但因为不学无术，头重脚轻根底浅，没能赢得人们的尊重。

有些人从不以老师自居，处处甘当小学生，却因虚心好学，学富五车，成为一个领域的专家。桃李不言，下自成蹊，反而得到人们的敬仰。

毛泽东曾经说过，要做人民的先生，先做人民的学生。沈从文先生，堪称大家，八十高龄还乐于当小学生的精神，实在让人敬佩。

原载《湘声报》2016 年 6 月 22 日 "钩沉" 副刊

磨刀石

老家的池塘边，有一块磨刀石。

这是一块极为普通的石头。看上去有点像不规则的砖头，因为考虑到磨刀时便于固定，主人还在下面用木头凿了一条竖槽，将石头嵌在木槽中。只是因为使用时间太长，那石头被磨得中间低，两头翘，呈马鞍状，远看有点像古戏中官人的朝靴。

也许是很久没有人来磨刀的缘故，那石头孤零零的，显得很落寞。它的下面和木槽上，已长了绿色的青苔。只是石头的表面，还算光滑，印有一点磨刀时留下的铁锈的痕迹。

想起这磨刀石，当年是许多人轮番光顾，很忙碌的。乡里有句俗话，叫作"磨刀不误砍柴工"。那时候每家每户烧柴，孩子们放学后，经常上山砍柴，这砍柴就需要把刀磨好。刀锋利了，砍柴时，"唰唰唰"，快得多。到了过年，家家户户，有条件的，要杀猪宰羊。这更需要磨刀，所谓"磨刀霍霍向猪羊"。只见屠夫们，蹲在磨刀石前，张开手臂，"霍霍霍"地磨刀，一副杀气腾腾的架势。孩子们可高兴了，因为有肉吃了。

磨刀石是乡下最普通不过的石头。它们大多是不花钱从河边捡回来的；有些是从外面山中被发现，顺手带回来的；有些是卖磨刀石的人挑着担子送上门的。那时候，磨刀石也便宜得惊人，只有几毛钱一块。但是，乡下人对磨刀石是充满敬意的。最明显的，就是磨刀石摆在那里，既不能让人坐，也不能让人踩。孩子们当板凳坐，老人会说，坐不得，坐了屁股会生疮的。孩子赤脚去踩，大人也说，搞不得，脚会开裂的。有顽皮的孩子对着磨刀石撒尿，大人伸手就给屁股上一巴掌，作孽，磨刀石也能乱撒尿的？

一次，老人在磨刀，周围围着一群孩子，看热闹。老人把刀磨好，用手试试刀刃，锋利极了，心中很得意，对着孩子说，你们别小看这磨刀石，再好的刀，没有磨刀石，也不锋利，有什么用？你们知道"宝剑锋从磨砺出"吗？

磨刀石，仍静静地躺在那里。因为乡村大多数人的外出务工，已经很少人光顾它了。它已经习惯了这种落寞，默默无闻，宠辱不惊，就像低调的人生。

原载 2016 年 1 月 15 日《湘声报》，《散文选刊》2016 年第 8 期选载

黄　田

　　黄田，绥宁人，省作家协会会员。曾在《文学报》《杂文报》《读者》等全国50多家报刊发表作品，作品入选多种选集。曾荣获《杂文报》全国杂文优秀奖。已出版《悠悠万福桥》《文人相轻又何妨》《想说就说》三部散文、杂文作品。

为何 70% 的作者是老面孔

最近在网上看到一个"可以忽略的 70%"定律：一部高档手机，70% 的功能是没用的；一款高档轿车，70% 的速度是多余的；一幢豪华别墅，70% 的面积是空闲的；一大堆社会活动，70% 是无聊空虚的；一屋子衣物用品，70% 是闲置没用的；一辈子挣钱再多，70% 是留给别人花的。但笔者认为，还有不可忽略的 70% 值得关注，那就是文学副刊，70% 的作者是老面孔。

我喜欢翻看一些报纸的副刊，比较关注上面的大作。看来看去，我发现 70% 的作品是老面孔写的。这些老面孔基本上是名人或写手，精通写作套路，熟悉编辑喜好，跟编辑建立了一定的关系，发过去的稿子总是优先查看优先发表。而那些无名小卒写的文章即使再精彩，也会淹没在多如牛毛、浩如烟海的电子来稿之中，腹中之死胎，成为入海之泥牛。因此，这些作者总是牢骚满腹、怨天尤人也在情理之中了。如此这般，经常挂在嘴边的"大力发现、培养、扶持文学新人"，只能是一句空话、大话和假话了。

名家作品固然不错，经常发表无可厚非。但不一定字字珠玑、句句锦绣、篇篇精品，也不乏平庸之作，有的甚至是垃圾。如果把这些东西拿去发表，则难免让人羡慕嫉妒恨了。据媒体报道，日前，在南京举行的中国首届电视剧讲坛上，中广协会编剧委员会副会长彭三源披露，上半年全国电视台共播出 800 部电视剧，其中收视率破 1 的只有 45 部，也就是"好剧"占比仅为 5%，"烂剧"达 95%。电视剧本如此，报告文学更糟。据说，由《红岩》杂志社发起的红岩文学奖，拟取消其中的报告文学单项奖。由此推而广之，其他体裁的文学作品质量也不会高到哪里去。

也难怪，研究中国当代文学的德国汉学家顾彬，一直瞧不起中国当代文学，说中国当代文学"是垃圾"。虽然有点偏激，但也有他的理由，其中一条是中国作家写得太快了。听说中国内地单长篇小说一年要出版几千部，许多中国作家一天能写五六千字，他就大摇其头："在德国一个真正的作家不会一天写六千个字。"他举了两个例子，一是托马斯·曼一天只写一页，一是彼得·施耐德一年才写一百页，更少。顾彬自己也是作家："这也是我对自己的要求，如果写散文或者小说，我一天只写一页就差不多了。"有道是，千修百改出华章，慢工出细活。这细活就是精品，就是力作。有些作家或写手一天"一气呵成"几千上万字，比鲁迅还厉害，修都不修改一下就拿出去发表忽悠读者，这样的"大作"十有八九是垃圾。

笔者认为，名家的作品，读者最喜爱的、影响力最大的，也就是那三五部（篇），而有些名家的代表作或成名作，也就是其处女作。只因被"伯乐"早发现也就早出名了。在我国文学史上，这样的例子举不胜举。可见，有些无名小卒的作品质量是蛮高的，并不逊色于名家，只是在当今浩如烟海的电子来稿中没有引起编辑注意而淹没了，就像一颗珍珠深深埋藏在一堆垃圾之中，如果没有被"慧眼"发现，并从中"刨"出来，那么这颗珍珠就跟一颗石子一样，永远被人忽略了。当然，也有些稿子被热心编辑发现，尽管质量不错，但因版面有限，关系不硬，一拖再拖，最终被"撤"，无法见报。

有些无名小卒的作品不是写得不好，而是没有被名家发现。据说，舒婷的成名作《致橡树》，最先发表在一个内刊上，无人关注。后来被我国一位著名作家偶尔发现，拿到一个大刊上发表，才引起大家的注意，最终成为脍炙人口、众所周知的诗歌名篇。舒婷因此而闻名全国，其命运也随之改变。

因此，我想借贵报一角，真诚地希望文学副刊或其他文学报刊编辑，像沙里淘金一样，多关注无名小卒的自由来稿，并择优发表，大力发现、培养、扶持文学新人，以促进我国文学事业的大繁荣与大发展。

原载 2012 年 10 月 12 日《文学报》

作家班之我见

近来，北师大办"作家班"（文学创作硕士专业）的消息引发了各种争议和质疑。不少人认为，作家写作靠的是天赋和灵感，好作家是不能培养出来的。笔者对此观点不敢苟同。

首先，这个"作家班"的学生有一定的文化素质和写作基础。据了解，这个作家班的 10 名学生，是通过国家研究生考试后，学校组成了以作家为主体的面试小组，学生都带着作品来面试，是通过百里挑一甚至千里挑一严格选拔出来的高才生或文学青年。尽管他们专业各自不同，但都一直从事创作，酷爱文学，是一批具有创作潜力的苗子，只要经过园丁的辛勤浇灌、除草、施肥、管理，今后一定能茁壮成长为一棵参天大树。

其次，这个"作家班"具有雄厚的师资力量。据悉，这个作家班增设了"当代文学创作理论与实践"专题课程，除本院导师授课，进行各种写作训练外，学校还请来李敬泽、格非、严歌苓、李洱、欧阳江河、邱华栋等知名作家担任导师，同时，还邀请知名编辑授课，对学生的作品进行点评。这些因素，都是他们今后成为作家的关键。据北师大文学院博士生导师张柠教授说，近来，这 10 个学生各自完成了一部短篇小说，杂志编辑看过后，认为其中 3 至 4 篇可以发表，这表明他们的作品已经达标或不错。如此看来，这些学生通过两三年系统的理论学习和写作训练，成为一名小作家是不成问题的，将来成为一名大作家也是指日可待的。

我认为，好作家不仅要具备一定的天分和灵感，要有良好的文化素质、深厚的生活基础和写作功底，同时还要有必不可少的名师指导。有人说，人生成功靠四人——靠高人指点，靠贵人相助，靠小人找碴儿，靠个人奋斗。培养好作家也同样要具备这四个基本条件。

办作家班并非新鲜事物，以前北大、复旦等名校也曾开设写作专业。早在20世纪50年代初，中国文联和文化部就联合创办过中国文学研究院（后来更名为文学讲习所），已经培养出马烽、西戎、李若冰、唐大成、玛拉沁夫、邓友梅、张志民等一大批著名作家。到了80年代，中国作家协会下属的鲁迅文学院与北师大中文系合作，举办的唯一一届正式有学历的研究生班，培养了包括莫言、迟子健、余华、刘震云等在内的一大批知名作家。事实证明，自鲁迅文学院创办以来，已经培养出了成千上万名作家。

在笔者看来，作家班是培养作家的摇篮和跳板。即使你有一定的写作天分和灵感，有丰厚的生活积累，但是如果你缺乏必要的文学理论基础，没有掌握熟练的写作技能，你的作品就没有深度、力度和厚度，甚至难以发表。即使发表了，也没有影响力，就像一颗小石子扔到海里激不起一点涟漪。写作也像老百姓种玉米，要想丰收，必须具备"种子、土壤、环境、气候、治病、施肥、治虫、浇水、除草"九大要素。九大要素，缺一不可，否则，可能导致收成减少或颗粒无收。

反之，如果你有一定的生活体验，灵感不断，又勤奋写作，再通过名师精心辅导和指点，就会少走很多弯路，就会如贫得宝，如暗得灯，如饥得食，如旱得雨，如鱼得水，如虎添翼。比如，莫言能获得诺贝尔文学奖，原因很多，但一个重要原因就是得到文学编辑的重视和关注。26岁之前，莫言写了很多作品，向全国报刊投稿，却屡投不中。终于在1981年秋天，河北保定市《莲池》杂志编辑毛兆晃发表了莫言处女作短篇小说《春夜雨霏霏》，这对莫言是一种巨大的鼓励和鞭策，为莫言的文学创作树立了信心，就像经过漫漫长夜的人见到了希望的曙光，又像迷失方向的航船看到了前进的灯塔。

后来，莫言进入解放军艺术学院文学系学习期间，写了一篇中篇小说《透明的红萝卜》，经著名作家徐怀中修改，然后推荐给创刊不久的《中国作家》杂志编辑肖立军发表，赢得全国性声誉。从此，莫言一举成名，一发而不可收。

1985 年，在作家出版社著名作家和编辑石湾的帮助与支持下，出版了莫言的第一本书《透明的红萝卜》（徐怀中作序）和第一部长篇《天堂蒜薹之歌》。从此，莫言跟著名作家阿城、王兆军、刘索拉、何立伟等文学新星在中国的文学上空冉冉升起。这两本书的出版，为莫言的成名成功起到铺路搭桥的作用。1986 年，莫言从解放军艺术学院毕业后，在《人民文学》杂志第 3 期发表了中篇小说《红高粱》。该作一发，犹如一枚炸弹，在文学界引起轰动。

当然，有些作家是通过勤学苦练"折腾"或倒逼出来的，有的是经过十多年甚至几十年的摸索、磨炼、奋斗才成名成家的，即使这样，他们在漫长的写作过程中，也或多或少地得到过不少编辑、作家的指教和点拨。例如，罗广斌和杨益言写《红岩》，就得到老作家沙汀和当时的中国青年出版社文学编辑王维玲的大力帮助。王维玲说，"《红岩》不过 40 万字，可是从初稿到定稿，重写三次，大改两次，苦战了三个春秋"，最后才得以成功出版。诸如此类，举不胜举。

要想尽快推动中国文学事业的发展，让中国文学作品和作家走向世界，扩大影响力，就需要北师大这样的"作家班"，为中国多培养出一些既懂文学理论又会文学创作的学者型作家。因此，北师大办"作家班"不失为一种与时俱进的明智之举，应该多多益善，值得其他有条件的高校借鉴。

原载 2014 年 12 月 9 日《杂文报》

黄三畅

　　黄三畅，中学语文高级教师，湖南省作家协会会员，武冈市作家协会副主席。在国内报刊发表大量小说、散文、文艺评论，出版有长篇小说两部、中短篇小说集两部、散文集三部、乡土诗词集《都梁诗记》一部（编注，与人合作），以及《明清武冈六人集》（编注）和《鲁之洛的文学世界》（编选）。数十篇作品在国内选刊、权威年选、作品集刊载，曾获《羊城晚报》"花地"佳作奖，三次获地市级"五个一工程"奖。

儿戏化

到一个多年未联系的朋友家，看到一件让我非常惊喜的事。他本是个远近闻名的做龙骨水车的木匠，由于有了电力排灌，龙骨水车没人要了，因此他颇失落了好些年，后来突发灵感，做起玩具龙骨水车来。我把他的一件成品托在手掌上：一尺长短，宽和高都是两寸的样子；龙骨、车叶、车头、车尾，一应俱全，是一架"迷你"龙骨水车！我把车尾沉到一个盛了水的盆子里，摇动车把，水还真被车上来了！我问销路如何，他说拿到城里卖，买的人"抢断手"。问价钱如何，他说比实用的高一倍。

由这样一架"具体而微"的玩具龙骨车，我想起更多类似的东西。刀枪剑戟、兵舰大炮，是凶器，是打仗杀人的东西，早就做成了玩具，让小孩玩耍，恐怖全无，而只有欢乐。汽车、火车、飞机，是交通运输工具，驾驶员需要专业技术，驾驶起来是辛劳的，也早已做成玩具，或手推或电控而使之行驶，驾驭的辛劳化为欢欣。

由"物质"的东西转而想到"精神"的东西。正经、严肃而近冥顽的经典可以戏说，孙悟空可以"大话"成和美女妖精缠绵，抱憾"曾经有一份真诚的爱情放在我面前，我没有珍惜，等我失去的时候我才后悔莫及"，很是赢得一些人感动。顶天立地的英雄武松可以"改编"成和嫂子潘金莲暧昧，也让不少人看得兴味盎然。

还有日常生活。中国人，总以黑头发为美，尤其是少女少妇；后来观念也变了，你到街上去看，有几个少女少妇的头发还是本来面目？她们把单一的黑色"儿戏"成各种色彩了，浅红、金红、粉红、橙红、深蓝、玉白、杂色……全凭自己喜欢，算是充分彰显了个性。

还有政治。政党、国家领导人，其形象多么重要，标准像需要多么标准。如今，却可以卡通化，大头、细身、短手短脚，十分幽默有趣。

我以为，一些事物和人的儿戏化，很有好处。提水的工具龙骨水车使用起来多么吃力，我是深受其折磨的；如今成为玩具，说明生产力发展了。刀枪剑戟、兵舰大炮作为玩具，可谓"老少咸宜"。可惜还没有彻底玩具化，人们还在大量制造货真价实的，用于战争。少女少妇的头发万紫千红，比清一色赏心悦目。政党、国家领导人的形象卡通化，把他们变"通俗"了，把他们与群众的距离拉近了。

有些人质疑戏说、儿戏化经典，我以为也无所谓，屏幕上孙悟空与美女妖精缠绵，就缠绵吧，并不会给真正的佛门弟子抹黑；武松与潘金莲暧昧，就暧昧吧，也并不会让真正的正人君子丢脸。但有一些事情似乎不宜儿戏化。曾参的妻子要到集市上去，儿子哭闹着不让去，曾参的妻子就说："你在家好好玩，妈妈回来后宰猪给你煮肉吃。"曾参的妻子赶集回来，只见曾参正在磨刀准备宰猪。妻子问何以要宰猪，曾参说："你不是说要给儿子吃肉吗？"妻子说："我是哄儿子的。"曾参正色道："这是教育儿子的大事，怎能儿戏！"可惜有不少人，没有这样的觉悟。有些公务员上班打游戏，对前来办事的老百姓说"没见我正忙着"，是把正事儿戏化了。有人承包一段公路，混凝土里本要铺架钢筋，却以竹筋取而代之，把"百年大计"儿戏化了。我曾经坐过一次农村短途班车，车上的光碟里放着这样的"温馨提示"："本次班车的目的地是万丈深渊，司机是黑脸红发的无常，刹车已失灵，车速无穷大……"那司机不把自己当人，这种儿戏也太过分了。

原载 2014 年 5 月《杂文月刊》

黄秉忠

　　黄秉忠，笔名华实，1930 年 12 月 7 日生，湖南武冈龙田乡龙井村人。中共党员，主任编辑，曾任中共洛阳市委办公室副主任、洛阳市文联党组副书记兼《牡丹》杂志主编、《洛阳日报》副总编辑。20 世纪 50 年代至今，作品散见于《学习》《人民日报》《河南日报》《洛阳日报》、北美《世界日报》等。主要作品编入《澄心集》《丽物集》《余力集》。纪实文学《赵春娥的故事》，1983 年 4 月由中国少年儿童出版社出版。有多篇作品入选全国杂文组织联谊会编辑出版的《杂花生树》、河南省杂文学会编辑出版的《中原杂文选》和《都梁文钞今编》等文集。曾任洛阳市杂文学会会长、河南省杂文学会副会长。现为洛阳市杂文学会总顾问。

清官情结

无意中发现了一种有趣的现象，我国辞书对"清官"一词的解释，若干年来悄悄发生了变化。1979 年版《辞海》注："旧谓公正清廉的官吏。封建统治阶级宣扬'清官'，实质是掩盖其残酷的经济剥削和政治压迫。"1973 年版《现代汉语词典》注解略同："旧时称廉洁公正的官吏。"到了 1996 年，修订的《现代汉语词典》，对"清官"一词的解释省却了时代概念限定，成了泛指的"廉洁公正的官吏"。

这种变化绝不是偶然的，有深刻的历史和现实背景。我国有悠久的官本位传统。在漫长的封建社会中，政治制度的诸多弊端，决定了各级大小官吏必须以忠君为前提。几乎所有的"太平盛世"，都是靠忠臣支撑出来的。朝政衰败，则都与奸臣作乱有关。清官都是忠臣，都是铁杆保皇派。从社会变革角度讲，越是忠君勤政，越有利于维护封建统治。因此，清官受时代所限有其局限性。

随着人类社会的发展，坚守人民公仆的本真，已成为现今优秀干部努力的目标。堪称典范的顶尖人物，其品德、气质已远非旧时清官可类比，这大概就是早期版辞书注释清官一律冠以"旧时"的因由。不如此不足以显示本质差异。

然而，清官之于老百姓，毕竟有其不可抗拒的魅力。老百姓是最讲现实的，历史上的清官办了好事，他们世世代代传颂，他们更殷切盼望出现当之无愧的现代清官。既然昔日的清官能建功于封建的"太平盛世"，我们现今实现宏图伟业何妨也求助当代清官的一臂之力。老百姓需要清官，拥戴清官，不管他是古人还是今人。

从古到今，老百姓的清官情结，始终是一面明亮的镜子，敏感地照射出官场百态。一般说来，官场越腐败，老百姓越寄望于清官，越歌颂清官。自北宋至今，包青天的故事被演绎得淋漓尽致，剧目繁多的包公戏久演不衰，代代相传，因由之一就是官场还有腐败。老百姓痛恨贪官、赃官、昏官，热望肃清腐败，从而大发思古之幽情，明知徒劳，影响不了清者自清，浊者自浊，也要不厌其烦地借助于清官戏激浊扬清。相反，在老百姓不太热衷于清官戏的时候，倒有可能是官场比较清明的时期。基于此，我们应该希望人们把历史上的清官早点遗忘掉。

不过，现今老百姓的清官情结似乎尚无消解的迹象。而且由于不断有贪官的劣迹败露，很自然地使人们联想到与之相对而言的清官，社会舆论也逐渐淡漠了旧时清官与现今清官的楚河汉界，以至于修订辞书时视"旧时"二字为多余。这样一来，按字面理解，起码不排除当代人民公仆的佼佼者也可以清官相称。

历代受到当局褒扬、百姓称道的清官，都有"上忠君下安民"的突出政绩，他们在辅佐巩固封建统治的同时，也在组织发展生产、改善百姓生活、维护社会安定等方面，发挥一定的作用。大凡盖棺定论、名垂青史的清官，几乎无一例外，都是非常注重自身品德、操守、气节修养的。在他们身上，程度不同地集纳了中华民族的某种传统美德，大多可以成为后人表率。

老百姓盼清官，颂清官，是清官情结；身居官职者以古今清官为楷模，立志做清官，也是清官情结。与不想当元帅的士兵不是好士兵一样，淡漠清官，无意做清官的官，也不会成为好官。从士兵到元帅，道路艰难而曲折，成功的概率低得令追求者心寒；由普通的官成为清官可能性就要大得多。军旅中难免有逃兵，两军对垒少不了有人当俘虏；官场上也总会有贪官、赃官、昏官、庸官。"旧时"清官难求，"新时"也不见得遍地是清官。任何时候、任何朝代，出类拔萃的楷模人物总是极少数，坏得头上长疮、脚底流脓的败类，也不会比比皆是，中不溜儿的永远是大多数。同是中不溜儿，不同时代里品位、档次有高下，表现着各自的群体本质属性，而其优秀代表只能是少数拔尖人物。人民公仆群体中既然有贪官、赃官，自然也该有他们的对立——清官。我们以为人民服务当天职的各级公务员，何妨争取做名垂青史的清官。

当然，这样的目标达到不易，万众同心，群起角逐，到头来多数人注定只能落个中不溜儿。然而，有没有这个群起角逐，效果是大不一样的。作为这个群体中的一员，何必太看重结果，人世间的很多事情，过程比结果更重要，更耐人寻味；何况在角逐中提高群体节操，本身就是功德无量的成果。

原载 2002 年 4 月 24 日《洛阳日报》，2007 年入选河南杂文学会编辑、河南文艺出版社出版的《中原杂文选》

侯发亮

　　侯发亮，男，1974 年 3 月生于湖南洞口。1997 年开始发表诗歌、散文，作品见于《诤友》《都市文化报》《云南日报·文化周刊》《云南法制报》《云南政协报》《台湾新闻报》、瑞典的《北欧时报文学》等报刊，荣获各种国家、省、市级文学奖 20 多次。

成由勤俭败由奢

——读唐代诗人李商隐的《咏史》有感

枕间的《唐诗三百首》，陪我度过了无数个难眠的夜晚。夜深人静时，每读至唐代诗人李商隐的《咏史》一诗时，总被他那"历览前贤国与家，成由勤俭败由奢"的千古名句所感动。他以高度的历史责任感，从国家兴亡的历史教训中，高瞻远瞩地概括出一个国家荣辱兴衰的直接成因——成由勤俭败由奢。他用发展变化的历史观分析社会变化，将国家的兴亡归因于"人为"，给历代的执政者治理国家敲响了警钟：勤俭节约可以兴家兴国，奢侈浪费导致国灭人亡。

古人认为，能否做到勤俭，是关系到生死存亡的大事，不可轻视。《尚书》曰，"惟日孜孜，无敢逸豫"；《左传》云，"民生在勤，勤则不匮"；《墨子》也曰，"俭节则昌，淫佚则亡"。诸葛亮把"静以修身，俭以养德"作为"修身"之道，朱柏庐将"一粥一饭，当思来之不易；半丝半缕，恒念物力维艰"当作"齐家"训言。诗人陆游也告诫人们："天下之事，常成于勤俭而败于奢靡。"清末重臣曾国藩也说："勤俭自持，习劳习苦，可以处乐，可以处约……无论大家小家，士农工商，勤苦俭约，未有不兴；骄奢倦怠，未有不败。"这些哲语告诉我们，勤俭作为一种美德，作为一种工作态度、生活作风或治国方针，是一个人事业成功的重要保证，是一个国家兴旺发达的法宝。

古往今来，无数的中外仁人志士都会以勤俭作为修身之道、养德之本。远古尧帝是一位勤俭的人，他把老百姓挨饿受冻归为自己的过错，深感自己的工作没有做好而无比愧疚，经常把自己的衣物分给老百姓；然他自己却在生活上十分节俭，经常穿粗布烂衣，吃粗米淡饭。正由于他在事业和生活上勤劳节俭，所以才赢得了百姓的爱戴，成为一位圣贤。车胤，生于晋朝，本是富家子弟，后来家道中落，变得一贫如洗。可是，他在逆境中却能自强不息。车胤年轻时就很懂事，也能吃苦耐劳。他因白天要帮家人干活，就想利用漫漫长夜多读些书，好好充实自己；然而，他的家境清贫，根本没有闲钱买油点灯。一个夏天的晚上，他看见几只萤火虫在飞舞，点点萤光在黑夜中闪动。于是，他捉来许多萤火虫，把它们放在一个用白夏布缝制的小袋子里，因为白夏布很薄，可以透出萤火虫的光，他把这个布袋子吊起来，就成了一盏"照明灯"。车胤不断苦读，终于成为著名的学者，后来还成了一名深得人心的官员。英国女王伊丽莎白二世经常说的一句英国谚语是"节约便士，英镑自来"，每天深夜她都亲自熄灭白金汉宫小厅堂和走廊的灯，她坚持皇家用的牙膏要挤到一点不剩。香港富豪李嘉诚有一次从酒店出来，准备上车的时候，一枚硬币掉在了地上，硬币骨碌碌地向阴沟滚去，他便欠下身去追捡。旁边一位印度籍的保安见状，立即过来帮他拾起，然后交到他的手上。李老把硬币放进口袋后，再从钱夹里取出100元港币，递给保安作为酬谢。为了2元钱的硬币却花了100元，这无论从哪个角度看都是不划算的。有人向李老问起这件事情时，他的解释是："若我不去捡硬币，它就会在这个世界上消失，而我给保安100元，他便可以用之消费。我觉得钱可以拿去使用，但不能浪费。"

然而，历史上也有不少因奢侈浪费、沉湎于权色而家破国丧的昏君，穷奢极欲导致身死国灭的教训数见不鲜。夏桀、商纣亡于奢靡无度，荒淫暴虐；秦始皇兴建阿房宫豪华盖世，终为楚人一炬；隋炀帝沉迷于灯红酒绿，不理朝政，落得一个身首异地；唐明皇沉醉于美色，而至安史之乱，使盛唐趋衰。五代时的后唐庄宗李存勖，一开始励精图治，奋发有为，击败各个敌手称帝。但后来沉湎于音乐戏曲，大肆兴建乐宫，组建乐队，造成黄金流失，最终导致部下作乱，伶人发难，在位三年就死于兵乱之中。欧阳修在撰写《伶官传》时，有感于这段历史，阐发了"忧劳可以兴国，逸豫可以亡身"的道理。

当今，我国随着科技的发展，物质生活水平的提高，国力的增强和生活的改善，有些人把勤俭节约的优良传统丢了，逐渐淡漠了古人的教训，大肆地奢侈浪费。当前社会上超越现实、盲目攀比的畸形消费，斗富摆阔、一掷千金的奢靡消费，过度包装、极度美化的蓄意浪费，"长明灯""长流水"的随意浪费等现象比比皆是、不胜枚举。在这些不良现象中，贪污、腐败、"大款""公款"充当了主要角色。这种社会现象已经引起社会的广泛关注，并得到党和国家的重视。党中央及时提出"建设节约型社会"的战略决策，并把加快建设节约型社会，提到"事关现代化建设进程和国家安全，事关人民群众福祉和根本利益，事关中华民族生存和长远发展"的高度，并在全国范围内大张旗鼓、深入持久地开展节约活动，加快建设节约型社会。

习总书记在中共中央纪委第二次全体会议上强调：坚决抵制享乐主义和奢靡之风……厉行勤俭节约，制止奢侈浪费，严肃整治公款大吃大喝……据有关部门统计我国每年在餐桌上浪费的食物价值高达2000亿元，公款吃喝被随意浪费的食物相当2亿多人一年的口粮。从国家和人民的利益方面说，浪费和贪污一样都是犯罪。"静以修身，俭以养德。"节俭是一种传统美德，节俭是一种将心比心的善良，节俭是一种尊重他人的表现。因为每人的衣食住行大多来自他人的劳动成果，对他人劳动成果的尊重也是对他人价值的肯定。同时节俭对于成就人生事业也是关键的。"历览前贤国与家，成由勤俭败由奢"，就是这个道理。可见无论从立业着眼，还是从立德来讲，节俭并非小事，崇俭、养廉、修德是人生大事！

纵观历史，大到国家，小到家庭，无不是兴于勤俭，亡于奢靡。古往今来，成功的创业者大都经过艰苦奋斗阶段，所以都很勤俭节约。但是对于守业者来说，则正好相反，他们没有经历过创业的艰辛，容易贪图奢侈享乐，最终的命运必然是事业的衰败，国家的灭亡。这是几千年历史所昭示的真理。在建设节约型社会中，要牢固树立"浪费也是腐败"的节约意识，克服"花公家钱不心疼"的不良心态，形成"铺张浪费可耻，勤俭节约光荣"的良好氛围，使勤俭节约成为一种时尚、一种习惯、一种精神。

该文刊于 2015 年 3 月 20 日《云南杂文报》

刘　虔

　　刘虔，1939年7月8日生于湖南武冈，武汉大学中文系毕业。《人民日报》高级编辑，中国作家协会会员。著有《大地与梦想》《拒绝平庸的年代》《杨靖宇》《食人魔窟》《刘虔的文学世界》等散文诗集、报告文学集多部。2007年获中国现代文学馆、文艺报等单位颁发的"中国当代优秀散文诗作家"称号。

理论的光芒

人类的力量最终极的秘密总是深藏在思想理论的宝库中。

历史的演进，文明的崛起，那些伟大的转折点，哪一个不是从思想的转折和理论的创新开始的？

思想，是一种最深邃最坚忍的力量。

理论，是一个可以拿来改变世界、改造生活的支点。

想想近三十年我们走过的历史，我们经历的生活，难道不都是邓小平理论、"三个代表"重要思想和以人为本、全面协调、可持续发展的科学发展观，让当代中国走出"十年内乱"的迷惘，重新踏上并继续沿着建设社会主义现代化强国的康庄大道前行的吗？也正是这个植根于我们脚下这片黄土地，吸收了人类文明之精华，独具中国特色、极富创见、极有活力的思想理论，让中华大地勃发出世界为之惊叹不已、浩浩荡荡、锐不可当的伟力，从而赢得了前所未有的翻天覆地的变化。有了这个思想和理论的支撑，中华大地，天高地阔，日月为之增辉，江河为之欢腾。智慧在喷发，知识在裂变，财富在涌流，城市在成长，乡村在出新。更有东部崛起，中部响应，西部开发，东北振兴。东西南北中，古老而年轻的赤县神州焕然而成当今世界上发展最迅速的一方热土，为人类文明最新历史进程写下了最为浓重多彩、神奇动人的一页。为了更加美好的生活，为了更加和谐的世界，这个真诚而炽热的渴望更是激荡在每一个中国人的心中，激励着中国人更加坚定地走在追求文明与富足、享有人的全面发展的生活之路上。仿佛是一夜之间，中国人又捡回了辉映在历史长空之上魅力永存的汉唐时代就彪炳于世的那种自信、自强与自尊。不，比之汉唐时代还要更多一些自醒、自励和自警。当今之中国，因为握有这个思想和理论，而有了不屈的脊梁，有了高贵的灵魂，有了汇聚一切人间力量的生存与发展的活力……

这个思想和理论，一言以蔽之，就是邓小平同志最早为之概述并命名的"中国特色社会主义"！从那以来，历届党的中央领导集体，与时俱进，又不断充实和发展着这一命题的内涵：今年6月25日，胡锦涛同志在中央党校省部级干部进修班发表的讲话中，以更简明更坚定的语言，再一次表述了邓小平同志首创的这一思想理论。他说："中国特色社会主义，是当代中国发展进步的旗帜，是全党全国各民族团结奋斗的旗帜。"

"一个政党的正式纲领，就是公开树立起来的旗帜。"恩格斯的这句名言为我们今天拥有的旗帜最准确地界定了纲领性崇高的品格。

我们的旗帜将更为有力地飘扬在风中。

我们的旗帜将以更加耀眼的光芒照耀我们奔向更加美好的前程！

这就是我们所坚信并努力去践行的……

人民日报《大地》杂志 2007 年第 16 期卷首语

忧思与责任

所有的诗篇都是人对自己的生命和生活的回望与前瞻；所有的诗篇都有一个最终的旋律：用爱呼唤建造更美的现实。而故国故乡故地故人……这些看似因时空阻隔远在他方的物事，却是须臾不离地密藏在每一个人内心深处并最能引爆诗情的。因为那是岁月荏苒的庄严印记；是先人们镌刻回旋在生命之树里的每一道年轮，是通往根蒂联结魂魄的血脉；也是生活经过时间的蒸馏与聚焦之后储存在骨髓里的炽热圣洁的精神之火，一旦某一个时刻被现实的手触摸开启，便会焕发出全部光彩，满溢着欢愉或忧伤，把人的整个内心照亮……

于是，许多来自心底的诗篇就这样喧响起来！

眼下，我所闻见的朱镕基总理发表于《中华诗词》2001 年第 3 期的七律《重游湘西有感并怀洞庭湖区》，就是这样的喧响：

> 湘西一梦六十年，故地依稀别有天。
>
> 吉首学中多俊彦，张家界顶有神仙。
>
> 熙熙新市人兴旺，濯濯童山意快然。
>
> 浩浩荡荡何日现，葱茏不见梦难圆。

这独白式的诗句，质朴清亮如风，沉静缱绻如水，融汇着作者60年后重返湘西故地所能生发的独特感受，风风火火地直奔我们而来。那原本是一段阳光丰沛、风月多情却又有些思绪怏然的时光。今年5月，作者以总理之身驱车前往武陵山脉里的湘西大地，出入于城镇乡村之间，游目于山川旷野之上，叩访边城吉首，登临张家界顶，察民意，观社情，多少国事家事心事缘此而生。诗篇以梦开篇，又以梦结束，梦梦相扣，真是梦里情怀此处多。这或许是一次历史的庄严回溯？是的。要知道，困处国土一隅的湘西，历史上素以边地蛮荒相称，深藏在剩山弱水石头缝里穷得月亮做灯风扫地的那些荒镇野寨，似乎永远只能在寂寞的苦涩里默默无闻地度着永恒的光阴。60年前，这片土地竟也走进了作者的生活，岂不奇耶?! 然而，那时的湘西却是作者以血泪斑斑的苦难闯入的。那时，作者还是一个弱不及冠的少年。为了躲避日寇铁蹄的蹂躏，少小丧父失怙的他跟随失去家园的民众从古城长沙浪迹流落到了此地，并在这里度过了一段难忘的求学时光。虽能如此，日寇日夜高悬于国土之上的刀光剑影，依然是盘踞在他幼小心灵里最沉重的梦魇。惊恐与穷困充塞着每一个流浪的日子。亲历屈辱的逃亡，目睹民族的灾难。那个时候，他拥有最多的便是对山河破碎家恨国仇的感知与体认。同今天眼下又重游时的现实相比，岂止是天翻地覆沧海桑田能够说尽的?! 别有洞天乃新天。历历在目的众多学界俊彦，人气兴旺的熙熙新市，无不透着时代的荣光和国力的勃兴。尤其令人欣慰的，是享誉世界的张家界上风景区里那些摩肩接踵饱览云光山色的游人，个个俨然天上神仙，安详，自在，物我两忘，尽兴尽致地享用着今天生活的美好。"神仙"二字在这里用得极妙，活脱脱地描摹了当今国人终于把自己的命运牢牢掌握在自己手中的模样。面对这一切，作者怎能不感慨系之心诚悦之?! 然则，依据真实而思考，正视矛盾而生存，这是一个民族获得智慧和力量的基石，也是每一位重任在肩的公民应有的品格。清风徐来，阳光在枝头闪耀，但沙暴也从时间的深处发出嘶鸣。可敬的是，执着于崇高使命的心没有半点漠视和松懈，那炽热如火的责任感使作者永葆思想者最可宝贵的力量：清醒与坚毅。正是在湘西巡访的这些日子，他把目光更多地投向了另一种更应关注的现实：并非一切都是美丽的，自然的与人为的毁损正使葱茏大地锈色斑驳。一路所见的那些失去绿荫的荒山秃岭像最不和谐的噪声、最难忍受的疼痛连连撞击着他的心。"濯濯童山意怏然"，就是这种情感的宣泄与喟叹；而刚刚过去的因湖面缩小酿成洞庭湖洪灾的惨局和退田还湖的治理擘画，这时也一起浮上心头；联想到这些年神州大地频频出现的大自然对人类掠夺行为的报复，联想到水旱虫雪各种灾害的肆虐，作者的心沉重里又添沉重，欢愉很快坠入了忧患，而思想也随之伸向更深邃、更严峻的层面，忍不住发出这样的呐喊："浩浩荡荡何日现，葱茏不见梦难圆。"这是祈愿，是警示，是策励自己的誓言；也是心灵依傍理想的歌唱，那情感的光辉因为这真实与博大的底色更为耀眼。这首诗最让人动心动情并引起强烈共鸣的也在于此。它所表达的完全是一种被理想不断催发的赤子情怀和更为高蹈踔厉的神圣追求：一定要把祖国建设成山川秀美的绿色家园。那忧伤的诗情还向人们昭示：生于斯，成于斯，在服务祖国富强和人民幸福的崇高事业中，忧患的意识永远是须臾不可或缺的精神财富和思想美德……

忧患，是对责任的承诺！

忧患，将唤醒力量与行动！

忧患和责任，与胜利同在！

原载 2001 年 10 月 7 日《闽西日报》

刘志坚

  刘志坚，湖南新邵人，1936 年生。1960 年湖南师大毕业，中国作家协会会员。编辑出版有《邵阳市志·人物志》《邵阳历史上的今天》《宝庆百杰》《宝庆揽胜》《今日邵阳》《邵阳当代人物谱》等，出版有《小巷的音符》《山川风采》《那岂是乡愁——宝庆风情录》《窗含西岭》《红尘风景》《西风吹梦》《昨夜星辰》《一窗山海》《天淡云闲》《世风一叶》《叶叶风生》《一览众山》等散文集。有《山门之风》等被译成英、法文，或被选为中小学语文补充读物。《中国作家大辞典》（中国文联出版社 1999年版）和《世界人物辞海》第八卷（世界人物出版社 2013 年版）等辞书，收有其小传或代表作。

折扣人生

如今满街都是打折商品。

商品打折，除了市场竞争因素，主要是商品过时过剩，积压滞销。贬值是自然的，但好端端的一个人，突然就贬值了，连自己也闹不明白。细细想来，人的打折，就和商品打折一样，是有原因的。

一个人的升值或贬值，道理很简单。

逢时。货卖旺季，冬卖棉衣夏卖瓜，没说的。如果六月卖棉袄，肯定要打折。一个人生要逢时，能赶上潮流，比什么都好。社会流行什么，你身上有什么，你这人就升值了。比如社会流行穷人好，你祖宗三代是讨饭的，那就吃香。你大字不识，也可当领导。犯点事，也无妨。到了当今有钱人的时代，你是穷人，那就要贬值了。文凭吃香那阵，你有张函授文凭或假文凭，也能唬住一些人。你想当官，青云直上。你想评职称，一路绿灯。搁在当今，你是名牌大学的研究生、博士生，也要打折扣。

时代不同，行情不同，升值贬值，理所当然。

逢地。货物值钱不值钱，就看在什么地方出售。同样的品牌服装，搁在专卖店或大超市，一口天价。如果扔到门外地摊上，那就只要半价了。一个人在权力部门当差，呼风唤雨，很了不起。你给他挪个位置，或挪出那个衙门，让他去干同样的活儿，那身价马上就会掉下来。同样是扫街的，在北京扫街，很神气。调到县城去扫街，就神气不起来。不但工资打折，人也要打折。这与人的能力无关，人都是随地域不同，或原价，或半价，升值贬值，都受市场游戏规则制约，无一例外。

关系。货物是分档次的。品牌不同，价位不同。作为人，就看你的家庭和社会关系。你父亲是有钱的，或叔叔是当官的，你的身价就高。要风得风，要雨得雨。如果你父亲破产了，叔叔不在位了，那你的人生价值，马上打折，立竿见影。你本可以当总统的，当上科长就了不得了。

长相。很精致的货物，加上一流包装，就可以卖个天价。包装损坏了，那就要打折。这年头，人的身价，也全靠有副好皮囊。很多准美人，通过精心包装，身价立马飙升，成了名牌货。傍大款，陪洋人，嫁阔佬，很好出手。如果你是绝代佳人，有倾国倾城之貌，就会一脱成名，一夜暴富，成为明星、名模，成为天后，银子滚滚来。当然滚到一定时候，也是要打折的。

时间。时间是一切货物打折的主要因素。菜市场，老白菜帮子都是成堆地卖。人老了也是要打折的。什么年龄当什么兵，什么年龄做哪级官，大一岁也不行。就算你是影帝，是天后，是刘晓庆，也逃不出时间老人的捉弄，总有人老珠黄打折的一天。

人一出生，就存在先天不足。一路行来，逢时失时，升值贬值七折八扣。最后连寿命也是要打折的。据科学家说，人本来是可以活到150岁，国人平均只活到70多岁，打了对折！人无完人。这就注定了人生的不完美，打折是必然的了。

录自《杂文选刊》2003年第9期

刘志坚

流行做大

进了菜市场，新鲜蔬菜琳琅满目。

堆在地上的芹菜，绿油油的像抽穗的玉米壳；一捆捆的韭菜，像割倒在地里的麦苗。萝卜擂钵粗，黄瓜棒槌长。水果也是洋的加改良型的，大红大紫。李子饭碗大，桃子赛海碗，都像是用打气筒吹出来的。让你喜欢让你忧，敢买不敢吃。因为大得离谱，都是施用化肥催生催长的，用"膨大剂"催大的，外观很美，口味寡淡，失去了自然生长的原汁风味。

蔬菜水果在变大，是科技发展的结果，这不奇怪，奇怪的是吃蔬菜水果的人也跟着变"大"了。

生活在我们周围的人，几天不见，动不动在你跟前撂出一张名片，上面的头衔也像洒了"膨大剂"似的：昨天还在打工，今天名片上赫然印着总经理、董事长。昨天才脱了文盲帽子，今天就出大部头书、出文库，就是著名作家。昨天在街头卖画，今天他身上已揣着国际艺术大师的证书，甚至还顶着名牌大学客座教授的头衔。真是眼睛一眨，鸡婆变鸭，黑的变红，小的变大。

人变大了，水涨船高，人们的居室也跟着变大了：三室五室八室，小别墅、小庄园。不断地在膨胀，在圈地。这是因为我们的大款多了，钱包大了，大额钞票很流行，百元大钞当小费使。

　　游戏也越玩越大。玩纸牌的、打麻将的，流行成千上万的输赢。过去街头流行打两毛钱的麻将，现在再也见不到了。输赢太小，谁也不肯和你玩了，说明人的欲望是越来越大了。

　　做大，这是大势所趋。企业要发展，就要做大，恨不得一夜变成跨国公司。商场也在变大，一个超市，就是半条街；卖扫帚的也是宏大的超市，招牌大得吓人；昨天的理发店，今天就是世界美容中心。三个人的皮包公司，挂牌是什么环球股份有限公司。

　　变大了的蔬菜、变大了的人、变大了的商场和变大了的招牌，都要城市来接纳，于是城市也跟着变大。一个小镇，不出几年，就是一座文化古都。十万人口的小城，天天在做大城市的梦。做规划、修道路、搞开发，都是大手笔、大气势、大牛皮，摆开百万人口大城市的架势。

　　做大是一种流行，大势所趋。但一味地做大，像蔬菜一样，水分就重了，不但走了味，别人也不敢吃，甚至因害怕而远离，大了也是无益。

　　一切事物的成长和壮大，都有它自己的规律，顺其自然，才是最好的。

原载《杂文选刊》2004 年第 7 期

茶杯众相

坐办公室，一杯清茶一支烟，不看报纸只聊天。

在我们办公室里，喝茶的茶杯都要自备。并不是公家开支不了，是因为各人的职务不同，情趣不一。有的讲究，有的随意，茶杯也就五花八门了。

丁主任用的是一只大号的不锈钢保温杯，还是进口的。那是去年竞聘主任成功，春风得意马蹄疾，急匆匆地去日本参观，据说是花了300美元买的。那杯子外形精致大方，虽是圆形，但新颖独特，周围总有一圈光环在闪动，让人一看就知道这杯子不同寻常。那流光四溢的圆柱体，在众多的茶杯中，宛如鹤立鸡群，很有威慑力量。据丁主任说，用这杯子喝茶，不但口感好，而且能治高血压、消烦解闷。

这我们都相信，因为丁主任用上这杯子后，的确精神好，气色也佳。他每次做指示时，总是先喝一口茶，清清嗓门，讲起话来，声音洪亮，底气很足。做完指示，还强调一句：这事就这么定了。然后把杯子往桌上一放，他的茶杯就和法官的法槌一样，咚的一声，斩钉截铁，一杯定音。

丁主任的保温杯，是权力的象征。

常副主任用的是一只过时的大搪瓷茶杯。上面有一个巴掌大的"奖"字，捎带一行醒目的大字：省劳模大会纪念奖。很老气，少说也用过十几年了，杯上布满了岁月流走的痕迹，多处掉了白瓷。虽不是文物，但是有历史，是常副主任一段辉煌人生的见证。

去年在竞选主任的日子里，他把这杯子擦拭得干干净净，冲上一杯茶，走到我们面前说：不管什么东西，还是老的耐用。你看我这茶杯，用了18年，还不是好好的吗？人也是一样，不一定新的就好。

弦外之音是，别看我年纪大一点，资格老、素质高，很能办事啊。

何副主任是个大胖子，水喝得多，用的是一只棕色的大茶壶。那壶也有来头的。当年他当副主任时，才28岁。出差杭州，为了这只茶壶，绕道宜兴，找到制陶的名窑名师定做的。那壶像一只大葫芦，上面有一幅字画，画面是一江一舟一渔翁；字是：大肚能容，开口常笑。这话是从弥勒佛宝座那里移来的。原文是：大肚能容，容天下难容之事；开口常笑，笑世上可笑之人。现在虽只移来上半句，似更含蓄而耐人寻味。

何副主任是主管后勤的，烦人的事多，每遇到想不开的事，就捧着茶壶，有情有韵地自唱自叹：大肚能容——，开口常笑——，把"容"字和"笑"字拖得很长。从他那如歌如吟的唱腔里，透着无限凄凉……

小玉是业务尖子，一位时尚美女，有着魔鬼身材，明眸皓齿，风情万种。她用的是一只很精致的白瓷茶杯，正宗的景德镇货。杯上是两株兰草，更显得高贵清雅。小玉有自己的专用茶叶，泡茶时，沁人心脾的茶香，回荡在办公室里。小玉常一小口一小口地啜着香茗，茶水把红唇滋养得很性感，更滋润出一副好嗓门。一说话，那千娇百媚的声音，叫人发痴发晕，浑身酥软。

大金是新来的大学生，普通公务员。跑腿打杂，唤人传话是他的事。他没有背景，还没转正，工作小心翼翼，说话不敢高声，走路步子轻轻。办公室里的人，他一个也得罪不起。他的桌上是一只普通玻璃杯。对这杯子，他小心翼翼，开水一烫就会炸，轻轻一碰就会碎，放重一点就会开裂。他说自己的茶杯是碰不得、踫不得、烫不得，只能轻拿轻放。

我是返聘的临时工，所以我有自知之明，随时准备走人。聊天喝茶，不能与他们平起平坐。我的茶杯是一只粗糙的窑碗，日杂店卖五毛钱一只。我用它进食堂吃饭，进办公室喝茶。它的好处是摔破就摔破，扔掉就扔掉，很不值钱，毫不可惜。

原载 2005 年 4 月 12 日《中国新闻出版报》，《杂文选刊》2005 年第 5 期转载

刘诚龙

刘诚龙，新邵县坪上镇人，生于 1967 年。中国作家协会会员，湖南省政协第十一届委员，邵阳市作家协会副主席。自 1990 年在《湖南日报》发表散文来，至今已在《人民日报》《光明日报》《中国青年报》《新民晚报》《羊城晚报》《南方都市报》《杂文报》和《散文》《杂文月刊》《中国新闻周刊》《中国青年》《书屋》《北京文学》《天涯》、香港《文汇报》、香港《大公报》、台湾《人间福报》、美国《侨报》等海内外 30 个省市 480 余家报刊发表原创诗歌、散文、杂文、随笔、小说等 3200 多篇；在《中国报道》《中国纪检监察报》《年轻人》《华声》与《三湘都市报》等多家媒体开设过专栏，500 余篇作品曾被《读者》《青年文摘》《作家文摘》《杂文选刊》《青年博览》《中国剪报》等 100 多家文摘报刊转载，120 余篇作品入选《新编大学语文教材》《中学生课外读本》与《当代杂文 200 家》。另自 2004 年起，有 200 多篇文章入选各版本"中国年度杂文"等作品选。出版散文杂文集《腊月风景》、历史随笔集《暗权力》《暗权术》及杂文集《恋爱是件奴才活》《谁解茶中味》与《非常弱音》《历史有戏》《暗风流》《回家地图》《心心点灯》《民国风流》《将进食》《风吹来》等。

唐太宗的光辉形象是怎么弄出来的

　　成林先生将隋炀帝与唐太宗从功过两面进行了比较谈，从政绩方面来说，炀帝干了几件惠泽千秋的"形象工程"，他首开科举，凿通大运河，开发西域，仅以运河的实际功用来看，功胜长城；唐太宗除了所谓贞观之治，实在列举不出几件大事，从"贞观"经济来比，隋朝实际上也富过唐太宗。从"败笔"方面看，两人是半斤对八两，成林先生举了十二条来比较，如争位，两人都曾夺嫡；如孝行，炀帝疑杀其父隋文帝（无确证），太宗则幽禁其父致死；如悌德，炀帝对作乱的四弟五弟未杀，太宗则杀了其兄斩了其弟，等等。有比较则有鉴别，就这些来看，炀帝并不逊比太宗，但在后世后人的心目中，两人的形象则差若霄壤，一个是千古暴君，一个是万代明君；一个狗屎不如，一个光辉灿烂；一个遗臭万年，一个流芳百世。

　　这对"表兄表弟"比起来相差无几，而形象落差则是如此之巨，是有原因的，炀帝为亡国之君，太宗近乎开国之帝；炀帝也许确实行暴政，为搞形象工程，不顾人民死活，大兴土木，动辄征役万民，搞得百姓妻离子散；太宗也许确实施仁政，他注意休养生息，不搞"大跃进"，不太劳民伤财，循序渐进"奔小康"，所以民怨不曾沸腾……这些因果分析都对，但长期以来，我们一直忽视了一个重要因素：隋炀帝爱搞"形象工程"，却不太会维护"自家形象"；唐太宗不爱搞"形象工程"，却特别注重树立"自家形象"。

唐太宗弑兄杀弟逼父让位，这种无父无君不德不义之举，怎么也不是光彩的，所以太宗即位后，政局稳定了，特别关注史家对这事的"落笔"，他叫宰相房玄龄拿出"左史记言右史记行"的"历史档案"给他看。皇上至高无上，要干什么可干什么，但是，不准看史家记录是一条千年古训。在太宗之前，一些杀父杀母、奸父妃奸子媳的皇帝，暴虐得不得了，滥权得不得了，但对这条古训都是遵守的。汉武帝对司马迁可施宫刑，但对司马迁修史，他却莫奈其何，几次欲调"档案"来御览，被司马迁拒绝，他也只能悻悻然作罢。因此，当唐太宗提出这个"无理要求"，自然遭到了监修国史的房玄龄"婉言相劝"，唐太宗明知故问："前世史官所记，皆不令人主见之，何也？"房氏答道："史官不虚美，不隐恶，若人主见之必怒，故不敢献也。"房氏这话自然有余音，你太宗那身带着血债上台的历史，史家都"实录"着，若让你见了，你还不三尸暴跳，伏尸百万？但太宗穷追不舍，非看不可，房氏不是董狐，不是那些敢于触柱而死的忠谏之人，没奈何，只好把史家喊拢来，召开"紧急协调会"，加班加点，将20卷《高祖、太宗实录》从头至尾，删的删，削的削，添的添，改的改，唐太宗那些恶言丑行都化作了嘉言懿行，不虚美不隐恶的历史实录就因此成了高大全的"新闻通讯"，唐太宗看后都觉得脸红，又对房玄龄说"昔周公诛管蔡以安周，季友鸩叔牙以存鲁。朕之所以，类是耳，史官何讳焉"，要求"史官"削去"浮词，直书其事"。官做到宰相那一级的自然是聪明无比的人，太宗这话，房氏自然听得出弦外音的，因此，房玄龄监修太宗这段篡权史，特别讲究"文章是一门语言的艺术"。其摘文落墨就很有"春秋笔法"，"屡战屡败"改成"屡败屡战"效果绝然不同，在其笔下，太宗之所以把兄弟都杀了，是因为其兄其弟要杀他，他是"正当防卫"，有之，也只是"防卫过当"而已；太宗逼父逊位，并不是逼，而是其父识贤禅让……历史就这样改写了。

这个连至亲都杀无赦的"暴君"，在此后的"历史表现"中却是一副特善特良的"仁君"形象，是"浪子回头"，还是"基因突变"？人格转型转得如此彻底是叫人疑心的，怎么也要有个过渡嘛。极有可能的原因是，他拆毁了"董狐之笔"，以皇权夺了史权，史家从此对他"虚了美，隐了恶"，对他一生所作所为全都"去伪存真，剔恶留善"。因为唐太宗随时特别是作恶之后有调阅"左史右史"之实录的习惯，史家感到自己身家性命要紧，自然也就"取其精华，去其糟粕"，而且一步到位，那些丑事恶事连记都不记了，免得以后"返工"，"加班加点"来"修改"。所以，在唐太宗以后的"实录"里，他几无恶行，甚至连男人都爱犯的"桃色绯闻"都很少，有之，也只是扬言要杀了魏征那"乡巴佬"被其老婆谏阻的小事，这小事不是丑事，是"逸事"，是供"丰富"太宗形象的细节材料。实际上，"贞观之治"也并不是什么大盛世，太宗晚年，史家也许觉得他在日无多，自顾性命不暇，没时间来调阅"实录"了，所以也就写了真实情况："十室九空，数郡萧然"，"即日徭役，似不下隋时"。"贞观之治"没几年，怎么是这么一副惨景？司马光在《资治通鉴》中，就多对唐太宗有点不恭，有点不以为然。

在独夫民贼的家天下中，其实也并不完全是一人独大的，仔细一想，也有"三权分立"的"蛇影"在，那就是皇权、天权与史权。皇帝是九五之尊，不是十之尊，其尊贵也打了个九五折，他自称天之子，而非天之爹，皇帝们几乎都怕天，天要有什么异征异象，他们也多吓得六神无主，战战兢兢汗不敢出；皇帝也是怕史的，天不怕地不怕，只怕历史将他画。王朝流转，体制常变，对皇帝的"监督"也一直存在，在各种监督中，有一个人所未道而实际存在的"历史监督"，它是一种名誉监督、形象监督，甚至还可以叫尊严监督。鸟爱羽毛，人爱面子，为天下之表的皇帝当然更特别留心在后人心目中的形象，这也使得他们"为人做事"多少有点收敛，史权甚或在皇权之上，皇帝不胆怯吗？如果我们觉得封建帝王到底还有些仁政存在，如果我们觉得墨写的历史终究还有点可信之处，就是因为存在着这种"历史监督"。皇帝的左右两边，有着史家的炯炯目光，即或在皇宫中，在极其"隐私"的红绡帐里，也有敬事房太监边看边记"日记"哩。这些记录因为不给皇帝看，多多少少会有一些"原汁原味"的东西在，这至少比我们新闻记者全程陪同领导搞"起居注"似的采访要真实一些，至少比我们领导身边的人搞"××县委××市委大事记"的县史市史耐看一些，因为后者，发表之前是要经领导审查的，出书之前还要领导题词作序的，自然，那些划拳斗酒、洗脚按摩、揣收红包、暗室谋权的事都隐去了，他们都知道，后世论人，唯一的依据只是"历史记录"，这些记录光彩了，那么，像唐太宗一样，其光辉形象就会被树立起来，永放光芒了。

2010 年《新编大学语文教材》湘潭大学出版社

刘诚龙

五四健将罗家伦因何被逐出清华大学

谈起清华大学，罗家伦是绕不过去的人物，但是人们常常绕过去了。台湾学者苏云峰说："在台湾，因梅贻琦声望太高，所以谈清华的人，不太注意他（指罗家伦）；在大陆，则因为罗氏与国民党的关系，而遭到侮辱性的攻击。这都是不太公平的。"苏云峰先生说："罗家伦是国民政府定都南京后所任命的第一位清华大学校长。他自上任到辞职，不及两年，但他勇猛精进，不畏艰难，改革整顿，颇有贡献。"

既算是鼻祖人物，又对清华"颇有贡献"，自是清华史传难绕的了，为何大陆与台湾又同时都不约而同绕过他来叙清华史呢？除却苏云峰先生所说的两个原因，恐怕还有第三因吧。清华大学，固然是罗家伦千里走单骑，一世之雄也；也算是关羽走麦城，难提当年勇。其中贡献有可道者，其中故事也有羞与人言的。

罗家伦是五四健将，人称罗大鼻子，对他的个性，沈刚伯先生有过一个概括："他生平不畏强悍，而有时能忍辱负重；他本辩才无碍，而有时偏讷涩苦不能言者；他通权达变，偶亦有出入小德……"罗家伦确乎"不畏强悍"，源自他本身即蛮强悍啊。罗家伦的人生观，是一种"强者的哲学"，他所提出的强者哲学，有三个指标："首先要有野蛮的身体；其次要有最文明的头脑；最后，还要有不可征服的精神。"这三项现在读起来，都得点头称是，你找不出什么不是来；罗家伦先生所举出合乎这三者的例子，却会让人争论不已。在罗家伦看来，很多人不配来讲，配讲强者哲学的是哪些人呢？如"汉高祖及武帝，东汉光武及明帝"，如"唐高祖及太宗"，如"宋朝太祖及太宗"，如"元太祖及太宗"，如"明太祖及成祖"，如"清康熙帝"……大都是开国之君，而当代呢？便是蒋介石了，"蒋先生这种坚强的意志，不但完成了他自己的人格，而且完成了中华民国的国格。"有比较才有鉴别，说完了强者，罗家伦便说弱者，他说弱者有罪，其罪其恶有三：第一，负天之性，辜负了上天赐予他的天赋；第二，连累他人，弱者往往需要别人照顾他、当心他，自己又不会学习好好照顾自己，却因此成了帮助的人的绊脚石了；第三，纵容强者作恶，弱者自己不争气，这样反而会让欺负他的人养成骄横作恶的习惯。单看罗家伦给强者哲学开具的条件，真不错；但其所推崇的人物以及对弱者罪恶的持论，多少感觉他所谓的强者哲学有点太"那个"了。

　　罗家伦有一套强者哲学，也有一副强者的个性。"五四运动"所发的唯一一份印刷品《北京学界全体宣言》，只有180余字，却厉言壮语，写得大气磅礴，便是他起草的。在运动中，罗家伦富有"野蛮的身体"与"不可征服的精神"，一直冲在队伍前列，赢得了五四健将的美名。意志未改，精神未衰，罗家伦凭着这一股子精神气，治印清华，奋力往前冲。罗家伦危难受命清华，据说是时任大学院（后改为教育部）院长蔡元培所提名。其时年仅三十开外，初生牛犊不怕虎，少年壮志不言愁，此前与清华并无渊源，却只带了一个秘书，便来走马上任，大烧了三把火：废除董事会，使清华改归教育部，并整顿基金。这三项哪一项整顿都是一次硬仗。废除董事会，这是改变权力结构，不是睡他人侧，而是要夺他人床，没有"强者哲学"与"强梁手段"，哪做得到？清华是美国庚子赔款所建，此前一直属于外交部直管，他要换"婆家"，也不是耍的，但他要成功了。基金即是财政，是钱，是票子，改变管理模式，也是相当于一次"经济革命"，革他人"经济命"，不是容易事。

罗家伦执掌清华，时间仅两年，但对清华面目的改变是蛮大的，任职时间是那么短，改革幅度是那么大，所取成效是那么卓著，这其中，若无强者哲学支撑，无强力手段推进，那是痴人说梦。可是成也强者，败也强者，"强"字使罗家伦求荣得荣，"强"字亦使罗家伦求辱得辱——罗家伦在清华改革未竟，壮志未酬，却被清华给驱逐出来了。

1930年，春色正好，罗家伦却是心情发灰，其时清华大学学生开了一次全体大会，会上形成了"决议"，一个字，出；两个字，请出；十个字，请罗家伦滚出清华大学。学生们推出了几个代表，到校长室去宣读"决议"，决议是"判处校长（职务）死刑，立刻执行"，限他马上离校。罗家伦满心悲凉，请求代表们稍留情面，容他与学生"对对话"，再走不迟，代表们怕其中生变，予以严词拒绝；罗家伦提出到自己家里去取衣服之类家什，代表们也不准，说是取衣服可以，但不能让你去，只能让他派人去。万般无奈，罗家伦家都没回，就从校长室里，被学生"礼貌"地请出清华大学。其时学生列队两旁，唱起原来的校歌（罗家伦就职清华后，换了新的校歌），这校歌听起来，罗家伦是什么感觉？那怕是如四面楚歌吧？一个堂堂大学校长，被一群乳臭未干的大学生绝情驱逐，那情形未免太难堪，情景未免太狼狈。

罗家伦被逐之因，众说纷纭，大体上有这么几种说法，一是政治说，罗家伦是国民党的人，他的坚强后盾是蒋介石，他对老蒋是那么崇拜，老蒋自然也要扶持他。但1930年，冯玉祥与阎锡山联合反蒋，中原大战爆发，冯阎势力再入北京，蒋派的罗家伦失去了立足的理由，不得不走。二是经济说，罗家伦走马清华，在就职演说里自诺："必遵廉洁，务去浮滥，如有或违，愿受党国严重之制裁。谨誓。"罗家伦言出未随，陈中凡先生所作的《我所知道的罗家伦》里，罗家伦恰是犯了浮滥律条的，陈说罗本寒士，但当了校长后，不少时，家庭突然致富："住的是最壮丽的洋式楼房，家中家具陈设，每月调换；每个房间的地毯花式不同，也按时更换。古玩、书画，由琉璃厂古董商送来。"陈先生还说，罗家伦改变了清华基金使用模式后，校长名下使用的"特别费"，"每月支出在万元以上，多到三四万不等"。故而，"全校师生为之侧目，至忍无可忍，最后酿成公愤，演出一场驱罗的滑稽趣剧"。

罗家伦对自己被请出清华大学（他自己说的是辞职，非被逐），持的是政治说，可信与不可信，自然值得一辩；陈先生所持的经济说呢，按台湾学者苏云峰先生所说，不排除"因罗与国民党的关系，而遭到侮辱性的攻击"（不过沈刚伯也说了，罗家伦大节不亏，"偶亦有出入小德"），此说也仅供参考吧。

而最能成说的，当是罗家伦当领导所坚持的强者哲学与大学所秉承的自由精神，两相冲突，未能调和鼎鼐吧。

罗家伦执掌清华，壮志凌云，要把清华重安排，取的是攻势，他个性本不愿当守成之君，要当的是开山之长，行为做派自然强势。少年得志者，好走两端，要么心高气傲，要么束手谦卑，难得走激进与谦和折中的中间路。罗家伦在清华，据说是蛮张扬的，"除外国教员和少数学生代表外，其他教授、讲师、助教和职员，一概不放在眼里的"。大家忍气吞声，敢怒不敢言，据说只有黄侃才敢批他："校长和教授职权不同，地位不分高低，你凭什么藐视所有的教员？"黄侃是罗家伦北大读书的老师，他自然只能洗耳恭听师长教诲，不过从这里可以看出，罗家伦确乎有点迈过强者哲学之门，一脚踏进了霸者作风中了。

罗家伦在教授中形象不佳，在学生印象里，还比较难看，师生们给他作了一首打油诗："一身猪狗熊，两眼官势钱，三字吹拍吹，四维礼义廉。"

罗家伦身材肥，故是猪狗熊，学生骂得算狠，更狠的是"四维礼义廉"，四维里掉了一个"耻"字，骂他无耻——这就可能骂得过火了。

罗家伦引起学生如此反感，也不是他"无耻"，而是其强势。罗家伦当的是大学校长，但他有另一个身份，是少将。一个武人，闯进文圈，文武素来对立，罗家伦如何弥合？罗家伦据说在清华里常常穿着少将服的，上身军制服，脚下是马靴，那身装束与校园如何相配？罗家伦对大学生管理，带有蛮强的军事化色彩。他首先在校园搞"军训"："军事训练不仅是体魄的训练，乃是精神的训练，当现在的中国，更是民族求生的训练……"他对这些文弱学生，按照军人要求来搞，将全校学生分为四队，各设队长一人，队长与学生"同吃同住同劳动"啥的，早晚点名，按时作息。男生女生须穿制服……这些，初搞时节，学生觉得蛮新鲜，蛮好玩，蛮"强啊"的，搞久了，厌倦起来了，迟到的、早退的、旷操的多了，原先队伍整整齐齐，壮观得很；现在稀稀落落，不成体统。罗家伦想的是自己的想法蛮好，不去想自己的做法好不好，要继续强力推进，下了一个命令：早操无故缺席，记小过一次；三次小过为一次大过；三次大过就开除……引发学生怨声载道。后来成为哲学家的张岱年，原来本来是考上了清华的，看到清华那军事化制度，吓了他一大跳，赶紧退出清华，上师大去了；有位叫沈有鼎的，已是八次记小过了，差一次就将被开除，第九次，他也没去，好在恰好那天下了大雨，全校停操了，他没被罗家伦开除，却是"开除"罗家伦的一大干将。呵呵，校长与学生，都处于生死存亡之秋啊，不是校长开除学生，就是学生开除校长。

民国时节，君君臣臣，师师生生那套礼序伦理已被打破，师权沦落，生权猛涨，师权与生权没找到平衡点，冲突起来往往是生权胜了师权。毛泽东在湖南一师读书，发起了驱校长张干运动，也成功了；之后生权变民权，民权也大涨，他发起了驱张敬尧运动，也声势不小。即使清华大学吧，罗家伦被逐，或是第一个，却不是最后一个；若有人没事干，去数民国被学生驱逐校园的校长，那数目也是很可观的。

这是一个悖论，没有罗家伦的强者哲学，他在清华两年，时间短，要取得改革大事功，那是不可能的。没有任何一项改革，不是麻烦事，因循守旧者不会改，束手束脚者无法改，唯唯诺诺者改不了。改革是闯关的事，不是猛龙过不了江；老实说，建事功的，多是强人。真理是掌握在少数人手里的，这少数人，既可能是在野的，也可能是在朝的。罗家伦改革清华，恰是在朝的。他立志改革清华，他恰有强人手腕，清华便在他的顶层设计中，强力推进。但这种强力与时代并不合拍，大学里头，最讲究的是自由精神，罗家伦的军事化手段如何协调民主化浪潮？罗家伦对强者哲学，把握不太好，其狼狈被逐，怪得了谁；不过呢，大学里的自由精神是不是有可议处？强人行政，走过去，便是极权，与独裁不远了；自由行事，走过去，或是散漫，与无政府主义也只隔了一道门。罗家伦很多改革是需要强力的，比如他"专辖废董"，比如他打破千年旧习，要在清华招收女生，哪一改革，都是硬仗、恶仗。还比如他要让学生"野蛮其体魄"，用心实良苦，但其想法与做法，之间隔了一层：征求了学生意见吗？在强者如罗家伦看来，事事都要这商量那商量，那事情办不成了，他只如李逵一样：前打后商量。

罗家伦与清华学生最要命的冲突，怕就在这里吧。强者哲学与自由精神，罗家伦没处理好，学生算处理好了吗？也难说处理好了。这事，不单是罗家伦与其学生的悖论，可能还是世界性的悖论，将两者关系处理好的，实在不多。

原载 2013 年第 12 期《同舟共进》

千万里我追寻着夏光

莫说我不晓得夏光是哪一个，夏光也不晓得哪个就是夏光。现代京剧《沙家浜》，正是全国江山一片红，夏光到上海出差，战友送他一张戏票，他看得入迷，看得恍惚：郭建光是谁？1982年5月，谭震林在华东七省市党史工作会上，对着麦克风说："《沙家浜》的斗争故事是真实的，'郭建光'现在就在台下，他的名字叫夏光。"

夏光大名，随着这声麦克风，一波一波传颂世界，芳名远播，多荣光啊，而夏光却与老首长抬起了杠："不能这样说，戏剧中的郭建光是新四军指挥员的一个缩影，而我只是沾了一个'光'字。"我追寻着夏光，来得沙家浜，看到了夏光对郭建光的一个解释，老人家说郭建光不是一个人，是当年奋战在阳澄湖120平方公里中的三位抗日指挥员的缩写，一个是郭曦晨，一个叫李建模，最后一个才是他夏光。千里万里，我追寻着夏光，出发之先，我很是犹豫，好几个月前，民营企业家彭宏钟先生邀我去拜访夏光，我迟疑又迟疑：夏光已然故去，我去寻他，有甚意思？冬风猎猎，细雨霏霏，我到了沙家浜，听说了这一节逸事，心中甚惭愧，方觉此行不虚。滚滚红尘，滔滔名利，我浸染其中有多久了？是该找一处清澈澄明的湖泊，洗一洗了。

我不晓得夏光是谁，更不晓得夏光是我们湖南邵阳人。郁达夫先生说，一个没有英雄的民族是可悲的奴隶之邦，一个出现了英雄而不知尊重的民族是不可救药的生物之群。我们这地方出了个英雄，而我们都不太知道，这是谁的错？是我的错，还是你的错？想来，这是夏光的错吧？

十多岁的夏光，千里万里，追寻着远处的星星之光，从偏远的湘西南，跑到遥远的武汉，去毛泽东主持的农民运动讲习所里听课。当年他年纪小，个子矮，人未长成，远没后来身材魁梧，还据说当年夏光是特活泼的，每听上课铃响，便抢位置，去抢最前面一排座位，听一位带着浓重湘音的大哥在讲台上铿锵陈词。这让我犯疑，当年只怕落后，争抢前排位置；后来却唯恐人先，甘居英雄末尾，换上我换上你，会这么干？夏光是在毛泽东的卧室里入的党，那时杨开慧据说也在农讲所，夏光跟在毛泽东后面喊大哥，站在杨开慧前面喊大嫂。二十年后，弹指一挥间，再喊大嫂，大嫂已不应了，大哥却还会以湘音相应答的哪，夏光却不找了。郭建光红透全中国，而英雄的原型夏光却以莫须有的"疑罪"，正在接受批斗。有位老战友在北京看完了《沙家浜》，千里万里跑到南京，叫老人家去"上访"："戏里的郭建光就是你，这说明上面是肯定你的，快去找组织吧，你的问题就会解决。"夏光却拒绝了好意："我不能以功臣自居，我等待历史去说吧。"

历史给了夏光一个说法。夏光从武汉农讲所回到邵阳，秘密闹革命，而其时，正是老蒋发动"四一二"政变，夏光在家乡待不下去，穿越原始森林，跑到广西隐藏起来，国民党抓不着夏光，便抓了他爷爷、他大哥、他小弟，残忍地杀害了他们，他都忍痛隐着；后来他老爹也被迫害而故去，他再也忍不住，再次穿越原始森林，跑回老家奔丧，却"自投罗网"，被国民党逮了个正着，被投入狱。武冈好几位党员被杀，中华人民共和国成立后有人献疑：很多地下党员被杀了，夏光为何不死？正是这一疑，夏光被审查了二十多年。没有任何证据可以证明夏光叛过党，出卖过党员，而夏光却因之遭难。夏光不可以去找当年农讲所上课的毛老师去证清白吗？夏光不曾去。湖南人有个性，湖南人这个性不害别人，却害自己，害了小半生。

等到 1979 年，夏光被彻底平反，他已是人生七十古来稀了。

夏光有过荣光，这荣光不仅是展现在沙家浜的光辉岁月，也展现在中华人民共和国成立后的职务辉煌。他当过淞沪剿匪司令，当过几所海军学校校长，还有郭建光的桂冠戴在头上，大风起兮云飞扬，不正可以名加海内兮还故乡？而夏光自 20 世纪 30 年代，再次从家乡出发，本来打算去延安的，却经徐特立介绍去了新四军，此后再也不曾回来过。全国人民都晓得郭建光，却没多少人晓得夏光，邵阳家乡又有几人晓得夏光？我晓得邵阳有魏源，有蔡锷，但我真不晓得有夏光。我的乡党彭宏钟先生在上海搞房地产，偶遇了夏光儿子夏军，才晓得家乡有过这样的英雄。这个彭总，房地产也不搞了，搞什么"宇宙宏微论"，建什么"科博园"，兴什么湖湘文化，来怂恿我去追寻夏光，商人不言碌碌之利，而孜孜求义了？夏光已于去年除夕夜，离开人世，享年 104 岁。斯人已逝，何处话悲壮？旁有乡党周玉柳先生敲边鼓，做我"思想工作"，便又邀了武冈搞党史搞了 30 余年的肖时升先生，我们四人于三九寒冬，从湖南出发，哐当哐当，乘上火车，千万里去追寻前贤。

前贤已不在，前贤之后人在。上海徐家汇，细雨淅淅沥沥，细雨敲梧桐，梧桐叶落满地，在一个老干部中心的大厅沙发一角，我们觐见了夏军先生，夏军先生身材高大，继承了乃父平和之风，未曾继承的是，夏老不从戎，而从文了，退休之前当的是教授，温文儒雅，岁月沧桑，其俊朗的身板略显老态。夏老话不多，谈了夏光一些生活小事，舍此外并不多说，只是告诉我们，在无锡，还有夏光一位老下属，至今健在，是阳澄湖"36 位伤病员"唯一的"活化石"了。

"夏光啊，夏光是个好首长"，在无锡一家康复医院里，真没料到，九旬有二的新四军老战士吴志勤吴老，生命力那么顽强，白发稀疏，而精神却矍铄。我们走进医院房间，吴老正与老伴四目相对，四手相握，夫妻情深，相濡以沫。待我们问起往事，吴老拉开保暖裤，拉到大腿，几个弹孔触目惊心，跳入我们眼帘。吴老不但在阳澄湖打过日寇，也参加过抗美援朝，谈起峥嵘岁月，老人很是激动，"老首长很会打仗呢，他指挥打仗，很有智慧，很慎重，不轻易出手，一出手便有很大把握的。我没死，活到现在，也是首长爱护士兵呢，不轻易将我们往枪口里送呢"。吴老也是九死一生，他说有一回碰到日寇，他跑到老乡家里躲起来，躲无所躲，躲到老乡猪栏里，粪坑齐腰深，他摘了一根芦苇，含在嘴里，若是日寇搜寻到猪栏，他就准备深呼一口气，沉潜到粪坑里去，好在日寇只在猪栏外芦苇堆旁，刺刀乱刺一阵，走了。而吴老本来腿上有伤，因此伤重，才跟其他三十五个"伤病员"一起留在阳澄湖的，这次被粪蛆乱咬，使其大腿终身带疾。

吴老耳是那么聪，目是那么明，思维仍是那么敏捷，嗓音仍是那么硬朗，纵使我们在旁边打些耳语，悄悄说着夏光中华人民共和国成立后的遭遇，也让吴老听个正着，大声嚷出三个字"不公平"。战友情深，吴老思维跳，跳，跳，多是在芦苇荡里跳跃。我原以为芦苇荡，只是我们老家山头上与水藻边的巴茅草，深或深矣，也不过是草。到了沙家浜，才晓得误矣，那芦苇啊，如细竹一样，有节，节里虚心；高耸，高有三两个人高；浩浩荡荡，莽莽苍苍，而阳澄湖水系发达，十分清亮，当年吴老与夏光等前辈，架小舟出入风波里，那里没有浪漫，只有壮烈。经过了生与死，其中战友情谊，我们怎么能懂得？

与我们一起陪着吴老的，是吴老的儿子，他是这家医院的医生。医生？吴老孩子干着这"巫医乐师百工之人"职业？没几刻，吴老女儿也来看吴老了，我们没问其职业，看到她穿着一身发白的牛仔裤，面容有点清瘦，那模样，也不太像是富贵人家——富定是没怎么富，贵呢，本可以贵，却好像不太贵。打江山的功臣，其"功二代"也如百姓家？这让我们感慨，官一代功何在？而官一代不安排其官二代当官，便发脾气：老子工作几十年，儿子都不安排好？他们子女都安排好了。我问吴老：您的孩子，现在干着平常工作，您觉得公平吗？吴老连说公平，公平，我孩子都有工作，享福啊。我蛮多战友，牺牲了，命都没了，哪有孩子？

说起这话题，同去的肖时升先生说起了夏光一件小事：夏光丢下粉笔，投笔从戎去，老家还有老婆孩子的，枪林弹雨一二十年，不再相见，待到中华人民共和国成立，夏光得知孩子依然在家乡面朝黄土背朝天，身份是务农。孩子也曾来找过他，他却一句话打发他了：我不能安排你工作，当农民不也是工作吗？夏光这里要打破的逻辑是：打江山，不是后代就可轻易坐享江山的。理，夏光树起了新理；情呢，却还是旧情，革命新理未曾泯灭人伦传统：夏光每年都拿自己工资寄回家乡，周济孩子。很多年过去，见多了世态人情，夏光移心改志否？没有。夏光依然不曾改变此中情与理，其曾孙长大成人，也想跳出农门，沿着老爷爷步子，当兵去，他特从湖南老家找来南京，要老爷爷向人打招呼，夏光仍是一句话打发：自己的路自己走。硬是活生生拒绝了。好在家乡人民过意不去，将老人曾孙送去了部队。待其转业回来，也是干着普通人活计，没入"士大夫之族"。

夏光高龄，翩然故去，其骨灰一分为二，一半归家乡，一半归了沙家浜。在苍茫的水乡沙家浜，长眠着一位共和国的功臣，我们四位来自将军故乡的后辈，到得墓前，一鞠躬，二鞠躬，三鞠躬，连敬两次三鞠躬，其中一次，我说不上为何而鞠，但加上的一次，是为夏光处理"将二代""将三代"及"将后代"而鞠躬。老革命的情与理与新大夫的情与理有着不一样的质地：老革命的，是血与火打造的，一些新大夫呢？多是名与利所造吧？品质的质地是千差万别的，有的是金打造，有的是银打造，有的是破铜烂铁打造，还有的是红尘或灰尘打造。人万千，品千万，品质又哪能一样呢？

无锡告别吴老，我们再次上路，去南京追寻夏光，那里有位夏光的下属，其在《我给夏老当党史联络员》中写道："说起革命老前辈夏光，我的心中就会涌起一种激情，《诗》云：'高山仰止，景行行止。'真的，每次见到他……顿时，崇敬之情油然而生，再多的烦恼化为乌有，连心情也豁然开朗。"有这样情深的人在，我们定然会挖掘出很多夏光的故事吧？却是无功而返，先天约好去拜访，他说下午开会，让明天去；次日大早，我们去了机关，寒风凛冽，久等不至，打电话去探问老人家，他却说去了徐州；去其办公室吧，办公室人给老人家打电话，他说过下就来；待等了很久，再打电话给他，他没接，发来信息：对不起，我在外地，你们到南京多玩几天吧，等我回来。

回程车票早已买好。我们不等了，不想等了。我们已寻着了夏光，夏光安息在了沙家浜，我们可以欣然回家了。回家路上，我们唱着郭建光唱的京剧，唱给夏光听：驰骋江南把敌杀，消灭汉奸清匪霸，打得那日本强盗回老家。等到那云开日出，家家都把红旗挂，再来探望你这革命的老人家！

原发 2014 年 1 月 20 日《天津日报》

刘草心

女，1990 年出生于新邵县。湖南省作家协会会员，香港中文大学硕士。自 1996 年在《邵阳日报》《小学生导报》开始发表作品，已在《中国城市报》《天津日报》《湖南日报》《潇湘晨报》《少年作家》《中国校园文学》等发表过各类文章 100 余篇 30 万字，曾翻译出版了 10 余万字的《智慧城市国际信息设计展》，与人合作出版了报告文学集与摄影集共两卷《筑梦潇湘看高速·洞新高速建设回眸》。

博物馆被"商"，孰之过

近年来，博物馆被过度商用的现象可谓层出不穷，而近日发生的"跑男"在博物馆录制"撕名牌"、南京博物馆给某家开发商举行房地产新闻发布会事件，又将博物馆商业化的讨论推向了风口浪尖。一向为世界和平操碎了心的中国网民更是对此进行了投票，结果有六成网友投票"不支持博物馆商业化"。虽不清楚其余四成网友的态度如何，但值得庆幸的是，即便博物馆平日并不多受青睐，但在关键时刻，博物馆仍是大部分公众心中不容轻易侵犯的文化圣地。

从目前的舆论来看，批评的声音占据压倒性优势，纷纷指责博物馆为了争名逐利丧失底线。可笔者忍不住为博物馆叫屈：博物馆埋头扎在古董堆里，就被批不接地气；一旦抛头露面，又被指责商业化。这不是让博物馆左右为难吗？

诚然，博物馆举办房地产新闻发布会，或者为综艺节目提供场地，的确有悖博物馆的公益性质，并为其藏品安全带来隐忧。但是，为何一向远离喧嚣尘世的博物馆会参与到一些商业活动中来？除了一味指责外，我们是否需要进一步探究其原因呢？

在国外，博物馆商业化运营并非禁忌。相反，无论是企业，抑或是私人，都乐意赞助或者捐赠资产以支持博物馆的运营。这类企业赞助和私人捐赠都是非常普遍的事情，博物馆也会在其官方网站上公开捐赠渠道，寻求投资以作为博物馆未来的发展基金。与"跑男"类似的是，卢浮宫曾以一天3万美元的价格，让《达·芬奇密码》团队进入拍摄。且不说253万美元的租金费，在影片上映后，卢浮宫也因此创下了850万参观人次的新纪录，其中，26岁以下年轻人占了四成。只要不损害藏品，这些创新的商业模式更有利于博物馆的正常运营。

大多数人认为博物馆是公益性质，需要对公众负责。但对于博物馆，难道公众只有权利而无义务吗？怀着愤懑之情，轻轻点击鼠标投下反对票，当然轻松，但又有多少人愿意长期当博物馆的志愿者呢？又有多少人乐意为博物馆的运营而慷慨解囊呢？在抱怨博物馆设施陈旧、展陈方式老套的时候，又有多少人会真正为博物馆出谋划策呢？以志愿者为例，我国志愿者不仅流失率大，而且大多都是年轻学生出于对艺术的爱好，或者是因为学校实践课的压力来担任一段时间的志愿者。相反，在美国，早在1991年，就有近38万名博物馆志愿者，是当时全美博物馆正式员工数量的2.5倍。这些志愿者共为美国各类博物提供了205亿小时服务，创造的经济价值约合1760亿美元。这些实实在在的贡献，确是我们只知在网上空谈无法比拟的。

笔者并非为博物馆开脱，只是作为一个博物馆爱好者，认为公众应该更为平心静气地讨论对策，优化博物馆的经营方式，而不是将博物馆推到一个曲高和寡的境地，让博物馆的运营更加缩手缩脚，举步维艰。

2016年5月18日发《中国城市报》

无缘十强的国内博物馆怎么了

近日，权威艺术杂志《艺术新闻》发布了年度博物馆报告，公布了
2015年全球最受欢迎的十大博物馆，巴黎卢浮宫则以860万人次的年访问
量保持了博物馆界的霸主地位。伦敦大英博物馆、伦敦国家美术馆、纽约
大都会艺术博物馆等老牌博物馆均榜上有名。

十强名单多集中在欧美国家，并未出现中国博物院的身影。对此，不
禁疑问，且不说其他博物馆，早在2011年，仅故宫博物院的访问量便突破
1400万人次，更曾一度达到1500万。几近卢浮宫两倍的访问量，故宫博物
院应是当之无愧的"榜首"，可为何事实上却与榜单无缘呢？

一方面，评比标准可能不限于访问量；另一方面，国际上不少评比更
倾向把故宫界定为遗址，而不是博物馆。近年来，国内每年新建约300个
博物馆，约等于每天增加一个博物馆，截至2014年年底，博物馆总量达
4510家。然而，在"博物馆热"的表象下，却需要"冷思考"。重建设，
轻经营；重外在，轻内在；重展览，轻教育，轻服务。这几点是当前国内
博物馆建设所存在的突出问题，常常存在"一流的展品，二流的展览，三
流的服务"的窘境。

从网上公布的数据来看，国内博物馆不仅在数量上猛增，而且呈现出
面积层层加码的特点。以地市级博物馆为例，十余年前建设的温州博物馆

仅为 2.6 万平方米，之后的成都博物馆、太原博物馆面积翻了两倍多，而 2007 年建设的无锡博物馆，更是达到了 71000 平方米。相较巨大的场馆，藏品和展览就显得格外薄弱。据了解，尽管国内藏品质量较高，尤其在陶瓷、玉器、字画等古器物方面独具特色，但是在数量和丰富性上，仍难以与国际博物馆相媲美。比如，大英博物馆有 750 多万件藏品，美国国家博物馆有 1700 多万件，而故宫博物院在 2011 年统计时，只不过 180 万件，省一级较多的南京博物院不过 40 多万件。

由此可知，与国际一流博物馆相比，国内博物馆的差距关键在于理念。目前，国内博物馆的运营理念仍停留在库房 + 展厅的简单模式，而国际上高水平、现代化的博物馆是收藏保护、研究教育、开放服务三者功能高度统一化的机构模式，这就是差距。

此外，上榜的博物馆不仅在招徕游客方面表现出色，其对公共职能的关注，尤其是艺术教育层面，也比国内博物馆更有远见。

比如，法国博物馆局就与教育部联合在每年四五月举办"博物馆之春"的活动。事实上，这项邀请青少年与父母一起免费参观博物馆的活动很受欢迎，很快就在欧洲其他国家得到推广。

相比较而言，我国博物馆在艺术教育方面就稍显薄弱。对于国内博物馆来说，缺的是一种"讲故事的能力"。如何让观众在展览前留下来，而不是走马观花式的游览，其实是博物馆的一个共性问题。

原发 2016 年 6 月 11 日《中国城市报》

刘义志

刘义志，1973 年 9 月出生于新邵县。教书育人，耕读人生，在各级报纸杂志发表各类文章300 多篇，并有文章被《青年文摘》《读者·乡土人文版》《解放日报》等刊登，多篇作品被《特别文摘》《中外文摘》《少年文摘》等转载。

中国式听证会

听证会本来是欧美的舶来品，据说欧美的听证会搞得红红火火，备受民众欢迎。后来，我们与国际接轨，用"拿来主义"把听证会引进来了。可是，听证会这个洋货啊，一到中国就水土不服，就开始变异，就有了中国特色，就形成了个性鲜明的中国式听证会。

所谓中国式听证会，就是"走过场的听话会"。那听证代表呢，说白了就是"听话代表"。为啥都是"听话代表"？不是听话的代表，你就进不了这个圈子啊！中国特色听证会，行政权力唱了独角戏，不用一些听话的代表来"沟通"民意，难道找一些"挑刺代表"与自己过不去？所以，没有当选听证代表的应该换位思考，多为人家着想，少出歪点子，少捅一些娄子，毕竟稳定压倒一切嘛！抑或某些听证代表内心不大情愿，能在听证中受益的相关单位就会与他们交流交流感情，沟通沟通心灵。政府部门和相关单位双管齐下，谁还好意思再唱反调呢？

网上炒得沸沸扬扬的听证专业户胡丽天女士，退休后参加各种听证会23场，荣获"史上最牛听众演员"之桂冠。听说成都以她为首的著名听证专业户有4个，号称"四大金刚"。你可不要眼红，人家老太太听话嘛，好沟通交流嘛！她不代表谁代表？你没听过人家仿拟大思想家顾炎武，说什么"天下兴亡，匹女有责"？有如此听证代表，中国特色听证会不搞成"走过场的听话会"，那才叫怪事！有网友戏言，中国的听证会病了，听证专业户负责"吃药"，能好得了吗？

中国式听证会就是"听涨会"。本来还是好好的，老百姓心里还不觉得不平衡。可是不幸的是，听证会大摇大摆地来了。那价格呢，好比坐上了直升机，腾的一下就上去了。真是不"听"则已，一"听"惊人；不"听"则罢，一"听"就涨。为何一"听"就涨？被"听话代表"举手通过的嘛！几家欢乐几家愁，得了好处的那个高兴劲儿啊，无法形容；而那要为"听涨会"买单掏银子的小民百姓呢，那个愁啊，在此略过不提。这就叫冰火两重天。

2011 年 7 月 18 日上午 9 时，广州的的士运价听证会在珠海宾馆召开。7 月 10 日广州市物价局公布两套听证方案即遭各界广泛质疑，炮火集中在三点："听涨会"、成本监审和联动机制。有政协委员质疑物价局的两套方案均为涨价方案，物价局对此闪烁其词。的确，听证会不问民众意见是想涨还是不想涨，而是让民众在两个涨价方案中二选一，你说这样的听证会雷人不雷人？而且据媒体报道，物价局出具的《广州市出租车运营成本监审报告》连财税专家都看不懂。公众对于出租车的运营成本究竟几何，更是"蒙查查"。更离奇的是，建立联动机制后，出租车起步价可以直接上涨，连听证都不用了。试问，如此听证，又能"听"出什么名堂？

近年来，听证会在现实中越走越变形，"特色"越来越明显。比起"娘家"欧美的听证会，"嫁入"中国的听证会早已面目全非啦！除了某些既得利益者，中国的听证会成了众矢之的，人人喊打。谁闲得没事干喜欢"听涨会"啊！

前不久，东莞的自来水涨价听证会过了报名截止期仍然"无人问津"，原因是市民不愿参加走过场的听证会，对此表示失望。嘿，东莞的市民其实真不错，他们不愿意"被代表""被涨价"，也算是一种无声的抗议吧。

听证会的本质是"听证"，是让政府的公共政策接受民众的质询和建议。

中国式听证会要改变形象，这个渠道一定要下点力气疏通好，千万不可再堵塞。这里有两个至关重要的环节，缺一不可。其一，听证会的代表选拔要独立，要不受政府部门和相关单位的干涉，这是最难的一点。但如果不完成这点，听证会就会走样，就会变形。其二，政府部门的举证过程要透明，不可"犹抱琵琶半遮面"！

原载《杂文月刊》原创版 2011 年 10 月上

古代官员通奸风险大

古代官员通奸是有很大风险的。官员通奸，比起老百姓，罪加一等，重则脑袋搬家；轻一点的被判宫刑；再轻一点，也要丢官帽，挨屁股板子。

西汉李广利、李延年、李季三兄弟曾经红极一时，最终因通奸案发，落得个满门抄斩的下场。李延年是当时乐坛天王级的人物，善歌舞、通音律，是造诣极高的大音乐家。史书上说他"每为新声变曲，围者莫不感动"，就连汉武帝都是他的铁杆粉丝。李延年的妹妹是汉武帝的宠妃，被封为李夫人。一人得道鸡犬升天，有了这个裙带关系，李家三兄弟自然飞黄腾达。其中官当得最大的是大哥李广利，被封为大将军，裂土封侯。

李延年也不错，被封为协律都尉，专门负责乐府的管理工作，相当于如今的全国文联主席之类。李延年的日子过得非常诗意，经常下乡采风，一来二往与一个魅力非凡的文艺女青年通奸。不料最后被人告发，汉武帝勃然大怒，丝毫不留情面，当即御笔钦点，判处李延年宫刑，可怜堂堂大音乐家李延年就此再也没有那方面的功能了。这还不算，汉武帝余怒未消，还要李延年为皇家喂狗一年，使其斯文扫地。

三弟李季年纪轻轻也封官加禄。这个李季比他的二哥更为奇葩，居然胆大包天，跟宫女通奸。宫女可是皇帝他老人家的女人啦，这还了得？汉武帝龙颜大怒，加之李广利在对匈奴的战争中失败，下旨诛杀李家满门。

东汉时，荆州某地一个亭长与辖区内一名年轻貌美女子通奸，可能是县官与亭长关系很好吧，案子判得很轻。当时的大汉皇帝带领巡视组正亲巡荆州，荆州刺史谢夷吾自然要全程护驾。

有人向巡视组举报了这个通奸案件，皇帝当即下旨，严令谢夷吾彻查此案。县官就此被"双规"，谢夷吾问县官："贵县为何将此案判得如此轻飘飘的，是否和涉案亭长有不可告人之秘密？"县官诚惶诚恐，回答："卑职与那亭长并无私交，据卑职查明，亭长与那女子乃是两情相悦，故而判得较轻一些，请大人明察。"

谢夷吾大怒："亭长身为贵县官吏，与辖区内的良家女子通奸，何来两情相悦？身为亭长，理应管束好百姓为非作歹之行为，惩治百姓通奸。如今其人居然冒天下之大不韪，带头通奸，上梁不正下梁歪，岂能如此轻飘飘地处理？"结果，亭长按强奸罪论处，杖责八十，并被刺配蛮荒。县官呢，也因包庇他人，丢了乌纱，并被开除官身，永不录用。

开放的唐朝对官员通奸的态度，同样是大力打击的。

贞观年间，左丞相李行德有一个弟弟叫李行诠，生有儿子李忠。李忠生母早逝，李行诠老年续弦，娶了一个年轻漂亮的妻子。不料后妻对年老体弱的李行诠不感兴趣，而是痴迷爱恋年轻力壮的继子李忠。

因为父亲和伯父的关系，李忠也在京师长安的一个衙门做了一个小吏。李忠官虽小，胆子却很大，对年龄相当的后母一见钟情。两个人眉来眼去，暗通款曲，一发而不可收。后来李忠竟然将后母藏匿，对家人谎称是应诏入宫。

李行诠不知就里，信以为真，便去哥哥李行德处问个究竟。身为左丞相，李行德岂能不知宫廷之事，当即答复说：根本没有此事。李忠心急如焚，大张旗鼓寻找，闹得沸沸扬扬。母子通奸可属于乱伦，十恶不赦，而且栽赃陷害，嫁祸于皇宫，唐太宗龙颜大怒，下令迅速侦破此案。后被查明，二人双双伏法。

宋朝立法对于民间的通奸行为，基本上持一种比较宽容的态度。但同时，大宋政府对于官员的通奸行为，又主张处以更加严厉的刑罚。宋代法律对官员通奸的，基本上是人人可以得而诛之，不光要受到朝廷惩处，连被人动私刑杀了，死了也是白死，官府是不管不问的。

据宋人《北梦琐言》记载：宋仁宗嘉祐三年（1058），都察院有位御史叫陈海，经常去他老师家里走动，日子久了，居然与老师的女儿勾搭成奸。某日，二人正在你情我浓时，被捉奸在床，老师发动家丁棒打鸳鸯，陈海被活活打死。此案报经开封府审理，判决结果是咎由自取，活该！

明朝开国皇帝朱元璋对官员通奸深恶痛绝，特别加大处罚力度，并恢复了早已废止的宫刑。

1377年，在修建谨身殿期间，一名当值的官员仅仅只是与一个工匠的妻子搞到一起，被有司发现后，惊动了朱元璋。朱元璋当即下令，对该官员处以宫刑。此外，朱元璋还要把2000多个工匠全部阉割。幸亏有不少大臣竭力劝谏，才使这些工匠免遭惨祸。

上有政策，下有对策。朝廷对通奸处罚严重，就有人想出以纳妾的名义将通奸女子娶进家门的法子，以此逃避惩罚。这其中有漏网之鱼瞒天过海成功的，但也有不少是照样东窗事发的。

清朝嘉庆年间，浙江衢州左营把总陈邦太与民妇程方氏通奸，几次欢愉之后他开始担忧自己头上的官帽。于是陈邦太托关系走后门，"明媒正娶"了程方氏。但很可惜的是被一位同僚检举揭发，结果遭朝廷严惩解职，并被杖责收监。

原载 2015 年 5 月 16 日《湘声报》

刘振华

刘振华，男，邵阳县五峰铺镇人，1964 年出生。笔名萧雨风、窗上玫瑰，复旦大学中文系作家班结业。20 世纪 80 年代开始写作，作品散见于《人民文学》《芒种》《湖南日报》等报纸杂志，著长篇小说有《围歼王牌钢铁团》（与朱清平合著）、《爱情的叛徒之遗佚》等。

文化建设作家应处的一种位置

——由马笑泉散文《敲开魏源的门》说开去

马笑泉是中国文坛近年来声名鹊起具有较高影响力的"文学湘军五少将"中的一位。基于同为具有霸蛮精神的宝古佬和对文学的挚爱，从他的系列小说《愤怒青年》和《银行档案》《巫地传说》两部长篇小说发表以来，虚长他几岁的我对他常处于那种关注的态势，总想找机会为他写点什么，但苦于一直没有找到那种令自己茅塞顿开的切点而觉遗憾。近段去他的博客串门，阅读了《长江文艺》今年第二期刊发他的《敲开魏源的门》这篇散文后，我如获至宝，被一种闪光的亮点久久萦绕，我觉得自己有了为他写点东西的入口。也许缘于自己长期以来对阅读作家作品的那种偏见及固执，我总以为，既然是作家的作品，读者和评家大可不必纠结在他的语言、写作技巧上面做文章，最重要的是如何站在一种大文化的高度，像品酒一样地去品读，品出那种文本之外的亮光，那种留有余味久久挥之不去的思想，那种可以推动社会文化建设和发展的担当感及责任意识等精神内涵。

中华民族的历史源远流长，五千余年来所涌现出的一大批影响民族文化、推动社会发展和人类文明的杰出文化大家，他们在思想和文化方面的贡献，一直是中华民族的宝贵财富，探寻和弘扬文化名人所留下的这种财富，除了具有重要而深远的历史文化传承意义之外，无疑对我国当前深化改革开放、加快转变经济发展方式时期文化建设的发展繁荣以及文化产业所带来的连锁效应颇具推动作用。生于湖南邵阳县金潭（今邵阳市隆回县司门前镇），清代启蒙思想家、政治家、文学家，被誉为近代中国"睁眼看世界"的先行者之一的魏源（1794—1857）便是其中值得探寻和弘扬的一位。

马笑泉"敲开魏源的门"的同时也敲出了我的贫乏，我不得不感愧自己对魏源的认知尚只停留在中学的历史课本，对其《海国图志》中所提出的"变古愈尽，便民愈甚"之变法主张和倡导学习西方先进科学技术及"师夷之长技以制夷"这种新思想的浅薄理解。"马笑泉，1978年出生于湖南省隆回县"，这是他博客里向世界公告的一句介绍，看得出这个比老乡魏源晚出生184年的他对故土的那份情感距离，也正是他与魏源这种近水楼台的关系，为他后来挖掘研究魏源文化"敲开魏源的门"而提供了便利。

"两扇木门透着历史深处的陈黄色，一围老墙想是承载了太多的风雨，因而显得有点歪斜，但依然倔强地挺立着。门没有上锁，但我还是伸出手，凸起中指关节，轻轻地敲门。这于我，是一种必须履行的仪式。不能设想我会猛然推开门一把冲进去，那既是对主人的不敬，也是亵渎了自己肃然的心境。恍惚间门吱呀一声开了，魏源似乎已从清朝远游归来，正站在门后，对我含蓄地微笑。"柔软的起式中飘逸的几笔隐含着让人思考咀嚼的道理：挖掘研究历史文化人物，真诚谦恭固然重要，而对考究对象之文化客体的尊重和将自己与之融为一体才是更为必要的。只有以如此之姿态走进考究对象的生活，方可达至"在百年前的建筑中轻轻地走动，感觉是一尾小鱼进了江海"的艺术境界。

魏源作为一个进步的思想家，研究和扬弃他的这种思想并非易事，马笑泉同样深有感慨：其实哪里才算是魏源的真正故居，并不重要。重要的是我们能否走进魏源的内心世界，把握他那深沉的灵魂，领会他那深刻的思想。要知道，敲开一扇物质的门很容易，敲开一个人的心门却很难，敲开魏源的心门尤其难。他在深情抵达魏源的心门时，为这位聪慧过人、寒窗苦读、寡言深思而命运却不被垂青之士甚感同情时有过如此的心灵纠结："这样的事看起来荒谬，然而到 21 世纪的今天都还在发生。许多才华卓著的学子仅仅是因为英语不合格就失去读研的机会，只能眼睁睁地看着身边那些专业平庸、只是擅讲洋文的人昂然过关，其内心的感受大概和魏源差不了多少吧"；为这位"忠智之士，忧国著书，不为其君用，反为他邦"的超前思想，在当时并不为人所看重和付诸实践而惆怅悲愤的同时发出了"这亦是时代的悲哀，民族的悲哀"的呐喊之声；为这位"更有无双国士长沙子，孕育汉魏真精神，尤精选理踪鲍谢，暗中剑气腾龙鳞"的无人支持难以施展经世抱负，最终心如止水，一心参玄，以儒家入世，以佛道出世，沿着这条中国士人的传统道路走到了生命终点而惋惜的同时醒悟出"其实魏源的思想就是朴实可爱的湘西南农民们的思想——不做过高之论，直面眼前问题，推崇实践，讲求实效。魏源的行为也就是这些乡亲的行为——有韧性，不浮躁，脚踏实地，稳步前进"。从"满湖思绪长伴一隅孤坟"魏源时代的结束中，作者可以说给了读者一种暗示：这种没有太多光彩的卑微的最后命运并不有损于魏源的伟大，相反，如果他不为我们这些人去受苦受难，那么他也就不可能像今天这样属于邵阳、属于中国，乃至世界。

马笑泉在研究魏源思想的过程里，对于其那种深重的山水情结尤其感动，文中情不自禁所引的《三湘棹歌》也成为这篇散文作品的重要纤维。本来很多散文名家最忌讳的就是掉书袋引经据典，而作者从全面考究历史人物的角度，自然而然地巧妙引入，使得所构成的散文肌理更具民族风味，也使得这篇作品的密度有所提升。

湖南省文联主席谭仲池先生在他《写作到底应当表现什么》一文中有这么一段值得人们深思的话语："今天作家的写作到底应当表现什么，反倒成了问题。走进书店，打开电视，翻开杂志，满目呈现的是帝王将相、才子佳人、妖魔鬼怪、虚幻世界、猛男刁女、奇装异服、尖腔号叫，不一而足。即使有些揭露黑暗的作品，也穷尽极丑极恶极凶极毒的描写刻画，读着看着让人恶心恐惧绝望，至于作家应有的思想光亮、文人情怀、灵魂关照、热血温暖、阅读抚慰和宽广视野，江海胸襟却无影无踪。"个人认为，谭仲池先生要说的就是作家的写作立场问题，一个作家在当今文化建设中应该所处的位置问题。

魏源能成为邵阳城市文化名片之一，我想与马笑泉等作家挖掘研究魏源思想是粘连在一起的。他在《敲开魏源的门》这篇散文结尾中写道："我更加切实地感到魏源已从西子湖畔悄然归来……低头缓步走出故居大门，我站在垄上，看金水河秀气地穿过满野的青黄色稻田。有人在田里劳作，有炊烟轻柔地升起。更远处的群山环抱大地，静默不语。190年前，魏源从这片风景中走出去，然后撼动了世界。今天我们这些后来者，从魏源的门中走出后，是否也想过要做点什么呢？"我钦佩他这种站在"去其糟粕，取其精华"的高度坚持不懈地探寻和弘扬文化名人所留下的思想财富以达经世致用的精神的同时，更为他作为一个作家在当今文化建设中能够自觉地带着独立、自由的思考处于自己应该所处的位置，有灵魂地进行写作而欣慰，让我感觉到了一种光芒的存在。

发表于 2013 年《中国新闻·文心专刊》

刘文华

1967 年 12 月 27 日出生于邵阳县，1989 年毕业于复旦大学中文系，文艺评论家。曾在《读书》《百家》《博览群书》《理论与创作》《现代文学研究丛刊》等杂志刊发数十篇文论。现任职《书屋》杂志社副主编，主持编辑《重新认识日本文化丛书》《印度文化经典译丛》等系列图书。

阳明心学的几个指向

一

　　明末，流寓日本的朱舜水对乡贤前辈王阳明有如下的评述："王父成为仆里人。然灯相昭，鸡鸣相闻。其擒宸濠平峒蛮，功烈诚可嘉。官大司马、封新建伯。后厄于张璁、桂萼、方献夫，牢骚不平之气，故托之于讲学。若不立异，不足以表现于世。故专主良知，不得不与朱子相水火。孰知其反以伪学为累，愚故曰：'文成多此讲学一事耳。'是故古之人惟无私，而后可观天下理。无所无而为，而后可知天下之法，今贵国纷纷于其末流，而急于标榜，愚诚未见其是也。"（《朱舜水全集》卷三，"致佐藤书"）这里面透露出来很多的信息，即当时的日本阳明心学风靡一时，幕府贵族子弟尤擅长，涉及全境，直接影响甚至左右日本近代文化的生成，乃至今天依然见其轨辙，同化的痕迹很深；二是朱舜水对阳明心学的独特认知，这番"偏见"诚恳，道出其真实的心声，阳明心学以异为高，非为贤者讳矣。这种见识只是一家之言，有其浓郁的背景，多少有些负气的成分在中间；三是朱舜水对王阳明的事功层面，敬佩不已，"功烈诚可嘉"，后世对阳明的文治武功亦持类似的观点；四是透露出阳明心学与程朱理学"相水火"，可以想象明代思想界的二股势力，实则同中有异，唯内外有别，殊途同归，还是新儒学的范畴。

朱舜水这段话有背景，移身域外，且熟知内幕，可以挪开地理与时间上的距离，对当时思想界的二派竞争和学说纷乱的局面，多有据实之论："即嘉隆万历年间，聚徒讲学，各创书院，名为道学，分门别户，各是其师，圣贤精一之诣未阐，而玄黄水火之战日烦，高者，求胜于德性良知；下者，徒袭夫峨冠广袖，优孟抵掌，世以为笑，是以中国问学其种子，几乎绝息。"因此，各派学说都流于形式，虚空高蹈，不知伊于胡底；或者说各家都有相当的局限性，而历来儒学之正宗"尊德性"与"道问学"有机结合的精髓，在明代思想家的纷争中消弭而散，令朱舜水感叹不止。事实上，阳明心学的末流背离其宗旨，而进入狂禅一类，法无所法，也可见朱舜水见识的独到之处。朱氏对问学的看重，实有其自己的见解，他说："不侫于言行之间，但知内不欺己，外不欺人，行而不言者，有之矣；未有能言而不能行者也。"强调言行、知行、民行（世风与日俱下，民行日劣）的一致性、统一性，实际上有阳明心学的遗响，不得另外。

二

有宋以来，按张君劢先生的说法，区别于古典的、正经的儒学而兴起新儒学，这主要得益于佛学对儒学的影响，这是显性的部分；隐性的部分则是道家等百家思想对儒学的渗透与变化。实而言之，儒、道、释本为一体，难解难分，只是由认知的方法、路径、指向和因时而化的便宜而起的，所谓新儒学之新在于贯通各方，融化无碍。阳明心学的研究应置于新儒家的范畴，且辨识世界文化的交通之中，才可找准定位。

新儒学之兴起让我想起印度梵学的播迁和流变。梵学的宗旨是"梵我一如"，与我们的"天人合一"在理路上可谓异曲而同工，所谓事殊而理同。

据英国考文垂大学教授韩德考证，作为梵学经典的《奥义书》，对世界的影响至深且广。他说："《奥义书》是印度文化中的核心哲学文献。就印度传统本身而言，它们一直被视为至高知识的精神宝库。而在古典时代，它们的影响力甚至远远越过了印度本土。那些精神导师，以及佛陀时代的人们，包括青年时代的释迦牟尼，都深受《奥义书》传统的影响。我们很容易辨识出佛教与《奥义书》教导的许多相似处。而一些重要的观念也曾被整合进了西方的哲学，影响了诸如柏拉图和早期的基督教思想家。自人类文明的第一线曙光开启以来，它们都是独特的启示性文献。"（见《印度生死书》之序言）

东学西渐，历来有之。特别是在远古时期，梵学对欧洲学说影响之深远，带有本源性的意义。中国的旧儒学按理说也应远播、扎根欧洲，与梵学共同作用，培植西方古典哲学的根基和基督教精神的树木，单看秦朝之中国文化对欧洲的影响可见一斑。据可查的史料，新儒学对欧洲文化复兴的造化功不可没，它们接触亲密，融汇无间，怕是远古时代旧儒学的文化基因潜移默化，这些自然需要文史大家去考证，故存一说。

既然新儒家的学说对西方有那么大的影响力，阳明心说应在其中，这方面所见的资料不太多，无法详细地阐释。但在日本的回响与作用，以及东南亚等国的直接或间接地传输、启蒙与发展，千真万确。朱舜水的弟子、确立日本近代思想根基的德川光圀，当德川还是十八岁的孩子时，曾读司马迁《史记·伯夷列传》叹息说："无书如何知唐虞之文？无史家之笔，后世如何得兴起。"（德富猪一郎：《德川幕府》第一部下，卷十六）可以想见日本对中国文化的热爱，现代日本汉学冠绝一时，世所公认，非马虎之功。乃至20世纪亚洲"四小龙"经济腾飞、奇迹光耀，世界瞩目，新儒学之功德在焉，阳明心学之造化在焉。

张君劢在《新儒家思想史》中描述阳明哲学对日本的影响时，引用了山素姆（G.B.Sansom）的一段话，道出了阳明哲学对日本人产生的政治和精神的活力的影响："阳明哲学也像禅宗一样，不承认书本知识的权威，主张主观的实践道德，强调对真理的直觉，应以自觉和自修的方式达到真理的把握。由于这种说法摆脱传统和陈腐观念，所以，往往引起日本上层阶级最有力量、最有思想者的注意，而且，也可能是因为约略了解这一点，幕府才反对阳明学派，因为思想独立性是幕府所不能鼓励的一种个性。日本最有名的阳明信徒，都是坚毅果决，而且是有改革精神的人，包括大学者及革命运动领导人物如 1837 年领导大阪饥民暴动之大盐中斋与 1859 年破坏排外法令之吉田松阴。"（G.B.Sansom: A Short Cultural History of Japan, The Cresset Press, 1936, P499.）

张君劢还进一步分析了阳明哲学为何在中国与日本产生不同的结果，他的解释很有劲道，也相当务实。他以为：一，日本人往往脚踏实地，他们永远不会忘记道德价值及自己国家的传统，尤其是忠孝观念以及善恶之别，所以忠诚、孝顺，从善如流；二，日本人不善于或不愿意像国人从事于空玄的形而上思考，因此，很少产生本体绝对的问题，所以实干兴邦；三，儒家与佛学的分界，日本比中国明显，佛是佛，儒是儒，不可混杂，相当纯粹；四，日本是个年轻的民族，日人大都非常热心，他们性格上比中国人坚毅果决而容易见诸行动。阳明"知行各一"之说给他们行动以指导，即使失败，他们也准备殉道与自杀，负责任到底。这些是日本人的优势，以及接受阳明学说的造化之魅力。

三

江西大余，是阳明先生的落星之地。他临终时，招弟子周积入室："久之，开目视曰：'吾去矣。'积泣下，问：'何遗言？'先生微哂曰：'此心光明，亦复何言。'顷之，瞑目而逝，二十九日辰时矣。"光明即明觉，心神一体，澄明透亮，天地无私，此生无憾。

阳明心学的读解，其指向该从其反对者的角度去领会，或许更能近其本质。结合先生的言论与反对者的意见，尝试还原如下：

一、"心之本体便是性，便是天理"，"心外无理"，"至善是心之本体"。（引自《王阳明全集》，下同）此形而上兼具形而下的本体论是阳明心说与程朱理学之分野。张君劢评说："程朱学派坚持心的两个层次说，认为天理所在的上层次为性，而感知、意识所在的下层次为心。我们不能说陆象山和王阳明完全扬弃了此种两层次之说，提出康德式的思想形式。他们只是将两层次糅合为一，因为理必须由心而表现——尤其是由心的思想历程而得表现。"诚所谓见性明道，各个不同而已；正心诚意，达于至善。阳明言之有理："夫心者，身之主宰……正其心。""然至善者，心之本体也……正其心，在诚意"，"而诚意之本，又在于致知……好善去恶，无有不诚矣。诚意工夫实下手处，在格物也"。

二、去弊则良知明（所谓祛除"病良知"）。心之本体确立之后，扬善去恶，方可良知明白，毋庸置疑。后来王门弟子各走各道，实在弊处未能自拔，而致堕落。黄宗羲在《明儒学案》中分析得相当有道理："致良知一语，发自晚年。未及与学者深究其旨。后来门下各以意见掺和，说玄说妙，几同射覆，非复立言之本意矣。"

三、守正持中，知行合一，回归儒家本体。孔子曰："学问思辨笃行。"知行贵在"正念头也"，善出而良知观，践行正派，合二为一。湛若水借释老之"虚无"向阳明先生发难，问询念头如何道地，如何才能正，其实反倒更加体现阳明心学的本质，还在儒家本体论的范围。"应无所住而生其心。无诸相，无根尘"之虚空，非心本体论之，正邪界限当分明，持中而守正，知行才合一。

四、有根有据，善始善终。湛若水向王阳明发难的四问，有二问极为关键，引文如下："自古圣贤之学，皆以天理为头脑，以知行为工夫。兄之训格为正，训物之念头之发，则下文诚意之意，即念头之发也。正心之正，即格也。于文义不亦重复乎？其不可一也"，"又于上文，知止能得为无承，于古本下节，以修身说格致为无取，其不可二也"。其核心意思在于质疑阳明心学无承传，无出处，与程朱理学迥异，指向不明。而其实天理、心性、气势、运道等都发于诚心实意，心之本体能确实，包括阳明先生的独创、独守和笃实，非一句唯心主义所能道。良知、至善该是心之本体的两个重要特征，缺一不可。又实践出真知，非幽闭苦思冥想而薄于行，那样只会成为空头家，这反过来确是阳明心学的独立处。"其归于知行并进，同条共贯者也"，这句反对者的话可以佐证。

五、尊德性与道问学之分与合。朱舜水、湛若水乃至后来的顾炎武、王夫之等，对阳明心学有意见的根子就在于，他们认为王阳明剥离尊德性与道问学的儒家传统，以为大逆不道；心之本体论失去承传与根据，对儒家不恭敬，凭空搭设，虚惊一场，而忽略道问学之正途。究其实，他们看到了阳明心学之末流，以及沦落的境况，有感而发，绝对偏颇；或存心故意，来回归传统，恢复道统，以为正派。阳明心学之致良知，至善从上，知行合一，其实就是德性与问学的结合的意思。王夫之在此基础上，发明经世致用，里面就有阳明心说知行合一的影响，从而改写新儒家的根本面貌。

六、修身与问学唯静能存之。良知的本质可以说是纯粹、无私、明洁、公正。张君劢评价说："良知观念非常特别，既可以入于心灵状态的范围而属于描述科学的心理学，又可以入于道德范围而属于规范科学的伦理学。良知相对于自然的修身方法问题密切相关。良知有如生命，既可视为静态的，也可视为变动不居的。"把阳明心学纳入科学的范畴来分析只是其因，而"知之真切笃实处即是行"，"实实落落依着他做去"，才是果。传统文化中的"心斋"而言的"中""和",才能心无旁骛,踏实做去。

四

王阳明有言:"凡学问之功,一则诚,二则伪,凡此该是致良知之意,欠诚一真切之故","天下之大乱,由虚文胜而实行衰也。"日本传入阳明心学之后,不落"虚文",重在"实行",恰是回应了王阳明的这句话的本义,至今日本社会的政治、经济、文化、文明的种种境界,仍然令人敬畏,或许也由此而起,由此而来。日本著名企业家稻盛和夫著作《活法》两卷,第二卷全部用来追根溯源,阐述新儒家在日本文化中的发生、发展与落地生根,尤引阳明心学为傲,对当下现实确有启示意义,这是对中国文化的"回馈"与反哺。只可惜,一时读经热之勃发,流于形式;社会逐本求末,冷落了"他者"的提示,反而离新儒学的宗旨越来越远,遑论与现代化的融合,开旧迎新。

阳明心学在国内的延续与更正很有意味:从地理位置而言,阳明心学主要波及"江东""浙右";及至近代,"沅湘之学,不输江东浙右"(章太炎语),近代百年可谓湖南人的"天下",从王夫之的经世致用,到曾国藩的"扎硬寨、打死仗",到黄兴、宋教仁的革命,到毛泽东的"吾独服曾文正公",一脉而下,其实在心性与心智的层面得益于阳明心学多多。从新儒学的延展与更正的层面,谭嗣同的"仁学"可以开本迎新,恢复仁学的基本层面,剥落附丽在仁学身上的太多东西,导入王明阳的"良知"与"至善"以喻本体,讽世劝诫,刺激到底,世转时移,领风气一时之盛。谭的个人修为与问学,可以照亮阳明心学未来的道路。

原载《第五届"阳明心学"国际研讨会论文集》

《书屋絮语》之一

　　好书之人，近乎痴迷，聊以打发时间，增广见闻，培育精神，与天地交融，止于至善，阅读的乐趣端在此。而好书的苦恼在于，旧有的书籍还摆在书架，新作却迭出，难以网尽，两面总有遗憾。找到便读，以求遂愿，或有精彩之作，往往会挑选周末两天三晚，昏天黑地读去；或稍有空余，一杯茶一本书，兀自享受，偶尔会心得意，笑出声来；或厚颜讨书来读，比如最近托友人请章永乐惠寄氏著《万国竞争》。

　　同道之人，才能领悟其中趣味。日本当代作家远藤周作以《深河》《沉默》等惊艳于世，然其随笔集《狐狸庵食道乐》亦是妙趣横生，抓人处遍地都是。"我的兴趣繁多，其中之一就是在陌生的地方寻找还能去尝鲜的餐馆。近来，经常可见介绍美食或餐厅的书籍，但别人的品位是不能完全信任的。……对于书籍，也有同样的经验。我能靠着长年的直觉，仅以眼睛扫过书架上的书，即使是未曾听闻的作者所写的书，也能立即判别出哪本是好书。"远藤果然是好书之人，单凭直觉挑书，可啧啧称奇。但是书迷多有此经验，而我自己则是靠闻书香识辨，各有妙招，殊途同归。至于，"人生最愉快的事莫过于，春天的黄昏之际，一个人漫步在空气宜人，沿途两旁缀满人家种植的连翘或桃花的路上，心闲神怡走去喝杯酒"。我不好酒，虽能想象，但难有如此通泰之感了。"当然，若能有美女同行更是无上的幸福。可是这把年纪了，似乎也找不到一起对饮的美女"，红袖添香，读书然，喝酒亦然。

依我个人的阅读习惯，好读野史笔记，即所谓的"世说体"，历史上的人物栩栩如生，事件昭然若揭，风骨挺立，贤不肖分明；读年谱，主人的历史一一呈现，了然于心；读家书、日记，一言一行关乎宏旨，实事求是；读演讲录，得见方面人物治学习得与超凡见识，于日常语言之中通彻大道理。最近读许倬云的演讲录《中国古代文化的特质》《方东美先生演讲录》，多有体会，启发至深。"方东美先生常说中国文化是'早熟的'，意思是：与其他古代民族相比之下，中国很早就发展出系统完备的思想。譬如，我们在公元前 12 世纪，就有周公制礼作乐，展现高度的人文精神。此一人文精神后来由儒家、道家、墨家等学派继承发展，演变为中国特有的文化景观。"这与许先生的"特质"可以相较相参，共同指向。

"中国哲学的智慧乃在允执厥中，保体大和，故能尽生灵之本性，合内外之圣道，赞天地之化育，参天地之神工，充分完成道德的自我的最高境界！在比较研究其他文化类型之后，我们更可看出这种伦理文化最具积健为雄的精神，对追求人生幸福之途实有莫大的重要性。总括此中的根本精神，千言万语一句话，便是'广大和谐'的基本原则，在这种广大和谐的光照之下，普通流行于其他文化的邪魔力量终将被完全克服。因为在此同情交感之中，一切万物毫无仇隙，所有矛盾偏见、所有割裂的昏念、所有杀戮的狂态、所有死亡的悲慨，要之，所有顽劣的破坏，都会在穆穆雍雍之中化为太和意境，一体俱融。"借方东美之言，祈福来年，广大和谐。

原载 2017 年第 12 期《书屋》

《书屋絮语》之二

傅国涌以个人的阅读兴趣选辑了《寻找语文之美》，他在前言中写道："大约也是这个时候，我在一本散文杂志上读到了日本风景画家东山魁夷的《一片树叶》，他从一片树叶看见的不只是时间的流变、季节的轮回，还有生命的盛衰、世界的起伏。以一叶见宇宙，画家的心灵在文字之间流淌，让我一次次低回不已。"东山魁夷的文字清丽，意蕴深厚，在日本文学中可谓独树一帜，且与"物哀"传统相连，最能打动人心。当年，我读他亦是心潮澎湃，写了一篇书评《走向澄明与素朴》，刊发在《博览群书》上，颇为得意。傅国涌在山村的读书生活"灵犀"，与我相通，其中抄书与剪贴文章，也是相同。这是我们这代读书人限于条件，由喜好而为之。记得，我还见过几种手抄本，楷书录之，必是老辈所为，于苦难之中，煤油灯下读之，别有境界。

骆玉明的三种旧著新刊，《欲采蘋花不自由》《闻道长安似弈棋》《长得逍遥自在心》，较之以前的书名换了"马甲"，初看封面，陌生；重读，风采依旧。我有幸在20世纪80年代复旦课堂受教，骆氏幽默与名士气，记忆犹新，如在目前。惜当时少不更事，且愚笨至极，未能在笑声中领略其主旨一二。骆先生现在还执教鞭，为人师表，多少学子领其恩惠，一辈子受益无穷，不单是知识一途，尤其于人生姿态，更是轻盈无比。

卫毅《寻找桃花源》一书，因诸多名家推崇，坊间热闹得很。承蒙他赠书，欣喜之余，感佩不已。他虽年轻但文笔老辣，新闻却承载思想，他当得起大家的信服。或同出于乡村，奔走于城市之间，其背景和阅读状态相仿，于心戚戚。他书中专访旅居海外的学人篇什，如夏志清、孙康宜、李泽厚、刘再复、王德威等，这些名家都与我有所交集，因而亲切，能轻松地读下去，出入平顺，随之起伏。刘再复《文学慧悟十八点》在出书之前，交由杂志连载，是另一种机缘，与卫毅的书，可做隔空"回应"。

坦率地说，我自印度回来，一直对印度文化有种"恐慌"，之前有所了解，但到了那片土地，感受大不一样。比如佛教在宋末停顿之后，现在印度国内的佛教徒只占其人口的百分之一。想想佛教盛衰，由此及彼，犹花之零落，路上狼藉；远古的风貌，今日的卑下，谁人能料到。好在思想的痕迹如烙印，铭刻至今；天下同理，智慧之幽深，中印文化会通之处众多。另一个层面则是，对于印度文化的底蕴之研判，随着时间的流逝，当代鲜有成果，更遑能普及。在加尔各答时，我与朱文信教授发愿，并请他做主持，译介印度文化经典，就当修行了。

也是见闻，新德里、孟买、加尔各答等地的大学都开设了汉语课；印度国际大学中国学院尤为显赫，上至院长，下至学生，都能说一口流利的普通话，对中国文化研读多有心得。印度民间申请到中国来的，较之我们去印度的要多得多，他们不少人把去长城作为终生志愿，交流潜在力量巨大，令人乐观。作为近邻大国，知印，必然之事矣。

日子叠了日子，今昔是何年，唯有感恩与祝福。

原载 2018 年第 2 期《书屋》

罗小凤

罗小凤，80后，武冈人。教授，文学博士，硕士生导师，南宁市作家协会副主席，现为扬州大学特聘教授。百余篇论文见诸《文学评论》《中国现代文学研究丛刊》《民族文学研究》《文艺争鸣》等，多篇被《新华文摘》《中国社会科学文摘》《人大复印资料》等转载；获广西第十二次社会科学优秀成果奖二等奖、广西第十三次社会科学优秀成果奖二等奖等奖项；出版著作多部。

中国新诗需要一份"伪诗榜"

　　文化部于 2015 年 8 月 10 日在北京公布了"网络音乐产品黑名单"，120 首网络歌曲被禁，一些含有低俗、饶舌、发泄不良情绪、脏话连篇、下半身、淫秽等内容的歌曲都被下线、禁播、禁演，此事在音乐圈内外掀起轩然大波，引发热议。"黑名单"中不乏名人作品，如张震岳、许嵩、黄立行等人的曲目都名列其中，这是文化部对音乐界近年来低俗化、媚俗化倾向的纠正。

　　反观诗歌界，笔者认为中国新诗也需要一份相应的名单，比如"伪诗榜"。毋庸讳言，当下诗歌界群魔乱舞，大量粗俗不堪、平庸至极的伪诗却被奉为经典，许多追随者争相模仿，严重扰乱了诗坛的审美秩序和艺术标准，误导了中国新诗的发展方向，以至谢冕曾不无痛心地感叹："新诗正在离我们远去。"

　　放眼望去，中国新诗存在太多低俗、恶俗、粗俗之作。有"诗人"大言不惭地高喊"我们就是要低俗"，宣称以低俗的极端方式"要颠覆传统，要颠覆崇高，要颠覆英雄，甚至于要颠覆美，颠覆语言"（此为屠岸对低俗诗歌的批判），直至颠覆诗歌本身。在这些"诗人"笔下，诗彻底解构了诗之为诗的内涵诉求，一再践踏伦理、道德、人性的底线，低俗叙事、流氓叙事、脏话叙事、恶叙事、肉身叙事、快感叙事、欲望书写、下半身书写等充斥诗坛。例如，《在深夜，我梦见了欲望》《校园记忆》《我红起来》《爱情故事》《挑逗》《为什么不再舒服一些》《让我堕落》《一把好乳》《爱与做爱》《做爱与失语症》《做爱的失语症》《挂牌女郎》《遗传》《肉体》《压死在床上》《奸情败露》《每天，我们面对便池》等诗内容上充满色情，语言粗鄙下流，完全没有任何诗歌艺术，却被无数读者和初学者争相模仿甚至顶礼膜拜，难怪马知遥曾痛心疾首地呼吁"诗人穿上裤子，请不要随地吐痰"。诗本来是"文学中之文学"，是言志、抒情，传达心灵最深处的声音的载体，是安顿灵魂的栖息地，但如此粗俗、低贱、淫秽、下流的"诗"如何安顿灵魂？中国新诗"伪诗榜"真是当务之急。

此外，中国新诗存在太多"庸诗"。2006年和2007年曾有一些高校学者经过认真评选，评出"庸诗榜"，每年十首，但可能由于"庸诗榜"源于高校自发行为，被认为缺乏公信力和权威性，遭到不少诗人反对、抗议，因而只揭榜两次便没有了下文。从20世纪90年代诗歌界盛行个人化写作以来，诗人们便热衷于将自己的日常生活不经过任何加工、提炼便照搬进诗行，解构了所有诗歌艺术和审美标准，梨花体、乌青体、羊羔体、啸天体、口水诗等各种"伪诗"大行其道。这些诗语言上如自来水，拧开水龙头就流出来，毫不讲究诗歌艺术，完全没有深度、意义、内涵，完全消解了诗之为诗的最基本的特征，从"毫无疑问／我烙的馅饼／是天底下／最好吃的"（《一个人到田纳西》）、"一只蚂蚁／另一只蚂蚁／一群蚂蚁／可能还有更多的蚂蚁"（《我终于在一棵树下发现》），到"天上的白云真白啊／真的，很白很白／非常白／非常非常十分白／特别白特白／极其白／贼白／简直白死了／啊——"（《对白云的赞美》）。如此诗歌，仿佛小学生初学造句时的练习题，如何称其为诗？著名评论家何言宏曾分析道："这些口水诗虽然你多读几遍，也能读出一点味道，但这已经完全没有了诗的美感。"然而，在当下无奇不有的诗歌界，这些"诗"的主人们却还以"某诗歌流派代表""诗歌前辈""诗歌教父""诗歌先锋"等自居，引领一拨又一拨跟随者。

学者、评论家马知遥曾在《诗人穿上裤子，不要随地吐痰》一文中指出："目前是中国诗歌最黑暗的时间"，我们正在"面对一个个小丑和戏子以诗歌的名义表演"。如此鱼龙混杂、江河日下、愈加混乱不堪的诗坛，正急需权威的文学研究机构、刊物和真正懂诗歌的研究者、诗人们联袂制订一份"伪诗榜"，不但列出当下的劣质诗歌，而且说清楚这些诗歌劣质的原因为何，这样放任自流可能产生哪些危害，最终厘清这些扰乱诗歌审美秩序的伪诗、文字垃圾，以正视听，为后人反观我们这个时代留下一份负责任的历史文献。

《中国艺术报》2015 年 9 月 11 日

啸天体笑翻天，中国诗退百年

近日，第六届鲁迅文学奖的揭晓引来全民一片"哈哈大笑"之声，完全可以跟《红楼梦》里众人听了刘姥姥那句"老刘，老刘，食量大似牛，吃一个老母猪不抬头"之后的效果不相上下。何也？第六届鲁迅文学奖的诗歌组中周啸天以其诗集《将进茶——周啸天诗词选》成为本届新贵，"不如吃茶去""罗布泊中放炮仗""不蒸馒头争口气"的"啸天体"让世人读之忍不住都一笑再笑，斯文点的人是忍俊不禁，而更多的人是笑得前俯后仰，笑得喷饭或肚子痛。作为一个将研究诗歌作为自己毕生追求的观看者、参与者，我听到这一片片笑声之后不由一阵阵心寒——这"啸天体"真是"笑天笑地笑诗歌"，曾享有"文学中之文学"赞誉的诗之处境真是堪忧。

而更让人心寒的是，在笑骂声、吐槽声、批评声之外，在王蒙的"绝唱"论与杨牧的"超越"论之外，依然有人站出来为《将进茶》两肋插刀，认为"周啸天的诗歌风格多样，审美趣味上体现了'以趣味为诗'的倾向，其中以七言古诗成就最高"。而论者用以论证周啸天"诗歌趣味"的例证为"爷立儿走月即走，儿立爷走月不走。儿太聪明爷太痴，月亮只爱小朋友"（《儿童杂事三首》）之类的诗。事实上，被这些学者所肯定的"七言古诗"都让读者们"笑翻天"，如被引用最多的是"炎黄子孙奔八亿，不蒸馒头争口气。罗布泊中放炮仗，要陪美苏玩博戏"（《邓稼先》）、"今宵荧幕富星光，五省共追超女狂。歌曲一朝惊屈贾，粉丝十万下江湘"（《超级女声》）与《洗脚歌》《写张国荣》等，这些诗充其量都不过是打油诗，何谓"传统诗词"？

《将进茶》被赞为"首部获得鲁迅文学奖的传统诗词集"，此诗词集获奖后，有人立马赋诗将马屁拍得惊天动地："古体诗词获鲁奖，文坛花蕊破天荒。啸天一举名天下，国粹中兴待翱翔。"然而，笔者在阅读《将进茶》《邓稼先》《写张国荣》《超级女声》《写澳门赌城》《洗脚歌》等"传统诗词"后却发现，周啸天所写的其实不过是胡适一百年前尝试白话诗所创作的《蝴蝶》之类实验品，且看《蝴蝶》：

> 两个黄蝴蝶，双双飞上天。
>
> 不知为什么，一个忽飞还。
>
> 剩下那一个，孤单怪可怜。
>
> 也无心上天，天上太孤单。

这是胡适倡导白话诗后尝试的第一首白话诗，也是中国第一首白话诗，创作于 1916 年 8 月 23 日。当年胡适为了用白话文这"活的文字"取代文言文这"死的文字"，实现"国语的革命"，而倡导用白话文写诗，成为第一个尝试螃蟹的人，第一只螃蟹便是这首《蝴蝶》。很显然，这首白话诗并没有脱离五七言与杂言的外壳，只是将白话写进了五言体诗。胡适的《赠朱经农》《他》《中秋》《江上》《十二月五夜月》《病中得冬秀书》等白话诗都是如此，形成了"适之体"，被当时的许多诗人争相仿效。对于这些白话诗，朱湘评价道："内容粗浅，艺术幼稚"；废名则认为是"放脚诗""幼稚园"；胡适自己后来也并不将其作为新诗的开元，而是将其翻译的《关不住了》作为自己"新诗的开元"。可见"适之体"也遭到胡适自己的放弃，它其实是一种半文半白、并未脱离五七言或杂言外壳的尴尬的尝试实验。这种"放脚诗"其实从晚清的裘廷梁、黄遵宪、梁启超等便已开始倡导与实践，如黄遵宪的《杂感》等诗。而比较一下周啸天的"传统诗词"与胡适的"适之体"，显然发现二者极其相似，都是将白话写进五七言或杂言的形式中，都是保留了传统诗词的外在形式，但内在的诗歌语言已经是采用白话了，因而"啸天体"其实正是胡适所认为的"白话诗"。且看"啸天体"的代表作《将进茶》中诗句：

> 世事总无常，吾人须识趣。
> 空持烦与恼，不如吃茶去。

有论者认为改为"世事无常，吾人识趣。空持烦恼，不如吃茶"即可，周教授的聪明之处在于将四字短语加点虚词，便成为"五言"的"传统诗词"了。但即便是五言，也不符合传统诗词的格律、平仄等形式要求，如"世事总无常""不如吃茶去"完全是日常白话，难道是日常白话稍微添加一两个文言词如"吾""之""乎""者""也"，便可摇身一变为"传统诗词"了？而后面的"愿为诸公一放讴"，更是让人读后"予怀耿耿骨在喉"。笔者查遍字典也没有发现"放讴"的说法，周教授不就是想表达他想为茶讴歌吗，何以让语言文白夹杂到难以理解的程度？其实他获奖的这些诗词，无不是在为洗脚妹、超女、翁帆杨振宁畸恋、澳门赌城等各种社会现象唱讴歌。作为一个诗人，却如此是非不分、正邪不辨地为赌博、洗脚妹、畸形恋等社会乱象"放讴"，还以此获得文学类中最高奖项，这不是误导读者，贻害全民及子孙后代吗？"啸天体"中的其他诗也都是将白话写进五七言或杂言，却并非遵循传统诗词在章法句式、对仗用典、平仄韵律等方面都有种种严格的限定。如此看来，周啸天的"啸天体"其实都是"白话诗"，并非"传统诗词"，不过是被裹脚又放足了的"白话诗"，不过是胡适一百年前创造的"适之体"，只是"尝试"的"幼稚、粗浅"之作。殊不知，胡适的"适之体"引领的白话诗运动已经整整过去一百年，虽然在当时第一个尝螃蟹的"尝试"之功不可没，实现白话文取代文言文的历史之功不可没，但毕竟过去一百年了，如今又被"啸天体"承袭照搬并引以为傲，那就只能让中国诗歌的发展进程后退一百年了。

如此诗坛，诗人何为?!

《文学报》2014 年 8 月 22 日

罗均友

　　罗均友，男，湖南新邵县小塘镇罗家坳村人。邵阳师专中文系毕业，法律函授本科。现从事教育行政管理工作。著有《十六岁不是花季——罗均友杂谈杂感作品选》（杂文评论集）、《足音——罗均友法制题材作品选》《雕虫集——罗均友教育教学文选》《写作典型论据及其运用》《教育常见法律问题解答》等作品多部。

别让"黄盖"挨冤"打"

讲两件事，信不信由你：

一个七岁小孩突然横穿马路，急驶而来的出租车紧急刹车，小孩虽没受伤但却被吓得大哭。小孩的母亲赶来，说孩子的魂被吓掉了，硬要司机出一百元"捞魂费"。官司打到某乡政府，经一司法员调解达成协议："司机自愿赔五十元捞魂费，小孩今后如有其他意外，概与司机无关。"

另一件是：一男青年与一女青年三年前订立了婚约，后男青年发现女方行为过于轻佻，提出解除婚约，女方则要求男方赔偿她"青春损失费"两千元。后经某乡法律服务所调解，立字为据："男方自愿赔偿女方青春损失费八百元，今后双方不得再生是非。"

不难看出，以上两件事有个共同点：一方强要，一方"愿"给。用句俗语来比，就是"周瑜打黄盖，一个愿打，一个愿挨"。而我们的基层法律或调解组织则是任其"自愿"。

作为依法办事的法律服务或调解组织，这样做是要不得的。双方当事人既然要求你调解，你就不能只当"和事佬"，而要按调解的原则办事。不论是诉讼中的调解还是非诉讼调解，都必须分个是非，明个责任，再在此基础上促使当事人达成符合法律、政策的协议。也就是说，"愿打"的一方要"打"得合法、在理，"愿挨"的一方也要"挨"得在理、合法。

前面的两例，"黄盖"是不该挨打而"挨"了，"挨"得实在冤枉。小孩突然横穿马路，司机紧急刹车，司机何错之有？婚约不受法律保护，男方提出解除婚约有因，他又错在哪里呢？赔偿，是一种法律行为，哪里该赔，哪些不该赔，以什么"名目"赔，法律都有明确的规定。带有浓厚迷信色彩的"捞魂费"、铜臭味刺鼻的"青春损失费"，在中国所有的现行法律中是找不到的。

1600多年前，黄盖愿挨周瑜的五十大棍，以至"皮开肉绽，鲜血迸流，昏厥几次"，为的是用"苦肉计"欺瞒曹操，黄盖本人是实实在在自愿的。而现今的"黄盖"们有时候之所以"愿挨"，一则实出无奈，经不起对方的软、硬、缠、拖，再则是不懂法或法制观念不强，不知道用法律武器来维护自己的合法权益。官司打上来了，我们的法律工作者就有义务为这些同志提供法律上的帮助。如果只图简单，唯当事人的"自愿"定案，不仅我们的调解工作失去了意义，而且客观上削弱了法律的作用，有损于法律的尊严，甚至还会引起一系列恶性后果。

拉扯了许多，还是一句话：在处理"一个愿打，一个愿挨"的纠纷时，不能让这样的"黄盖"乱"挨"。

罗均友

原载 1991 年 2 月 4 日《法制日报》

也说《江南为何赢得掌声》

北京电视台播音员江南前些时主持《改革开放,时代大潮》知识竞赛时,现场采访了某科技集团的张副总经理。张事先准备了讲稿,"只见他面对着摄像机,手拿话筒,讲几句就低头看看讲稿"。讲完后,江南来个临场发挥,对张说:"我想如果您不照稿宣读,才更能表现出知识分子的气质、修养和水平,才更有魅力。"话刚落,便"掌声响起来"。吴昊同志就此作《江南为何赢得掌声》一文,认为那掌声就是冲江南"最好不照稿宣读"的观点来的,于是提倡改变"无稿不讲话"的习惯,提倡来一点"神侃"。

江南究竟为何赢得掌声,原先没有而时下更不可能再到鼓掌者中间去调查,弄几个百分比出来。但笔者姑妄言之,那掌声十之六七是"报"给江南敢于面陈他人不足的直率坦诚和临场应变的主持艺术的,而不是奖赏她的观点提得好。因为"民心所向"中,主要的还不是希望讲话者能丢掉讲稿,而是希望讲话者讲短些,讲精彩些,不讲东拉西扯的废话,不要在听众中造成"无异于谋财害命"的后果。

诚然,"无稿不讲话,养成了一些领导者的惰性和依赖性",但事先不做准备,临场海阔天空胡侃一通的更是大有人在,且在惰性上当属更严重,危害上当属更大。有的领导,自恃天天讲着,大会发言,小组讨论,不做任何准备,两手一抄,便来个"说两句""补充两句""强调两句",

而往往一说就跑了一马，"语刺刺不能休"，左联右挂，东一榔头西一棒子，"发挥"成了二十句、二百句。尽管有的滔滔不绝，气质非凡，很有"魅力"，而在听众则是云里雾里，不知所云。像这样的领导讲话，听众还是巴望他写好稿子照着念好，少一点气质什么的倒在其次。因为一般说来，照念总比"神侃"少要些时间，多一点内容。至于那稿子是依赖谁写的，则是该当别论的事了。

笔者没见过什么大场面，但有大学教授参加的学术讨论会也荣幸参加过几回。大学教授算个知识分子了，可他们的发言几乎全是照着稿子念的。不是他们不会"侃"，而是因为会议规定了每个发言者的发言时间，时间一到便只能闭嘴了事。要是让这些学者们统统丢开讲稿来"侃"风度、"侃"气质，恐怕比"原计划"多侃个三五天是不成问题的，而收效比"原计划"要低几个百分点，也未可知。

江南究竟为何赢得掌声，没有制作标准答案之必要。因为笔者也绝非一味不同丢掉讲稿"侃"风度的观点。只要讲话者已修炼到不用讲稿也能侃得顺畅、精练，句句侃到实处，多一点风度、魅力又为何不喜呢？笔者只是认为，在领导者讲话长而空成风的今天，多提倡一点有准备的讲话，练好务实的"说功"，似乎更有实际意义。

1992 年 9 月 14 日《中国青年报·求实篇》

罗均友

李 勇

李勇，笔名十年砍柴，20 世纪 70 年代出生于湖南新邵县。毕业于兰州大学中文系，现定居北京，知名的专栏作家和文史学者。出版有《闲看水浒——字缝里的梁山规则与江湖世界》《皇帝、文臣和太监——明朝政局的"三角恋"》《晚明七十年》《闲话红楼》《进城走了十八年——一个 70 后的乡村记忆》《自由与宽恕——曼德拉传》《找不回的故乡》《历史的倒影》等著作。

千古文人策士梦

陈平原先生曾写过一篇文章《千古文人侠客梦》，文弱书生，幻想着纵横江湖、策马中原，大致是难以实现的白日梦，而做辅佐圣君、成就大业的策士，则是千古文人更为现实的一个梦。

大到开国君主，小到帮会头目，一般说来得有流氓性格、赌徒气质，而饱读诗书的士人，大多不敢出头造反，他们最好的选择是因人成事，傍一个有政治前途的主公，当一个摇鹅毛扇的军师，主公成功了他则可宣麻拜相。

真正的文人，多数是没有胆量和气魄做英雄的，他们顶多是做英雄身旁的策士。

大多数书生，有自知之明，不去当那个领头的英雄，而是在波谲云诡的大变革中择良木而栖，倚明主而仕。

选择主公的重要性，对立志当策士的书生来说，不亚于一个花容月貌的女子选择夫婿，要把一辈子的幸福托付，最怕遇人不淑。

张良遇上刘邦，算是君臣风云际会，成就了一段历史佳话，而范增碰上了那个只有匹夫之勇、妇人之仁的项羽，最后只能生闷气，背疽发作而亡。

不过即使找对了明主，当稳了策士，也未必有好下场，就以明朝开国三大策士：李善长、刘基、宋濂为例。这三人性格、特长不一样，辅佐朱元璋的重点也有差别，李善长管行政，刘基出奇谋，宋濂掌文翰。其中李善长跟随朱元璋时间最早，出力最多，下场也最惨。

《明史·太祖纪》载：元至正十三年（1353）春，"（太祖）道遇定远人李善长，与语大悦，遂与俱攻滁州，下之"。《明史·李善长传》则是这样写的："太祖略地滁阳，善长迎谒。知其为里中长者，礼之，留掌书记。"可见这次君臣相会绝不是偶遇，而是李善长策划已久的投靠。朱元璋此时才二十六岁，只是郭子兴麾下一员初露锋芒的将军，当时天下板荡，群雄并起，比朱元璋兵士多、地盘广、声势大的人多了去了，但李善长相中了朱元璋，可见他目光如炬。"跟对人"是策士最重要的一门学问，张良跟对了范增没跟对，两个智商、谋略差不多的人功业判若云泥。

李善长认准了朱元璋是可以成大事的明主，一见面就给朱元璋打气，以汉高祖的伟业激励这位起于阡陌的穷小子，对朱元璋说："秦乱后，汉高祖以一介布衣起事，为人豁达大度，知人善任，不妄杀人，五年内就成就了帝业。今天元朝的政治已经紊乱，天下土崩瓦解。主公是濠地的人，距离高祖故乡沛县不远。山川的王气，公应当承受。效法汉高祖所为，天下就可以平定。"

这一碗米汤灌得好舒服，元失其鹿，天下人逐之，可最终谁能捉住那只鹿呢？李善长归依朱元璋，固然有他对朱元璋的观察和对天下群雄的分析，但也有赌博的成分。最大也是最险的一次赌博，是他刚到朱元璋军中。据《明史·李善长传》记载："郭子兴中流言，疑太祖，稍夺其兵柄。又欲夺善长自辅，善长固谢弗往。太祖深倚之。"此次谢绝朱元璋顶头上司郭子兴的橄榄枝，说明他看出了子兴不能成大事，冒了一把险，这种坚决的态度当然让朱元璋很是感动。果然不久郭子兴亡故，几个儿子也先后阵亡，郭子兴和小张夫人所生的宝贝女儿，也成了朱元璋的妃子。

在诸文臣中，李善长从龙最早，因此他的前程和主公捆绑得最紧密。元至正二十四年（1364），朱元璋已经打败了陈友谅，在长江中下游站稳了脚跟，李善长率领群臣劝进，朱元璋没有同意，至正二十七年（1367），李善长再次劝进，朱元璋终于不客气了，进位九五，李善长自然是开国第一文臣。事实这个人也有萧何之才，李善长当年主动追随朱元璋得到了回报，晋封为左柱国、太师、中书左丞相，爵位为韩国公，子孙世袭，颁发免死铁券。

和李善长的主动积极相比，刘基和宋濂观望了许久，而且摆足了架子。朱元璋攻占了金华后，听说隐居在家的刘基、宋濂的大名，史载"以币聘。基未应，总制孙炎再致书固邀之，基始出"。如果说李善长是稳定后方的萧何，刘基就是足智多谋的张良，他对朱元璋的认识始终比李善长更为清醒。《明史》说李善长"习法家言"，而刘基则是个谦谦儒生，还受一些黄老术的影响。更近于法家的李善长，为了目标不择手段，可以主动去拜谒朱元璋，毛遂自荐。但这类功名性太强的法家知进不知退，难有好下场，商鞅、李斯都是如此。

刘基初次拒绝朱元璋的聘任，是中国传统策士一种自涨身价的公关方式，就如躲在战火纷飞的南阳等着被请出山的诸葛亮，一定要摆出"不求闻达于诸侯"的姿态，让刘备三顾茅庐。刘基看起来没有李善长那样积极主动的另一个原因是，他和宋濂都是元朝的进士，都当过元朝的官员，后看出了元朝气数已尽，和宋濂回乡隐居。

但对中国古代的读书人来说，隐居永远只是一种暂时休整，当策士、建功名才是他们永远的梦，有机会他们一定会冒出来的。只是李善长是一介布衣，就如当时在上蔡的李斯一样，是厕中的老鼠，为了跑进谷仓中，没有资格矜持，因此主动将热脸贴过去，和主公共命运。而刘基当过前朝的官，更能看清楚新旧权贵本质上没什么差别，只是在历史的潮流下，不得不弃旧从新。因此，他对新主公，能在心理上冷静地保持距离，最后功成身退，告老还乡。

李善长是儒表法里，《明史·李善长传》说他，"善长外宽和，内多忮刻（嫉妒刻薄）。参议李饮冰、杨希圣，稍侵善长权，即按其罪奏黜之。与中丞刘基争法而诟（侮辱之意）。基不自安，请告归"。而刘基比李善长气度恢宏得多，太祖因事责备丞相李善长，刘基说："善长勋旧，能调和诸将。"连朱元璋对刘基这番话都感到惊讶，说李善长几次要害你，你怎么还给他说话？朱元璋准备让刘基代替李善长为相，刘基力辞。

刘基此举固然是他知进退，善保身的表现，也是由于他对帝王清醒的认识。天威难测，对帝王来说，赏罚恩怨只是一种帝王术，帝王没有真正的恩与恨，一切都为了统治的需要。赏一个人未必是好事，罚自己的政敌，对自己并不意味着是一种胜利。刘基能参透这些，而李善长不能，最后自取其祸，以七十七岁高龄被灭族，"遂并其妻女弟侄家口七十余人诛之"。——只有他那个驸马儿子和公主生的两个孙儿，身上有朱元璋自己的DNA，得以赦免。

李善长参与胡惟庸谋反显然是欲加之罪。李善长的侄子李存义是胡惟庸的女婿，善长曾经请求免除自己的亲戚丁斌的罪过，而丁斌曾经在胡惟庸家供职过。大案总是从大官身边的人打开缺口，朱元璋亲自审理丁斌，丁斌招供李存义和老丈人胡惟庸一起谋反。大明办案有种著名的"瓜蔓抄"，皇帝醉翁之意不在小小的丁斌和死老虎李存义，而在大臣李善长，最后如愿以偿地把第一从龙文臣李善长牵连进去了。

善长被灭族当然是一大冤案，是朱元璋为了歼灭勋臣有计划的行动。

善长死后的第二年，一个小小的五品郎中王国用上书，说了公道话。王国用说，李善长和陛下"出万死以取天下，勋臣第一"。生是国公，死后会封王，儿子娶了公主，亲戚做大官，是人臣中的顶峰，而要图谋不轨造反，成败尚未可知。有人说他想辅佐胡惟庸造反，大谬不然，一个人爱自己的儿子肯定甚于爱自己的侄子，善长与胡惟庸，是侄儿结亲，与陛下则是亲子亲女结亲。他即使辅佐胡惟庸造反成功，无非封太师国公王而已，男的娶公主女的嫁给王子而已，难道能比今天的富贵更加进一步？而且善长难道不知道天下不能侥幸夺取的吗？

太祖看完这封上书，竟然没有怪罪这个大胆的郎中，大概说得他哑口无言。李善长被灭族，固然是朱元璋刻薄寡恩所致，但和李善长参不透帝王心有关，"出万死以取天下，勋臣第一"正是他的死因，不知道他被杀时，和李斯与儿子一起被绑缚至刑场的心态是否一样？

和管理百僚的李善长，参与军机的刘基相比，宋濂作为一代文宗，只是替朱元璋起草文书，教育太子，对江山的威胁应当不如两人，但朱元璋仍然不放心，害怕他泄漏宫中的秘密。好在宋濂守口如瓶，有一次他与客人饮酒，朱元璋派人秘密侦查，第二天，皇帝问宋濂昨日是否饮酒，客人是谁，用什么样的下酒菜。宋濂据实回答，朱元璋笑言真是这么回事，宋濂没有说谎。——一个大臣连私生活都这样受到皇帝的关注，这样的策士富贵以后又何如？宋濂下场也不好，他的长孙被勾连入胡惟庸案，朱元璋准备杀他，马皇后对朱元璋说，老百姓为子弟请老师，尚且以礼仪对待始终，何况天子。况且宋濂住在家里，未必知道此事。如此，皇后救了他一命，但宋濂仍然是被发配到茂州，最后死在四川夔州。

杨度这位旷代逸才，之所以那样积极地筹安，把袁世凯推上帝位，就是因为他有一个策士梦，想做最先从龙的文臣，最后身败名裂。我们设想一下，即使袁世凯复辟帝制成功了，杨度这位有功策士，就能顺顺当当拜相，或得享天年？朱元璋刚当皇帝时，论功行赏，封国公者六人，其中"善长位第一，制词比之萧何，褒称甚至"，这够皇恩浩荡的吧。在策士生长的土壤依然丰饶时，自古都没有几个策士有好下场，何况时势异也，帝制已成了国人共同抛弃的罪恶之渊薮，杨度这类策士还做着残梦，岂非刻舟求剑？

文人，固然做不了英雄，可做策士，风险也是很大的。

原载2007年1月《皇帝、文臣和太监——明朝政局的"三角恋"》，广西人民出版社

尊重尸体中的文化传统

如果留心媒体上的社会新闻，我们会看到安全事故或自然灾难过后，罹难者的尸体往往成为事故善后的重要因素。死者家属和希望尽快平息事件的地方政府常因由谁来控制尸体产生争执。

朝伤口撒盐的"维稳"逻辑从何而来？

2013 年 1 月 11 日，云南省镇雄县发生山体滑坡，一个村庄被掩埋，46位村民遇难——这当然是任何人都不愿意看到的灾难。而在这些尸体被救灾的军警挖出后，当地政府没有征求死者家属的意见，就强行火化。此举引起死者亲属的抗议和舆论的指责。甚至有人认为地方政府对此灾难有不可推卸的责任——否则，何必如此匆忙焚尸灭迹？只能用"心虚"解释。

镇雄县委办公室主任朱恒辉承认，强行火化遗体之举部分考虑了维稳因素。

一个人的亲人在灾难中丧生，本来就是一件非常悲伤的事情。而地方政府自作主张，连死者亲属告别亲人遗体的权利也剥夺，强行火化，只能看作是朝伤口上撒盐的行为。这样的"维稳"，只可能是越维稳越不稳，地方政府为什么这样愚蠢呢？无论按照哪个民族的传统风俗或哪个国家的法律，由死者亲属来处理尸体乃天经地义的权利，地方政府为什么要"僭越"此权？

但若再进一步分析，地方官员这样做是经过仔细的利益算计的。本来天灾难免，政府并没有太大的责任，而强行火化尸体，将死者家属的愤怒引向政府，看起来很不合算。但具体办事的官员自有他的考量，他们害怕死者亲属拿"死人压活人"。当一些死者的亲属看到亲人尸体被挖掘出来的惨状，或许会产生不理性的行为，拿尸体要挟地方政府——这不是没有可能，如此当地政府短时间内会面临巨大的压力。而一旦将死者尸体焚化，家属再愤怒也无法凭借尸体来占据悲情高地，善后的主动权就在政府手中了。至于从长远考虑，这样的行为伤害死者亲属的感情，违背公序良俗，给本来就很差的政府公信力造成雪上加霜。但是这样的伤害对处理事件的官员本人来说，好处远远大于害处。这就是"饮鸩止渴"式的维稳方式盛行的根本原因。止的是办事官员自己的"渴"，伤害的则是社会道德和政府公信力这两块"公共牧地"。

拿"死人压活人"，是弱者不得已的救济方式。

笔者的故乡湘中一带，农村里有着"打人命"的传统。如果一个妇女因家庭纠纷服毒自杀，娘家宗族会聚众而来，不许尸体下葬，而借此大闹，往往搞到婆家倾家荡产。

这种做法当然是违法之举，不是什么值得发扬光大的传统。但如果考虑到这种风俗形成的历史过程，我以为应予以理解之同情。在传统中国社会，女人的地位是很低的，出嫁后受婆婆虐待遭受丈夫的暴力并不少见。女人的权益保护不是靠法律，而往往靠娘家的势力。一个女子因为家暴服毒自杀后，法律很难为死者主持公道，往往只能由娘家的宗族出面大闹一场，给婆家以惩罚——用现代法治眼光来衡量，这种行为是野蛮的，庶几近乎私人复仇。可放在特定的历史环境下来看，这种方式确实能产生一定的威慑作用，一定程度让对妇女实行虐待的人有所忌惮。

拿"死人压活人"，这种与现代法治精神不合的救济方式，不独在民间社会有，同样也存在于庙堂。明代嘉靖初期的"大礼议"便是如此。明武宗正德帝死后，无后嗣，也无亲兄弟，于是武宗的叔父、封藩于湖北安陆的兴献王之子朱厚熜——武宗的堂弟，按照礼法过继给死去的大伯孝宗为子，入承大统，是为嘉靖帝。可嘉靖帝登基后不久，就要追封自己的亲生父亲为皇帝，而称孝宗为皇伯父。这样一来，孝宗就意味着绝后了，帝系发生了转移。满朝多数文官决定站出来捍卫礼法，于是一些官员跑到左顺门前大哭，高喊开国皇帝朱元璋的庙号和孝宗的庙号——这就是企图拿死去的皇帝来反抗活着的皇帝滥用权力，彰显此举合乎道义。臣子拿皇帝没办法，不得不如此。

尊重死者尸体是文明的底线。

为什么中国传统社会拿"死人压活人"的行为，尽管许多时候做得很过火，但没有绝迹而且往往有一定的效果？我认为原因乃是：文明的社会，一定会尊重死者。所谓"死者为大"，而尊重死者的原因，则是对生命价值的尊重。很难想象，一个对死者尸体不善待的族群，怎么可能尊重生命呢？所谓死生大事也，有生必有死，对生的态度和对死的态度是不能截然分开的。

河南周口等地政府强行平坟时，我和秋风先生曾一起在某个节目里讨论此事。我们都认为，把尸骨看成毫无意义的"废物"，必须为经济建设让路的行为是突破文明底线的。随着经济的发展和社会的变迁，丧仪和对尸体的处理方式当然可以改变，比如土葬可以变成火葬，但前提是不能舍弃对死者尸体的尊重之意。譬如按照死者的遗嘱处理，无论火化还是捐献给医学院解剖，都体现尊重。或者按照死者生前信奉的宗教进行处理，比如一些高僧死后火化，亦是如此。

不仅仅中国的传统尊重死者，每一种历史悠久的文明都是如此。如果世间由权力订立的规则，为了功利的目的违背这一文明规则，必然会遭到反抗。曼德拉被囚禁在罗本岛时，和狱友一起排演取材于希腊历史的悲剧《安提戈涅》，曼德拉扮演了那位残酷无情的国王克瑞翁。安提戈涅的兄长波吕涅克斯借助外国的力量企图夺取王位，而被克瑞翁处死，并下令所有的人不得收葬这位叛徒的尸体。而对古希腊人来说，收葬亲人的尸体是一种天条，于是安提戈涅因违背国王的命令被处死。安提戈涅在收敛兄长尸体前，针对国王的命令说出一段被后世自然法学派学者不断引用的话："我并不认为你的命令是如此强大有力，以至于你，一个凡人，竟敢僭越诸神不成文的且永恒不衰的法。不是今天，也非昨天，它们永远存在，没有人知道它们在时间上的起源。"曼德拉在演这出戏时，想到的是白人当局所推行的种族隔离法律，就是克瑞翁那样的恶法。

镇雄县政府想到的尽快摆平搞定式的"维稳"，这样的功利式的执政方式，屡见于我们一些地方政府。为了"摆平搞定"，什么招数都可以出，无所谓禁忌和底线。如此为政，不亦谬乎？

原发 2013 年 1 月 21 日《南方都市报》

李
勇

当八戒的住房遭遇悟空的强拆

《西游记》第十九回"云栈洞悟空收八戒，浮屠山玄奘受心经"中有这么一个场景：猪八戒化变成勤劳、憨实的农家青年，骗过了高员外父女，入赘高家。不久后原形毕露，高员外叫苦不迭。取经的唐僧、悟空两师徒歇息在高老庄，闻听此事的悟空出头，去收服八戒。打不过悟空的八戒，只好逃之夭夭，躲进自己的老巢云栈洞。

"（悟空）跳到他那山上，来到洞口，一顿铁棍，将两扇门打得粉碎。口里骂道：'那馕糠的夯货，快出来与老孙打么。'"

这八戒虽然知道自己武艺远不如大闹天宫的孙大圣，但当自己的住房被一个外来和尚给损毁，自己的权益被赤裸裸践踏时，忍无可忍的八戒选择的不是自焚，而是手持钉耙，迎战悟空，保护自己的住房。对前来挑衅的悟空，八戒说了这么一段话："你这个弼马温，着实惫懒！与你有甚相干，你把我大门打破？你且去看看律条，打进大门而入，这个杂犯死罪哩！"（引文自人民文学出版社1980年版《西游记》）

这八戒和悟空当年都在天庭为官，公务活动上想必碰过面，所以算得上熟人。两个人都是违法乱纪的官员，被"双规"一阵，做了严肃处理。悟空大闹天宫，严重扰乱社会秩序，给判处到五行山下服刑。而身为天蓬

167

元帅的八戒呢？酒喝多了，犯了深圳海事局林书记和河南固始县中国银行闵行长相似的错误，调戏、猥亵了女性。可八戒调戏的不是寻常民女，而是有身份的嫦娥。这嫦娥非常有可能是玉帝的二奶，对老大的女人你一个赳赳武夫也敢伸出咸猪手？这玉帝的胸怀远不如楚庄王。春秋时一次楚庄王晚上宴请众将，风将蜡烛吹灭，一位将军乘着酒劲调戏庄王的宠妃，宠妃将该将头盔上的红缨摘下，告知庄王。庄王不愿以此事责怪喝高的部将，在点燃蜡烛前命令所有在场的军人摘下缨子。后来在一次交战中，一位叫唐狡的武将拼死从重围中救出楚庄王——这唐狡就是那晚调戏王妃的人。

但八戒毕竟是体制内的人，培养一个干部不容易，天庭没有将他斩尽杀绝，而是本着"惩前毖后，治病救人"的原则，将其放逐，而且给他戴罪立功的机会，等待去西天取经的唐僧。这八戒给悟空普法，让他去翻翻律条，告诉他破坏民宅强行闯入的，是犯死罪。这可不是作者吴承恩随便瞎编，是有所本的。中国多个朝代立法明确保护私宅不受侵犯，汉代禁止官吏夜入民宅，无故入人室宅庐舍，被主人杀死，主人无罪。这一立法精神，唐、宋都承袭。在吴承恩写作《西游记》的明代，《大明律》就规定："凡夜无故入人家内者，杖八十。主家登时杀死者，勿论。"几年前，一位日本留学生误入美国一家私宅，因言语不通主人开枪将其杀死，而主人并不承担刑事责任。有些国人难以理解，可这种事情若放在中国古代，官员和庶民却很容易理解。

中国古代虽然没有成文的宪法或民法做出"私有财产神圣不可侵犯"之类的规定，但在各类刑律和习惯法中，对私有财产特别是房屋、土地这些不动产保护甚严。"普天之下莫非王土"只是政治性表述，并不表明民法层面的产权归属，皇家不能随便夺走百姓的田产和房屋。明朝万历帝最宠爱的儿子福王就藩洛阳时，万历帝赐给他两万顷良田，实质上只是将这些良田的主人应该交给官府的赋税转给福王而已，田产的所有权并不发生变更。宋朝定都开封后，皇宫要扩建，北面一批"钉子户"死活不搬，皇帝也没办法，只好作罢。

虽然中国历代王朝在法律层面上保护老百姓的田产、房屋，但帝制时代的政治制度决定着公权力很难受到有效的制约，公权力不为恶只能靠权力拥有者的自觉自省，这就不靠谱了。开国之初，皇帝圣明，鉴于前朝兴亡之得失，也许能比较有效地约束下面的官员对百姓不要太过分地掠夺，也会有皇宫扩建受阻于"钉子户"的佳话。但若开国日久，皇帝昏庸，官吏贪腐，那么对百姓私有财产的保护就成为一纸具文了。另一部古典小说《水浒传》中也有一个暴力拆迁的故事：柴进的叔叔柴皇城，家里的花园被知府的小舅子段天锡看上，要强行拆迁，限柴皇城几天内搬走。无子嗣的柴皇城只能找侄子柴进前来出面交涉。这柴家不比寻常百姓家，赵家的江山是柴家禅让的。赵匡胤夺了孤儿寡母的江山，为了堵天下人悠悠之口，给了柴家"誓书铁券"。这誓书铁券以成文法的形式将柴家后人的特权固定下来了。这誓书铁券是大宋开国皇帝太祖的庄严承诺，对后代皇帝、官员来说，有着宪法一样的权威。可段天锡依仗姐夫的权力，蛮横地说，就算你有铁券，我也不怕。意思是说，别拿什么朝廷律法来吓唬我，该强拆还得强拆。陪伴柴进的李逵看不过去，几拳打死了段天锡，并说了一句惊天动地的话："条例，条例，若还依得，天下不乱了！我只是前打后商量。"李逵说出了有法不依的可怕后果：只能以暴易暴，用暴力才能阻挡暴力拆迁。

这八戒面临的问题和柴进是一样的。如果他不愿意跟随唐僧取经，非得要追究悟空打烂他家大门的法律责任，他能怎样？上天庭告状，控告悟空侵权？可悟空就是观音菩萨授意下，来收服八戒的。有了强大的公权力做后盾，悟空才敢有恃无恐地强行拆迁。通过正常途径八戒是几乎讨不来公道的，除非他的武艺超过悟空，九齿耙赢了金箍棒。即便这样，他的云栈洞也劫数难逃，有观音做靠山的悟空，他背后的体制给他的力量几乎是源源不断的。

比金箍棒更可怕的，就是纵容金箍棒打烂云栈洞大门的天庭。

原刊 2016 年 6 月《国家财经周刊》

李 跃

李跃，男，新邵县人，1972年生。小学五年级发表处女作并入选《作家评小学生佳作》一书。曾获评全国十大中学生校园诗人候选人。著有散文集《流落民间的天才》、随笔集《城市的独舞者》、时评集《教育第三眼》等各一部。现为深圳报业集团《晶报社》首席评论员。

时事诗两首

股市咏叹调

2013 年 6 月 24 日，A 股市场出现久违的暴跌，沪指跌破 2000 点关口，跌幅超过 5%。6 月 25 日，A 股又上演惊魂一幕，上证指数一度暴跌百点，创下 1849 点的低点，随后顽强反弹。多家机构认为，市场的大跌是由于宏观经济疲弱、资金面持续紧张、IPO 开闸预期等多重利空因素引起的。

一

至少在股市里

绿色是不受欢迎的颜色

可是前几天的股市

铁了心要将绿化事业进行到底

那绿油油的一片

将股民的脸色都染绿了

如果李白能活到现在

又恰好因炒股而亏损累累

没准他会告诉你

什么叫"飞流直下三千尺"

又为什么会有"白发三千丈"

二

股民是中国最大的蚁族

每一个账户背后

都有一个让财富搬家的梦想

当他们将命运交付给

那一张喜怒无常的股市走势图

所有的交易时间

就变成了一张心律不齐的心电图

不设涨跌幅限制的欲望

被躁动的股市注入了鸡血

击鼓传花

欢愁的换手率总是居高不下

电子屏幕上翻红转绿的 K 线

像一排锋利的锯齿

切割着财富

也切割着人性的恐惧与贪婪

三

股市是一个巨大的培训基地

挤公交车上下班的股民

像国家领导人一样关心世界大事

操心国际期货形势

打听美联储最近说了些什么

并且，像熟悉菜市场上的

农产品价格一样

熟悉 CPI 之类的经济学名词

但这一切都不能阻止

他们手心里攥出水来的真金白银

一次次在十八弯的小道消息里蒸发

四

没有割过肉的请举手

斩仓是股市里的保留节目

纵然这样泪水

还是能一次次转化为内心的火焰

他们在满是陷阱的股市里左冲右突

用受伤的声带呼唤着规范与整顿

纵然这样他们仍然愿意相信

失去的，会在下一个交易日得到填权

股市啊股市

发行股票也请发行信心

为公司融资

也请为流动性不足的希望融资

让股民懂得在疼痛中成长，懂得

套牢的是筹码，不是生活

亏损的是账单，不是灵魂

在这个不习惯分红的市场里

请一定学会用坚强为自己的未来分红

当杀戮再度降临

2013 年 4 月 15 日，美国波士顿马拉松终点线附近发生两起炸弹爆炸事件，已造成至少 3 人死亡 144 人受伤。联邦调查局将事件定性为恐怖行为。万科董事会主席王石客串记者讲述亲历波士顿爆炸惊险时刻。

一

今天，美国波士顿成为新闻焦点

不是因为马拉松

而是突如其来的连环爆炸

让整个世界感到了疼痛

受伤的时针，为这一刻而停留

多人身死，百余人受伤

这样的伤亡数字

在这颗不断有灾难更新的动荡星球上

原本无缘进入任何排行榜单

它之所以成为人们心中的头条事件

能将人类文明炸得血肉横飞

是因为它有一个名字叫恐怖袭击

这种针对平民的屠杀

是人类肌体上最大的癌细胞

还记得纽约倒塌的双子塔楼吧

还记得杀害数百名学生人质的

别斯兰惨剧吧

被这种人性之癌吞噬的

是我们共同的血液骨骼和心脏

从美国，到俄罗斯

从印度，到英国

这些嗜血的人形邪灵

争先用杀戮向撒旦进贡

二

在这起波士顿版的911事件中

等待一个年轻女选手的

本来是一个浪漫的求婚仪式

只是她还没等到让命运撞线

婚礼就被提前撕成碎片

还有一个遇难的8岁男童

我不知道他的名字

不知道他喜欢什么玩具

但我知道，他恰好和我的女儿同龄

这还不够吗？死亡背后的细节

是一柄比死亡更锋利的刀子

万科董事会主席兼前方记者王石

不断用微博发回现场报道

如你所知，不少华人

参加了这次马拉松赛

我这里说的不是体育，想说的是

恐怖袭击从来就不分国籍与肤色

除了恐怖本身

谁都没有免死金牌

由此想起波士顿那块二战纪念碑

上面有一段著名的铭文

大意是面对邪恶

你一直不说话，将来也没人替你说话

如果，你曾经为这样的反人类暴行辩解

如果，你曾经将虚无的主义

置于真实的血肉之上

请忏悔，请在心中默念它

一遍两遍三遍

三

奥巴马誓言缉凶，国会大厦降下了半旗

死者的名字，举得比国家的灵魂还高

没有禁令没有谣言

真相并未在爆炸声中粉身碎骨

当杀戮再度降临

而生命依然高贵

在仇恨中燃烧的恐怖主义

会被灾难现场的悼念烛光轻易打败

反恐是人类的另一场马拉松

如同没有什么能高过头顶的星空

也请相信，没有什么

能跑到正义与真理的前面

因为，作为一种巨大的牵引力

那些死难者的名字已提前抵达终点

林日新

　　林日新，武冈市湾头桥镇人，20世纪60年代出生，教师。有散文、小说、时评及长篇小说《山村民办教师》等数十万字的文学作品问世。2017年4月出版有教育随笔集《教育笔谈》（团结出版社）。

为子孙后代留住乡村古树

笔者一直以乡下老家富有"风景古树"而自豪：雪峰山东麓火鞍岭的五棵古树被乡亲们尊称为"五松大夫"；望云山上的两棵十米高的"夫妻古柏"相依相偎，被视为夫妻恩爱的象征；村东头那棵古樟巨伞似的庇荫一方天地，被视为村里的"保护神"；村西北水塘边的古桂树枝繁叶茂、年年秋来"飘香十里"，被视为村人的"聪慧之源"……古树成就了老家的美景，也让乡亲们有了向外人夸耀老家的资本，如若有一天发现村头的那棵树不见了，这定然会引来无限的惆怅——因为古树陪伴人们成长，给童年留下了无数的快乐，留下了许多美妙的回忆，更寄托着无尽的乡愁。

然而，随着岁月的流逝，老家古树因无人保护相继倒塌、消失："五松大夫"因山火烧焦三棵；"夫妻古柏"2008 年被大雪压斜后无人救护，最终倒塌；古樟"保护神"因村民修房挖断树根，危及生命；"飘香十里"的古桂树则由于长年累月的水流侵蚀、虫蛀病害，早已树倾枝摧，桂香已一年不如一年浓烈了……有道是："前人栽树后人乘凉。"古树是林木资源中的瑰宝，是自然界的璀璨明珠，是乡村不可多得的自然遗产。不论是从历史还是从文化的角度看，它们是"活文物""活化石"，蕴藏着丰富的政治、历史、人文资源，是一个地方文明程度的标志。如若不保护好先辈传承下来的古树，那就是当代人的失职。

如今党中央号召国民要保护乡愁，建设美丽的乡村，古树属于乡村最美的一部分。保护古树，就是保护一个地方的历史、风土和文脉。如今，政府已十分重视城市古树的保护，全国各地还曾出现过令人温暖的保护古树的故事：去年9月"央方网"报道《湖北襄阳旧城改造，花400万保护323岁古树》；前年11月的《信息日报》报道"40万元保护一棵古树，彭泽投巨资在小区中拆民房，为古树腾空地赢得一片点赞"……许多地方已印发《城市古树名木保护管理办法》的通知，不少城市的古树古木皆挂上标有树种、树龄及相关典故等内容的"身份证"。在城市里，保护古树早已成为市民们的共识，可是在乡村，特别是在偏僻的乡村，政府对乡村古树的保护还处于"三无"状态：无古树保护的专业机构，无专业人员，当然更无古树保护专项经费。当务之急是需要在国家层面立法，让全国各地无论是城市还是农村的古树都能得到法规的庇护。

　　笔者认为保护乡村古树可分三步走：一、基层推荐，全面普查，各市县乡镇建立乡村古树档案；二、保护重点，科技下乡，让林木专家考证，给古树挂牌，介绍古树树龄、品种、用途及保护的意义；三、责任到人，定期"体检"，反馈信息，做好日常保健与养护工作。当然，对于那些特别有价值的古树还应调查、挖掘与古树相关的历史文化传说与典故，出版古树名木画册，为古树立碑作传。

吕高安

吕高安，1965 年生于邵阳县，高级政工师。中国当代文学研究会会员，省作家协会会员，中国书画家协会会员，湖南省书法家协会会员。有 500 多篇 130 万字，包括散文、随笔、言论、报告文学、长篇通讯、理论文章、书法作品等刊载于《人民日报》《光明日报》《经济日报》等媒体。主编大型月刊杂志《高速时代》；执行主编 12 卷 150 万字《筑梦潇湘看高速》丛书（新华出版社出版）；出版专著《人文邵南》；散文《被十字架腰斩的情缘》获中国长城文学奖二等奖、全国法制文学二等奖。

穿越雪峰山

一

这是闭锁与开放、蛮荒与繁华、神秘与坦荡、古典与时尚，时而碰撞、时而阻隔、时而水乳交融的地方。雪峰山，一座释放着原始气息的生态之山；一座高山仰止的文化之山。近代史上，因为一段野蛮的侵略片段，更让这座山的父亲气质，铿锵声音响彻长空，使之成为一座阳刚之山、英雄之山。

雪峰山主脉位于湖南西部，层峦叠嶂，高峻陡峭，以几座主峰常年积雪而得名，是中原通向大西南的天然屏障；它以中国抗日战争最后一次大战役雪峰山会战的伟大胜利，而载入史册。

小时候，在山边地头，我们常听爷爷辈们讲起从邵阳辗转百十公里，翻越雪峰山，蹚过沅水、资江，走进洪江城，以桐油换盐布、木材买白蜡的艰辛故事；讲"走日本"的颠沛流离、"打日本"的豪迈气概，从此，对爱恨情仇、稼穑艰难，我渐渐有了明确的概念。

十年前，我在出差到怀化经过雪峰山的途中，多次看到，山上那九九八十一道弯上"此处危险"的警示牌，以及"某年某月此地发生重大交通事故，翻车死多少人"等类似的红色警告。二十里雪峰主脉，汽车麻着胆子要走两个多小时，而现在穿越雪峰山只需七分钟。

雪峰山脉确实偏居一隅，苗瑶侗汉，民族杂居，山高林密，交通闭塞，经济文化落后，但这里并不只有蛮荒和落后。兴于汉唐的黔城古镇、洪江古城、高庙文化遗址（中国十大考古新发现）、荆坪古村（旧石器文化遗址，填补了湖南省无石器记录的空白），无不彰显此处厚重的文化底蕴；当年李白听说王昌龄贬谪此地，意深情重作诗《闻王昌龄左迁龙标遥有此寄》，王昌龄登上黔城芙蓉楼，吟诵千古绝句"一片冰心在玉壶"，回答亲友，蛮荒之地文化与诗歌高地结成佳缘与佳话，又让这里平添一段浪漫气息……谁能轻慢雪峰山缺文化？

这是闭锁与开放，蛮荒与繁华，神秘与坦荡，古典与时尚，时而碰撞、时而阻隔、时而水乳交融的地方。雪峰山，一座释放着原始气息的生态之山；一座高山仰止的文化之山！

无数次的，我驻足雪峰山头，品青翠芳馨，望群山起伏，听林涛阵阵，涌翩翩联想。

1945年4月，强弩之末的日寇企图越过雪峰山占领芷江机场，打通西南，扼制云贵，第20军司令官坂西一良中将率领7个师团10万人，分进合击，进攻湘西。国军第四方面军总司令王耀武率领主力，在雪峰山东麓主战场，即邵阳市洞口、武冈、绥宁、新宁、新化县，怀化市洪江、芷江、辰溪、溆浦县，特别是洞口县高沙、江口、青岩、铁山一带，与日寇展开最后的殊死搏斗，敌败逃窜，丢下了12000多具尸体，巍巍雪峰挡住了号称世界第一军事强国的日军。自此，日寇在整个中国战场陷入混战溃逃的狼狈境地，中国军民乘胜追击，开展抗日总反攻。

其实，日军进入雪峰山照例是到处烧杀掳掠，气势汹汹。

据隆回、洞口、武冈、绥宁、溆浦5县不完全统计，日本枪杀无辜百姓8563人，掳掠1175人，强奸妇女1850人，烧毁房屋14158幢，宰杀猪、牛 119 万头。流离逃难者上百万人，财产损失无数。踏入溆浦县龙华镇二十几天，就杀了 305 人，光是大华村被杀就有 129 人。

大华村村民吴世品，一讲起"走日本"就牙齿咬得嘎嘎响，日军害得他一家七口有五人惨死，房屋被烧，耕牛肥猪被抢，还要他父亲引路。吴父坚决不从，日军将其反捆悬吊树上，用刺刀划开脸，扯下肉皮遮住眼和嘴，刺了 47 刀才死。吴母被 12 个日本鬼子轮奸，奸后用刺刀刺入其阴部，将肚皮划开，挑出肠子示众。吴 72 岁的祖母被日军两刀毙命，敌人边砍边骂个不休。

但是，雪峰山军民不是吃素的，正规军、游击队、绿林好汉、瑶民鸟铳队甚至手无寸铁的村民，都是抗日好把式，新宁巷战、梅口阻击战、武阳歼灭战、古洞口袋擒敌等，让多少武装到牙齿的日本兵尝到侵略"甜头"。

洞口县高沙镇附近的曾家山村民刘木荣、薛东姣夫妇，挑着衣被，走出村口躲日本，忽听前面"砰砰"枪响，发现几个日本兵追着一个姑娘要施暴，于是他们迎上去引开敌人。刘木荣笑着招呼一鬼子，薛东姣机智慢走让其尾随。一不注意，刘木荣从后面霍地抽出扁担，"砰"的一声朝鬼子耳根砍去，鬼子当即倒地。跑出二里开外，发现行李落下了。夫妇又壮胆回曾家山取。"呀！"原来倒地的鬼子还未死，躺在他们的衣褥上。刘木荣扬起扁担，再次狠狠砸去……

在郴州资兴市唐洞新区，我们采访了抗战老兵何前贡，老人说，他先参加常德会战打死一个鬼子，后随国军第 74 军 170 团参加了雪峰山会战。在铁山 107 高地，何前贡头戴船形帽，手握冲锋枪和手枪，一人打死两个，跑了一个，还俘虏了两个。虽然老人讲得轻描淡写，但我们可以想象他当年的英勇善战。虽然两次负伤，虽然曾被划成"右派"，但他死死地保住了抗战时的军用壶。我们拍照时，九十岁的老人身板笔挺，他斜挂军用壶，摆出标准的军人姿势。

老人说他的孙子也是个血性汉子，在邵阳高速公路上做事，已经两个月没回家了，老人托我们给小伙子打个招呼：回去看爷爷。

二

为了纪念抗战胜利 68 周年，6 月中旬，我们《高速时代》杂志的雪峰山采风之行，虽然没有找到抗战老兵何前贡的孙子，但我们找到了乐于奉献、甘于清贫、勇于担当、忍辱负重、默默坚守的高速公路英雄群体。我们问，是什么力量促使你们这样执着于手中的平凡工作，他们几乎异口同声地向大山回答："这里有雪峰之魂，我们不辜负这里的草木英魂！"

眼下，我正路过邵怀高速雪峰山隧道，隧道管理所长是我的老朋友周焱，我找他打听去。

雪峰山隧道是沪昆高速邵（阳）怀（化）段的控制性工程，全长 7 公里，2004 年修建时是全国第三长高速隧道，也是当时湖南省施工难度最大、安全系数最小的工程。由于精心施工，贯通横向误差为零毫米（规范误差为 300 毫米），高程误差仅 7 毫米（规范误差为 70 毫米），创中国隧道施工史上罕见的"零死亡"记录。

通车后，该隧道的安全畅通同样是标志性的。周焱带领 57 个员工，每天在隧洞风机房、配电房、监控室、路面上，钻来倒去，巡查检修。我看过他们一年一度举行的"雪峰使命"大型消防应急救援演练，真是疾如闪电，飒爽英姿。隧道开通以来，他们团队成功预防和处置了多起千钧一发的事故，并自创出一整套高速隧道管理的规范教程，该所被交通运输部授予"文明服务示范窗口"，多次被人民日报、新华社、湖南日报等主流媒体采访报道。

42 岁的周焱，是湖南大学土木系高才生，年轻的工程管理专家，潭邵高速快通车时，他因公负伤，昏迷了 20 多个小时，伤势未愈，即参加邵怀高速建设。2007 年该路竣工，他服从安排，毅然留下守护雪峰山，打理着 32 公里内的 14 个隧道。

是什么力量使周焱多次放弃高速公路业主和施工单位开出的几十万元年薪的诱惑？是什么力量使 30 多岁尚未婚配的该所副所长吴帅姑娘，始终坚守在大山深处毫不动摇？是什么力量使维护班长黎勇不顾父母嗔怪"太远"、妻子责怪"没钱"而与雪峰山不离不弃？这一连串问号的答案，清晰地在看似寻常的一个个人物身上呈现。

芷江——雪峰山地区另一个被载入史册的地名。1945 年 8 月 21 日，即雪峰山战役胜利结束两个多月，侵华日军与中国陆军领导人在芷江县城郊洽降。该路段路政中队长刘焕湘每个月都要去洽降旧址看一次，过过"胜利瘾"，他给我们讲起今年抗冰保畅 52 小时未睡觉的经历时，云淡风轻，例行公事般，闲叙而过；但一讲起钓鱼岛事件、雪峰山抗战，军人出身的汉子从里到外一团火。去年，他还跑到武装部，强烈要求重回军营，保卫钓鱼岛！兴隆收费站 32 岁的女收费员曾雷平，一家三口分居三省，一年只能见老公、儿子两三次，拿着千多元的月薪，风趣快言的少妇自嘲成了"活寡妇"。36 岁的收费员刘正健还没结婚，脸患肿瘤，刚动完 8 小时手术，便不顾劝阻，立即投入高速公路收费环境整治活动。

还有，洞（口）新（宁）高速建设公司党委书记覃名晟，远离家乡，在高速工地摸爬滚打了 13 年，从中层干部到现在，受命危难，主持一个投资 80 多亿的项目建设，其憨厚实在的作风，实在看不出他是朝廷大员的亲属。

是的，湖南高速战每年通车 1000 多公里的高速神话，就是这么创造出来的；是的，湖南高速成为湖南经济社会发展的核心引擎，成为中部崛起、弯道超车的漂亮名片，就是这么打造出来的。

这种地域经典、人文风俗，历经久久打磨，不管你书写不书写，不管在意不在意，他都会入土入地、潜移默化、口口相传，好比荷马史诗、藏族史诗《格萨尔王》。这是血性、强悍、爱国、团结、粗犷、包容、奉献的精神潜质和文化遗存的时空对接、古今传承。

为什么我要将高速公路和雪峰山战役联系起来呢？

交通在雪峰山战役中发挥了至关重要的作用。

抗战初期，湖南高速人的前辈湖南公路人，奉命夜以继日筑路架桥，三个月赶修好洞榆公路（洞口至怀化），自湘潭起横贯湘中穿越雪峰山，并经怀化直通贵州的湘黔公路——"战时生命线"全线贯通。

1945 年，为了阻止日寇快速推进，保证中国军队雪峰山布防，湖南公路人又奉命进行了两次"交通破坏战"，潭宝（邵）、宝洞、洞榆路被挖得千疮百孔，每隔 10 米挖一个 5 米长、5 米宽、2 米深的坑壕，四周挖成正梯形，上窄下宽，用松树和竹叶掩盖在路面上，再掩土栽草，像真路一样。鬼子的装甲车经常坠入坑壕动弹不得，我抗日军民趁机给敌人以沉重打击。修路毁路，毁路修路，循环往复，阻敌于雪峰东麓，日寇陷入了雪峰军民设置的深深泥潭之中。

历史常常有惊人巧合。邵怀高速筹融资时，第一方案是日本一家银行全部投资。投资商实地考察时发现雪峰山地势险要，易守难攻，是兵家必争之地，一翻历史，噢！当年祖辈在这里吃了大亏，于是明明看到投资效益前景可观，他们还是打起了退堂鼓，后几经交涉，才答应投资较平缓的一小段。

还有更巧的，当年国民党第四方面军司令王耀武在此与日本人一决雌雄，夺下胜利之旗，并以昂首挺胸的豪迈参与了芷江受降。凭着这股锐气，推着美式大炮，王耀武本以为在淮海战役可重续"雪峰神话"，谁料碰到一个更厉害的角色，他以粟裕俘虏的身份结束了军人生涯。也许他不知道，他的对手来自雪峰山地区。

在怀化市会同县坪村镇枫木村粟裕故居，我仔细打量了周围的龙脉，故居正巧处在雪峰山龙脊，龙全身最发力处。粟裕是吃雪峰山的粗粮、喝雪峰山的泉水长大的，骨子里激流着血性、睿智和担当，他18岁在常德第二师范读书时就参加了革命。父亲给他订了一门亲，让他读书入仕光耀门庭，将他拦回家锁在斗室读四书五经。粟裕度日如年，他待在"闷心斋"度日如年，并作对联："镇日读经，何堪国事？终朝面壁，愧作须眉。"然后巧妙"逃逸"。

这样一个人，几十年经风斗雨，南方三年游击战、华东八年鏖战、苏中七战七捷，1948年4月18日拍的一个电报，让中共中央改变了解放战争的整体战略部署。他用赫赫战功书写下了"松苍敢向云争立""乐将宏愿付青山"的无愧人生。同是抗日名将，王耀武岂是粟裕对手？

惊人的巧合也体现在高速公路上。今年春的一天，湖南省交通运输厅副厅长、省高管局局长吴国光在外出差，深夜一点路过雪峰山隧道，他微服简从，悄悄爬上离高速路面800多米的山腰，检查隧道竖井。不料，遇到了也在竖井查岗的高速公路邵阳管理处处长王光辉、雪峰山隧道管理所所长周焱。湖南高速三级长官竟然深夜相遇在邵阳、怀化交界的一处荒郊野岭，彼此惊诧一笑："哈哈哈哈！"

我是雪峰山区子民，是魏源、蔡锷、曾国藩、粟裕的老乡，也是魏光焘、谭人凤、向警予、滕代远、匡互生、袁国平、刘晓、袁吉六、廖耀湘、沈从文、熊希龄、贺绿汀、成仿吾、吕振羽、袁隆平的老乡，还是"铲尽不平平不平，创造人间幸福村"的明代侗族英雄吴勉、"敌有万兵我有万山"的清初苗民起义领袖杨清保、粟贤宇的老乡。

我常常去家乡名胜古迹、名人故里，去洪江商城、黔城古镇、凤凰古城，去"通道转兵"遗址，去红军长征的"老山界"，去新化梅山龙宫、紫鹊梯田，去十万古田城步南山，去衡宝战役战场，去安江农校杂交水稻研发旧地，瞻仰探幽，缅怀先贤。

我常常流连于家乡羊肠小道，上山采蕨，下田捉鳅，品味周总理命名的"雪峰蜜橘"和王震将军助产的"南山奶粉"，咀嚼远销外埠的隆回三辣、靖州杨梅、安江蜜柚、怀化黄桃、夜郎牛肉、麻阳铜鹅、洞口西瓜，抚今追昔，意味深长。

我寻思，方圆百十公里的雪峰土地上，为什么风云际会了这么多名胜古迹、古今名人、文豪武将、神奇战事、方志逸事、商界传奇，生长了这么多鲜活味美的名优特产。他们和它们，与中国历史特别是近现代发展脚步紧密相连，与经济社会发展的韵致丝丝合拍，与富裕文明和谐的中国梦吻合统一，这绝不是"巧合"和"偶然"几个字能解释的。巧合寓于寻常，偶然蕴含必然。这种地域经典、人文风俗，历经久久打磨，不管你书写不书写，不管你在意不在意，它都会入土入地，口口相传，潜移默化，好比《荷马史诗》、藏族史诗《格萨尔王传》。这是血性、强悍、爱国、团结、粗犷、包容、奉献的精神潜质和文化遗存的时空对接、古今传承。

唐慧忠

　　唐慧忠，生于 20 世纪 70 年代末，新邵县人。曾在全国各级各类刊物发表文字若干。湖南省作家协会会员。

无钱一身重

我出身农家，自小就学会了扳着指头勒紧裤带过日子。现在工作了，每月领着一份吃不饱饿不死的薪水，除正常的衣食住行，还要买房、结婚、生子。所以从小到大，日子都过得紧巴巴的，从来没有宽松过。也曾想过改变这种节衣缩食、捉襟见肘的局面。生意做了，股票买了，彩票也买了，一心想发财中奖，但一直没能如愿。或许命中注定，今生与钱无缘吧。

前不久，因购买新房还差几万块钱，经人指点，我去住房公积金中心贷款应急。一路下来，先单位开具证明，后公积金管理中心批审，再银行资格审查，一路托熟人找关系，单位担保还不够，又找了一位亲戚做风险担保。七约八束框三架四填表格、签合同，盖了十几枚鲜红的印戳，但到现在钱还没拿到手，因为，这贷款还要等市公积金管理中心的最后批复。也就是说，兜了这么多圈子，事情还只是打了个问号！

而我，每月可以如数领一份薪水，工作之余，还写点"豆腐干""火柴盒"发在报端刊尾，隔三岔五便有稿费寄来。于钱，尚如此急迫忧心。我想起了那些乡下的亲邻。他们脸朝黄土背朝天一滴汗水摔八瓣，一年四季守着几亩薄地度日，上老下小、亲朋往来、伤寒感冒、衣食住行，还有平日里正常的生活用度，我想，他们对于缺钱的感触，应该比我更加深刻吧！

我一直叹服古书上的名言警句，许多都说得精辟在理，入木三分。但也有说得不服人心的，比如说什么"无钱一身轻"。"无钱"真能轻松自如飘飘然吗？我想这答案应该是"否也"！也许说这话的人，他原本就不缺钱，不仅不缺钱而且还很有钱，然后"饱汉不知饿汉饥"，"坐着说话不腰痛"，于是说出了这等让我辈愤慨的混账话来。

比如连续多年蝉联世界首富的比尔·盖茨。有人做过精确统计，就算地上掉有500美金，都不值得他鞠躬捡拾，因为，他鞠躬所花的时间，已经远远不止赚取那500美金了。啧啧，现在尽管人民币升值，500美金折合成人民币，应该还有3000多块吧。他一鞠躬，就可以供我那乡下的农民亲戚大半年的生活费了！他家资数百亿，富可敌国。钱对他来说，早已是一张纸，是一种特殊的表达符号，没很多实际内涵了。那么，"无钱一身轻"从他口中说出，我相信。

古时的纨绔子弟，每天斗鸡遛狗，或"诗琴书画酒棋花"，他们四体不勤，五谷不分，托祖辈福荫，一生不识愁滋味，那么，"无钱一身轻"从他们口中说出，我也相信。

但庸常如我辈，一路辛苦一路忙，十之八九，都为钱所累、为钱所牵、为钱所困。开门七件事，柴米油盐酱醋茶，哪一样不是要钱才能换得回的？那么，谁倘若还说"无钱一身轻"，我想，他不是吹牛便是作秀，或自欺欺人，或取悦于人吧。

钱是个俗物。古时一些士族阶层自命清高，耻于言钱，称钱为"孔方兄""阿堵物"。堵也好，顺也罢。虽然说钱不是万能的，但没有钱是万万不能的。因为我辈早已深知：这世道，"衣是皮毛钱是胆"，无钱的日子，真是举步维艰、寸步难行哪！

所以，"无钱一身轻"实乃谬论。"无钱一身重"才符合世俗民情，是绝对的真理。当然，"君子爱财，取之有道"。这也是我们应当谨记于心的。

发于2005年12月12日《北京晚报》副刊

防　借

在我的印象里，被人借东西，是一件颇为烦心的事情。

先谈借钱。亲戚朋友间碰上急事，手头一时又没那么多现钱，只得从亲戚朋友同事处借钱，这本是件皆大欢喜、互惠互利的好事。可不知从什么时候起，有许多人养成了一些不良习惯，向你借钱时信誓旦旦、口吐莲花，当你向他讨债时，他就变得唯唯诺诺、推三阻四，甚至避而不见。

于是，有人感叹：过去是杨白劳怕黄世仁，如今变成是黄世仁怕杨白劳了。其实，话也不能这样讲，杨白劳生活在旧社会，他借的是地主黄世仁的高利贷，他是被欺诈和剥削的对象。而我们现实生活中，借的是人家的合法所得，是血汗钱，不存在剥削和被剥削的关系，别人借钱给你，替你解了燃眉之急，你应该感谢才是，哪有赖着不还之理呢？

"钱"这东西，最能映射出一个人的美与丑。所以，有人告诫我们，千万不要借钱给朋友，也许从你借钱给他的那一刻起，你就已经失去这个朋友了。

再谈借书。俗话说："有借有还，再借不难。"借钱不还，我们可以沉下脸来较真，甚至可以上法院起诉。相对于借钱，借书就算件鸡毛蒜皮的小事了。对这小事，我们能像借钱那样斤斤计较吗？别人还会笑你小肚鸡肠。然惜书爱书如我辈，常深受其害，面对那些只借不还的人，真是深恶却不能痛绝之。内心的感触和痛楚，如鲠在喉，不吐不快。

我订的新报刊到来后，同事便常争相先睹为快。本来，有幸和大家同享一份精神食粮，那是件十分惬意的事。但借书多半的结果是，同事甲看后，传给同事乙，乙传丙，丙传丁，依次类推，最后，自己还来不及看，新来的书刊便不知所终。一本价值才几块钱的报刊，能和天天相处的同事们红脸粗脖子吗？能拒绝分明是"老虎借猪、肉包子打狗"的热情吗？你若较真，人家一句话就噎死你："不就值几块钱吗，我赔你好了。"

当然不好意思让人家赔。既然不让赔，那只好不借。而不借就得防。防借，可是一门大学问。防借，要让人知道你不是不借，而是有充分的理由不能借，让人觉得虽然你不借，心头虽有不快，但也只能无奈。防借的最高境界，就是让人不能启齿向你借。比如说借钱，你得先揣摩透人家是否有向你借钱的意图，那么，在对方还未开口之前，你便抢先大倒苦水，诉说种种缺钱之苦，这样不仅让他启不了齿，还会让他因为没借钱给你，而先感愧疚。

至于借书，我一直没有防借的心得。一次，我愤然写了一张纸条贴在书柜最显眼的地方，但作用不大，人家该借的还是照借不误，不还的同样还是不还。无奈归无奈，我总觉得那句防借的话，写得还真有点搞笑：各位朋友，本人除借书和借老婆之外，其他啥事都有商量的余地！把书和老婆提高到了同一位置，它竟然还照样要"红杏出墙"，我实在也没别的办法了。

马晖晖

马晖晖，男，隆回县荷田乡长鄄人。湖南省作家协会会员，湖南省诗词协会会员，中国闪小说学会会员。入选《星星》诗刊诗人档案，被中国闪小说学会评为"中国闪小说72星座"，获2014年中国闪小说新锐奖和"陀螺文化杯"闪小说大赛优秀奖。先后在《阅读与写作》《今日文摘》《星星》《散文百家》《西北军事文学》《小小说大世界》《中华日报》《新中原报》《湖湘论坛》等国内报刊发表诗歌、散文、小说和科研论文300余篇（首）。出版诗歌散文小说集《谢谢你的美丽》《白天寻找黑夜的感觉》《一听钟情》。

见义勇为

男人勇斗歹徒没什么稀奇，女人勇斗歹徒也没什么稀奇。但美女赤身裸体勇斗歹徒，你听说过吗？

龙城就发生了这样的事情。

张雷出差回家天刚亮，悄悄开门想给妻子柳眉一个惊喜，没想到门还没打开，就听到柳眉大叫："救命啊，救命啊！你这个歹徒，我杀了你！"

张雷赶忙进屋，一看，妻子柳眉正赤身裸体和一男人扭打在一起，情急之下用水果刀刺中歹徒，看见张雷，扔了水果刀尖叫着直往张雷怀里钻，歹徒借机捂住伤口夺门而逃。张雷急于救妻子，眼巴巴看着歹徒跑了。

小区的左邻右舍听见哭闹声，纷纷跑到张雷家，歹徒早已逃之夭夭。听了柳眉的哭诉和张雷的介绍，邻居们为柳眉赤身裸体勇斗歹徒所感动。小区正好有位记者，在最短时间内让市内所有新闻媒体在黄金时间或头版头条报道柳眉勇斗歹徒的英雄事迹。尽管报道时省了赤身裸体这个细节，但市民茶余饭后却把柳眉赤身裸体勇斗歹徒传得神乎其神。

那时正好到了年底，市里要表彰一批见义勇为的英雄，柳眉作为一位女性，理所当然是重点表彰对象。拿着荣誉证书和一万元奖金，柳眉高兴极了，马上给情人发短信：亲爱的，幸亏你在我的卧室里装好摄像头，对外面的一举一动看得清清楚楚，不然就麻烦了。还有，我们的戏演得太好了，既躲过了床上捉奸，又名利双收！爱死你了，狠狠地啵一个！

原发2014年第3期《当代闪小说》

高　招

一美丽少妇和母亲、儿子回乡下，车子半路发生故障。

少妇很自信，自己年轻漂亮，拦个车应该没问题。

一辆车过来了，少妇挥手拦车，可司机好像没看见她似的，一溜烟就从她身边开走了。她想，肯定是司机看到母亲和儿子也在，才不搭她。她要母亲和儿子往前面走，她留在原地拦车。

母亲和儿子不解地往前走了300多米，又一辆车来了，少妇满脸微笑挥手拦车。司机在她身边放慢了速度，少妇高兴极了，满以为司机要载她，没想到司机很快又加大油门开走了。母亲和儿子看到又没拦到车，在前面站着等她。看到年迈的母亲，少妇突然心生一计。

少妇说，人都同情弱者，特别是农村人，喜欢做好事，等会来车的时候，要母亲捂住肚子装作有病的样子。

一会儿，又来了一辆车，三人依计行事。少妇和儿子搀扶着老人招手拦车，嘴里还喊着，老人急病，行行好。

可司机好像没听见也没看到，车子飞快从他们身边一晃而过，气得少妇说不出话来。过了很久，好像又有车来了，少妇没有了信心，不敢拦车。就在她蹲在路边不知如何是好时，车子一个急刹，竟然在她身边停下了。

少妇以为碰到了好心人，抬头一看，儿子正站在路中央，手里挥舞着两张百元大钞。

原发 2014 年 8 月 20 日《现代家庭报》

玫　瑰

　　情人节那天，还没有女朋友的我，心情有点郁闷，看到很多人买玫瑰送人，我突发奇想，如果买 30 朵玫瑰随意送人，也许可以碰上今生的另一半呢。

　　来到一条偏僻的老街，我挨家挨户送玫瑰。

　　得到我第一朵玫瑰的有缘人，是一位大妈，大妈说这一辈子还是第一次得到玫瑰。当知道我还没有女朋友时，记下我的电话号码，说有个亲戚，到时介绍给我。

　　得到我第二朵玫瑰的有缘人，是一位小姑娘，小姑娘说玫瑰好漂亮哦，长大了要找一个我这样的男朋友。

　　得到我第三朵玫瑰的有缘人，是一位少妇，少妇说玫瑰让她想起了很多美好的事情。

　　得到我第四朵玫瑰的有缘人，是一位坐轮椅的大爷，大爷手拿玫瑰老泪纵横。

　　得到我第五朵玫瑰的有缘人，是一位年龄相仿的帅哥，帅哥说如果有我这么有心，也许就不会和好几位美女擦肩而过了。

　　得到我第六朵玫瑰的有缘人，是一位小帅哥，小帅哥说玫瑰好香哦，长大了也要给大家送玫瑰。

得到我第七朵玫瑰的有缘人，是一位美女，美女知道我还没有女朋友时，留下了我的 QQ，说要介绍几个闺密给我。

这个情人节过得很爽，30 朵玫瑰不知不觉就送完了。得到玫瑰的人，认识不认识的，都高兴地说谢谢。有 10 人留下了我的电话，说要给我介绍女朋友。尤其高兴的是，有个平时有点误会的熟人，因为玫瑰，以往的不快一笑了之。

来到花店，我又买了一朵玫瑰，不送给别人，送给自己，看玫瑰像梦中的情人向我微笑。

原发 2014 年 12 月 29 日《中华日报》

欧阳梅先

　　欧阳梅先，1935 年 10 月出生，湖南隆回人。从事写作 60 多年，在国家及 20 多个省市的上百家报刊发表文章 300 多篇、诗联 2300 多副。20 多篇文章及上百首（副）诗词联获奖。曾是湖南省杂文学会、中国诗歌学会会员，现为中华诗词学会、世界汉诗协会会员，中华诗词文化研究所研究员，并被聘任为中国诗词家协会、隆回县诗联学会名誉会长。著有诗文集 6 部。

品味"剥皮诗词"

所谓"剥皮诗词",就是套用别人诗词体裁仿拟而作,并赋予新的思想和意境。这种诗词往往写得入木三分,妙趣横生。

比如,唐代诗人崔护有首《题都城南庄》:"去年今日此门中,人面桃花相映红。人面不知何处去,桃花依旧春风。"有人就针对当地县衙先后两任县令一个执法如山人称"铁面"、一个徇私枉法人称"糟团",仿此写了剥皮诗:"去年今日此门中,铁面糟团两不同。铁面不知何处去,糟团依旧醉春风。"书于衙署门口两侧,供人观赏、笑谈。又如,《芙蓉楼送辛渐》:"寒雨连江夜入吴,平明送客楚山孤。洛阳亲友如相问,一片冰心在玉壶。"是唐代诗人王昌龄写的一首表现不为功名利禄所惑、保持廉洁如玉情操的诗,千百年来脍炙人口。1926年,在北伐军中的谢觉哉闻知节节败退的直系军阀吴佩孚见大势已去,扬言从此不再问国事只愿在洛阳饮酒看花颐养天年时,便仿此作写了剥皮诗:"白日青天竟倒吴,炮声送客火车孤。洛阳亲友如相问,一片雄心在酒壶。"对吴的讽刺,贴切、有趣。当年鲁迅先生也写了一首剥皮诗:"阔人已骑文化去,此地空余文化楼。文化一去不复返,古城千载冷清清。专车队队前门站,晦气重重大学生。日薄榆关何处抗,烟花场上没人惊。"全诗套用崔颢的《黄鹤楼》句式,且语言、情韵略同而用意迥异,有如匕首投枪对不抗外侮、镇压学生的反动派予以辛辣讽刺，激起民众愤慨。

"文革"期间，老帅叶剑英感时咏事，活剥五代时南唐李后主的词："春花秋月何时了？往事知多少！小楼昨夜又东风，故国不堪回首月明中。……"写成了"串联炮打何时了？官罢知多少？赫赫沙场旧威风，顶住青年小将几回冲。……"赠给陈毅元帅，其情感心态，见诸字里词间。1974年，受"四人帮"迫害的夏衍还在狱中，偶然想到清人入关时一首讽刺其"剃头辫发"的打油诗："闻道头堪剃，而今尽剃头。有头皆要剃，不剃不成头。剃自由他剃，头还是我头。请看剃头者，人亦剃其头。"便套用写了剥皮诗："闻道人须整，而今尽整人。有人皆可整，不整不成人。整自由他整，人还是我人。请看整人者，人亦整其人。"也是针砭时弊，回味无穷之作。

一段时间以来，不少人针对官场腐败现象也以剥皮诗讽嘲。比如2002年《诗刊》12月上半月刊发表了仿李白《早发白帝城》嘲公款旅游的剥皮诗："笑辞故国彩云间，一去西洋数月还。上级禁令止不住，飞机又过万重山"；仿李涉《润州听暮角》讽假记者行骗的剥皮诗："记者光临厂长忙，夸说特稿篇幅长。拉去赞助八九万，见报只有两三行。"读之令人捧腹。20世纪90年代，笔者也曾赶时髦写过两首剥皮打油，嘲笑某些官员吃喝玩乐。其一，仿杜牧《清明》写了："红楼歌舞闹纷纷，媚眼蛮腰最摄魂。美酒佳肴皆备有，何须再去杏花村。"其二，仿程颢《春日偶成》写了："云淡风轻正好天，寻花觅柳逛山川。时人尽识钱权乐，小密偕同娱盛年。"这些诗，大都冷嘲热讽，寓庄于谐。然而，在境外读到的几首剥皮于毛泽东所写的词，虽个别字句离谱，平仄失调，却也叫我拍案叫绝。一是《清平乐·献给胡长清》："权高德淡，污吏多如雁。小秘成群称好汉，屈指玩完二万。美眉裸露双峰，短裙漫卷淫。今日特权在手，惧何天理苍龙？"二是《蝶恋花·献给陈希同》："昨得骄杨今得柳，杨柳陪君床上重霄九。问讯贪官何所有？人民血汗糇花酒。追客嫦娥舒广袖，来自阴间世为公款舞。

忽报学生求民主，机枪子弹横飞雨。"三是《卜算子·献给成克杰》："小秘送官归，二奶迎官到。已是疲乏欲罢兵，岂奈花殊俏。俏也不惜春，只想床上抱。待到官爷喘气时，她喊：妞还要。"四是《水调歌头·献给陈良宇》："才饮壮阳水，又食美人鱼。数年淫乱无度，裸女荡魂舒。不怕恩击情打，借助舞厅信步，日日得宽余。吾在床上曰：爽死如斯夫！细腰动，龟蛇静，仿官图。老妻失宠南北，姘妾伴余途。涨破桃源仙壁，沐浴巫山云雨，双峰羞西湖。淫女应无恙，当惊我物殊。"简直是嬉怒笑骂，淋漓尽致，细细品味，令人忍俊不禁。

当然，也有从正面褒义写的或将贬义翻成褒义的"翻案剥皮诗"，比如，毛泽东的《有感》（或标题：告乃翁，写于1958年2月21日）："人类今娴上太空，但悲不见五洲同。愚公尽扫饕蚊日，公祭无忘告马翁。"就是"剥皮"陆游的《示儿》诗："死去元知万事空，但悲不见九州同。王师北定中原日，家祭无忘告乃翁。"再如，对曹植的《七步诗》："煮豆燃豆萁，豆在釜中泣。本是同根生，相煎何太急。"郭沫若则"反其意剥皮"为："煮豆燃豆萁，豆熟萁亦灰。不为同根生，缘何甘自毁？"原诗主旨是"相煎何急"比喻骨肉相残；改诗则强调"豆熟萁灰"，变成相助亲人甘于自毁了，同样给人以教益。一段时间以来，笔者读到剥皮刘禹锡的《陋室铭》30多首，其中不乏切中时弊、褒贬自如、读之有味之作，报刊网络多有刊载，恕不列举。思之，对剥皮诗词的写作同样应该注重思想性与艺术性的完美结合，做到入境、入情、入理，不能只求形式，才不落俗套，别开生面。

彭端祥

彭端祥，1965 年出生，湖南省书法家协会会员，邵阳市市直书法家协会主席；中国楹联学会会员，湖南省诗词、楹联协会理事，邵阳市楹联学会副会长、诗词协会副会长。书法作品多次获省公路、交通书画赛一、二等奖，两次在全省第公务员书法大赛入展并获奖；楹联作品入选第二届中国百诗百联大赛，获中国楹联学会年度成果征评《2013 对联中国》佳作奖、中国楹联学会"孟繁锦奖"联墨大展赛二等奖，入编《中国对联作品集》（2016 年卷）。

关于成立子虚市麻将协会的请示

子虚市编委:

为了更好地顺应时代潮流,使我市的麻将事业由分散、无序的自发状态,驶入有组织、有目标发展的快车道,充分发挥麻将在我市改革开放中不可或缺的积极作用,特请求成立"子虚市麻将协会",并定性为正处级事业单位,其理由如下:

史传,麻将是我国古代独创的博戏之一,唐代即有"叶子戏",沿袭至今已有 1300 年的历史,足迹遍及世界各地,是我中华民族一大扬眉吐气的国粹。尤其是明清以来,更是蔚为大观。清人王崇简《冬夜笺记》说,当时搓麻将的"穷日累夜,若痴若狂"。大学者梁启超更是身体力行,"麻将桌上写社论"。可见麻将源流之长、传统之厚。此其一。

时下,洋风正旺,许多祖业已成敝屣,然国人对麻将却情有独钟,时无分春夏秋冬昼夜,地无分南北东西中外,莫不随心所搓。有人甚至目为"柴米油盐"之列,连出差、出工途中都要形影相随。纵目所及,对麻将爱好的、迷恋的、着魔的,难以车载斗量。无论男女老幼,也不管贵贱尊卑,只要有人振臂一呼,必能应者如云。"率土之滨,莫非麻民",诚哉斯言!此其二。

文化强国，国民文化程度决定国家实力。现在我们身边的文盲半文盲，只要在麻将桌旁小坐片刻，保准认牢"东南西北中，一二三四五六七八九万"！有人说玩物丧志，但玩麻将，不但不会丧志，而且还能识字学文化。如能进一步繁荣麻将事业，举国上下必然更加形势大好，古老华夏必能鹤立世界，睥睨群雄！此其三。

公平竞争是麻将的基本规则。"麻将面前，人人平等"，早已深入我辈之灵魂。麻将桌前一坐，我等市井俗人立刻温文尔雅，和谐文明，仇人成朋友，朋友更朋友。即令是不共戴天的冤家，一旦麻场相遇，也能一笑泯恩仇，同桌携手，密切配合。至于那些偷鸡摸狗、打架斗狠之徒，一上麻场，便心无旁骛，得麻不望蜀，作恶之念无由生，作恶之举无从行。每当夜深人静之时，到处一片麻声悦耳，其中还会生产多少以麻会友的佳话——好一个太平盛世哦！此其四。

同时，随着麻将事业的蓬勃发展，每户一张麻将桌、一副麻将牌、一本麻将书，即可推动多少木器厂、塑料厂、造纸厂、印刷厂和书店、商场，由胜利走向胜利！围绕麻将事业，还可兴办多少第三产业？还可举办多少"麻将搭台，经贸唱戏"的麻将节和运动会？可见麻将事业不但发达经济，而且其本身即是大大的财富，可大大地强国富民。此其五。

诸如此类，麻将的好处"罄竹难书"！一言以蔽之，麻将应彻底地作为一项体育、文化、经济事业，理直气壮地大发展、大繁荣。成立麻将协会，即是应时之举，更是形势所需。利国利民，何乐不为？但是，"名不正则言不顺"，对麻将协会这一"新生事物"，必须有名有分，才能正确、光荣、充分地行使职权和开展工作，才能为我市的超常规发展多做贡献、做大贡献！特请求将麻将协会确定为正处级事业单位，扶上马，送一程。

尊敬的各位领导，我等除了麻将便别无所有，除了麻将便别无所乐。

怀着对组织的满腔忠诚，我们说出了"心中的话"，这也算是为改革开放所贡献的一个小小的"金点子"吧！皇天后土，赤心可鉴。激情之下，语无伦次。词不达意者，敬请原谅。

特此报告，请予批准！

　　　　　　　　猴年马月牛日于麻将桌旁

肖仁福

肖仁福，1960 年农历二月出生于湖南省城步县杨柳公社杨柳大队。1981 年邵阳师专毕业后做过四年中学教师，后一直在党政部门工作。业余从事文学创作，已出版长篇小说《官运》《位置》《仕途》（三卷本）、《家国》等十部，外加小说集和随笔集十余部，计六百多万字，被出版界称为畅销和长销双料作家，有"中国机关小说第一人"之誉。

戏台上的官

老家村外有个不起眼的小土丘。小时参加生产队劳动，或上山打柴，下地割草，从小土丘旁经过，感觉累了，常会放下工具或柴草，坐到上面歇息一阵，一边跟同伴们天上地下地神聊海侃。聊着侃着，话题就到了屁股下面的小土丘，有人说里面埋着一台官戏。戏是拿来演给人看的，怎么就埋到土里去了呢？这事说起来还颇有些来头。据说很久很久以前，村上来了一位仙风道骨的老者，见村子不大，却山环水绕，林茂竹密，青龙左高，白虎右低，怎么看都是个该出些人物的地方。国人所谓的人物，自然就是威风八面、手执生杀大权的大官小吏了。老者便问村人，是希望村里人人都有官做，还是只让少数几个人做官。村人不知此话的玄机，自然愿意人人都有官做。圣人有言，独乐乐不如众乐乐呢。村人不见得知道圣人言，却知道那句"有福同享，有难同担"的老话，乐意好事大家共享，同喜同乐，不愿个别几个人骑在人民头上拉屎拉尿，作威作福。老者说这好办，手在空中划一道弧，顿时变出上百件官服和全套锣鼓响器。村人兴奋不已，有的敲锣打鼓，有的官服加身，以木楼为台，摆开架势，演唱起来。从此一发不可收，逢年过节或农闲时，村民们便凑到一处，披挂上阵，热闹一番。演的什么剧种，也没人说得清，估计不是傩戏，便是祁剧，放在今天也该算是非物质文化遗产了。内容与别处戏剧没啥区别，多为帝王将相和达官贵人的恩怨情仇。这当然并不怎么重要，重要的是人人都有官做，个个都是人物，村人也就心满意足，乐此不疲。

这种民间传说自然不是吾村先民的独创，估计别处也有过类似的说法。千百年来，我们最崇拜的就是这个官字，谁都想着做官，可真能做上官的毕竟只是极少数。现实里的官做不上，那么穿着官袍子，端着官架子，迈着官步子，打着官腔子，自作多情、做做戏台上的官，风光风光，该不会有人来阻拦你吧？我忽然想起一句耳熟能详的老话：什么藤结什么瓜，什么阶级说什么话。事实好像也不完全如此。想乡下人世世代代面朝黄土背朝天，生活劳累艰辛，从不觉得这有什么好炫耀的，倒喜欢把自己羡慕的大人物搬上戏台，过一把官瘾。又不过是业余寻寻开心，不是衣食无忧的文艺工作者，也就没有上级指令的硬性任务，非得表现什么战天斗地的火热生活，爱怎么演就怎么演。这官戏也不知演了多少朝多少代，反正纯属自娱自乐，戏装道具和乐器响器又都是现成的，不用出一分钱的场租费和大腕出场费，工商文化等部门也不上门打秋风，也就百年千年地流传下来，盛演不衰。

不想一日有高人从村上经过，一看觉得是个藏龙卧虎之地，赶忙翻身下马，小心步行进村，生怕有所冒犯。一边朝村人打听，村上有什么显官重吏，好登门请安。村人朴实惯了，不会无中生有，编假话哄人，只得如实禀告，村上从没出过像样点的人物，只祖上考取过一两个秀才，因不认识组织部门的领导，也没混出啥名堂，穷困一生。高人怎么也不相信，缓缓走进村里，要探个究竟。忽闻锣鼓震天，高腔入云，寻声引颈望去，远远见有青瓦木楼，楼上正在大张旗鼓唱大戏，楼前坪里则被村人围了个水泄不通。走近一瞧，戏台上全是高帽长刺宽袍广袖的各路官员，仿佛走马灯似的，你方唱罢我登场。原来高人的判断没错，村上确实是个出大官的地方，只不过没出在朝廷和衙门里，而是出在村中的戏台上。高人不觉拊掌大笑，跃身上鞍，扬鞭打马，大摇大摆出了村子。这事被细心的村民察觉，大家身上某根神经就这么深深地刺痛了。也怪不得人家高人小瞧咱们，村上从没出过像样点的人物，却有事没事上演官戏，又有多大意思呢？戏台上的官再威风，也不会给村上带来任何好处和荣耀，大家还这么自得其乐，也显得太没出息了。一气之下，在村外挖个大坑，将演官戏的一应道具服装和乐器什么的统统埋掉，一是告别演唱官戏的无聊之举，二是巴望送走戏台上的官，现实中能出几个真正的大官小吏，下回还有高人过村，再不被小瞧，也不至于辜负了这一方佳山秀水。

村子就这么沉寂下来，再听不到昔日热闹的官戏。村民们日出而作，夜入而息，盼望子孙出将入相的愿望一直萦系于心，却从没见奇迹出现。又过去了不知多少年，快到我们出世的年代，村民们的愿望渐渐变成失望，官戏也几乎失传。有人提出，反正村上出不了人物，干脆挖开小土丘，取出道具，试着把官戏再搬上戏台。也是寂寞的日子实在太难熬了，大家心有所动，却又担心随便动土，对村子不利，何况土丘里的道具肯定已经腐烂，再派不上用场。只得凑了钱，重新置办行头响器，再凭着老辈人的口传心授，揣摩演练，又在村中木楼上唱起了官戏。不想还没过足瘾，开始"破四旧"了，这些官戏被当作"牛鬼蛇神"和"毒草"，惨遭禁演，戏装响器被强行掳走，一夜工夫毁得干干净净。到得我们这代人略有记忆时，也就再没见过官戏，只在出现阶级斗争新动向的时候，为配合上面意思，现编现演些忆苦思甜和抓革命促生产的应时小戏，戏台上演戏的有气无力，戏台下看戏的昏昏欲睡，全没有昔日官戏的精彩和热闹。看来大家留恋的还是官戏，且至今保留着一句与官戏有关的俗语，常挂在老辈人口头上：戏台上的官。

弹指间，我离开村子已三十年。时间的尘灰是无情的，可将一切都尘封起来，我已很难记起村口那个埋着官戏的小土丘。偶尔回村一趟，也想不起到村口去瞧上两眼，看看小土丘还在不在那里。却因不可避免地要接触现实中的大小官员，经常会莫名地想起"戏台上的官"这句俗语。瞧那行走于世间的官员，不描脸谱，不着戏装，不迈台步，却比戏台上的官表演得更卖力，也更精彩。其实也不奇怪，生活是艺术之源，生活永远先于艺术，也大于艺术，世间官员肯定比戏台上的官出色得多。不过二者也有一个共同之处，就是有上台的时候，也必然有下台的那一天，不管你在台上时再威风。这好像是个铁律，也是浅显得不能再浅显的常识。可咱们见过的不少生活里的官员，眼里却好像只有向上的梯子，没有往下的台阶，总企望永远处于戏台中央，在聚光灯的追随下，不知疲倦地表演下去。有台鞭子戏，里面的皇帝在金銮殿上坐了好几十年，快寿终正寝了，还舍不得下位，编剧和歌词作者便为他写了句有名的唱词：让我再活五百年。

现实中的官员到底没有艺术家们狂妄自大，痴想活上五百年的似乎还不是很多。可越活越年轻却还是做得到的，也比较好操作。比如四十五岁是个坎，过了这个坎便不容易得到提拔重用，便设法倒着活，去年四十六，今年四十五。比如人大、政协班子有"七不进，八不留"的惯例，于是略施手段，去年五十七，今年五十六。要问领导们是怎么从四十六活到四十五、从五十七活到五十六的，这是公开秘密，大家都心照不宣，不必过于认真。硬要认真，只好谦虚点，去问组织部的档案员和人事局的信息员，人家高兴了，说不定会给你面授机宜。越活越年轻不难做到，可也不能老是四十五或五十六，待在台上一动不动。这样即使台下的观众拿你没办法，在台后等急了的新人也不干，总会想法子轰你下去，以便取而待之。皇帝轮流做，今年到我家，世上没有老占着茅坑不起身的道理。

留恋戏台，不用说是戏台让人显赫。人一显赫，位子票子女子房子车子，五子登科，自在情理之中。老婆孩子，亲朋好友，同学乡亲，七八姑八大姨，都跟着沾光，也无须赘言。光那份面上的荣耀，就足以叫人垂涎三尺，妒火中烧。比如一个地方的媒体，最显要的位置，最黄金的时段，皆无一例外属于领导，叫作电视里有形象、广播里有声音、报纸上有英名，且从不需领导本人出一分一毫的广告费。媒体内部就曾悄悄抱怨，那么重要的时段和版面，若用来刊登广告，企业产品销量大增不说，媒体也早富得流油了。领导的音容笑貌和高姓大名频频出现在媒体里，子民们习惯成自然，若哪天没见领导，心里就很不自在，说是一日不见，如隔三秋，都一点不夸张。还会到处打听领导下落，生怕领导已被"双规"或逮了进去。领导倒也理解自己的子民，出国考察或在外开长会，会通过秘书班子，以书面讲话形式不时在媒体上露露面，以免子民们担惊受怕。

台上越显赫，下台后就越落寞，不知这是不是辩证法。我有时吃饱撑得难受，会在街头巷尾走走，以促消化，同时也想碰碰运气，看能否遇见过去的老情人，好抓住青春的尾巴，重温一回旧梦。老情人没遇见，却不时能遭遇某领导被人前呼后拥着，神采奕奕走出豪华酒店，威风八面的样子。我生怕撞着人家大驾，被挤翻踩扁，只得远远躲开，看着人家狼行虎步，走向高档专车，弯腰钻入车门，呼啸而去。可没过两个月，再在街头见着该领导时，情形却已大变。过去簇拥左右的随从早不知去向，领导形单影只，站在秋风中，正望着街口的车流发呆。目光黯淡，面容憔悴，头发不再像从前那样油光水滑，青幽可鉴，仿佛一夜间突然变白，乱成枯草一堆。我甚觉奇怪，以为自己眼睛老花，看错了人，定睛细瞧，还真是那位领导。回家找出报纸，打开电视，扭响收音机，才发现再没有该领导的任何痕迹，我便明白是怎么回事了。一打听，领导果然已功德圆满，走下戏台，成了前领导。这戏台上的官与戏台下的官，区别就有这么大。

想弄清谁是已走下戏台的前领导，我还可免费教你一招。天黑时分，你到地方首脑机关大院门口去遛遛，若见有人守在门边，睁大发红的双眼，戳着指头去数进进出出的高档小车，这人如果不是刚从精神病院里跑出来的神经病，必然是下台不久的前领导。这当然不是蒙你的。你想想晚上又不是上班的时候，那些高档小车们屁颠屁颠往机关大院里跑什么？还不是书记楼和常委楼就建在大院深处，夜幕降临，正是密切联系领导的大好时机。前领导在台上时，人家也是这个时候开着小车纷纷往他家里跑，现在人已下台，人家另有新欢，再不可能去抠他家门，他在家里待得难受，不到这大门口来数小车，又干什么去呢？我认识一位前领导，他头天退二线，第二天就悄悄住到了乡下老家。有次我在乡下碰见他，问他城里生活条件那么好，为何非得跑到乡下来？他倒是开心，说乡下有个大好处，死后不必烧成灰，可将老骨头埋进祖坟里，陪伴父母。留在城里没有这个待遇，还得天天晚上跑到大院门口去数人家的高级小车，自己眼睛老花，没其他前领导的好视力，万一数错了数，就违背实事求是的工作作风了。

看多了官场戏台上下的表演，有时我不免暗想，岂止官场，这个大千世界又何尝不是一个戏台？世间之人，不管为官为民，孰强孰弱，其实都是演员，在人生的戏台上跑上那么一圈，最后都得乖乖离台，消失得无影无踪。这让我想起陈子昂的《登幽州台歌》："前不见古人，后不见来者；念天地之悠悠，独怆然而涕下。"这幽州台曾是燕昭王招贤纳士的黄金台，怀才不遇的子昂高台独立，茫然四顾，怎么也寻不见燕昭王的身影，忽感天地悠悠，往者弗及，来者不闻，不觉热泪飞洒，写下这千古佳篇。反复吟咏陈诗，我才意识到这幽州台其实也是戏台。这人立身于天地之间，有时难免自我膨胀，觉得自己有多么了不起，不曾想在前无穷后无尽的时间里，我们拥有的几十年不过是短短的一瞬；在左无际右无涯的空间里，我们容身的这个世界仅为方寸之地。如果能经常想想这瞬间和方寸之外，还有连我们的想象力都无法抵达的悠远浩瀚的时空，我们也许会重新审视自己，审视自己所处的这个戏台。在这个戏台上，无论你演的是小民百姓，还是帝王将相，到头来都不过是微尘一粒，经不住时间的风轻轻一吹，就可吹得不复存在。

　　这么说好像有些悲观。可悲观点有什么不好呢？中国人不信悲观哲学，只喜欢乐观哲学，连寺庙里都有欢喜佛。照我说悲观哲学有悲观哲学的合理性，人懂些悲观哲学，心怀畏惧，才有所为，有所不为。如果过于乐观，目空一切，胆大妄为，什么都敢做，什么都做得出来，到头来必然乐极生悲，乐观不起来的。这是题外废话，不必置喙。

現当代杂文选

男人贱

男人是天生的贱货。

男人眼贱。见不得权，见权心动；见不得财，见财意起；见不得色，见色情迷。还贱得振振有词，什么君子不可一日无权，似乎有权就是君子；什么君子爱财，取之有道，好像财都由正道得来；什么爱江山更爱美人，仿佛自己就是皇上，大好河山和大好美女尽归己有。眼红人家火，眼热人家富，人家平凡，又觉得不起眼，不以为然，不屑一顾。一副势利眼，上级面前低眉顺眼，没有尾巴摇出尾巴来；下级面前眼往上翻，不把人放在眼里。自己的人高看一眼，就是作奸犯科，也睁一眼闭一只眼；不是自己的人，怎么也看不上眼，横眉竖眼以对。见女色抛媚眼，眉来眼去；对弱者使白眼，狗眼看人低。有人奉承讲好话，眼角眉梢皆是喜，遇到不同意见者，瞪眼睛，拍桌子，说蛮话，完全是小心眼。

男人耳贱。听不得忠言，忠言逆耳；听不得直言，直言刺耳；更听不得真言，真言道出的往往是真相，不仅逆耳刺耳，还锥心。只听得假话，假话裹着糖衣，顺耳；只听得枕边软话，软话银铃般生动，入耳。最爱听的还是好话，好话如甘霖，似天籁，入肚入肠，入肝入肺。别以为好话没形状，其实比鲜花漂亮；好话没颜色，其实美过任何图画。不让男人听美乐容易，不让听好话，谁都没这个能耐。男人最爱听的好话，是夸他德才兼备，品学兼优，功勋盖世，五百年才出这么一个天才。媒体最狡猾，看准男人爱听好话，铺天盖地都是表扬稿。男人好话当得饭，没饭活几天没事，没好话一天都活不下去。好话面前，敌可为友，仇可成恩，恨可转爱。只要肯夸奖男人，说男人好话，哪怕你刚跟他老婆上过床，裤子还没提好，他也会上前紧握你双手，视你为再生父母。

男人鼻贱。闻起腥来，比猫灵敏；逐起臭来，比狗迅速。爱闻脂粉味，脂粉扑鼻，便神魂颠倒，云里雾里，全身发酥，瘫软如泥。还美其名曰：闻香识女人，标榜自己为天下第一字号长鼻子男人。对男人贱鼻最有吸引力的，莫过于铜臭和腐臭。穷鬼身上闻不到铜臭，男人嗤之以鼻，远走三十里；富翁身上全是铜臭，男人鼻翕猗猗，飞快地射过去，摇头于前，摆尾于后。世上恋腐喜臭者，除了食腐动物，还有贱男人。天下腐官朽吏，没有一个是孤立者，走到哪都前呼后拥，狗气大旺，狗多势众。寡妇门前是非多，腐官门前贱鼻多，腐官朽吏总是人来车往，熙熙攘攘，门庭若市。只因腐朽东西格外招吸鼻子，哪里有腐有朽有臭，哪里就有逐腐嗅朽舔臭者。从有关部门的数字可看出，腐官朽吏的腐朽程度，跟逐腐者的多寡绝对成正比，越腐越朽越臭，逐腐嗅朽舔臭者也就越众，反之亦然。

男人嘴贱。什么大话都敢说，什么高调都敢唱，什么花言巧语都敢编。说大话，不怕大话大无边；唱高调，不怕高调撑破天；编花言巧语，不怕花言巧语起你一身鸡皮疙瘩。见人说人话，见鬼说鬼话，不见人不见鬼，也要说几句胡话，逗自己乐乐。上级面前说假话，下级面前说空话，干部面前说狠话，群众面前说谎话，主席台前说套话，工作面前说昏话，理想面前说大话，现实面前说梦话，困难面前说怪话，责任面前说屁话，酒桌前面说醉话，牌桌前面说雄话，哥们面前说油话，小姐面前说花话，出事找人说小话，逮进里面说软话。说来又说去，就是不说人话。贱嘴贴在脸上，敢说能说还不算，更敢吃敢喝，能吃能喝。天上飞的，除飞机不吃全吃；地上跑的，除汽车不吃通吃。吃得最起劲的，是带鞭字的玩意儿，什么牛鞭马鞭狗鞭驴鞭虎鞭熊鞭狼鞭猴鞭，不知是否还有吃人鞭的。有个叫《报菜名》的相声，把天下能吃不能吃的都收进菜谱，仅差一味人血馒头。吃喝吃喝，吃和喝连在一起，男人有吃没喝，肯定脱了裤子骂娘。不是随便喝，是胡饮海喝。五粮茅台，越贵越喝，只要不掏自己腰包。不是谁都有喝能喝，有喝能喝者，一般都有来头，小民百姓绝不可能有这样的好口福。民谚云：喝酒像喝汤，一般搞工商；喝酒像喝水，一般搞纪委；喝酒不用劝，一般搞法院；举杯一口干，一般搞公安；一口三两五，一般搞国土；三斤都不醉，一般搞财税；三顿不喊累，一般搞收费；醉酒不受伤，一般搞县乡；喝酒不叫苦，打坐在政府；国酒加洋酒，是个一把手；只肯喝茅台，领导上面来。

男人手贱。逢高处必攀，攀得越高，跌得越重。逢粗腿必抱，抱得太紧，挨踢遭踹。逢便宜必拿，拿得太多，反被咬手。逢横财必伸，伸得太长，往往被捉。逢花草必拈，拈得太放肆扎手，弄不好会遭在人家手里。自以为是高手，打遍天下无敌手。自以为是能手，什么都可抓在手。自以为是强手，什么都不肯放手。自以为是巧手，什么都可上手。自以为手眼通天，星星都可手到便拿，不会脱手。干正事眼高手低，束手束脚；干歪事却手疾眼快，上下其手；不该插手也插手，不该出手也出手，不该动手也动手。名利面前使先手，惯耍手腕，惯做手脚，惯使手段，一旦得手，决不松手。最不甘愿做下手，老是想着做上手。当上副手，想当正手。当上三把手，瞄着二把手，当上二把手，盯着一把手。只要一把手到手，什么都死死握在手心里，大权独揽，小权独揽，无权也管。只要身为一把手，便有的是吹鼓手，卖力给你鼓吹，把你吹上天去；有的是写手，给你写表扬稿，让你媒体上有名有影有声；有的是枪手，代你写论文，出专著，考文凭，三两年下来，你不是博士是硕士。一把手都是多面手，琴棋书画，文理史哲，无不精通，一有机会就要露一手。真理永远掌握在一把手手里，一把手是绝对真理，二把手是相对真理，三把手维护真理，四把手五把手其他把手只能服从真理。一朝真理在手，便出手不凡，形象工程，面子工程，政绩工程，世纪工程，首长工程，献礼工程，拍脑袋工程，豆腐渣工程，都是大手笔。一手遮天，组织人事盘子一手端，自己的人扶上马，送一程，不是自己的人，叉手按住，叫你永无出头之日。财务预算盘子一手拿，管你国家经费单位资金，形同私人钱袋，一双黑手想往哪儿伸往哪儿伸。谁敢不服，略有微词，打手出面摆平，杀手把你做掉。却从没想过也会有失手的时候，不及时收手，终被缚住双手，束手就擒，束手待毙，最后撒手西归。

要说男人最贱的，还是两只膝盖。都说男儿膝下有黄金，岂止黄金？男儿膝下还有权有色有万物，关键是你愿不愿意下跪。男人不仅是拜金主义，还是拜权主义，拜色主义。中国男人拜了几千年，拜皇帝、拜上司、拜权威、拜古人，拜得双膝能曲不能伸，再没习惯也没力气站起来。如今不用再弯下膝盖拜帝王将相和尊长权贵，习惯下拜的人格和精神却仍屈辱着，没法挺直。矮化和奴化自己，也就成为男人的必修课和专业课。领导面前，头得低着，手得垂着，背得躬着，胸得缩着，声音得小着。连走路都是碎步子，绝不可趾高气扬，狼行虎步，蔑视领导。把领导敬在高处，自己退往低处。把领导请到前面，自己躲到后面。把领导突出在显要处，自己龟缩到不起眼处。连敬杯酒，也要自矮半寸，让领导在上。领导总是伟大的，自己总是渺小的。领导总是高尚的，自己总是低级的。领导总是高明的，自己总是低能的。领导总是高贵的，自己总是低贱的。领导总是英明的，自己总是无能的。领导总是睿智的，自己总是愚笨的。领导总是深刻的，自己总是浅薄的。领导总是全面的，自己总是片面的。领导总是正确的，自己总是错误的。领导打声喷嚏，也是指示精神，必须全心领会，认真贯彻，坚决落实到实际行动中去。矮化自己，高化领导，小化自己，大化领导，奴化自己，主化领导，当然不会有亏吃，最后总能修成正果，高化大化和主化自己，回头再接受人家的跪拜。举目看去，又有谁不是通过矮化小化奴化自己，最后上到高处大处和主子位置的？

　　国人嘴上最轻视金钱，说是"君子喻于义，小人喻于利"，好像从娘肚子里出来就是君子。还是另一句话说得好：钱财如粪土，仁义值千金。金就是钱财，钱财如粪土，千金仁义也就是一大堆粪土，自然谁都不放在眼里，置仁义于不顾，纷纷掉头拜倒在金钱面前。金钱是个好东西，可买菜买米，买田买土，买楼买房，买车买马，买春买笑，甚至可买凶买黑，买官买吏。怪不得男人见钱眼开，来钱心喜，恨不得一头钻进钱眼里，再不出来。白天黑夜都想钱，巴不得睡觉睡到自然醒，数钱数得手抽筋。男人有钱，天天过年。男人没钱，狗都讨嫌。有钱男子汉，无钱汉子难。有钱走遍天下，无钱寸步难行。钱如此重要，男人也就无钱发愁，有钱发笑；无钱发病，有钱发威；无钱发痒，有钱发麻；无钱发瘟，有钱有飙；无钱发冷，有钱发热；无钱发凉，有钱发烧；无钱发傻，有钱发狂；无钱发蒙，有钱发疯；无钱发虚，有钱发情。女人无才便是德，男人缺德便来财。缺德男人都一样，要钱不要脸，要钱不要命，要钱不要祖宗和国家。为个钱字，父子成仇，兄弟反目，夫妻视同陌路之人。弄起钱来更是不择手段，力气大的，蒙着面去抢银行；胆子壮的，扛着枪去贩毒品；脑子活的，上街坑蒙拐骗；有来头的，哄政府，蒙金融，卖企业，空手套出白狼来；有办法的，索拿卡要，威逼利诱，吃了原告吃被告，吃了下面吃上面，吃了国家吃私企，吃了预算内吃预算外。力不大，胆不壮，脑子不活，又没来头没办法，也要弄钱，把老婆送到有钱人床上去。若有钱人床上被别的女人捷足先登，也要逼妻为娼，赶去做妓女。

　　拜多了权钱的双膝，自然不会放过美色，又一头拜倒在女人石榴裙下。男人好色，英雄本色。男人想做英雄，不必办企业，不必开公司，不必闯天下，不必荷枪上前线，只要多跟几个女人上床，就是响当当的英雄，可拿英雄合格证书，享受政府津贴。男人不好色，工作不出色。好色男人荷尔蒙充足，做人有激情，工作有动力，干事有劲头，当英雄有底气。男人不爱美，老来空后悔。年轻不快活，到得年老体弱，男人就是再有权再有钱，换得来绝代美色，也啃不动，嚼不烂了，只能干着急。身边没几个女人，男人活着没精神，死后也不光彩，只有死在罗裙下，做鬼才风流。女人胆大不化妆，男人胆小也嫖娼。一个男人，白天没卵事，晚上卵没事，是最没出息的。男人做上老板，别的一边放放，先配上高级小轿车，再配个漂亮女秘书，有事秘书干，无事干秘书。男人在一起，说得最多的是女人。光说人家有多少多少女人，那是长人家志气，灭自己威风，只有把自己征色猎艳的战斗历程和盘托出，把自己搞了什么女人、搞了多少女人抖搂出去，让人流口水，起嫉妒，发虚火，才有意思，才够面子。嘴巴厉害还不算，下次得把货真价实的女人带上，让你们瞧瞧。带少了对不起哥儿们，一个两个只起步，三个四个不足数，五个六个才够酷。张和李年纪不太大，却自称张八十，自号李百岁，别以为他们是倚老卖老，其实是要告诉你，他们已完成这个数的女人。数量上去还不能完全说明问题，得讲质量，上规格，最好是大牌女演员，当红女歌星，一线主持人，一个抵你百个千个。若是八二老翁二八妹，那就绝对属超男级别了。都说男人身上三样宝：伟哥手机银行卡。三宝用途明显，无须多说。三宝男人不算狠，狠的还是两宝男人，只需伟哥壮阳，手机召人，付费的事自有人替你操心。

三拜不是独立的，要拜都会一起拜。权不离金，金不离色，金至权来，色来金至。这是常识，也是辩证法。权钱色都有磁极，总会牢牢吸在一起。揣着钱包走夜路的人，视力再差，也不会敲错下岗工人的门。权贵只上老板经理的酒桌，偶尔走进穷人破屋，那是送春风送温暖。美色更不用说，只往权钱下榻的宾馆跑，不会走进民工工棚。权钱色广结良缘，一拜有权，二拜有钱，三拜有色，也就世间故事多，充满喜和乐。只可惜，膝盖久跪不起，易得风湿，患关节炎，变得僵化硬化，失去站立的力量；身子匍匐于地，气脉阻塞，血流不畅，心脏起搏困难，大脑供血不足，心死脑瘫重症也就不可避免。国人为啥会成为"东亚病夫"？就是千百年跪拜和匍匐造成的。病夫就病夫，医学这么发达，吊吊水，输输液，打打氧气，还可保住小命，存活于世，苟延残喘。怕只怕连人种都要退化，变回从前物种。人类好不容易从地上爬起来，成为聪慧的灵长动物，才一步步走出森林，若再跪拜如兽，匍匐如虫，岂不又要跑回去做脊椎动物甚至爬行动物？脊椎动物和爬行动物注定难逃任人宰割的厄运，弄不好就会灭种断根。这绝不是耸人听闻，八国联军和日本人不差点就灭了咱们吗？不能怪人家强大，只能怪咱们跪拜匍匐得太久，退化得太厉害，失去了反抗的力气。八国联军和日本人走了，如果咱们还不肯从地上爬起来，还不肯昂起头，抬起胸，挺起脊梁，仍一如既往地跪拜着、匍匐着，病化体魄，弱化智力，矮化人格，奴化思想，血性得不到张扬，个性得不到伸展，精神得不到提升，肯定还会挨打被揍。

男人一个个死要面子活受罪，没谁肯承认自己拜这拜那，却厚颜说不过是玩玩，玩权玩钱玩女人，玩得好开心的。比起拜字来，玩字动听得多，气派得多，风光得多。只是你玩权，权也玩你；你玩钱，钱也玩你；你玩女人，女人也玩你，最后说不清楚到底是谁在玩谁。权本是服务于民的，让权变成手中玩物，权就会异化。异化成毒蛇，或勒死你，或毒死你，或吞你入腹；异化成陷阱，只等着你自落阱底，不可自拔；异化成脚镣手铐，锁住你的手脚，叫你永远走不出森森铁窗。钱绝对是好东西，世上没有钱买不到的，大钱在手，想怎么玩就怎么玩。只是你想要的可买到手，不想要的也会搭售给你，往往买豪侈买回破落，买浮华买回衰败，买权势买回灾难，买美誉买回恶名，买欢喜买回悲哀，买快乐买回痛楚，买放荡买回祸乱，买情爱买回仇恨，买健康买回顽疾，买幸福买回苦果。女人更可爱，女人于前，不玩玩，不止手痒，而且心痒。痛可忍，痒不可忍，想要男人忍着痒痒，不玩女人，不如要他的小命。只是女人不是那么好玩的。男人玩女人，女人一半清醒一半醉，男人自己早烂醉如泥，失去理智，女人正好从容下手，反过来玩男人一把。男人玩女人的身，女人既玩男人的身，又玩男人的钱，还玩男人的魂魄，玩男人的心窍，玩得男人五色无主，六神不定，直到把男人玩成玩偶"玩物"玩具。女人玩男人的花样多，用蛛丝般的目光将男人紧紧粘住；用蛇信子般的长舌将男人死死缠住，用彩练般的石榴裙将男人牢牢捆住，到时男人就是有天大的本事，也别想逃掉女人魔掌，只好乖乖就擒，任其摆布，女人就是敲骨吸髓，男人也无力反抗。

国内好玩的男人太多，玩来玩去，好像玩得挺潇洒，挺有境界，其实都是在玩火，最后被火所玩，把自己玩完。唐明皇英雄一世，天下都跟他姓李，身边更是美女如云，还不满足，不过瘾，又把儿媳据为己有，任意玩耍，以至"渔阳鼙鼓动地来，惊破霓裳羽衣曲"，丢了皇位不说，差点还丢了性命，只落得"此恨绵绵无绝期"。太平天国攻下南京后，洪秀全觉得天下已经太平，该好好玩一玩了，把兄弟们一个个玩掉，把钱和女人玩于股掌之上，最后玩丢的是自己的脑袋。至于今人王怀忠、邱晓华、郑筱萸之流，谁又不是玩权、玩金、玩色的好手？结果玩过头，玩火自焚。

男人嘴里的玩字，跟那个拜字实属同义词，还是男人膝盖贱，甘愿拜倒在权钱色面前。岂止膝盖贱？全身的骨头都贱。骨头贱的男人，想要他不犯贱，又有谁能做得到？几年前河北出了个李真，这李公子绝对是玩权玩钱、玩色的高手，不然也不会玩出那么大的动静来。李真案发后，权弃他而走，钱抛他而去，这些他还勉强想得通，却至死不能接受情妇也会出卖他，竟把他的事全部供了出去。他觉得他们爱得太真，爱得太深，情妇不应该这样待他。李真冰雪聪明，应该看得透他们那所谓的爱情是什么玩意儿吧？女人打着爱情幌子，来傍你大权在握的官员，还不是能在你身上摇下大钱来，还能真爱你的人？一旦你这棵摇钱树倒下，已无钱可摇，人家自然不会再守在树旁，看护那一文不值的所谓爱情。

既是这样，聪明的李真为什么还如此执迷不悟？唯一能解释的就是，李真跟别的男人没什么不一样，两个字：太贱！且不是一般的贱，都贱到骨子里去了。

女人难

做人难，做女人更难。这已是老生常谈了。老生常谈，新生也常谈，常谈常新。

女人确有女人的难。女为悦己者容，不悦己者也容。你越在乎她，她越得意，越得意越要打扮，以吸引你的眼球。你不在乎她，她也要打扮，打扮给自己看，顾影自怜，自作多情，自鸣得意。女人相信脂粉和衣服，远甚于相信自己。丑女在装扮，越装扮越丑，丑态毕露，丑态百出。美女在装扮，将黛眉描成蚯蚓，将凤眼画成猫眼，将红唇涂成紫唇，将桃腮抹成猪肝，弄巧成拙，天生丽质大打折扣。

丑女最不能忘记的是自己的丑。丑女因丑生恨。恨不该小的眼睛太小，恨不该大的嘴巴太大，恨不该高的颧骨太高，恨不该低的鼻子太低。恨皱纹怎么不长在头发里，恨色素怎么不生在脚底下，恨嘴唇怎么短了几寸，不能包容尖厉的龅牙。最可恨的还是镜子生产厂家，科技这么发达了，还生产不出符合质量的镜子。

美女最不能忘记的也是自己的美。美女因美生恨。恨世道不公，美貌没给自己带来金山银山，还不如相貌平平的女人幸运。恨潘安出生于古时，贝克汉姆是英国人，只能嫁个窝囊丈夫，鲜花插在牛粪上。恨臭男人眼睛带色，居心不良。恨小伙子视力欠佳，麻木不仁。恨导演瞎了眼睛，只选章子怡做女主角。恨导演选中自己，先上床后上镜。恨岁月无情，鲜亮容颜也有褪色的一天。恨人生短暂，美人迟暮会有时。最可恨的还是美容专店里的护肤品，广告说得神乎其神，却什么都护不住。

女人矮不得，矮女人不起眼，没有回头率。只好穿高跟和超高跟鞋子，将自己垫高几寸，又双脚受罪，还容易崴脚栽跟斗。女人高不得，高女人高不可攀，让男人自卑，追求者稀少。高女人老拿不定主意，要不要穿高跟鞋。穿高跟鞋像头长颈鹿，菜农菜园里丢了菜会来找麻烦。不穿高跟鞋，胸不挺，腰不曲，臀不翘，又不性感。

女人不可胖。胖女人怕进服装店，里面没有一件衣服是给胖女人准备的。不可忍受的是女店员的目光，带着尖刺，可以把你扎成蜂窝煤。胖女人不敢上电子秤，电子声音太不客气，老提示一次只能秤一个人。女人不可瘦。瘦女人有骨感，骨感太强，会让同床共枕的男人做噩梦，以为身边躺着一具汉朝古尸。瘦女人眼尖如魔，嘴尖如鹰，十指如柴，指甲如签，一个个都是从《聊斋》里面跑出来的。瘦女人如果是房子，这房子只竖着钢筋，没有砌砖墙，也没有糊水泥，住在里面会冷得瑟瑟发抖。

全世界媒体都在打丰乳广告，说女人挺好，女人没什么大不了的。其实女人乳丰胸大也不轻松。胸大负荷大，不难想象，整天胸前吊着两只大布袋，是件多么费劲的事。胸大女人挺着胸，人会往后倒，进一步退两步。收住胸，又趔趔趄趄，老往前栽，走在街上，容易造成追尾事件。女人胸小伤心。胸小不算女人，最多只能算半截女人，另半截已同化为男性。女人也就特别在乎自己的胸罩。从前女人胸大，胸罩不叫胸罩，叫奶罩。后胸变小，知趣地改叫乳罩。如今越发小而平，连叫乳罩的底气都没有了，只好叫胸罩。胸小女人最难找的是胸罩。胸罩太薄等于无，太厚又怕捂出痱子。只是胸罩再不好找，总能找出勉强适合自己的，最不好找的还是工作。尤其是女大学生，胸太小，找工作时用人单位不容易看得上，只好一旁嫉妒胸大女生。到底北大人大，不如胸大。

丑女美女，矮女高女，胖女瘦女，胸大女胸小女，都提着大钱，争先恐后往美容院跑，让人往脸上涂抹掺着硫酸的换肤液，在眼睛鼻子嘴巴上划刀，朝胸脯屁股皮下塞杂物，甚至把双腿敲断，再接上钢筋。结果世界并没变得美丽，只有法庭上多了一批冤案，促进了法制建设；医院病床上多了不少病人，促进了医疗事业。

跟男人一样，女人长着两只耳朵一张嘴巴。耳朵是用来听话的，男人听人说话，左耳进，右耳出。女人听人说话，两只耳朵进，全从口里出。且比原话好听百倍，生动千倍，煽情万倍，因已被女人舌头进行二度创作，做了精加工。女人巧舌如簧，可以把黑说白，把圆说方，可以把稻草说成金条，把天使说成恶魔。三个女人一台戏，两个女人两台戏。两个女人在一起说话，往往你敲你的锣，我打我的鼓，你说你的，我说我的，你不听我的，我也不听你的，话题毫不搭界，彼此间没有任何逻辑关系。甚至两人同时一起在说，像趴在塘边的蛤蟆，比赛谁的嗓门更大，语速更快，恐怖效果更显著。

原来女人说话，根本就不是要表达什么，只为磨牙运舌。再懒的女人，舌头也是勤快的。不勤不行，女人以舌为刀，最担心的是舌刀磨少了生锈。舌刀生了锈，女人就会失去应有的战斗力。女人战斗力太强，成天舞着舌刀，砍砍杀杀，不知砍出多少是非，杀出多少恩怨，多少无辜者成为刀下鬼，死无葬身之地。怪不得有人说，女人口大舌长，男人家败人亡。西谚也说，通向地狱的大路，是用女人舌尖砌成的。

女人战斗力强，战无不胜，攻无不克，男人再有本领，也是没法战胜女人的。男人舌头没女人尖厉，骂不过女人。男人力气比女人大，可好男不跟女斗，还没动手，男人就已是输家。要战胜女人还得女人出面，女人懂得女人的弱项是什么。女人战胜女人的办法简单，就是拿女人的长相和年龄说事。如果指着女人鼻子，说你撩开裙子撒泡尿照照，看世上还有谁比你这个丑八怪更难看；或故意夸大对方年龄，三十岁说成四十岁，四十岁说成六十岁，明明她儿子才读小说，就尊称她为奶奶，这女人不跳楼，也会找瓶剧毒农药喝下。

斗红眼的女人走到一起，除挥舞舌刀比武对杀，不会干别的事情。女人与女人也就少有真正谈得来的。贫女与贫女，贫女与富女，可以相交；民女与民女，民女与官女，亦可以相交；丑女与丑女，丑女与美女，有时也能走到一处；富女与富女，官女与官女，美女与美女，永远只能做敌人，不能做朋友。

女人都是完美主义者。女人要购物，可以把全城的商店都跑遍，最后拖着疲惫的身子空手回家。女人不见得喜欢自己的生命，却视衣服如命，遗憾的是永远没法找到最合适自己的那件，商家生产的每一件衣服都只适合别的女人。偶尔看上一件，数百上千元甚至数千元的价格，女人可以不喊价，眼睛不眨一下，掏钱取衣。到了菜市场，要买三毛钱一斤的小菜，却会跟小贩砍上半天价，临走还要顺手牵羊摸走一把。便宜的东西不在意，拿回家的菜不见得会吃，直到烂在冰箱里，再扬手扔掉。

比衣服更难选的是男人。都说女人是男人身上的衣服，其实在女人眼里，男人才是衣服。女人总是用选衣服的眼光选男人，恨不得把天下的男人都挂到衣架上，任自己一遍遍选个够，试个够。天下女人都是试婚主义者，没试过的男人不知底细，放心不下。试过的男人往往不如意，又甩不掉，只好勉强收容在家。只是男人跟衣服不完全相同，女人选衣服，衣服不选女人，女人选男人，男人也选女人，女人看中的男人，不见得看得中女人。女人有可能选中相对满意的衣服，却绝无可能选中稍稍满意的男人。

这当然怪不得女人，只怪男人不争气。女人心目中的男人，得有权有势，有金有银，还得有才有貌，有情有义。男人要有底气、豪气、英雄气，说话不能带娘娘腔，可到了自家女人面前，却得轻言细语，和风拂柳，不该粗门大嗓。男人要有骨气、硬气、浩然正气，宁肯站着死，不能躺着生，回到家里却要钻得床脚，做得床头柜（跪）。

女人老幻想，男人得一辈子对自己忠贞不贰。在外是个冷血动物，再漂亮的女人都视如骷髅，或干脆视而不见，根本不会动其心、夺其志、掠其身。在家是个知心爱人，你就是再老再丑，也视之为永不凋谢的红玫瑰，还要一刻不停地对着红玫瑰说痴心话，念抒情诗，海枯石烂，地老天荒，永不变心。最好足不出户，永远待在女人视线之内，跟女人一起拖地板、做饭菜、带孩子、洗尿片，确保不出任何危情险情。要出门也只能做一件事，就是到银行里去取钱，取好钱急忙往家里赶，把大把现钞拱手送到女人手上。

照女人的意愿，男人不仅要有富有的老子、英俊的脸子、威猛的身子、聪明的脑子、显赫的位子、豪华的房子、高档的车子、用不完的银子，还要有足够的精子。精子不够不是真正的男人，会被女人瞧不起；精子太够又让女人不安，怀疑你肥水落往别人田。男人最好每次空枪出门，回家时又装满子弹，变得雄赳赳气昂昂，金枪不倒。

这么完美的男人，女人又到哪里去找呢？只好怪自己生不逢时，怪世间好男人死光死绝，一个不留。还怪上帝缺心眼，一怒之下，跑去质问他老人家，为什么不造个理想男人出来。上帝一脸无奈，只好表态，女人若能造个理想男人出来，他乖乖让出上帝位置，女人自己去做上帝好了。

没有理想男人，女人还是要嫁人。女人不嫁人，对不起父母。女人嫁人，对不起自己。普通女人喜官人，爱富人，思念初恋情人，到头来嫁的却是贫困无能贱男人。美丽女人喜少年，爱壮男，思念白马王子，嫁的则是老气横秋的所谓成功男人，也顾不得这些男人大都是二手男人，早已被其他女人消费过。

女人嫁鸡随鸡，嫁狗随狗，鸡狗男人都能接受，却奇怪鸡狗男人竟为母鸡母狗所生。母鸡母狗又不识相，老守在鸡狗男人旁边，女人恨不得赶其出门，自己独占鸡窝狗舍。轮到自己媳妇熬成婆，己出鸡儿狗崽长大成婚，转眼又忘记自己是做过儿媳来的，对进门的女人看不惯，横挑鼻子竖挑眼。鸡婆狗媳之间的大战也就天天上演，你啄我，我咬你，倒是一旁那个男人鸡狗不如，也没工夫计较。

人字左撇右捺。男左女右，左撇是男，右捺是女。这是说，男人离不开女人，女人也离不开男人，谁离了谁，都不是人。离开女人，男人活不下去；离开男人，女人活不上去。官场也好，商场也罢，职场也不例外，女人能上到高处，谁能离开男人？还不止一个两个男人，是一批男人，甚至一大批男人。成功男人后面站着一个女人，成功女人后面站着一群男人。反之亦然，失败男人后面站着多个女人，失败女人后面站着一个男人。

偏偏女人成功不得。男人当了官，女人会到处炫耀，言必称官夫。女人当了官，男人最忌说官妻，谁犯忌，就揍谁。官女人自己也不自在，走在外面，怕人家怀疑自己的官帽来得不正当。回到家里，怕损害男人自尊心，说句话要先斟酌半天，生怕得罪男人。就是不说话，也可能触着男人痛处。官女人经多了场面，见多了官场中气宇轩昂的男官人，阅人的眼光会跟过去有所不同。在官女人眼里，自己男人不可能再像过去那么伟岸，已变得猥猥琐琐；不可能再像过去那么豪爽，已变得小里小气；不可能再像过去那么幽默，已变得索然无趣。官女人还会羡慕其他女人，其他女人的男人级别高能力强，远胜于女人，自己男人无论级别还是能力，怎么样样不如自己呢？

女人硬要当官，也只可当小官，不可做大官。男人高处不胜寒，女人高处不胜烦。女人为情而生，高处没有情，只有理性和逻辑，只有阴谋和阳谋，只有权变和争斗。要高也不能高到皇帝一级。男皇后宫佳丽三千，女皇后宫养三百面首，看会是个什么样子。皇帝还面临选择接班人的难题。男皇还好，刘皇选刘儿，李皇选李儿，不管烂杏歪枣，只要为己所出就行。

女皇选自己儿子，皇位会落入外姓；选自家同姓，又非己所出。武则天君临天下，皇帝做得有声有色，最后却不知选谁做皇太子为好。选武家侄儿，不是自己亲生；选自生儿子，又不姓武；选自己女儿，女儿退位后的接班人不仅不姓武，跟李家也再没关系。武皇最后还是选了自己儿子，将皇位重新交还李家，同时不得不下旨废掉自己女皇身份，仍称皇后，死后好进李家宗庙。

女人当不得官，也当不得老板。老板都得用秘书。男老板用女秘书，女秘书是女秘书，好用多用些时候，不好用换个更年轻更漂亮的，招之即来，挥之即去。就是女秘书成为老板娘，男老板还是男老板。女老板用男秘书，用出感情，男秘书可能反过来成为男老板，将你女老板降格为老板娘。弄不好连老板娘都做不成，只能成为弃妇，眼睁睁看着男老板频繁更换漂亮女秘书。

女人发不得财。女人赚钱容易，花钱难。女人赚钱后，最头疼的是不知这钱该留给自己花，还是交给男人花。女人是烧钱的机器，却天生是烧男人的钱的，自己烧自己的钱，烧起来没劲。若倒过来拿钱给男人烧，更加不好想，想也想不通。事实是有出息的男人，不用花女人的钱，没出息的男人，女人看着就不顺眼，给他钱花，钱不难受，自己难受。没出息的男人若是只男花瓶，你给他钱，他再拿你的钱去供别的女人，看你气不气。

男人发了财，一买地购房，二养小生儿，三回老家修坟头。女人发了财，也可买地购房，也可养小白脸，生儿修坟却多少有些麻烦。跟原配没必要生，一般已生过。跟小白脸生，将来小白脸认不认儿都不好说。再者发财女人一般已是半老徐娘，做高龄产妇危险性大。修坟头更没意思，修丈夫祖宗坟头，你跟他不同姓不同宗，你是狗咬耗子；修娘家坟头，你的名字连坟头墓碑都上不了，你是吃饱撑的。

女人养活自己的方式多，有的靠丈夫养活，有的靠别人养活，有的靠自己养活。自己如何养活自己？或用大脑，或用双手，或用下半身，去吃青春饭。吃惯青春饭的女人，等到下半身养不活自己的时候，叫她用脑袋和双手养活自己，已是难上加难，因为脑袋和双手早已退化。青春短暂，青春一去不复返，幸福一去也不会再回来。

有道是男人有钱就变坏，女人变坏就有钱。问题是女人变坏后，不仅有钱，还会有一身的病。女人赚了钱，拿钱回家修高楼大厦，让人羡慕一时。若干年后，"王谢堂前旧时燕，飞入寻常百姓家"，那楼那厦里住的已是别人，原来的女主人早将其变卖换钱，将钱统统送给了医院。这是没法子的事，坏女人变坏赚钱，赚钱后就得花钱医治变坏的身体，最后钱尽命完，竹篮打水一场空。

女人变坏得有资本，这资本就是她的青春，不然也吃不上青春饭。青春说白了就是姿色。男人以财为权，女人以色为权。男人无财，女人无色，就没有人权，做不起人。没有人权，也就没有人格，最后连人样都没有，生不如死。可男人有巨财，女人有美色，是福也是祸。道理太简单，巨财招小人惦记，美色不仅小人惦记，君子也垂涎三尺。美色于前，小人君子都不肯放过，世上也就难有宁日。

怪不得有人要说，美色引盗甚于黄金。财不露白，黄金还可藏起来，不为人知。无钱人装阔，有钱人装穷，谁都装得来。美色却是无遮无拦，专门取悦于人的。丑装不了美，美更不会装丑。樱桃长得美丽，绝不会自熟自落，早有人守候在树下，滴着大把口水，争采抢摘。美女红颜又远比樱桃红颜更诱人，红颜薄命，也就在所难免。

说来说去，女人逃不过去的，还是一个"难"字。

肖毅彪

　　肖毅彪，1965 年出生于湖南娄底市。高中毕业后当兵，1985 年 2 月参加中越边境自卫反击作战，坚守阵地 56 昼夜，荣立三等功一次。复员后进入湖南省汽车制造厂，在车间当过工人，干过行政，担任过机关党总支书记。1995 年开始从文，在 10 多年时间里，发表文学作品 1200 余篇，200 多万字，获各类征文奖 30 多个。1997 年加入湖南省作家协会；1998 年获得湖南省第 13 届青年自学成才奖，并经省人事厅批准，录为国家干部；2000 年获邵阳市十大杰出青年奖，被市委、市政府记三等功；2005 年获文学创作中级职称；2006 年被授予湖南省"十佳知识型职工"荣誉称号，同年，被邵阳市人民政府授予"劳动模范"称号；2007 年获全国知识型职工先进个人。著有纪实报告文学集《人生何处不起飞》。

宽容是一种惩罚

爷爷奶奶原是富农成分，外公外婆也是一样。

在"文革"那个十分看重出身成分的年代里，家里的日子过得十分艰难。

生活十分艰苦，更要命的是处处受人歧视和欺负。感受最深的就是在学校。我6岁时，上学了，读小学的地方，就是村里的那个庵堂。上学路上，经常听到有人背后骂我"富农分子"。我性格倔强，叫多了，也会还击，甚至动手。但到最后，吃亏的是我。

我忘不了读小学三年级的一个秋日，我们放学后，遵照老师的命令，唱着《三大纪律，八项注意》之歌，排着队规规矩矩地回家，我个儿不高，排在前面。走过学校边的农田，过了一条小河，在一个叫洞弯里的地方，排在我后面一个个儿比我高了许多的女生便不守规矩了，抢头往家赶，这时我急了，对那抢头的女生很反感，便大声高叫："好啊！不听老师的话，抢头！"于是便顺手拾起田里面的一块干泥块，掷了过去。当时，我不是有意识的要去砸人的，但结果偏偏砸到了人。当那女生站住脚回头望我，泥块刚好落在那女生的前额上，擦破了她一点的皮，露出了绿豆大的一点血印。

这一下，可不得了啦！那些跟着抢头的同学便纷纷高叫："'富农分子'打了贫下中农的女儿，出了好多的血啊！"他们一边叫着，一边欢快地回

237

家通风报信，等着看我的下场。那一瞬间，我蒙了！

当时，我完全可以选择另一条线路回家，可以绕过这位女生家的门前。但我没有逃避，而是勇敢地去面对将要发生的一切。因为我不愿意，把自己闯的祸，带给已不堪重负的家人们。

果然，那位女生的家人得信后，都等在了门口。她的爷爷一见到我，就凶恶地一把抓住了我的手腕，那是一个还不到 60 岁，整天摸斧头做木器活计的木匠。他的手是那样的刚劲有力，孤立无助的我，就像一只待宰的羊羔。他把我拖到了他家的槽门内，然后就急不可耐地扬手给了我三记耳光。当时正是中午时分，人一天血液旺盛冲顶的时候，他的三记耳光打得我眼冒金星。幸好他的另一个儿子发现自己的父亲正在行凶，赶忙跑出来制止了这一举动，使我有幸少挨了几记耳光。当时，我不知道自己是怎样走出他家的门槛的。槽门外是一群还不懂事围观看热闹跟着起哄的小学生，还有那女生母亲一声声的骂声。

于是，打我的木匠就成了我当时的仇人，我曾对他恨之入骨，在自己幼小的心灵里设计着枪毙了他无数次，也曾经幻想着老天能什么时候好好惩罚惩罚这个恶人。果然，在我 14 岁那年的一个夏天，他真的遭了一回报应。

记得那是一个星期天，我和正在家休假的父亲去给山背后一个生产队的一户人家帮工建房，那天，做木匠活计的他也在那里帮工。在户主人家里吃过晚饭后，他先走了。这时，天色已黑，我和父亲结伴回家，那时没有像今天一样，能够穿上皮鞋，穿的是用轮胎皮做的皮草鞋，走在山间的小路上，最怕就是遇上蛇。父亲便拿一根树枝扫打着路旁的茅草，走在前面。

我们下到一个山沟快到家时，突然传来了一声呻吟声。走近时，一个人正痛苦呼救："快救我，我的脚被毒蛇咬了！"我一听声音，知道是木匠，心中一阵高兴，心想，我终于可以报仇了。我催促父亲快走，别理他。但父亲却站住了，问他是被什么蛇咬了，他有气无力地说："天黑，看不太清，有白圈，应是银环蛇。"这时，父亲便命令我把汗衫脱下来，我不解其意。哪知父亲一接过我的汗衫，就把它撕成了布条条，然后蹲下身，用布条在木匠脚咬伤的部位不远处，环绕缚扎。我一看父亲要救木匠，心中怒火陡升，气冲冲地先回了家。

大约过了一刻钟，父亲竟然背着那木匠满头大汗地进了屋。

木匠已经有些神志不清，但家里的人，除了我，都在父亲的号召下，替他真正地忙碌起来，母亲打来了一大盆清水，冲洗他伤口周围的皮肤，父亲用刀将他咬伤的部位做了切口。并做出了当时我不能理解和我们全家人都反对的事———他竟冒着生命危险，用口替木匠吸吮毒液。当时，母亲端着口杯给父亲漱口时，说了父亲一句。平时，很少发火的父亲，竟大怒地说："难道眼睁睁地看着他死在我们家里，你们就好过了吗?！"

幸好不一会儿，哥就把大队的赤脚医生和他家里的四个儿子都叫来了。由于父亲处理得及时，采取的措施得力，木匠脱离了生命危险。

岁月已逝，时光不再倒流，打我耳光的木匠已作古，少年时心中的幼稚恨意也早已烟消云散。粉碎"四人帮"后，我们兄弟妹都参加工作进了城，全家都离开了那个山村。早些年，父亲曾回去过一次，正碰上木匠重病不起，那天，木匠叫人把我父亲叫去，临死前，对我父亲说了一段令人深思的话："我这一辈子最大而又唯一的悔处，就是不该打了你家二伢子三记耳光。你不但没有记仇，还冒着生命危险为我吸吮蛇毒，你虽然救了我的命，让我多活了三十年，但你的那种宽容对我是一种惩罚，让我在内心深处谴责了自己三十年，也感恩了你三十年。"

该文原发于 2013 年 1 月 20 日《羊城晚报》，人文周刊·专栏；2013年第 3 期《杂文选刊·上半月》

肖毅彪

肖祥准

肖祥准，笔名肖烨，男，1941 年 3 月出生于邵阳市洞口县高沙镇蓼东村，湖南省作家协会会员。1982 年转业后，先后在邵阳市中级人民法院、市检察院、市委政法委等单位工作，曾任县委常委、政法委书记。发表杂文、散文、法制纪实文学、小说等作品百余万字。60 岁退休后开始小说创作，先后出版《政法干部》（2008 年）、《乌纱帽》（2010 年）、《正道》（2014 年）等三部长篇官场小说。

树新风应该从我做起

雷锋在外出执行任务时，把自己的一盒饭给"饱不带饥粮的战友吃"；在刺骨的寒风里，把自己的手套摘下来给老太太戴；在大雨滂沱的路途中，把自己的雨衣让给背小孩的妇女披；乘坐火车，扶老携幼上下车，给旅客送开水，协助乘务员擦玻璃、扫车厢、维护秩序……他从"阶级友爱"出发，"把别人的困难当成自己的困难，把同志的愉快看成是自己的幸福"，处处给人以"春天般的温暖"。

雷锋这种团结友爱、助人为乐、毫不利己、专门利人的共产主义风格，熏陶了一代新人，使我国社会一度出现了团结友爱、心顺人和的好风尚。歪风邪气不敢抬头，损人利己、为非作歹者成为过街老鼠。

然而，当我们带着"十年浩劫"所造成的、未完全治愈的创伤，跨进20世纪80年代的时候，有的人则认为"世异则事异"，"雷锋精神过时了"，学雷锋活动逐渐被打入冷宫。尽管雷锋式的人物还在不断涌现，但却被有的人视为新时期的"傻瓜"；"团结友爱""助人为乐"者遭受白眼。于是人际关系的长河中出现了两股浊流：一是将人情置于酒杯之上，将李白的"人生贵知己，何用金与钱"反其意而用之，以礼金多少量人情厚薄。如此一来，送礼行情上涨，行贿受贿几乎四处可见；二是人情淡薄，霸道横行。在车站、码头、影剧院、公园里、马路上等公共场所，谩骂、斗殴时有所见。

渐渐地，"人不为己，天诛地灭"、损人利己、幸灾乐祸等本已式微的剥削阶级意识复又抬头。看见扒手搜别人的口袋、遇到歹徒行凶抢劫、目睹流氓调戏侮辱女青年、耳闻"抓贼"的喊声……事不关己，高高挂起，"友谊之手"懒得伸。

人们不由感叹"雷锋叔叔不在了！"于是乎深刻体会到雷锋是处理好社会主义人际关系的楷模，雷锋精神是社会主义精神的瑰宝；于是乎人们千呼万唤"雷锋啊，你快回来！"

进入90年代的第一个春天，学雷锋活动又轰轰烈烈地开展起来。无疑，这是符合民心众望的。然而当今社会也有这么一种人，盼别人学雷锋，而自己却不准备学，只希望有更多的"雷锋"来"爱我""敬我""让我""助我"。即是说，希望"人人为我"，而不准备"我为人人"。岂不知："人必先自爱而后人爱之，人必先自助而后人助之。"要树立一代社会新风，每个同志都必须"从我做起"，从这里起步：待人以"友爱"、给人以"温暖"、处事尊重人、得理谅解人；遇到歹徒作恶，能够见义勇为，奋不顾身。通过各自的努力，使自己的小环境温暖起来，以促进大环境的温暖，促进社会主义精神文明的发展。

"许多丰功伟绩和崇高的精神力量，都是由人类的无限温暖所鼓舞起来的。"愿学雷锋的风气越来越浓，让到处都充满阳光，洋溢着真善美的新风。

刊载于 1990 年 4 月 4 日《湖南日报》

闲话"避亲"

　　闲聊中，同事讲到一件事：某机关办公室六员大将，其中有三员属一家子：丈夫当主任、老婆任出纳、儿子搞收发。开会研究问题，这一家子的意见起了决定作用。因此，有人把"室务会"戏谑为"家庭会"。

　　诚然，这只是个别现象，不能以偏概全，但类似的问题，诸如在一个单位里，"老子发令儿媳行，孙子开车爷爷坐"的现象却较为普遍。时下似有发展趋势。一方面，一些单位实行"内招"，以解决子女就业难的问题；另一方面，父母或亲友所在单位旱涝保收、工资高、福利待遇好，或运用手中权力，或拉关系、走后门，千方百计把自己的子女调进去。于是乎，父母及其亲友在哪个单位供职，子女就在哪个单位就业，真可谓"龙生龙，凤生凤，老鼠生儿打地洞"了。

　　这种生物繁衍的自然规律展延到人事安排中，委实令人担忧。其一，不能"量身裁衣"，滥竽充数，难以适职适位者比比皆是；"千里马"因"食不饱"而"力不足才美不外见"者处处都有。其二，亲属一旦构成公务隶属关系，原则、制度、监督就很难落到实处。处在领导地位的一方，对其亲属或是有意苛求，或是迁就姑息；遇其亲属职务升迁、工资调整、工作调动、奖惩等问题，公正者持回避态度，自私者"据利力争"。处在被领导者一方，尚是自知自励者，为防止别人话长短，则处处谨小慎微，不敢甩开膀子施展才干；若无自知之明，则目中无人，老子天下第一，无人管得住。由是观之，在人事工作中，防止"龙生龙，凤生凤"的现象展延，绝非杞人忧天。

"避亲"，古已有之。在我国绵延几千年的封建社会中，就逐渐形成了对官吏任免的典章制度，其中有"量移""避籍""避亲""致仕"。"避亲"是说，假若父子兄弟同时为官，不得同在一个行政区划内共事，以免相互包庇。唐玄宗时，著名宰相宋璟在朝廷力扫裙带风，为实行"避亲"制度树立了一代楷模。

马克思主义者很重视借鉴历史的经验，早在十月革命胜利初期，列宁就批准了《关于不准亲属同在一个苏维埃工作的法令》；以后的行政法又规定：如果血亲和姻亲的近亲属同时担任的职务有直接的上下级关系或监督关系，则他们不得在同一机关或企业中任职。其他社会主义国家也有类似的规定。在我国，现行的人事工作制度，特别是干部任用政策中，"避亲"是一条重要原则，有着具体的规定。遗憾的是，不少地区和部门至今难以落实。

如实说，这里的关键还在于各级领导的身体力行，起好表率作用：公道正派，严格按制度办事，做到"士以才能进取，君以考功授官"，取消"内招"，把好人员流动关，对已形成公务隶属关系的采取组织措施予以调整。当然，全体干部树立全局观念，维护党的人事制度也是很重要的。

刊载于湖南省《人事与人才》1992 年第 1 期

谢浮名

邵东人，1963 年 5 月出生，现居长沙，教书匠一枚。在各级报刊如《中国青年报》《杂文报》《华西都市报》等发表作品 100 万字以上，结集出版有杂文集《一派浮言》。

见蹲就跑的"狗性"和膜拜权力的"人性"

　　狗是人类从狼群里拎出来，予以鞭锤、训导、驯化而成的，因此，免不了残留着狼性，对陌生人常常龇牙咧嘴，冷不丁要咬上一口的。我们行走乡间，一不留神，不知从什么方位，会忽然窜出一条狗来，直扑到你腿上撕咬。这个时候，哪怕你手无寸铁，也千万惊惶不得。有经验的朋友，通常是迅速蹲下，装出捡石块瓦砾投掷的架势，狗一见即逃之夭夭。这方法百试百灵。即便是对付疯狗也不例外。

　　人有喜怒哀乐爱恶欲，叫人性，狗见蹲即跑，不妨称之曰狗性。推想起来，这一狗性，该是千百年来的恐惧累积而成。在"狗之初"，大概不会有这种恐惧。那个年代，它们的狼性还重，阴险狡诈，凶残恶毒，见到任何可以袭击的对象，总会扑上去咬上一口。当初，人们对付扑上来的狗，估计是就地一蹲，捡起称手的物件比如石块瓦砾什么的，狠狠地砸过去，一定会有狗受伤，被打折了腿甚至丢了狗命，于是，累积了人生经验，不，该叫"狗生经验"，一见人蹲下去，就以为有石块瓦砾砸过来，好狗不吃眼前亏，三十六计，走为上了。

　　这种见蹲就跑的狗性，是遭受了无数个年代掷打换来的惨痛教训，唯其时间长，狗性也就越牢固，简直融入了血液，浸染了每一个细胞。这种现象，生物学叫条件反射。我们看马戏团的猴子、狗熊表演，都是长期训练形成的条件反射。猴子、狗熊并不是天生的表演艺术家，然而经过长期艰苦的训练后，能依照指令打躬作揖，舞蹈跳跃。不同的是，人类对猴子、狗熊，还只是个体训练，不像蹲地打狗那样，是千百年来对狗的"群体训练"，因此，狗见蹲就跑才成了群体记忆，成了狗类的下意识行为。

人们对权力的膜拜，牢不可破的程度，和狗性有得一比。由于数千年封建权力观念的灌输，膜拜权力已经内化为人们的自觉性的意识与行为，时至今日，虽然经过现代文明的洗礼，依旧根深蒂固。不久前，安徽宿迁市某4S店在当地精心推出优惠活动，道是"市县处级以上干部购买该款车型的，将享受八折优惠"。这是赤裸裸地向权力示好，折射的正是膜拜权力的意识。

我认识一个作家，惯于炮制"心灵鸡汤"，宣称品尝了他的"心灵鸡汤"，就能够爱得博大深沉，活得充满激情；更有信心地去追求梦想与憧憬。在面临挑战、遭受挫折和感到无望之时，会给您以力量；在惶惑、痛苦和失落之际，会给您以慰藉。可就是这么一位貌似充满了现代意识的作家，对权力的膜拜到了无以复加的程度，和人家寒暄，要么说，某副省长刚才和他打招呼了，"省长你见过不？你呀，大概一辈子也没接触省长的机会了。"要么说，某厅长递了烟给他抽，"极品'和'牌呢！老远都香得你鼻子发痒。"

炮制"心灵鸡汤"的作家如此，传道授业的学校如何？不必实地考察，只要看如今的学校衙门化，就可以约略明白。大学且不去说它，连中学都是有行政级别的，某中学副厅级，某中学正处级，某中学副处级，某中学科级，清清楚楚。我曾见一个中学校长的名片，在头衔的下面，赫然印着一行大字："相当于正处级"，不禁哑然失笑。教书育人的处所，该端坐着"德先生"和"赛先生"，以民主和科学相号召，和等级森严的行政级别何干？里面居然也猫着什么厅长处长科长！膜拜权力到了这个程度，真是滑天下之大稽。

谢浮名

247

很多年没有深入乡下，不知道乡下的狗是否还见人蹲下就夹着尾巴逃跑，但据说，城里的宠物狗没这个习性，随你怎么蹲，它一样我行我素。这么说，似乎牢不可破的狗性也是能够改变的。世易时移，膜拜、恐惧权力的人性也应该能够改变吧。

原载 2010 年 3 月（上）《杂文选刊》

不必嘲笑"没有过性生活的鸡"

近来，由于有餐馆把菜名"童子鸡"翻译为"还没有过性生活的鸡"，很多人笑掉了大牙。有人恶作剧地推衍道：这还不够贴切，该翻译成"还没有过性生活的公鸡"才对；如果是小母鸡，该叫"处女鸡"。更让人笑瞎了眼睛。不过，真要把"童子鸡"翻译得尽善尽美，"信达雅"兼具，并不容易。哪位高人不信邪，不妨试试。因此，把这么个大难题交给开餐馆的老板，不怎么公平。人家不是专职翻译，而是搞实业的，一味苛求，未免如韩愈所说："责人也重以周"了。退一步说，即使老板们是翻译界的行家里手，有通天彻地之能，既然开着店子，期待的当然只是财源滚滚，怎么会把大把的时间花费在这无谓的菜名上？

去年，上海举行的翻译资格考试，趣闻不少。在汉译英题目里，有"人之初，性本善""富贵不能淫"等妇孺皆知的孟子格言，有考生赫然翻译为：

Since the beginning of human beings, sexes always good.（人之初，性爱本来美好。）

Be rich, but not sexy.（要富贵，不要性感。）

你看你看，预备专门从事翻译的专才尚且译得如此乌烟瘴气，何必嘲笑开餐馆的老板？

何况，翻译之难，更在中外民族的生活习惯、文化背景、审美趣味、价值取向、民族习性等各个方面的迥异。圣经中有一句话："天使的心像雪一样洁白"，本是个极好的比喻。可是，当圣经传入非洲赤道一带的时候，当地人没见过雪，无法想象雪是个怎样的洁白法，人们只好更换喻体，说成"天使的心像盐一样洁白"。虽然盐没雪那么贴切，以它来形容天使的心，未免有亵渎之嫌。但是，谁叫当地不下雪呢？

当年梅兰芳去苏联演出，有一出戏，叫《贵妃醉酒》。在文人雅士眼里，一个禁宫中的妃子，浅浅地喝了三五盅，脸颊酡红，醉态可掬，风雅之至。可是，如果直接翻成俄罗斯语，说是一个女人，喝酒喝醉了，发着酒疯。何等地大煞风景！因此，苏联人只好转而求其次，最后翻译成"一个妃子的烦恼"。我们觉得很不过瘾，没能状写出杨贵妃醉酒的风韵，然而实在是没办法的事情，只能怪咱泱泱中华文化中赋予了醉酒那么丰富的文化内涵了。

我一直很疑惑，我们中国古诗那么精神博大，微妙难言，可西方人似乎并不欣赏。有朋友从欧洲回来，说欧洲的书店，很难看到中国古诗。仔细推敲下，是很有道理的。我们的古诗，本来就追求含不尽之意见于言外，讲究羚羊挂角，无迹可求。被诗论家称道的好诗，更是如青天月轮，轮外圆晕，让人云里雾里。我国时下的年轻人，尚且无法领悟其中妙处，苛求文化背景、欣赏趣味迥然不同的外国人狂追热捧中国古诗，无异于痴人说梦。一个言简意赅的成语"胸有成竹"，难保外国人不叫人瞠目结舌地理解为"胸膛里长着一竿完整的竹子"，何况韵味比成语丰厚得多的古诗？

中国的东西，要恰到好处地翻译到外国去，难哪。我们觉得热闹喜庆的，外国人不一定买账；我们深为嫌恶的，有时偏偏为外国人所喜好。贾宝玉有个好好的"怡红院公子"的外号，到了英国，居然成了"绿色公子"。红色何等热烈喜庆，可是英国人以为代表暴力恐怖。而中国人对绿色似乎不怎么认同，用在物上尚且不多，人更难以见到以"绿"为号，因为很容易由此联想到绿帽子。可是英国人偏偏以为那是和平温馨！你能有什么办法？

因此，如果以为餐馆老板把童子鸡翻译成"还没有过性生活的鸡"可笑，你不妨先来帮老板们翻译一下源自"佛闻弃禅跳墙来"一语的广东菜名"佛跳墙"。

据说，英国的曼彻斯特盛产煤，因此英国有个俗语："把煤运到曼彻斯特去"，其意思恰可用中国的歇后语"脱下裤子放屁，多此一举"表述，也算得贴切之至。遗憾的是，不同的语言系统里能有如此对应贴切的俗语，只能说是"佳偶"天成，非人力所能强至。

原载 2017 年 1 月 5 日《羊城晚报》

谢　石

谢石，新邵坪上人，1946年出生在南京玄武湖畔，故考大学前叫谢玄武。南京紫山又叫石头城，怕高考受阻改成谢石。

"趁不少人不重读书，我以初中不全的学历，高考五分的数学成绩，1978年以瞒产年龄三岁，不超过录取年龄，以携妇将雏之身，秋季混入湖南师院，人以为荣光，我以为侥幸。

"本人先后混入家乡修水库队伍，湘黔修铁路大军，城步建公路团伙。其中还担任过烤烟师傅、园艺工艺师、基层民兵、赤脚医生、民办教师。1982年师院毕业后分配在娄底地委学校，翌年任文史教研室主任；1985年初放调湖南日报，随即分到该报驻娄记者站首席记者、站长；1998年调该报理论评论担任撰写社论、评论员、编辑部文章达十一年之久，偶尔写点杂文，点染版面，换点碎银子作为菜补。

"2009年9月以退休工资最高的高级编辑身份退休。一生没有兼任任何七驾八舞的职务，一生没出版过一本书，一生没兼过本职以外的委员会之类的职衔，所以无业绩可陈，无成就可述，聊以杂文与书法自娱自乐，乐此一生。"

其实贪官也"可怜"

因贪污走上刑场和牢房的各种型号"公仆",如果做一个统计,大概用"成千上万"这个成语来表述,并不为过。这些曾经显赫一时的人物,虽然被一些浅薄短视之人,明里暗里艳羡得垂涎三尺,嫉妒得火冒三丈,巴结得脊弯三折,如今却沦落到做"长安布衣而不可得",委实令人"可怜"。

有人说,"过程"重于"结果",其科学性与合理性,我们姑且不讲,就说贪官们的所谓"过程",也并不见得是优哉游哉、洒脱自如的。如果以一种局外者对这类失控的"万物之灵",做一番人文关怀的审视,他们那"以身为形役"的"过程",也是正常人难以忍受,会让人感到"过"得怪"可怜"的。

他们"爬"得可怜。在官场,凡要取得能"贪"的资格,也就是说捞到一个贪赃枉法的"执照",就不可逾越的要先走完一段"以不光荣之事换取'光荣'之位"的必经道路。于是,在他们的上司面前,要极尽阿谀逢迎、讨好卖乖之能事,在复杂错综中八面玲珑,在世态炎凉中求荣卖主,在莠政陋规中取巧投机。时时揣摩,处处窥测,一门心思围着"上"字转。尽管"人无廉耻,百事可为",但个中的厚颜与苦心,实在是一般高等"脊椎动物"所不堪胜任的。你看,这造孽不造孽,可怜不可怜?

他们"贪"得可怜。照理,"广厦千间,夜眠八尺;良田万项,日食三餐"。这流传不衰的俗语,其实也没有封建到哪里去。而我们今天一些"公仆"

不知患了什么怪病，在大都"住有居，食有鱼，行有车"的丰裕中，还那么疯狂地去敛钱掠财。就是这些难填的欲壑，迫使他们今天要去应酬这个有利用价值的领导，明天又去插手那个有回扣的工程，后天再去充当某大款的门面和道具，全身心地扑在这条"工艺流程"生产线上，超负荷地运转，透支脸皮，透支身体。说穿了，不就是为了那几个并非解决温饱的身外之物吗？等到他们辛辛苦苦成了"两规"的"院士"之后，方才知道"数年一觉贪财梦，赢得囚衣晚悔人"。面对这一批批前仆后继不停的竹篮打水者，你说，这造孽不造孽，可怜不可怜？

他们"怕"得可怜。大凡做了亏心事的，不管他胆量再大，靠山多硬，关系多牢，作案技巧如何天衣无缝，总有一种莫名的心虚感，使自己长期处于惶惶不可终日的惊恐之中。他们怕上面查，怕同僚揭，怕下属告，周围有防不胜防的突发性隐患，稍有疏忽，就会酿成满盘皆输的剧变。他们要防着心狠手辣的"上线"弃车保帅，要哄着有奶便是娘的"战友"攻守同盟，要压着忍无可忍的被剥夺者曝光举报。因而，这些作茧自缚的"能人"只好在惊弓之鸟般的焦虑中度日。一个到了这步田地的绝症"病号"，随时都会出现"医治无效"的"讣告"。你想，造孽不造孽，可怜不可怜？

其实，可怜的还远不止这些。一些贪官案发之后，除了那些"志同道合"的参与者，论"功"行"赏"，自负盈亏之外，往往还要害得养儿育女的父母噬脐莫及地发出"见儿生长见儿亡"的浩叹；害得茹苦含辛，硬撑着家庭门面的妻子在铁窗外怨恨交加地哭泣；害得无辜的后代在未来长期的阴影里蒙受无穷的怆痛和羞惭……

可见，不管是"漏了壶"的还是没有"漏壶"的贪官，确实都是世界上最"可怜"的人。

原发 2002 年 2 月 6 日《湖南日报》

贪官三叹

一叹上司。你为我着意栽培，你为我刻意安排，你为我善意交代。我为你抛弃招牌，我为你供奉钱财，我为你不惜胡来。原想是投资取向定不坏，自感觉从今往后吃得开，又谁知东窗事发运多乖。

真奇怪，聪明人，口能道，话能背。廉洁的套语空言一大堆，为何打扮乔装难遮盖？上司啊！这好似晴天霹雳来天外，地动山摇响炸雷，真叫我丢了三魂失七魄。你的难不就是我的灾？急匆匆，我马上为你把赃埋；信誓旦旦，我许愿为你把罪开。猢狲儿靠的就是硬后台。说不定，时来运转，你咸鱼翻身东山又起来。我这一顶乌纱啊都是你亲手制来亲手戴，怎能够背恩负义，把你老板卖。

二叹同伙。这厢老板才关了半年儿，谁知道那边检举又抓了小老弟！苍天啊！你不知俺选才费力气，育才不容易，眼看他不通味，一骨碌翻进阴沟里。考察时我用了心机，推荐时我使了暗器，知道你表面一脸的正人气，其实红黑两道都拿得起：难得敢死队员当主力，难得两肋插刀锦衣卫！又谁料这厮胆大心不细，太张扬坏在色情里，桃花运走进了死胡同，石榴裙套住了这冤家鬼。

想当年，合伙儿做生意，红包儿塞满抽屉里，回扣儿吃得淌油水，黄脸儿写尽春风意。真个是项目来得多惬意，工程儿玩得像猴戏，谁想到最后顶不过铁法纪。真诚的哥儿们啊！还望你江湖讲义气，经得起审讯的拖刀计，熬得住国徽的威严逼，到时候待我腾出手来拯救你。关键是眼下一问要三不知，牢牢地把那张臭嘴儿紧紧地闭！

三叹自己。我看来这次是在劫难逃无躲避，天网恢恢难漏失，天理昭昭不放谁。眼看这官场接二连三出问题，团伙团团转，窝案窝窝启。有封疆的省长，有赫赫的书记，有人大的主任，有政协的主席。看来头，久憋的群众有怨气，负责的中央痛下决心大刀阔斧顺民意。

其实啊，很多事还没来得及：儿子的留洋外籍，受贿的钱财未洗涤，卖官的行当正牛气。实指望，再卖批珍贵的乌纱官职，做一批火红的无本生意，退下来俺安全着陆好休息。谁知道聪明反误成了自欺伎，诱惑心存了侥幸意，贪欲儿终变为了砸脚石。到如今，忏悔出难闻的尴尬味，铁窗里回忆起懊恼的风光昔。法网恢恢咎自取，有来生决不再踏，决不再踏这块贪欲的白虎地。

2007 年 12 月 3 日《三湘都市报》

解读"正大光明"这块匾

电视连续剧《康熙王朝》中有这样一个发人深思的镜头：恼怒的康熙面对被倚为左右手的索中堂和明珠宰相破口大骂：你们俩身为国家栋梁，却明争暗斗几十年，结党营私，贪赃枉法，朝廷将葬送在你们手里。

于是，狡诈的康熙皇帝，想出了一个煞有介事的办法，在他办公的乾清宫正堂上，挂一幅"正大光明"匾额，希望臣工们以"匾"为准则，不要搞阴谋诡计，同舟共济，把国家治理好。这不禁使我们产生一种怀疑：是皇上突然糊涂起来，以为这封建时代的肮脏政治，能够靠"正大光明"这服江湖郎中的爽口"处方"治疗好的？还是这位深谙官场"潜规则"的盖世枭雄，故作糊涂地运用"双重标准"，玩弄大智慧准备给僚属们的"笼子"？

可以肯定，后一种推测是绝没有冤枉康熙这类"阴谋含量"较高的从业人员。

手把手教导和培育康熙成长的"老祖宗"——孝庄太后就是一个完全、彻底与"正大光明"对着干的权谋家。在乌烟瘴气、逼良为娼的残酷血腥中，这位拉扯着孤儿的寡母忍辱负重、含辛茹苦，操练出一套应对尔虞我诈、钩心斗角的周旋、平衡、打压、玩弄臣下的"实用临床教育法"，再原汤原汁地从"幼功"入手，终于调教出了这位打着"正大光明"伪劣商标的"旷世圣君"。

从此，康熙就娴熟地交替使用着这"正大光明"和"阴谋诡计"互为表里的"不二法门"，除鳌拜、平三藩、囚明相国、贬索中堂，就连披肝沥胆倚为信服的姚启圣、魏东亭、李光地也都一一因时、因地、因事把他们玩弄于股掌之上。覆雨翻云、纵横捭阖的圣明天子，玩戏法一样的使得整个围绕"升官固宠""争权保禄"为第一要务的朝廷官员陷入了天威莫测、帝意难揣的云遮雾障之中。只能作"壁上观"的"正大光明"，其可信度和严肃性已经比不上小孩子"搬家家"的把戏。

照理，在一般神经毛病出得不大，只要尚划在"亚正常人"范围之内、还读了几句真书的士子，是不会到那样污浊、肮脏、危险的生态环境去作践和糟蹋自己的。

奇怪的是，几乎在清朝十代 268 年间，都有不少心存侥幸、对"治国平天下"有着良好的感觉和古怪癖好的各类"精英"，热衷于参加这种"与虎谋皮"的又危险又下贱的游戏。他们在"正大光明"这个"虚假合同"下面，以皇上为甲方、以僚属为乙方，互为道具，打着"济世安民"的幌子，视为当然地共同搜刮和吞噬这块叫作"人民血汗"的膏腴之地。就在这种假正经包装下的"联袂演出"中，从鳌拜、明珠、索额图、吴三桂，经年羹尧、隆科多、和珅，再到顾命大臣肃顺、中兴名将曾国藩、李鸿章，都不是生前享受"死于非命"的待遇，就是身后背上"千古诟病"的骂名。想不到一条儿戏般的"正大光明"小标语，居然可以把他们骗入歧途，在世界上跟跟跄跄、"寻寻觅觅、凄凄惨惨"中"痛苦走一遭"。早知要落得进"绞肉机"下场，还不如像陆游诗中所说"自惭不及东村老，至死无人识姓名"，当一回"惯看秋月春风"的潇洒渔樵。

其实，皇上不但对僚属在"正大光明"上搞"双轨制"，就是对那些血脉相连的皇子皇孙，也是用阴谋诡计把他们作弄得人不像人、鬼不像鬼。

事实证明整个清朝就是一部充满冤魂哀号、魔影狰狞、鬼蜮呼喊的"正大光明"史。

也许是冤冤相报。以"正大光明"起家的康熙绝对没有想到，二百多年之后，另一位更加"正大光明"的"后起之秀"慈禧，沿着这条先天带病运行的轨迹，终于走向了一片漆黑的死胡同——"正大光明"这些"营业执照"，也就被辛亥革命理所当然地吊销了。

原载 2002 年 3 月 13 日《湖南日报》

徐志频

徐志频，作家、评论家。著有《左宗棠：帝国最后的"鹰派"》《左宗棠的正面与背面》《湖南人怎么了》《经营天下的湖南人》《当商帮已成浮云》《公民的烦恼》等 13 部作品。部分作品已被翻译成英文、日文在海外出版。曾获 2012 中国湘商力量总评榜十大推动力人物奖，2013 年度中国影响力图书奖。

打手邵阳

问：人最怕谁？答：阎王。问：怕阎王什么？答：他那双手。阎王大手一扇，等于在生死簿上打叉，人眨眼灰都没了。问：湖南人怕谁？答：邵阳人。问：为什么？答：在邵阳人前谈打架，等于在阎王跟前探讨生死。

写邵阳时，我脑海里首先浮现许多熟悉的身影。他们的一举一动，杀气腾腾，勾画出我从小到大的记忆，塑造成一个大致完整的形象。像从画中走出来的邵阳人，活灵活现，他们现在就站到了我面前。我想再走近，去看清他们的脸，但隔老远就被辣到目光的，却是邵阳人那双手。

我同时就想起常德人的手。用不着去比较，仅凭肉眼就可看到，在常德人绵里藏针的手掌对面，提着的一对，分明是邵阳人那双打手。

打手是个篮球术语，侵人犯规的意思。我发现"打手邵阳"，真正亮出了邵阳人的血性、勇猛、凶悍及其侵略性。

无论是在湖南还是出了湖南，邵阳人是让人畏惧的一群人。有句坊间俗语，说"外省人怕湖南人，湖南人怕邵阳人"，一语道出了邵阳人的狠样。因为以前没人道破，所以我甚至想象，一百年后，这句话同"是中国不可一日无湖南，而湖南不可一日无左宗棠也"一样，广为地球村人借用。

如果说邵阳人在湖南人中是最激进的一群人，我想本省人听了不会作声，从外省进到过邵阳的人听了不会有意见。大约 10 年前，当有人在媒体唱衰湖南，还是邵阳人周兴旺最先血性喷涌地站出来，豪情万丈地向全世界宣言：湖南人凭什么？

周兴旺写文章，那叫激进有余，文采不足。可能在他看来，做文章就是打架。打架不是绘画，不是绣花，不能那么雅致，那么温良，那么从容不迫。从周兴旺一声大吼里，我们可以清晰地看到蔡锷的影子。

当年反帝倒袁，护法护国，蔡锷也是第一个站出来。靠着一代名妓小凤仙，连滚带爬逃出魔鬼的地网，以再难复加的激进，在云南摇旗呐喊，猛打猛冲。他一双手像涂了阎王爷的唾沫，所打之人眨眼之间化骨扬灰。是以他吃了豹子胆，以区区 3 千人，打退了对手 10 万人，终将袁世凯推进地狱，还拉下马，双手像催命判官，一程送袁大头上西天，从阎王爷那转狱见上帝。这事让安徽大知识分子陈独秀知道了，他激动得不得了，兴奋得不得了，赞叹声也不得了，专门找到蔡锷先生，将他写进《欢迎湖南人的精神》。"江浙人出钱，广东人喊口号，湖南人流血"，性格宿命故事，也就从那代人开始。

以蔡锷之血性、敢爱敢恨，其率性之真，让任何人都可能张口结舌。毛泽东早年写《湘江评论·发刊词》说：自"世界革命"的呼声大倡，"人类解放"的运动猛进，从前吾人所不置疑的问题，所不遽取的方法，多所畏缩的说话，于今都要一改旧观，不疑者疑，不取者取，多畏缩者不畏缩了。毛泽东之前，湖南人唯一说到做到，大约只有蔡锷。

据说蔡锷送袁世凯从阎王爷那转狱见上帝前，某次选举怒火攻心，便形于行动，顿时惊世骇俗：只见他大摇大摆，郑重其事，将袁世凯一手叉掉，用选票推举妓女小凤仙，来做中华民国的大总统。这样愤世嫉俗，等于告诉世人：老袁坐在大总统位置上吧，没有人知道你是一条狗！

结论是：跟邵阳人丢掉实的，专玩虚的，他们会懒得啰唆，一手将对头推进茫茫太空，让可怕的上帝与他在无边的空虚里永久对话。在需要英雄、呼唤英雄的时代，邵阳人当仁不让，成为顶天立地大英雄。

湖南人以善吃辣椒闻名于世。毛泽东说：不吃辣椒不革命。邵阳人看来，这话太温良。应该说：不革命吃辣椒，革命吃火药。抓一把辣椒说事，邵阳人与其他13个城市最大的分别，就是他们吃进的是点得燃火的朝天椒，不是辣出个汗也辣出来泪，而是朝天椒全消化成了汽油，一点剧冲，烧红半边天。

往小里说，得罪一个邵阳人，等于拿自己的生命开玩笑。火热到滚烫的邵阳人，对待朋友比春天还温暖，处理敌人比冬天还冷酷。

2003年时，我采访过一个被人诬陷为"强奸"的老师，这个老师当时四处联系媒体，我头一家报道这事，公道也算帮他讨回来了。但他当事情只是开始，继续上访、写信，最后申请到了国家赔偿。按理这事到此，也就可以作结。但老师继续上告，请求对诬陷人以刑事处分。

几年下来，老师花过的时间、金钱，足以让自己倾家荡产。但倾家荡产这事在他眼里根本就是小事。无数多困难摆到面前，许多人说那不可思议，早早知难而退，或者望风而逃，但邵阳人不。

如果说这个老师要讨回小公道需要付出长征的代价，我相信他眼睛都不眨一下，一秒内夺笔签字。如果要走五万里，他还是会牙根铿锵，满口答应。得罪了邵阳人，有什么办法让他们不"回报"？唯一的可能，也只有他在求公道的路上病死了。等于说：要得罪了邵阳人，他们觉得内心不平，随时将有毁灭性。是的，毁灭性的后果，两人必有其一。

孔子说：以德报德。在邵阳人看来，这固然是非常之对：假以脑袋报德，也未尝不可。但孔子又说：以直报怨。邵阳人对这句嗤之以鼻。都是哪里话呢？他们要以怨报怨。

出手沉重而痛快淋漓，邵阳人的骨子里是勇猛的、彪悍甚至凶悍的。无论世界多么混，有邵阳人存在，他们就能挖出真。无论世界多么乱，有邵阳人一站，乌鸦都不再作声。

我的奶奶是邵阳人，我小的时候，常听到一些发生在民间邵阳的武打故事。有杀人放火，有逃狱越货，如今想来依然那样让人心惊肉跳，但那里有许多刀光剑影，我到今天依然看不分明。只记得老家与邵阳交界处，每天都有拦路收费，有农民背起锄头、耙头，端起鸟枪、炮火，在相互搏斗，打得热火朝天。与人奋斗，其乐无穷，所以他们将打架当作人活于世的存在方式。打得伤筋断骨，根本就是小事一桩。正像歌手郑智化唱的：他说打架中这点痛，算什么，擦干泪，不要怕，至少我们还要打。

一句话说：对邵阳人而言，生活就是打架，打架即是生活。初看之下心惊肉跳，司空见惯乐在其中。

后来我听到一个笑话，才知道不是我当年不明白，是邵阳人刀剑太快。笑话说，三个湖南人在米粉店吃，相互吹狠。一个说：我跟人三句话不对头，就要一拳打趴他！第二个说：这算个屁！我看人不顺眼，就一拳打得他脑袋开花！第三个说：鸟！老子进门懒得看，先打死一个人再吃！这第三个吹牛的正是邵阳人。民间的邵阳，双手双拳，武器精良，跟长沙嘴巴类比，乃都是对话交流工具。金庸的小说也武打，多是"不打不相识"，萍踪江湖，侠骨柔情，那太秀气。邵阳人是既铁骨丹心，也侠骨柔情，但总觉得金庸太娘们，他们要"不打死你不算认得"，这叫痛快淋漓。

如果说这多在民间，那么在文化精英层，给我印象至深的，正是从邵阳走出去的大经济学家何清涟。何清涟刀剑犀利，直指中国现代化的陷阱。她"眼里不容一粒沙"的精神、"一个也不宽恕"的精神、凛然一身正气的精神，即使以锋芒横世的鲁迅，也不过如此。邵阳人跟衡阳人的分别，以夏明翰的诗做比，邵阳人会觉得杀了夏明翰，事情不是完了，而是才刚刚开始。"刀刚举过头，夏明翰已跑；带上鸟枪炮，返杀他全家。"如此手法风快，对胆性稍小的人，无疑是"崩溃疗法"。

所以，邵阳人血性喷涌，火暴打杀，已经融进血脉，化作基因，成为一种精神。这种精神流传千年，又化作性格。性格跟读书多少，从来毫无联系。哪怕一个邵阳人18岁前拿到10个博士学位，这种文化的熏陶，也丝毫移动不了其来自骨髓的出手沉痛的性格。

我们终于明白：对邵阳人而言，这世界没有能不能做到的事，只有他们想与不想做的事。毛泽东说：世上无难事，只要肯登攀。邵阳人看来，世上就只有事，没必要将事细分，还用难易来区分。

因此我们看到，邵东人做商业，也是风风火火，跑遍地球村。中国人有没见过邵东人的，但没有未用过邵东货的。

1999年时，我在长沙碰到一邵东哥们，摊开一路袜子，当街大卖，5毛钱一双。那生意好得不得了，一天下来，少说也卖了1千多块。数钱到手发抖时，突然接到电话，老家人告诉他一个商业机密，某地"钱多，人傻，速来"。这哥们叭地挂了电话，马上高起喉咙喊：我这边还有一麻袋！你们谁要拿去，就100块钱！一专摆地摊的老头过去，还想讨价。邵东哥们说：找死啊？想要就拿去，老子没时间跟你瞎扯。老头又想要又害怕，摸出一张老人头，邵东哥们一把夺过，说：归你了！拍拍屁股，眨眼不见。老头承他旧业，慢条斯理，结果卖了5千多块，发了笔横财。

这看来像是笑话，却是真事。邵东人将真事弄得也像笑话，他们造的袜子，都是穿一个星期作废的。不作废也不行，一星期后，袜子已经缺前少后了。

一切源自模仿。说邵阳人是高明的二等发明家，只要你发明一个东西，被邵阳人瞄上一眼，他们有本事造个完全山寨版出来。除了不实用外，你看不出任何分别。说到这里，我们得庆幸，因为邵阳人至今不造两样，一是避孕套，二是印钞机。

邵阳人精神，或者说气魄，让他们有一个想法，马上就将变成现实。如果将他们做生意用一句口号来讲就是：即使造假货，也要卖到全世界。口号像李白写诗，当然不是事实，像邵阳的药材，以货真价实闻名中国。不惜一切代价，全力做一件或许很小，但自己认为有意义的事，这是真正的"没有做不到，只有想不到"。

邵阳人的执着让人敬畏。他们凶悍，下手非常痛快，没有丝毫犹豫，这种精神，并由此而生长的性格，已颇有历史。中国人都知道，近代中国第一个睁眼看世界的大人物叫魏源。这位从邵阳走出去的狠角，也只有他敢说：师夷长技以制夷。制夷就是要制服外国人，要控制住外国人，以毁灭性代价去报复，让外国人尝到侵略中国的后果。"楚虽三户，亡秦必楚"，这是老话。今天要与时俱进，我看得考虑改成：邵阳一人，夷平世界。邵阳人风骨，是中国危难时刻的最后一道屏障。

为了直观易见，让我们看清邵阳人在湖南人中的性格分别，我设想这样一个场面：一群数以亿计的侵略中国的法西斯分子，如果可能，被同时悬挂在太平洋的高空。湘潭人来处理，最可能是先跟他们讲道理，分化他们，然后将他们救下来，争取法西斯分子中转变阵营的人，再借他们去攻击那些顽固不化的家伙，两相拼杀，最后幸存了几千万，被湘潭人带回去。衡阳人来处理，给每个法西斯分子发一本书，学儒学佛还是学道？那随便他们。能背下几页书，就分散打发他们都回去，劝他们从此好好做人，别再使坏。但换了邵阳人来处理，他们眼如鹰隼，眉如刀枪，脸放红光，一不做，二不休，三不问，四不看，搬来一把大刀，一刀下去，刀飞绳断，数以亿计的侵略者在惊天动地的尖叫声中，如陨石一样疾沉直下，彻底葬身海底，永世不得翻身。

这大致说明白了邵阳人凌厉与凶悍。我几年前看到邵阳城，那形象就似一个蓬松着头发，准备带上鸟枪炮去打人的模样，细看之下满城有着动感。以邵阳人的聪明才智，中国确实难有地方出其右。但为何邵阳市城漂亮还不如邵东县城？看来他们的才智多在打架上消耗光了。要管住一个真正的邵阳人，比管住一个省城，并不见得容易。在中国之内，他们最不可能低声下气，所以你不能奢望他们奴性，做你的跟屁虫。

邵阳人即使表达温情的一面，也是那样富于侵略性。

如果说，一切真正的性格文化，从来都只能星罗棋布于民间，那么，关于邵阳性格，我们从地底里、草根上，更容易感受得到。我曾到过邵阳做客，主人请吃饭喝酒，我略做推辞，想要离开，他们就"呼"的一下过来，用他们有力的双手，将我牢牢按在座位上，根本动弹不得。只有吃好了喝好了，他们内心里觉得对得住你，没有亏欠，就十分满意。在邵阳人看来，请客吃饭就是革命。既然革命，就不是绘画绣花，不能那么雅致，那么从容不迫。

我有许多亲戚都在邵阳。每到逢年、过节、过生日，必有许多邵阳人来，他们来则必打牌，打牌必吹牛，吹牛必喝酒，喝酒必烂醉，醉后必打架。因此我的奶奶，每到这个时候，都要张罗，多给家里腾出床铺，提前预订几个劳力，以在他们打得头破血流后有个抬去休息的地方。待到他们梦而复醒，一摸脑袋，倒霉！刚才肯定睡死了，掉到床下去了！一跃而起，穿屋横堂找老表：老表老表，继续打牌。吆喝再起，声音穿透10里开外。

我有两个姑妈后来也嫁到了邵阳。每次去邵阳做客，他们都很客气。即使家里空了，他们都会想办法借，拿最好的东西来招待你，即使举全家之力，他们也在所不惜，就为让你充分尝到做客人的被尊重和愉快。如果借脑袋当板凳，你觉得舒服，他们二话不说，已经蹲下。但如果你在某些事情上做砸了，弄过分了，得罪他们了，他们会一直记在心里，他们会在将来某个时候，将你的不是说出来；如果不是这样，那么糟糕的是，他们已怒形于色，再不理会你，心里跟着从此记你一笔账，找上门来公开宣布从此与你断绝交往。

如果这些都没发生，那么我更不能祝福你。我会老实提醒你：当心某时忽然被一双手打断腿。

选自武汉出版社《湖南人怎么了》

羊长发

羊长发，1967年出生，笔名牧之，中共党员。做过工厂技术员、厂办秘书、宣传干事、厂报编辑、党报记者等。1988年开始文学创作，先后在《散文》《词刊》《海峡》《鸭绿江》《湖南文学》等报刊发表文学作品500余篇（首）；作品被《青年文摘》《青年博览》《东西南北》、台湾《光华》（中英文版）等杂志转载。作品入选《中国现代千家短诗萃》《中国散文诗大系·湖南卷》等多种选本。1996年获湖南省青年自学成才奖。现为邵阳日报主任记者、主任编辑。

文子南下"赶海"记

　　文子在我们那个山区小县城是一位普普通通的青年农民。那年他中学毕业后，高考落榜，便理所当然地操起父亲丢给他的那把磨得溜光的锄头到地里去躬耕垄亩。文子一边在烈日下锄禾，一边望着深远的天空和翩翩斜飞的白鹭，心里便常常涌起一阵莫名的激动，脑门也常常被一些闪闪烁烁的灵感的火花烫灼得痴痴若醉。于是文子便开始写诗，便开始殷勤地向报馆和杂志社投稿。文子所写的诗和他种下的稻子一样蓬勃而又茂密，然而他收获的仅仅只是谷粒般晶莹的汗水。他的诗并没有像他的稻子那样长出浑圆饱满的希望。

　　如果不是那次他的父亲走到地里将他手中的锄头抢过去催他收拾行李到南方去，文子也许就是这样一辈子过着在烈日下锄禾躬耕垄亩的生活了。然而命运改变了他。文子的父亲有一位患难之友在南方一家报社当总编辑，凭着这一层关系，文子得以走出那个闭塞的山村搭上南下的汽车来到那个新兴的特区城市。

　　这是他第一次出远门。那一天的太阳很好，文子踩着自己的影子走出山门，然后乘车于第二天的下午赶到广州。文子呆立在万头攒动的广州汽车站售票大厅，正为如何在密不透风的人群中杀开一条血路购得一张继续南下的汽车票发愁时，旁边一位慈眉善目的中年男子关切地对他说："要买车票是不是？你照看好你的行李，我替你去买，刚好你和我同路我自己也要去买票。"文子打量着中年男子亲热诚恳的模样，便放心地将一张50元大钞交给他。他望着中年男子奋不顾身在人堆里费力穿插的背影，文子的心中不禁弥漫着深深的感激：世上还是好人多啊。然而没多久他就很快对自己的想法产生了怀疑，继而这种善良的想法又被现实无情地击碎——因为他站在原地苦苦等待了将近一个小时，中年男子的身影却湮灭于拥挤的人群后一去不返。这时旁边有人提醒他说别梦想那人会给你买票回来，他早就拿着你的钱从人缝里悄悄溜走了。你还是自己再掏钱赶紧去买张票吧，再晚可就要误车了。

文子除了懊恼之外已别无他法。背着行李挤到售票窗口，终于购得那张即将开出站的汽车的票。文子急急忙忙赶上车找个位置坐定，手里紧紧攥着那张用了三倍价钱买来的车票，攥得手心满是汗水几乎将车票浸得透湿。

汽车经过四个多小时的颠簸终于来到文子所要到达的那个城市边缘。望着前方城市入口处"欢迎您光临我市"的巨大标牌，文子懊恼的心又激动起来——毕竟自己很快就要结束这次并不愉快的旅行了，毕竟自己很快就可以面临一种全新的生活了。

然而文子还是高兴得太早了。随着一声吆喝，车子在城市关卡前停了下来，随即一位年轻武警走上了车。年轻武警一人一个地查看车上乘客的边境证和身份证，临到文子时，年轻武警疑惑地盯着皱皱巴巴的旧西服内套着件旧纱衣、脚套黄色解放胶鞋的他问：从哪里来？文子答：湖南。随即小心地递上了自己的身份证和边境证。年轻武警随便看了一下继续问：怎么没有暂住证？文子答，我刚来，没有进城哪来的暂住证？年轻武警不耐烦地推搡着他说：没有暂住证就不准进城。下去下去，特区不欢迎你。

文子还想与武警理论，但他已经被推搡下车了。从未有过这类经验的文子只好顺从地往回走。在路旁的一棵大树下，他蹲在地上过了一宿——

这里前不着村后不着店。第二天清早，他抄小路从农田绕上一个大弯子，避过岗哨和关卡，进入城市的辖地。他极不协调的土气衣着、陈旧的行李包以及疲倦的面容和乱七八糟的头发，使农田上劳作的农人以为他是一个失了业，夜晚到处偷食瓜果菜蔬的内地打工仔。他感受到他们看他的那种提防的目光，几乎使他不寒而栗。以致后来他向我提及这一段经历时，仍表现出一种心有余悸的表情——他最怕别人把他当作居心不良的人。

文子历尽千辛万苦终于来到他父亲的朋友所在的报社。没多久，我所在的单位停工放假，我也南下应聘进入了那家报社。文子很高兴我的到来，相互间无话不谈，一到夜晚便一起结伴出去逛街。可是文子总是遇到麻烦，因为他好皱的旧西装内套一件旧纱衣、足蹬解放胶鞋的穿着总是引起巡逻保安的怀疑，疑心他是街头游荡无住处、无工作图谋不轨者，系社会不安定因素。即便他出示报社编辑部发给他的记者证，保安也仍不相信。好几次他差点被他们抓去"蹲点"，幸亏我们在旁边又是做证又是解释，他才幸免被"发配"回家。

然而我与文子共事仅一个月就回归故里了。前不久他抽空回来了一次，同时也跑到我的单位来看我。不过这次文子几乎弄得我不敢相认，短短几个月，他已经变得焕然一新了。将近一个月工资买的挺括标致的西服穿在身上，足蹬一双锃亮的皮鞋，头发也被摩丝涂抹得油光可鉴，乍看我还以为是某个大公司的老板莅临寒舍，没想到是他。我们各自点燃一支香烟旧事重提，文子恨恨地说："我一定要在那边好好干，将来做个有名望的记者，或想办法开个自己的公司，然后穿上我的旧衣服，让那些以貌取人的家伙瞧瞧！"

禹正平

　　禹正平，1961 年出生于新宁县金石镇。2008 年开始发表作品，至今已在《人民日报》《光明日报》《思维与智慧》《阅读》《读者·学生版》《演讲与口才》《人生与伴侣》《启迪人生》《做人与处世》《意林》《文史博览》《知识窗》《青年文摘》等杂志发表文章 100 多篇。多篇文章入选各种教辅材料及全国中考试卷作文材料或阅读材料。

当一匹被鞭打的马

耕柱子是墨子的门徒。一天，墨子授课时，一只飞鸟停在窗外的柳树上婉转鸣啼，弟子们纷纷向外张望，耕柱子也随之瞅了一眼。事后，墨子却单独严厉地责骂他。耕柱子感到很难过，觉得受到很大的委屈，抱怨说："我犯的错误并不比别人多，却独自遭到老师这样严厉责难。"墨子听到之后，问他："假如你要驾驭马和羊上太行山，你会选择鞭打马还是鞭打羊？"耕柱子回答："我当然要鞭打马。"墨子又问："为什么要鞭打马而不鞭打羊呢？"耕柱子回答："因为马儿跑得快，才值得鞭打，这种能力是羊不具备的。"于是，墨子告诉他说："我责骂你正因为你像马而不像羊，你值得批评呀！"

其实，小到一家企业，大到一个国家，在培养人才的过程中，也离不开这样的鞭策，有时是一句苛刻的责备，有时是一次严厉的惩罚，有时甚至是一些鸡蛋里挑骨头的吹毛求疵。

在个人的成长道路上，面对苛刻的责备，不要一味地觉得委屈，更不要破罐子破摔、自暴自弃。应该感激愿意指责你的人，是他使你看到自己的不足。试想，若不是关心你，期待你下次做得更好，怎么会批评你呢？正因为在批评者眼中，你是"值得被打的马"，所以才会批评你。因此，面对各种责备，应该坦然接受，有则改之，无则加勉，努力做好自己的本职工作，用行动来回报关心和爱护你的人。

有时候，遭到特别严厉的惩罚，说明你是一个可造之才，是一个有发展前途的人，是一个值得批评帮助的人。如果一遇到处罚，就极力进行辩解，只找客观因素，不找自身原因，一次两次还可原谅，次数多了，别人便会对你失去信心，你也就失去了提高自己的机会。一个优秀人才的成长，必须经受住各种考验，忍受各种委屈，才能完善自我。

有时候，遭受那些鸡蛋里挑骨头的吹毛求疵，说明你已具备了相当的素质和能力，但还有需要进一步改进和完善的地方。而这些挑剔给了你一个臻于至善的机会，帮助你完善你的人格、增加你的底蕴，使你每临大事有静气。

现实生活中，许多人面对严苛的鞭打，只一味地感到委屈，继而意志消沉，慢慢地变得平庸；另外一些人，在鞭打中意识到自己的价值，将鞭策化为动力，扬蹄奋进，执着地登上人生的顶峰。

选择当一匹被鞭打的马，还是做一只不被打的羊，将是你人生辉煌与平庸的分水岭。

刊发于《光明日报》2014年3月29日第7版"智慧"专栏，《人民日报》2014年4月9日第5版"悦读"专栏

尹全业

尹全业，湖南洞口人，1940年出生。中学语文教师，业余从事文学创作，小说、散文、杂文、随笔、诗词、戏剧、文学评论，均曾笔犁墨种，已出版作品集《人间纪事》《人生若得如云水》两部。

不仅是一声OK

在岳阳参加"全国中学语文教学研讨会",听了一位名优教师的示范课,深深钦佩这位教师精湛的教学艺术。然而让人倒胃的是每当学生回答问题正确时,教师便奖赏一声"OK",一堂课"OK"不断,仿佛一阵风把大家吹到了英伦三岛,做了一回廉价洋奴。在中国的校园,在教学中华民族母语的语文课堂上,却用外国语言来鼓励学生,莫非中国五千年文化浩瀚的语言文字海洋中找不到一个与之媲美的词语!

这油然使我想起许多时髦女郎,明明是华人血统,黄皮肤,原本青丝披拂,却要加工成金黄或棕红。早些年泛起洋名热、洋招牌、洋商标;玛丽、莉莎;苏州就是苏州,偏要称"东方的威尼斯";关汉卿就是关汉卿,偏要称"中国的莎士比亚",少男少女们对祖先赋予的黑头发之美没信心,大人们对国产品没感情,不惜血本买洋货。

由此我想,在已基本上达到普九目标的当代中国,这些起洋名、崇洋货、攀洋亲、赶洋潮的洋奴、准洋奴大约无一没有受过中国学校教育,作为一名教育工作者,我们对泱泱中华大地上衍生的"崇洋软骨病"也许应该承担一定的责任,我们的教育忽略了向一代代公民灌输一种崇高的民族精神。

我郑重声明,我不是盲目排外主义者,不是闭关主义者,更不反对吸收外来文化,为加快中华民族伟大复兴的进程,我们需要向西方学习,向一切先进的国家、民族学习，放下古老大国的架子，甘当小学生，我们要引进他们的先进技术，当然更应该吸收他们的文化精华，但学习与引进是为了壮大自己，更不应让灵魂与精神一起被洋流冲出躯壳。每个国家都有强烈的独立意识，每个民族都坚守着崇高的民族精神圣地。这种意识与精神是一种凝聚力、向心力，更是一种磅礴的生命力，正是这种高贵的意识与精神激励着一代代中华儿女在民族危难关头挺身而出，以热血与铁骨铸成民族之魂，才使我们民族绵延不衰，古老常新。听说，在英国的博物馆竖立着林则徐的铜像，对一个具有高尚民族精神的英雄，即使曾经是他们"大英帝国"的对手，他们也毫无偏见地奉献以尊敬与纪念。著名影星姜文说过：一个崇拜别人的人是个缺乏骨气的人，一个崇拜别人的民族是个缺乏独立意识的民族，它永远不可能屹立在世界民族之林。

也许有人会说，一声"OK"，不值得大惊小怪，小题大做。但他传递的是一种信息，融解的是一种精神。一位哲人说过："语言像山岳一样伟大"，"语言是一个民族的底座"。尤其是作为一名语文教师，濡染的是一代青少年。1921年，蔡元培先生赴美国为北京大学招聘教师，一位中国留学生在交谈中以炫耀英语为荣，素以开明著称的蔡先生当即决定不予录用。在那一代学者看来，一个鄙视中国民族语言的人是没有资格在中国的大学传道授业的。

也许有人会说，你偏执，将来世界要趋于大同。假如真有大同之日，到底是谁同化了谁，看今日中国的情形，我们这占人类1/5应该是人类中坚的民族，也许很有可能被同化：对于某些丧失国魂民魂的人，用不着希特勒的集中营，只需一块圣诞蛋糕就可以丢掉自己的民族本色。不过我想，即使真的实现了大同，只要不实行希特勒的种族灭绝政策和英美殖民者屠戮土著的血腥暴行，地球上就依然有各种肤色的人种在，也就会有各种语种在，中华民族大家庭历经几千年融汇聚合，除了汉语外，不是同时繁荣着各民族的独特语言吗？况且，在世界民族的丛林中，倘若只有画眉的啁啾，没有黄莺的婉转；只有野狼的嚎叫，没有狮子的吼啸，不也显得单调吗？

青丝染黄了还可转青，因为根还是黑的，而浸润于孩子们心灵中的崇洋风气却是可怕的精神病菌。同样是教师，韩麦尔先生在《最后一课》中表现了法兰西民族的伟大精神，不知我们这位名优教师这一课是怎样去启迪学生的。

现在不少年轻父母教会孩子的第一句礼貌语言，不是本民族的母语，而是"拜拜"，而旅居异邦的华人却不忘给他们的后裔上华语课，只有那些漂泊海外、历经沧桑的游子才真正体会到民族语言是多么美妙！

教育担负着塑造国民精神的神圣使命，师者，所以传道授业解惑也。传道是首要的，为了中华民族的振兴，人类灵魂的工程师们，让我们每天夹着课本走上神圣讲台的时候，不忘向学生灌输一种崇高的民族精神，培养青少年一代崇高的民族自豪感和强烈的民族责任感。

原载 1998 年 1 月 21 日《工人日报》第 101 期

袁道一

袁道一，原名袁凌，1977 年生于新邵县。湖南省作家协会会员、湖南省散文学会会员。近百篇作品发表于《青年文学》《少年文艺》《散文选刊》《散文（海外版）》《散文百家》《湖南文学》《小溪流》《黄河文学》等，著有《低处的声嚣》，其中《离乡背井的树》《青草归来》入选为高考模拟试卷阅读理解题。

千秋翰墨壮山河

一

庚寅春，多雨，一个很适合凭吊先人的日子，我满怀肃穆前往城郊三十里之外的一小村。小村和湘西南诸多村落并无二致，有群山环抱，说是山，其实不过是一片起伏的丘陵地，松竹倒是茂密，长势蔚然。一条小溪从村前缓缓而去，屋舍俨然，鸡鸣狗吠之声相闻，来往行人从容恬淡，不失几分古人之风。在很多年以前，这里和江南很多地方一样因地势而取名，曰竹山湾。此名被用了数千载，直到它孕育了一个声名煊赫的咏史诗人胡曾，后人为纪念胡曾，将竹山湾改名秋田村。同样都是质朴无华的名字，但深深渗出乡人对古代乡贤的敬慕和缅怀之情。古往今来，人因地名者多，地因人名者稀。人生天地间，大多寂寂无闻。秋田为村，这足以告慰生于斯眠于斯的诗人了。

循乡民指点，我躬身侧近胡曾墓园。入得园内，状元亭高耸入目，一亭六柱，均匀支撑，六檐翘角，刺破雨霭。四柱两联，前一联：草檄平南万古功勋昭日月，吟诗咏史千秋翰墨壮山河。后一联：华夏显英豪平南震中外，晚唐六翰墨诗史颂古今。横批：德备三恪。过亭，即为胡曾之墓。

全墓雕栏围拱，前方墓联为：志定南夷天马长随主帅，勋重北阙将星永耀金台。墓碑之顶游龙衔日，规格不可谓不高，碑上手书：大唐诗人胡曾之墓。墓身之上青草深深。年年岁岁草相似，诗人长眠声名寂。墓前石桌香火杳无，清洁如洗。伫立墓前，我三鞠躬，默默地体悟墓地前后三联，均着力彰显胡曾所建之功业。古代文人信奉修身、齐家、治国、平天下，都以满腹才华货于帝王家为荣。细雨溟蒙，打湿身躯，瞻仰乡贤的心绪绵延。面对胡曾先生，与其繁文缛节述说他的丰功伟绩，不如简单直白地言说他的咏史诗歌。折身而返，并非离去，在状元亭里静坐下来，心游八极，神交古人。冥冥之中，胡曾，一身的清风，一身的傲骨，衣袂飘荡，赫然出现在石桌对面。安静点，再安静点，以一颗虔诚而洁净的心灵倾听先生讲述传奇人生。

唐宪宗元和五年（810），先生父亲胡安命看中了此地的山水，毅然举家从邵州城东佘湖山搬迁到这里辟庐而居，安家落户。约略唐文宗开成四年（839），先生呱呱坠地于一个叫盖井石的小院落里。清澈的哭声划破小村寂静的黑夜，擦亮晚唐即将寂灭的诗空。自古以降，大凡有名文人出世，无不被誉为天上文曲星下凡。这位后来以咏史诗集大成者流芳文学史的湘中才子的第一声啼哭，当时是断然无人预知的，也许唯有村前的那条小溪有所感觉，兴奋地涨了一岸的桃花水。晚来得子，胡安命夫妇对胡曾宠爱有加，并对他寄予了很大的期望。和中国大地上诸多农民一样，先生父亲希望他长大后能高中状元，光宗耀祖。先生"天分高爽，气度不凡"，自发蒙开始好学，读书刻苦用功，少年时即能诗善文，"少负才誉，文藻煜然"。自古华山一条道，读书人在那个时代要出人头地，也只有一条道，那就是参加科举考试。"太宗皇帝真长策，赚得英雄尽白头。"科举考试至先生时代，已经蔚然成气候。渐渐长大的先生，在父辈的殷切期盼里，饱尝十年寒窗苦，一心一意地追逐功名。但对荆楚蛮荒之地来说，先生已然是人中蛟龙，一个邵州不足以舒展满腹才华。一日看尽长安花，才是先生梦寐的夙愿，才是先生展示的平台。先生决定北上，父母倾其所有，卖掉部分田产，为先生凑足路费盘缠。

天色尚早，年迈的母亲已经做好了香喷喷的饭菜，父亲的咳嗽如刀，一下一下地落在先生的心坎上。先生不是没想过居家孝敬衰老不堪的双亲，可他记住了淳朴老父的教导，好男儿志在四方，大丈夫当以国为家。先生，这位自小浸淫儒家文化、吃朝天辣长大的宝古佬，身上流淌着这片土地上一脉相承的吃得苦、霸得蛮、不怕死的血气，强忍心中无限的悲痛，强装笑颜吃下母亲的饭菜，接过父亲沉甸甸的血汗钱，背起鼓胀胀的行囊，上路。前路迢迢，关山遥遥。长安，金碧辉煌的城市，文人梦萦的圣地。先生朝长安进发，越千山，渡万水，风餐雨露。一路向前，尽管身离故土越远，心离故土越近，但先生一直不敢回望，怀里母亲用家乡井水煮熟的鸡蛋已经微微发臭，还舍不得丢弃，以此来警醒自己肩负的厚望。

先生刚接近长安的巍峨城墙，一阵神迷目眩。长安！长安！真能一举实现"朝为田舍郎，暮登天子堂"吗？先生心气高傲，但这时也难免如此拷问自己。前怕狼后怕虎不是宝古佬的性情，先生踌躇满志，果敢地将疲惫的身影融入日暮之下的长安古城，长安以博大浩荡的胸怀接纳一个来自边地的青年，将给他一个什么样的人生舞台呢？残阳无语，尘土不语，疾雨不语，劲风不语。

二

"二年寒食住京华，寓目春风万万家。"关山遥隔，乡音难寄，不是不想，只是不敢忆竹山湾里鬓如雪的双亲。闲居长安，先生"遨游四方，马迹穷岁月"，每到一地，观看山川形胜，唏嘘昔日英雄荣辱，感慨历史浮沉，"作咏史诗，皆题古君臣、争战、废兴尘迹。经览形胜、关山、亭障、江海深阻，一一可赏。人事虽非，风景犹昨。每感辄赋，俱能使人奋飞。"先生所处的晚唐时代，诗风由盛唐的雄健壮丽，转而为哀婉凄艳。一是"咏史派风"，社会的衰败，使怀古诗的数量大增，情调也大变。初唐、盛唐是前瞻，晚唐则是回眸。国家飘摇，身世沉沦，抱负落空，情怀压抑，故多吊古伤今的感触。刘禹锡在长庆末期和宝历年间写的《西塞山怀古》《金陵五题》《台城怀古》等篇，开晚唐怀古之风气。李商隐的咏史诗，托物寄慨，融入了诗人的人生体验，也反映了时代的普遍感受，如《马嵬》《流莺》等。二是"丽艳诗风"，因为题材本身具有绮丽性质，加以奢靡之风对于美学趣味的影响，这一时期爱情诗比较发达。温庭筠、李商隐二雄并称。先生一介书生，一个布衣，身无片瓦，心忧天下，在其诗集《自序》里说："夫诗者，盖美盛德之形容，刺衰政之荒怠，非徒尚绮丽瑰琦而已。故言之者无罪，读之者足以自戒。"寥寥数语道出先生作《咏史诗》本旨，乃托古讽今，意存劝诫。在中国文学史上，自班固、左思作咏史以来，文人中不乏咏史的名家和许多咏史名篇。但自成体系的系统创作并且以《咏史诗》名集的，先生诚乃第一人。先生咏史诗不从众、不媚俗、不随流，通俗明快，褒贬分明，共150首，皆七绝。每首以地名为题，评咏当地历史人物和历史事件，如《南阳》咏诸葛亮躬耕，《东海》咏秦始皇求仙，《姑苏台》咏吴王夫差荒淫失国。但先生的诗在当时及以后对诗歌创作追求艳丽、雕镂、骈偶的文人们中，并不被看重，甚至被认为是"庸浅不足成家"。然而，好诗是不会被历史遗忘的。《唐诗纪事》载：前蜀王衍宴饮无度，内侍宋光溥咏《姑苏台》诗，王衍为之罢宴。先生诗真正受到人们重视是在宋代以后，而且影响越来越大，是宋代至明代数百年中最有影响的启蒙读物。明代"儿童入学，教以胡曾咏史诗入门"。明、清以来创作的历史演义如《三国演义》《东周列国志》等，皆引先生的咏史诗以证史实。明人王志远说先生的诗"得味外味"；当代学者施蛰存说先生的诗是当时的大众文学。无独有偶，继先生之后，明代同乡车万育著有《声律启蒙》，也成为天下儿童入学启蒙读物。有此两人，邵阳何其幸矣！

文从其人。先生为人堂堂正正，光明磊落，"视人间富贵，亦悠悠"，"所在必公卿馆毂。上交不谄，下交不渎，奇士也"。周围的读书人都非常喜欢和赞赏他的文章和才气，都愿意和他交朋友。先生不畏权贵，正气凛然，胸怀坦荡，无不遮掩性情。再三下第，先生耿直不阿，不行投机取巧之举，更不屑结交权贵，不献"画眉深浅入时无"之媚，一吐胸中之块垒，愤然作诗："翰苑几时休嫁女，文章早晚罢生儿。上林新桂年年发，不许闲人折一枝。"一诗道出多少学子的心声，大快人心，尽管没有任何只言片语记载此诗产生的强烈反响，但一定引发了当时天下读书人的强大共鸣。

滞留长安期间，先生结识了一些文人和官场上的朋友，政治上虽不很得意，但文名却越来越大。想必先生当时也颇有几分落寞寂寥，尤其是作为一个湘西南的游子，眼里满是高低起伏的黄土高原，心里却盛满亲切熟稔的红丘陵。红丘陵之上走出的游子，身栖国都闹市，心系边地乡土。在关中粗粝的风里，定然无比想念故乡的绵绵春雨。春雨里，没有离人，没有别意。恍惚中父亲披蓑戴笠，肩扛木犁，手牵老牛，走在阡陌深深的田野里，定格成一帧谁也无法用画笔描摹出来的乡情图。

终于还是中了进士。多年的苦苦期待，当它真正降临时，先生已经没有太多的惊喜。这个名分应该是先生的，只是来得有点迟。相比长安诸多的学子，先生无疑还不是最后的失意者，但先生的期许已经快要殆尽。可先生一腔书生报国的热情不退，初衷不改，父亲的教诲犹在耳际，大丈夫当以家国为平生抱负。中举，也算是对家乡父老的一种告慰。先生修书一封，邮路漫漫，不知道是否最后抵达竹山湾？也不知道先生双亲是否等到了先生中举的那一天？毕竟，先生是父母晚年得子。按照当时人生七十古来稀，算起来，先生父母也不下七十了。而我是宁愿相信他们等到了，中举的消息在一个同样细雨蒙蒙的早晨抵达竹山湾。红灯笼挂起来，爆竹响起来，竹山湾在过一个比春节还热闹喜庆的节日。

三

咸通十二年（871），朝廷重臣路岩前往四川担任剑南节度使。路岩极为欣赏先生才华，邀请先生为幕僚。先生怀才不遇多年，突然拥有一个能施展才华的机会，打心眼里高兴，立即打点行装，从长安奔赴成都。在剑南节度使衙门，先生受命为掌书记。自此，先生躬身事务，不舍昼夜，投入全部的心思和精力，甚至忘却了自己是一个咏史诗人。诗作少了，功绩卓著。很快，先生在剑南一带赢得了很好的声誉和口碑。成家立业的事情再忙也不能耽搁，是谁牵线搭桥的呢？先生记不起了，先生拥有了一个川籍妻子。先生公务之余，不乏生活情趣，曾作《戏妻族诗》云："呼十却为石，言针唤作真。忽然云雨至，总道是天因。"此诗虽为打趣之作，但有价值地保留了当时邵阳方言"十"与"石"、"针"与"真"、"阴"与"因"的读法上明显的区别，符合古音，而在四川方言中早已消失。先生无意之举为中国语言声韵学的研究留下了生动具体的资料，至今语言声韵学者均乐于引用。

后不久路岩被害，高骈接替路岩做了剑南节度使，他也十分仰重先生的人品和才气，复召胡曾为幕府从事，掌书记。几年的幕僚生涯练就了先生的干练和文才，高骈尤为器重胡曾，经常让他参与机要。凡剑南节度使衙门的所有奏折和公文，都出自先生之手。晚唐国运渐落，西南边陲的南诏是个非常剽悍的民族。南诏国王割据今云南一带，不断侵犯骚扰西蜀边境，使蜀地边民和南诏的少数民族人民都不堪战祸，流离失所，苦不堪言。先生刚到高骈任所的时候，正碰上南诏王骠信兴兵进犯隽州（今四川西昌）、雅州（今四川雅安市），并派人以木夹书送到高骈任所，向高骈下战表。书信中，骠信态度十分傲慢，向高骈提出"欲借锦江饮马"的狂言，企图攻占蜀地，进窥中原，气焰十分嚣张。由于连年混战，双方的老百姓已经民不聊生，如果重开战端，人民又将卷入战争的苦难深渊。为了制止这场战争，以保边境安宁，使蜀地人民和南诏少数民族重修和好。高骈和先生经过再三权衡，决定由先生执笔起草一篇牒文回复南诏王骠信。

　　先生的一纸牒文即为大气磅礴的战斗檄文。檄文简称"檄"，是我国古代一种重要的军事文体。古人有"传檄而千里可定"的说法。早在虞舜时代，就已产生檄文的前身。战国时期，檄成为正式公文文种。汉代以后，檄文成为一种正式的文体形式。汉代檄文，书写要在木简上，长二尺，所以又称"二尺书"。"檄"的写作，要叙事明白，说理雄辩，气势强盛，说话果断，忌隐晦曲折、和缓细巧。声讨性质的"檄"还要宣传己方的英明，揭露敌方的罪行，分析敌我形势和人心的背向，算计彼此力量的强弱，以鼓舞士气。我国古代战争中，檄文堪称抢占舆论先机、实施政治攻心、凝聚军心士气的精兵利器，在政治、军事斗争中发挥了独特的作用，在今天仍然不失其借鉴价值。檄文至先生时代，已有《谕巴蜀檄》《为袁绍传檄州文》《醉草吓蛮书》《代李敬业传檄天下文》等诸名篇，先生烂熟于心，巧妙化之，据为己用，张扬其辞，雄壮刚健，一气呵成，字里行间呈气吞万里如虎之势，排山倒海，不可抵挡。这便是日后历史上有名的《代高骈回南诏牒》。牒文对南诏王的无理要求和狂妄气焰，进行了义正词严的劝诫和驳斥，并以"众星拱此辰，百谷趋东海，天地尚不能违，而况人乎"的比喻来说明唐王朝中央集权的强大和多民族团结统一的合理性和必然性。全文既晓之以理，动之以情，又威之以兵，字字铿锵，情真意切。牒文一出，高骈大兵随发。南诏王骠信读了胡曾的这篇牒文以后，既对牒文中所说的道理心悦诚服，又为牒文中的凛然正气和唐王朝的强大军威所慑服，再也不敢造次，马上派出使者，并把自己的儿子送到唐王朝作为人质，请求罢兵和好。兵不血刃，使南诏王诚心归服。从这以后，南诏和唐王朝再也没有发生战事，边境的人民相互友好，安居乐业。先生一纸退兵，顿时传为天下美谈。先生视《代高骈回南诏牒》为其神来之笔，在起草牒文之后，还即兴写了一首《草檄答南蛮有咏》诗云："辞天出塞阵云空，雾卷霞开万里通。亲受虎符安宇宙，誓将龙剑定英雄。残霜敢冒高悬日，秋叶争禁大段风。为报南蛮须屏迹，不同蜀将武侯功"。此外，还有《代高骈檄南蛮》，无不体现了诗人的民族自尊感和抚国安边的壮志豪情。

先生任高骈幕府从事大约有六年时间，以后，高骈调任荆南节度使，渐有异志，不听朝廷调遣，他的幕客吕用等人秘密为他策划谋反的事，高骈对吕用之辈也越来越信任。于是先生断然辞去幕府之职，离开了高骈。不久，高骈被朝廷免职。先生离开高骈以后，周游各地。每到一地，留下不少振聋发聩的诗歌。少了一个幕僚，成全了一个诗人，也许作为当时的先生是颇有几分失意的，觉得自己是不幸的，但是先生又何其有幸，留得文名耀青史。很多年以后，邵阳又出现了一个大文学家、思想家魏源，和先生一样，均是宰相之才幕僚命，也同样是彪炳千秋，成为不灭的明星。先生后一度出任延唐（今宁远县）县令，在担任延唐县令期间，主持编著了介绍湘南九嶷山地情的书《九嶷图经》。又在请示朝廷后，在玉王官山下修建了一座舜祠，这对于我们今天研究九嶷山和舜文化，仍有很好的借鉴作用。

先生晚年，被朝廷册封三恪，赐锦衣还乡。"终老于家"，病逝于邵州城西竹山湾（今邵阳县长阳铺镇秋田村）家中。从彼处来，到彼处去。多年前那个清晨，先生离开故乡。多年后的那个黄昏，先生回到故乡。从早晨到黄昏，是一个人的一生。多少风流被雨打风吹去，先生两袖清风，伟岸的身影耸立成山，让后人仰止不息，在古典文学的深处。

当我离开秋田的时候，雨又大起来。纷飞的雨水和先生不朽的诗作一样滋养厚实的大地和大地之上的芸芸众生，年年岁岁。

刊于《湖南教育》2014 年第 5 期

袁姣素

袁姣素，女，洞口人。中国散文学会会员，中国诗歌学会会员，湖南省作家协会会员。作品见于《星星》《山东文学》《湖南文学》《边疆文学》《鸭绿江》《西部》《创作与评论》《散文百家》《文艺报》等刊物。著有长篇小说《我是一个兵》，小说集《飞翔的嗥叫》，诗集《素爱》《风动》《月亮的指痕》等。作品入选《中学生每日一读》《中国年度优秀诗歌2015卷》《中国当代微散文精品》等选本。获《人民文学》征文奖、全国鲁藜诗歌奖等。

点一盏心灯行远

也许，每个人的心里都有一盏心灯，明明暗暗，闪闪烁烁，星星点点。打开天窗，星星点灯，这盏光亮与人温暖，给人启迪；心心点灯，人生路上，照亮前方的道路，给人导航。点一盏心灯，照亮我们的心，万水千山，登高行远……

诚龙先生的这本新书《心心点灯》让我想起许多年前的如饥似渴，那时候经常光顾读书亭里的《读者》《青年文摘》等书，因为家里拮据，我不能把每一期都买回家细嚼慢咽，只好期期艾艾地望着亭里的老者或阿姨，希望他们能给我时间多看几分钟。我小心翼翼地翻阅着书页，生怕有声响惊动了别人，或者弄皱了书，遭到呵斥与不满。那点点墨香就像牛奶和面包，让我忘记了饥肠辘辘，忘记了回家的时间。而这本《心心点灯》让我重新回到那段美好而难忘的时光，仿佛夜幕下的少年，积攒着体内的冲动，在繁星点点的苍穹下捡拾五谷，收集露珠与闪电。

《心心点灯》荟萃了家常琐碎，古今中外，逸事趣闻，如一碗营养丰富的"心灵鸡汤"。喝着这些精华，人顿时对生活、对人生、对世道、对理想，对大千世界，芸芸众生，不说大彻大悟，也一定是豁然开朗，见佛见心。懂得了生活的真谛与大知之道，参透了人性之中的最深层次的得失与悲喜。

作者行文素朴，却又字字珠玑，古今中外、街头巷尾、其人其事，信手拈来。如一日三餐必需的家常美味，佐料鲜美，入细入微，煲煮煎炸，口味独特，炉火纯青。七辑美文如一桌色香味俱全的满汉全席，让人眼观色香，入口酥融，消化脾胃，而又内容丰富，素材扎实，从微小见诸大道理，由口入喉，由眼到心，形象具体，层层推进。每篇文章短小精悍，语言老道而具个性，或幽默风趣，或酣畅淋漓，或随心所欲，或娓娓道来……笔法自然而达观，思想睿智而深邃，作者运用各种风格诉诸笔端，从生活中的有机厨房提炼出精品美味，形式多样，活泼生动，又能见仁见智，展现出为人处世之大知之道，大爱之美，大思之情。

诚龙先生手法多变，穿越今古，引经据典，将生活的经验总结出真道理、新道理、深道理。梳理这些细枝末梢、叶脉经络，可以清晰地把持一杯或滋补或清淡或浓烈或去火的文火炖品，待人细细品味，细嚼慢咽，便能感知真味性情，生之体验，给人暖心暖胃之感，余香绵远。

第一辑中的《父母在，不关机》，对老人的尊重和照顾，体贴与温暖，从细微处体现一个民族的精神文明，儒孝之道不可丢，这种优良的精神与传统千秋百代，代代相承。《夹心生活》中的为人子、为人父、为人夫、为人臣的尴尬与无奈，开心与收获；小故事大道理，生动有趣，经典而又平实，嬉笑怒骂，有理有据，意味深长。第二辑《勇于不敢》里古今中外的思想，件件给人真知，修身养性，让人懂得大是大非，开阔眼界，积累沉淀。后面几辑的经典美文不胜枚举，篇篇脍炙人口，寓意深刻，个中的酸甜苦辣，五味杂陈，灼见真知，洒脱性情，待人慢慢去读，细细去品，方能体味。

《心心点灯》可以说是作者精心酝酿的一坛美酒，倾情奉献的一杯精华。读来其感悟有杂文的启示与深度，有散文的儒雅与大美，有娓娓道来的故事与真理。作品风格纷呈，幽默诙谐，明心见性。文中做人行事的悟道、悟性、悟心；生活的原汁原味，活色生香；精辟的哲理与思索，带给读者美不胜收与受益匪浅的盛宴享受。行文之中无技法、无造作、无烦琐累赘，真实自然，经验经典，张弛有度。文章内容丰富，素材典型，言简意赅。让人喝完这碗心灵鸡汤，清心明目，养分充足。沁人心脾，余味缭绕，铭刻于心。

诚龙先生的杂文在全国载有盛誉，这本新书《心心点灯》收集了他生活中各方面的素材典型，古今中外，哲理思考；从艺术的角度看，那骨骼一样的钙质，像夜晚的天空，笼罩与润泽万物，悄无声息地融入千家万户。

原载 2015 年 3 月 24 日《东南早报》

迷城里的迷失与坚守

　　小说的魅力在于其无限的虚构性和精神重塑，这两者紧密联合，来去自如地贯穿始末，血肉交融。既能在特定的环境和语感中成镜成像，塑造出大千世界、芸芸众生；又给人以真实与虚幻、灵肉与烟火的张力和超越之美。马笑泉的《迷城》就在一种从现实中提炼出来的虚拟语境中让我们看到传统文化在政治场域中的碰撞和交融。

　　故事发生在一座具有历史文化底蕴的县城，常务副县长鲁乐山的死亡事件给迷城蒙上了一层迷雾，他到底是自杀还是他杀？一位深得民心、为民办实事的好官怎么会莫名其妙地于一夜之间抹了脖子又跳楼呢？这个迷城之谜给人们留下了一连串的疑问和思考。而鲁乐山好友杜华章的出场成为迷城的焦点人物，人们的目光随着他深藏不露的政治思想和闲情雅致的生活而舞蹈。小说的高妙之处在于并没有一味地去追究凶手和侦破线索，而是由此为引子牵引出官场与民间的文化动态，以及一场欲罢不能的儿女奇情。小说糅合地方风情和翰墨文化，展现出一桩扑朔迷离、若隐若现的迷宫式案件和一场基层政治斗争及其复杂性。

　　宣传部部长杜华章对生前好友鲁乐山的突然死亡深感蹊跷和痛惜，却又不敢大张旗鼓地去追寻案件真相，身处政坛的他深知政治舞台的波诡云谲，只得在暗处点拨和援助好友的家眷柳医生、学生龚致远去寻找真相和

294

证据，为鲁乐山的灵魂安息尽到他的心力。龚致远为了寻找到老师死亡的真相，不惜辞去公职，南下广东做了一名纸媒记者。杜华章暗暗为他们担心，心情抑郁之时便会去静云轩找他的红颜知己梁静云一起泼墨挥毫，唱和写字，他们有共同的爱好与人生价值观，在书法的艺术审美上也是志同道合，心有灵犀。但他们高度的家庭和社会责任感又让他们始终坚守着这份情感的圣洁与美好。杜华章不仅有书生的儒雅，更有强大的决断力和行动力。他不惧阮东风等后台势力，用睿智的头脑帮助胡矿长捍卫自己的尊严和权利，暗中相助和保护龚致远获得证据，极大地打击了阮东风、高文攻等一些黑恶势力。

小说用穿插式的叙述，一张一弛，回忆与在场兼行结构，结合逻辑思维，从破解迷城之谜的欲语还休中刻画出基层政坛才子杜华章的精神塑像，谱写了一曲风起云涌之时的剑胆琴声，反映出现代迷城的古风雅韵与精神文明。小说故事惊心动魄、扣人心弦，同时又从官方和民间两个不同向度解读传统文化在当代的作用与局限。

小说细节丰满，人物形象性格各异，杜华章的深沉睿智，鲁乐山的正直笃实，康忠的老谋深算，高文攻、阮东风的嚣张跋扈，梁秋夫的通透豁达……作者通过精确的语言、生动的情节把这些人物刻画得入木三分、栩栩如生，给人留下了深刻的印象。

从语言风格上看，《迷城》的语言醇厚干净、劲道绵韧，在内涵上又具有强大的思辨力量。在故事情节的推进中，《迷城》与博尔赫斯的《小径分岔的花园》中的虚构悬疑与曲折迂回相较，马笑泉的叙事风格多了种义薄云天、倚剑行天下的洒脱不羁与笑傲江湖的英雄气概。在巨大的想象空间中，展现出对理想社会的憧憬和构建。

故事没有确定性的结尾。米兰·昆德拉说，小说的精神是具有连续性的精神。每一部作品都是对此前作品的回答，每一部作品都包含了所有先前的小说经验。马笑泉的这部打磨了数年的开阔厚重之作，用其思辨的深度探求生命价值的尺度，以及官场与民间的无缝焊接，展示出迷城之谜。这是一种精神力量的延续，是具有中国韵味和精神的文化现象。

原载 2017 年 7 月 3 日《文艺报》

张建安

张建安，邵阳县人，中共党员，大学教授。系中国作家协会会员，中国文艺评论家协会会员，湖南省作家协会全委会委员；第六届毛泽东文学奖（理论奖）获得者。

夷江物语

水，历来是我们人类滋生美好情感的源头。

我常常怀着一颗敬畏虔诚之心，去接近江河，去感悟流水，希望有朝一日能与它们相融无间。

在一个春光明媚的周末，我与几位文友应邀来到了湖南新宁崀山。

温婉的阳光下，我们站在巍峨的牛鼻寨顶驰目骋怀。

放眼瞭望，只见那丹崖、碧岭，那崇峦、叠嶂，如波似浪，涌向四方，极目处只剩一派烟光草色。

直到将目光沉潜眼底，我们才惊喜地发现——于我们脚下不远的地方，有一脉幽蓝的流水，飘带似的伸向逶逶迤迤、莽莽苍苍的远方……

"那就是夫夷江！"漂亮的女导游说，"夫夷江发源于广西风景幽深的猫儿山，它是我们崀山的母亲河。"在这位美女款款叙述的时候，我们便产生了一种漂流夫夷江的强烈愿望。

于是，我们一行从水西村切入，登上竹筏，开始了夫夷江漂流的愉快旅程。

激人想象的河流

漂流夫夷江，首先就是欣赏两岸秀美的风景。

夫夷江两岸是宁静而美丽的村庄。这里生机盎然，树木、竹林、繁花、碧草，挤挤挨挨，热烈而蓬勃，它们以美不胜收的风姿和风情，吸引着广大游人的"眼球"。

不时，有微风拂起，发出轻柔、曼妙的声响，似呢喃，如私语，温馨而浪漫，这正是我们人类疲惫以后得以"栖身"的最好的家园！

顺流而下，依次有鸳鸯岛、啄木鸟石、婆婆岩、军舰石、将军石等主要景点。对于夫夷江两岸的这些奇峰异石，人们充分展开各自的想象，自然演绎出了诸多关于爱情、婚姻、人生、英雄和历史的美丽传说来。

鸳鸯岛乃一银白沙洲，隔河相望兀立着两尊形似鸳鸯的巨石，它们遥遥相望，做天地之恋，长相厮守，让世人为之感动和震撼！

啄木鸟石高达90米，高处如头部俯瞰江水，一块倾斜的长石，宛如尖啄，头部圆孔如双目怒睁，崖上有一树，嘴挨树干，俨然一啄木鸟正在清除虫害，亦颇有意趣。

婆婆岩，那是一尊非常母性的巨岩。据说是年迈的母亲为了繁衍子孙，几乎耗尽了自己毕生的精血。岁月无情，虽然她早已失却了生命的光华，但她的勤劳和坚韧，还有她的超负荷透支生命的奉献精神，让后人唏嘘，令游客景仰！

隔江相望的是军舰石，由三块巨石构成。它们呈东西方向，翘首夫夷江。三舰均长300余米，高150余米，巨石前端高高挺起，后端略成弧线倾斜，一舰紧挨一舰，气势恢宏，宛如舰船编队征航。

浑然天成的将军石屹立于夫夷江东岸低缓平坦的山坡，它是丹霞地貌发育到晚期而形成的一座石柱，净高 75 米，周长 40 余米，上下等粗，顶部稍细，远观酷似一位身披战袍、仰天长啸而虎虎生威的将军。在当地同胞看来，将军石既是凛然正气的象征，更是坚贞不屈的象征！

随着竹筏的流移，我们的视线转射到了将军石的背面。此时，即便你是天才也未必想象得出，呈现在我们眼前的是怎样一幅让人拍案称绝的画面——那巨石竟一改刚才的英武威严之气，宛如一美貌少妇端坐，改作妆容梳头之状。

这到底是一种什么样的力量使然？缠绵悱恻与剑气凌厉居然结合得如此巧妙而完美！——我不得而知。

但是，那关于"英雄"与"美人"集于一石的人间奇迹所呈示的"俯仰皆成故事，横侧都是奇观"的深刻哲理，我懂得了——实在是让人太长见识了！

这真正是一条激人想象的河流！

它的两岸那奇特的自然形态，连同那奇丽的民俗文化，非常容易给我们这些来自远方的、几近麻木的旅人带来直觉的复活。

也正因为如此，我们喧嚣的灵魂才可能暂时得以平静地皈依河水。

涉江的感觉

水是山的魂魄。

同时，水也是人性中最温暖、最浪漫，或者说是最深沉的情感诉求。

这一点，无论是遥远的洪荒时代，还是紧张忙碌的今天，从未改变。

"沅有芷兮澧有兰"，两千多年前，屈原曾这样深情地赞美过流经这片土地上的河流；沈从文亦抒写了一辈子"水边的人生"。

文人那不羁的灵魂啊，常常与这悠悠的流水密不可分！

跟屈原当年不同的是，我们非常幸运。

欣逢盛世，我们则没有了他在《涉江》中所表露的那种忧愤与孤独！

此刻，我们非常惬意地守望着夫夷江这条灵性而美丽的河流。

深蓝、清澈的水畔长满了绿色的水草。微风吹过，水草丛中就有轻软的水音传来。夫夷江啊，就是这么温润而平和，细语轻唱，无言往东而走向远方……

竹筏漂流在悠悠碧水之中，蜿蜒于奇峰异石之间。河水中，游鱼细虾历历可数；河岸边，花鸟蝴蝶流转不绝。竹筏上的游客很是散淡地欣赏游鱼，水中的游鱼亦漫不经心地审视游人——这是一幅怎样富有诗性与"禅意"的画面啊！

水光山色融为一体，游人鱼鸟相向与共。清风习习，碧波漾漾。筏在水中漂，人在画中游。流连此间，作为从现实的激烈竞争中遁逸而出的我们，在这与大自然真诚、平等的对视中，无疑可以抛却许多红尘的杂念、世俗的浮躁、心灵的烦忧！

记忆，还旋转在往日生活的混沌之中。

可是，潺潺流水则已开始轻轻地舔舐我们的耳膜了。

仁者乐山，智者乐水。

高山流水，人性极致！

我们就是这样，在美好的大自然中寻觅着知音——

所谓知音，就是二者的心灵相通，只要轻轻一碰，便能产生美妙的契合与共鸣！

那位随筏的艄公恰如飘逸的弹奏者，在水中舞动着灵巧的双手，两页桨片有节奏地击打那琴弦般的流水，唱出的可是别样的幽娴，别样的情韵——宁静淡泊，儒雅风流！

当然也有急滩。

每至于此，刚毅沉稳的艄公，便很是娴熟地驾驭着竹筏，随波浪而沉浮，顺水势而起伏。在这迷梦一样的时刻，我们一同呼吸到了那清新的水雾的气息。于是，我们的身体也一同变得轻盈起来，确乎有一种"羽化而登仙"的感觉。

幻觉中，我们仿佛历经了一次水之"涅槃"，我们感受到了一种"天人合一"的奇特，我们的人生因此而拥有了一点安逸、恬淡和超脱的情趣。

双脚穿行在绿波清水之间，我们变得天真如童，居然久久不愿上岸。

因为此时此刻，我们的心灵已经穿越了时光隧道，意欲寻访人世知音的遗迹——鱼需要水，鸟需要巢，人需要安抚，大自然需要和谐啊！

不是吗？——在秀美的夫夷江，我们谁人没有得到过它温情的抚慰！

是的，在这个世界上，河流是温顺的、柔弱的，然而，它也是伟大的！

作为一种生命，它曾经创造了我们人类最为绚烂的文明。

虽然，世事轮回，人事沉浮，沧海桑田！但我想，只要河流不消失，它所创造的辉煌，就将永远存在！

今天，我们迷醉于夫夷江，仿佛那奇妙的时光可以倒流，人类的某些文明可以退却！

尽管人类的文明也曾历经过无数的曲折，但毕竟青山依旧在，绿水还长流……

原刊于 2007 年 6 月 12 日《人民日报》"大地"副刊

童年的草籽花

一

春日江南，莺飞草长。三十年前的湘西南农村到处生长着一种草籽花，红红绿绿，铺天盖地，呈现出那年月少有的热烈和蓬勃。

童年蒙昧，对于这种曾给我们以无穷快乐和美好记忆的草籽花，我居然一直不知道它的名字。前不久一个偶然的机会里，朋友告诉我，说童年见到的那种草籽花就是美丽的紫云英时，我无比惊讶，也倍感亲切。啊，紫云英！

望着那紫红的花瓣、桃红的花心、嫩绿的花叶、翠绿的花茎，我心中就充盈着一种梦幻般的色彩，还有一种奇异忧伤的怀旧情绪！就是这种质朴无华的草籽花，装饰着我那寂寞而单调的童年，温暖着我们懵懂而悠长的记忆！

二

记忆中的家乡，潮湿的土壤就是紫云英的温床，肥硕的紫云英则又是水稻的温床。

那还是农村搞集体所有制的时候，在晚稻成熟之前，生产队的社员们总会在稻田里撒下一些细小的种子。不须多久，这些种子就会争先恐后地伸出脑袋来，在寒冷的冬季顽强地生长。

漫漫冬日，田间圳里不时有浅浅的积水，倒映着灰蒙蒙的天空。此时，软绵绵的紫云英地里多能挖到冬眠的泥鳅。那时候，我们一把铁锹，一个小篓，就可以在紫云英田里折腾大半天。自然，那种抓泥鳅的乐趣是远远大于吃泥鳅的乐趣的。

开春以后，田野里一片碧绿，大地就像铺上了一层绿毯似的，把一派寂寞的初春，装扮得生机盎然——那就是常常萦绕于我梦中美丽的紫云英！

那时，生产队时兴大积肥，记得每块田头地角都挖有一方蓄肥池的。紫云英疯长的时候，一般也是蓄肥池排满的时候了。这样，紫云英便很难得地迎来了它的大面积生长的机遇，居然能堂而皇之地挤占大片大片的农田。

紫云英的叶子柔美无比，娇嫩，深绿，没有一点儿杂色，长得浓密的时候，你是看不到田地中的泥土的。仲春时节，紫云英便旁若无人地生长起来，柔嫩的花儿在流淌的绿色中随风摇曳，害羞地散发出浅浅的清香。

暮春到来，紫云英便开放出紫色的花朵。此时，放眼瞭望广袤的田野，仿佛就是紫色的海洋。极目处，抑或还能看见远方的树木和村庄——那是多么怡人幽雅的水墨山水图画哦！

紫云英默默无闻，然而却欣欣向荣地生长着。

在我故乡农人的眼里，庄稼才是他们唯一的期待，而紫云英的美丽常常是被忽略了的。这种草籽花，只能被农人用作改良土壤的肥料。因此，他们对那美丽的紫云英，是从来不怎么认真去看的。

冬去春来，农人们竟毫不经意地将它犁翻在泥土里，再插上绿油油的禾苗，紫云英就这么平淡寂寞地度过一生。然而，当它们的生命快终结的时候，却依然还顽强地开放着灿烂的微笑。请问：在这个世界上，还有哪一种花会像紫云英这样悲苦而不幸呢？

因此，每当看到青翠的禾苗在天光倒影的水田里被风吹得四面乱颤时，我常常会联想起在禾苗的根部，那被埋没在泥土里的紫云英，很是悲怆！

是啊！世上的花朵一般应有人去浇灌，有大地去滋润的，而紫云英却以自己纤弱的躯体默默地肥沃着大地，滋养着人类——犹如我朴实而平凡的父老乡亲！

三

但对于我们这群孩子来说，紫云英却是一个悠远的童话，充满着诱惑，那紫白相间的小花仿佛是一双双妩媚的眼睛，一翕一张。微风中，它们似乎闪动着无声的眼睛，讲述着无边的委屈和幽怨。

三十年前的乡村孩子，几乎是没有什么好玩乐的。于是，我们常常扑进田里，细看那紫色与红白相间的花瓣，那油油的叶片，惹眼的绿，仿佛是生命跳动的脉搏。

轻风缓缓掠过，细细的茎秆摇曳着，时不时，紫云英夹杂着田间泥土的清香弥漫开来。我不明白，那红绿紫白的花朵，竟能相衬得那么和谐。显然，那是一种天然的美丽！如加上艳阳的映照，还能氤氲出绚丽的霞彩来。通常，黄绒绒的蜜蜂也被紫云英吸引着，尽情地在紫云英的花丛里漫天飞舞。还有那在花间舞蹈的彩蝶，在绿叶间飞翔的蜻蜓，这些小生命也不失时机地在紫云英的清香里畅快地抒情……

不上学的时候，我常常约三五个同伴，提着竹篮到田里去扯猪草。回家之前，总要在原野里尽情地疯玩一阵才舒服。我们时而轻轻地走，时而如风一样地追赶，时而几个人扭在一起，在长满紫云英的田地里嬉戏、打闹。累了，我们就躺在轻柔的紫云英身上，仰头望蓝蓝的天空和洁白的云朵。

密密丛丛的紫云英就这样默默承受着我们的无知和粗暴，可奇怪的是，到了第二天，压倒的紫云英居然又能奇迹般地挺立起来，完好如初，依然绿得能掐出鲜嫩的汁水来。

紫云英有时也能使我们乏味的生活产生点诗意来，还有天真的浪漫，很朦胧的。

无知的我们常常喜欢将紫云英扎成花束，或者编织成花环，那细嫩的花茎是禁不得用力的，我们必须小心地采摘，用田边的青草或细枝环护，这些都是平凡普通的植物。

是呀，我们的童年是没有名贵而华美的花草来修饰的，但因为有了紫云英，我们那卑微而贫穷的生活竟也有了些许快乐。

紫云英总是在那花束的中央，或者在花环的周围，含着浅浅而羞涩的笑。

只是，童年的我不知道将这美丽的花环送给了谁？也是一个羞涩含笑的乡村小女孩吗？——呵呵，早已不记得了。

四

岁月流转，三十年过去了。

感谢紫云英伴我们度过幼稚生命中那段无忧无虑的日子。

这么多年来，我自然见过多种多样的花，其中有平凡的，也有名贵的；有淡雅的，也有鲜艳的；有芬芳的，也有无香的。可以说，紫云英是我所见过的最最普通的一种了，但它却深深地留存在我的记忆里！

而今，农田早已责任到户，种田人似乎再也没有兴趣去撒播那细细的、黑黑的种子了。大大小小的农田多半已改用了化肥，美丽娇艳的紫云英在今天这"现代化"的喧嚣里被农人们逐渐冷落，似乎要被世人悄悄遗忘。

　　偶尔，还有那么一两丛，在田间，在路边，在山谷，抑或还混杂在野草里。尽管它还是那么翠绿浅红地惹人怜爱，尽管它还在顽强地延续着所属种类卑贱而脆弱的生命，但这一年年日渐稀少却还在自生自灭的紫云英，很是让我怅然！

　　是呀，世上的美是无穷无尽的，可有一种美竟是如此落寞与忧伤，让我们永远遗憾……

原刊于《创作与评论》2013 年第 6 期

生命流年

一

我向往这样一种情境——月色清朗，碧水连天；

我期待这样一种心境——宁静柔和，娴雅洒脱！

总想梦回唐朝，以现代之躯横渡远古之沧浪；总想也有一片春江，以空濛的臆想打发月色下美丽的时光！

二

大学时代，听古典文学教授摇头晃脑地讲解唐诗，很是投入，虽不十分满意，但《春江花月夜》那富有诗性的文字，那富有情韵的语言，还是击穿了我的灵魂！

这是来自大唐的诗歌！

年轻的大唐，拥有少年般的憧憬、惆怅和淡淡的忧伤；恢宏的大唐，无疑具备着深厚的历史底蕴。看似不经意的一个语词，一个意象，却有着绵延不尽的诗情和画意。例如，"白云一片去悠悠，青枫浦上不胜愁"，就融汇了楚辞里"湛湛江水兮，上有枫。目极千里兮，伤春心。魂兮归来哀江南"（《招魂》）和"子交手兮东行，送美人兮南浦"（《九歌·河伯》）的意境。"碣石潇湘无限路"中的碣石与潇湘，更是两个有着不同意蕴的特殊意象：碣石在北地，潇湘属南国；碣石是仄声，读来斩钉截铁，给人以寒冷硬朗的感受；潇湘是平声，读来缠绵悱恻，有悠扬不尽的情韵。碣石，往往与北国的山海，与瑟瑟的秋风，与沙场征战，与帝王枭雄有关；而潇湘，则常常与澄澈的江水，与柔情的清风，与精神长旅联系在一起。

自唐代以后，碣石一直作为一种具有特别意蕴、弥漫英雄豪气的意象和词汇在诗歌中频繁出现；而潇湘，包孕的则是一个忧伤的故事，那是一条流淌着诗韵和柔性的河流，是一个牵动着千古诗人心魂的意象！是潇湘，赋予楚地、楚歌、楚辞、楚文化以超常的灵气；也是潇湘，作为深情的女神的家园，轻轻托举起屈子的诗魂！

当我们捧起那一卷"楚辞"，心中便点燃起一瓣心香，为屈子，也为潇湘。

感悟潇湘，我们疏瀹五藏；念诵潇湘，声韵是如此清切和俊爽。

——令人无限神往，又让人黯然神伤！

就是在这潇湘之畔，贾谊凭吊过屈原，洒泪于湘水；李商隐也曾面对惆怅的湘江和异乡的秋色，不胜悲凉地吟哦出"楚天长短黄昏雨，宋玉无愁亦自愁"的诗句（《楚吟》）；而秦观（《踏莎行》）"郴江幸自绕郴山，为谁流下潇湘去？"的诗句，更是延续了潇湘特有的忧伤情致。

如果说，与碣石相关的是慷慨悲壮的英雄气概，那么，与潇湘相联系的则是柔情感伤的浪漫情怀；如果说，碣石象征着在冷酷的现实事功中的搏杀与奋斗，那么，潇湘则意味着在理想和审美的诗境里的忧郁和彷徨。从古代到现在，从北国到江南，"人生代代无穷已"，南来北往的人们，虽然步态不同，所走的人生之路也千差万别，但走的不正是碣石、潇湘那无限之路吗？

"昨夜闲潭梦落花，可怜春半不还家。江水流春去欲尽，江潭落月复西斜。"此中包含了几多复杂而难以言喻的人生情怀。

"不知乘月几人归，落月摇情满江树。"这余韵悠悠的结语，又寄寓了诗人对人世间多少美好的祝福与期待！

三

大凡世上美好的事物，人们都想着要在其身上附加点什么，或延伸点什么来。

唐诗《春江花月夜》就是这样的事物，自它诞生之后就引发了人们缤纷多姿的创作欲望！

经典名曲《夕阳箫鼓》就是取意于《春江花月夜》，其意境深远，乐音悠长，被公认为是中国古典民乐之代表。

后世有乐师将《春江花月夜》改造成琵琶独奏曲，名《夕阳箫鼓》，又名《夕阳鼙鼓》，亦名《浔阳琵琶》《浔阳夜月》《浔阳曲》。稍后，还有人将它改编成民族管弦乐曲。

而此时此刻，我欣赏的就是民乐大师彭修文加工的民族管弦乐曲。

全曲通过委婉质朴的旋律，流畅多变的节奏，形象地描绘了月夜春江的迷人景色，再现了江南水乡的优美风姿，就像一幅工笔精细、色彩柔和、清丽淡雅的山水长卷，引人入胜。

乐曲开头第一段"江楼钟鼓"以琵琶模拟鼓声、箫和筝奏出波音，接着响起徐舒优美的旋律，描绘夕阳映江、晚风轻拂的暮春景色。然后，乐队齐奏出优美如歌的主题，乐句间同音相连，委婉平静；大鼓轻声滚奏，意境深远。第二段："月上东山"，主题音调高四度，旋律向上引发，表达了一种月亮缓缓上升的动感。第三段："风回曲水"，曲调层层下旋后又回升。第四段："花影层叠"，出现四个快疾繁节的乐句。有如见江风习习，花草摇曳，水中倒影，层叠恍惚。进入第五段"水深云际"，此时，音乐先在低音区回旋，接着八度跳越，并运用颤音和泛音奏出飘逸的音响，表达了水天一色的意境。第六段："渔歌唱晚"，展现的是一段渔歌的旋律，柔美的箫声如悠扬的渔歌自远处飞来，表现了渔民悠然自得的形象。接着是稍快而有力的乐队合奏，气氛热烈，表达了渔人满载而归的喜悦之情。其时，乐队齐奏，速度加快，再现白帆点点，遥闻渔歌，由远而近，逐歌四起的画面。第七段："洄澜拍岸"，进入了全曲的初潮。在琵琶用"扫轮"技法奏出强烈的乐声之后，乐队齐奏，描绘了群舟竞归，浪花飞溅的情景。全曲的高潮是第八段："欸乃归舟"，音乐呈反复式递升，筝划奏出如流水一样的历音，速度的由慢而快，力度的由弱至强，呈现了波浪层涌、橹声由远渐近的意境；第九段：尾声，节奏舒缓，表现出归舟远去，万籁皆寂，江天一片宁静的夜色。

《夕阳箫鼓》充分运用大乐队丰富的乐器色彩，巧加编配，乐器时增时减，使乐队音响富有高、低、浓、淡、厚、薄的变化，层次分明；在音乐表现方面，既发扬古典音韵优雅的格调，又使音乐充满内在的激情，颇具情韵，富有生气。

全曲在悠扬徐缓的旋律中结束，使人回味无穷！

四

我常常想，一个人能欣赏到这样的管弦乐曲，那真是福气，这可是中华民乐中的精华啊！

事实上，凡中华儿女，谁不熟悉它那钟鼓齐鸣、笛箫悠柔、弦萦绕梁、筝瑟划空的优美曲调？它恰似一江春水从远古悠然而近，又向未来缓缓而去。

"江天一色无纤尘，皎皎空中孤月轮。江畔何人初见月？江月何年初照人？人生代代无穷已，江月年年望相似！"月亮总归是不老的——亿万斯年，一代又一代看见过月亮的人，都老了，都死了，而只有那月亮，仍在那天上高悬，永远鲜亮，永远年轻！

人，是有限的存在物。在漫长的历史长河中，个体生命显得尤其短暂，过去与未来永远不可企及：生命的有限是人生的悲剧，是一种与生俱来的不可改变的渊薮！

况且，人类生存环境越来越狭小，越来越恶劣，这更增加了人类的局限和束缚。

无论人如何通过科技的进步、文明的发展，而得以延伸，然它所据有的空间总是有限。因为在这之外，是无限广阔的未知世界，那是与人类相对的另一种存在，有如原始人所面对的未知的自然，险恶神秘，森然可怖！

不仅如此，人类的有限性还表现在我们对自身存在状态的不可理解而显现出智慧与思想的苍白与贫乏：我从何处来？我向何处去？在茫茫人海、浩浩宇宙中我系于何处？人生的意义与目的何在？或者它根本就只是一种虚无？战争与瘟疫、贫穷与饥饿、人情的冷漠与人性的残忍等，为什么总是肆虐无忌，驱之不去？

世上到底有没有一种美好的生活方式？那又是怎样的一种生活方式呢？如何才能求得呢？……

在这充满众多困惑的、短暂有限的人生里，人类无时无刻不在渴望，无时无刻不在求索着无限与永恒！

在无奈与困惑之中，人类终于找到了宗教与艺术这两条通道——企图通过宗教与艺术，去超越有限的人生，进入永恒无限之境。

作为当下文人，我只能躲在自己所构建的诗化的艺术世界里，让浮躁与漂泊的灵魂得到片刻的安顿。

那来自远古的神韵，那灿然的人文晨曦，能够将我们带入到理想的彼岸吗？

原刊于《海燕·都市美文》2010 年第 6 期

张建安

张小牛

张小牛，祖籍洞口县，1951年农历十一月出生于武冈县城。已在作家出版社、新世界出版社、湖南人民出版社和《人民文学》《当代》《中国作家》《十月》等刊出版、发表文学作品近400万字，被《小说选刊》《中篇小说选刊》《微型小说选刊》《散文选刊》《杂文选刊》等转载。有作品入选重要选集、被拍成电视电影和搬上舞台，另有电视连续剧本被摄制播出后获飞天奖。2012年入选湖南省文艺人才"三百工程"。现为湖南省作家协会理事，娄底市家协会名誉主席，中国作家协会会员，国家一级作家。

拒绝卑鄙

　　伟人也有卑鄙的时候。我不是伟人，也就没去记住这话到底是谁说的。但有时憋不住想，这话到底是在伦理环境中说一个客观存在呢？还是从辩证的角度专为伟人的人格过失辩护呢？抑或是立于距离论的审美原理上对伟人抛去冷静的一瞥呢？继而又想，如果是前者，我们是否可以得出卑鄙无可避免的结论，从而使自己遭遇卑鄙时心安理得？如果是次者，我们会不会觉得人的社会地位不同居然就有人格评判的不等，从而使自己心理失衡？如果是后者，我们会不会推倒一切崇高和神圣，将灰暗涂满整个世界？打住，我肯定是在钻牛角尖了。删繁就简地思考问题，只认定"卑鄙"是个最坏的字眼行了。顶多再接着想一个问题：当这个最坏的字眼偶尔像路边的粘子草一样粘上自己的人格时，伟人会不会扭过脑壳去细细审视一阵，然后伸两根指头轻轻将它拈去？

　　我说过我不是伟人，但我也常常把脑壳扭过去，将自己的人格细细审视一阵，目光总久久盯在那一片小小的毛扎扎的粘子草上。

　　那是初三时候，我学会了吹笛子，是一位姓许的老师教我的。这位许老师嘴唇很厚，居然能对着细小的笛孔吹出好听的曲子来，让我钦佩不已。他说我的嘴唇比他薄，肯定能吹得比他好。我果然很快就吹得比他好。他乐坏了，送我一本油印歌曲。许老师上地理课，地理课总安排在老师开中餐后的第一节，许老师那厚厚的嘴唇便在讲课时泛着油光，引得我们偷偷咂嘴（那时候学生是不开中餐的）。不久学校进驻了工作队，是北京来的大学生，他们大约是第一次走出大城市，一位留平头的男队员拎着别人送的一个凉薯满学校转了一圈还没动嘴，不知道怎么吃；而一位戴眼镜的女队员看见一个农村学生用狗尾巴草穿了一串乱扭的泥鳅，吓得尖叫。但他们政治嗅觉很强，听到我用笛子吹出《四季歌》，立即就皱了眉头，说这是封资修的货色呀。然后在我身上深挖，就挖出了许老师的油印歌曲，《四季歌》正在那里面。平头和眼镜一齐帮助教育我，指出许老师是漏网的阶级敌人，正阴险地毒害我呢，要不是工作队来得及时，我也许就被毒害得没救了。

接下来工作队主持批判大会，包括许老师在内的好些老师勾着脑壳站在台子上，包括我在内的好些学生昂着脑壳上台去揭发批判他们。我一手攥着笛子和油印歌曲，一手指着许老师，慷慨激昂唾沫飞溅，而脑中浮现最多的是许老师泛着油光的厚嘴唇，心中真的就充满了激愤。

直到今天我也不承认接受了平头和眼镜的教育，我不相信许老师真的要毒害我。但我的母亲也正在另一所学校挨批斗，为了表现进步我应该上台去。然而这突出的表现并未改变我的命运，我很快成了学校里的"小四类分子"，又很快随母亲被遣送到很远的乡下。我开始思索许老师上地理讲的一个地质现象：地壳受强力挤压时，有的地方跌落成深谷，有的地方则耸拔成高峰。我深深为自己变成低谷而羞愧了。独自上山寻找野菜的时候，就想象许老师也正在他老家的山上踉踉跄跄。我朝远方勾下脑壳，泪流满面。

在接下来日益火烈的造反运动中，许多和我一样受压的学生加入了各种造反组织，顿时威风起来。他们动员我去威风一下，我一直摇头。我始终没往臂上套任何炫目的袖套，我总是要想起许老师来。我不奢望自己耸拔成高峰，但我至少是不应该再变成低谷了。于是到了今天，我虽然不敢保证自己没有毛病，但我敢大着嗓门保证，自己的人格再未沾上半点卑鄙。

世界是离不开伟人的，但世界更多地站着普通人。伟人的卑鄙能像蛇形的闪电将天空撕裂；普通人的卑鄙呢？一个人在阳光下的阴影当然只黑了一小块地方，千万人的阴影连在一起，那是要让一大片土地都变黑了啊！

制造无限光明的是人心，制造无边黑暗的也是人心。说这话的人我记住了，是世界文学巨匠巴尔扎克。

记住自己的卑鄙，才能拒绝一切卑鄙，说这话的人我也记住了，就是我自己。

原载 1997 年 11 月 23 日《金融时报》，《杂文选刊》1998 年第 1 期转载

张小林

张小林，男，1969 年出生，新邵县人。1987 年考入邵阳师专中文系，2005 年湘潭大学法律系毕业。2007 年任城步苗族自治县人民检察院检察长，2012 年 12 月任双清区人民检察院检察长。1989 年开始写作，先后于《诗歌报》《中国青年》《湖南日报》《法制日报》《检察日报》《知音》等报刊媒体发表诗歌、散文、杂文、报告文学等 200 余篇（首）。

谏祸猛于虎

夺江山的酷爱暴力，坐稳江山的却喜欢秩序。这话虽然有点尖刻，却也实实在在地将中国历史上各个封建王朝治国驭民的心态剖析得一针见血。何谓秩序？说穿了就是皇帝制定的官场游戏规则必须不折不扣地执行，任何人不得有半点冒犯和僭越。在君言即圣旨、君怒即天怒的威权专制朝代，官员的脑袋和嘴巴是不属于自己的，想什么和说什么，得唯皇帝的脸色和眼色高兴不高兴、好看不好看是瞻。隋朝《开皇律》所规定的十种最严重的犯罪中，赫然就有"大不敬""恶逆"，凡犯此"十恶"者，皆不赦也。而所谓的"大不敬"与"恶逆"，无非就是君臣意见不合，皇帝要做的事，大臣认为不妥，出于好意去劝阻，结果因为不识时务，言语和态度冲撞了皇帝老子，惹得他很不高兴了，乃降罪诛之。从夏末至清末，三千余年历史，因谏而直言、因言而获罪的案例比比皆是，轻则个人丢官和丢命，重则满门抄斩，株连九族，可见与皇帝作对的后果之严重，称其为谏祸猛于虎，完全是不为过的。

何谓谏？就是朝臣直接向皇帝提出批评和建议，其动因，或与皇帝政见不同，或不满皇帝荒淫乱治，总之是出于公心，为天下善治而谋。古人概括了五种形式：一曰讽谏，就是在祸患还处于萌芽状态，问题还不是很明显的时候及时提出不赞成意见，此为智；二曰顺谏，就是"出词逊顺不逆君心"，使皇帝听得舒服，能够接受，此为仁；三曰窥谏，即观言察色，皇帝心烦时不去自讨没趣，等他高兴了再说，此为礼；四曰指谏，指者质也，以事实说话，使其信服，此为信；五曰陷谏，又称尸谏，管你杀头不杀头，反正是豁出去了，"为君不避丧身"，此为义。为人臣者对君主忠直若此，实为国之幸，君之福，本当褒奖才是。然而历史往往是不按正常的游戏规则来写的，大凡谏者总是好心没好报，总是逃不脱引火烧身、横尸于朝的下场。

历史上最早的谏祸据说是发生在夏朝亡国暴君桀的任内，史书记载说："桀为酒池，可以运舟，糟丘足以望十里，而牛饮者三千人。"大臣关龙逢看不顺眼，向桀进谏说"为人君身行礼义爱民节财，今君用财若无尽，杀人若恐弗胜，天殃必降而诛必至矣"，苦口婆心地劝桀改掉恶习，被桀"囚而杀之"。

与夏桀并称暴君的是接下来的商纣王。纣王荒淫，几近疯狂，残暴行径，令人发指。大臣九侯把女儿献给他，此女厌其淫欲，纣王便怒而诛，诛一人不解恨，还把九侯抓来剁成肉酱。大臣鄂侯出面打抱不平，被纣王杀死做成肉干。王子比干看不下去了，舍命强谏，纣王发怒了："不是说圣人心有七窍吗？那就挖出你的心来验证一下。"

商之后是周。在钳舌术方面，周厉王有了新的发明创造，那就是在历史上第一次使用特务手段来对付国内的不满情绪。《国语·周语》里记载说："厉王虐，国人谤王。王怒，得卫巫，使监谤者，以告，则杀之。国人莫敢言，道路以目。"这里说的"谤"，大概就是国人私下里议论了国王，说了他的不是，有可能还发了几句牢骚，周厉王听说后就怒不可遏，派遣特务（卫巫）来监视人们的言论，凡被告发者一律杀头，从而使人敢怒不敢言，"道路以目"。

自古封建官场就是是非险恶之地，有君子，亦有小人，但凡有君子进谏，就必有小人进谗。另一方面，从历史来看，但凡靠暴力建立起来的"君王"统治，不可避免地仍然要借助暴力来维持。这方面，秦朝是最为突出的典型，臭名昭著的焚书坑儒事件，是暴政，也是谏祸。

焚书之祸源于一次宫廷宴会。公元前213年，秦始皇在咸阳宫大宴群臣。一个叫周青臣的博士在敬酒时当面拍皇帝的马屁，说了一大堆歌功颂德的肉麻话，盛赞秦始皇推行的郡县制等新政。博士淳于越对周的"面谀"很是看不惯，站起来唱反调，主张应该实行商周时期的分封制，认为"事不师古而能长久者，非所闻也"。

老谋深算的秦始皇虽然心里很不爽，但并没有立马发作，也没有急于表态，而是把淳于越的意见交诸臣评议，看看大家的反应。丞相李斯当即发言驳斥淳于越，进而借题发挥，对当时"诸生不师今而学古"的风气提出严厉批评，最后提议："史官非秦记皆烧之；非博士官所职，天下敢有藏《诗》《书》、百家语者，悉诣守、尉杂烧之；有敢偶语《诗》《书》者，弃市；以古非今者，族；吏见知不举者与同罪；令下三十日不烧，黥为城旦。"此话正中秦始皇的下怀，当即下令将以上建议作为正式法令颁行全国，这就是史无前例、荒唐严厉的焚书令。

作为秦始皇为建立威权统治而实施的最歹毒的洗脑术，焚书令堪称软刀子杀人。两人交谈《诗经》《尚书》的话题就要斩首市曹；借古书之事含沙射影非议时政的要全家杀头；官吏知情不检举的与犯者同罪；法令颁布后超过三十日留书不烧的，要脸上刺字罚筑长城。如此严酷的法令之下，谁还敢说三道四？

那么，看起来很偶然的一件事，为什么会引发秦始皇和李斯如此迁怒于《诗》《书》，非要烧之而后快呢？这就要结合当时的具体情况来看了。秦始皇的宏伟目标是要建立一个强大的统一的国家，并且代代相传，使天下永姓秦，绝对不容许六国割据、诸侯称霸的局面再现。淳于越作为一介书生，没有琢磨透秦始皇的心思，就在谏言中直陈要效法商周，复古分封制，明显是与秦始皇唱反调，开历史倒车。再者，在那样一个君臣把酒言欢的场合，大胆发表学术研讨会式的理论异见，当众扫秦始皇的面子，使他难堪，确实不是很明智。人都是容不得别人说自己不行的，作为第一个将中国统一起来的君主，秦始皇自认为功盖天下，又哪里受得了治下的臣民妄言今不如昔？《诗》《书》中所记载的尧、舜，天下众所周知他们是什么样的人，是怎么一回事，以尧舜之仁来贬低和羞辱秦始皇之暴，以《诗》《书》里同时记载的桀、纣等暴君身死国亡的事实来挑起人们对秦皇朝的不满乃至反抗，又怎么不使刚刚坐上皇帝宝座的秦始皇恼怒、忌惮和恐惧？所以李斯一倡议，始皇立即批准，焚书之祸便由偶然至必然了。

自古书生皆意气，从来文人多轻狂。也许自焚书起，秦始皇便对当时的读书人没什么好感了，一旦抓住书呆子们的把柄和不是，那是绝对要拿其开刀的。最终，两个儒生的鲁莽行为，导致了秦朝史上骇人听闻的坑儒惨案。

秦亡天下后，刘邦建汉。在禁锢言论、堵民之口方面，汉武帝刘彻堪称第二个秦始皇，甚至在某些方面还有过之而无不及。秦代的"诽谤律"至少还称得上祸从口出，因为毕竟要说出口来方可定罪为"诽谤"。而汉武帝创立的"腹诽之法"则不必有其言，只要他觉得你心里有想法，只要看看你的表情就可以认定了，就可以按诽谤罪杀头。另一方面，秦时的"诽谤律"所打击的主要是平民百姓及知识分子，"腹诽之法"则直接拿公卿大臣开刀，作为汉武帝剪除异己、打压政敌的手段，由此败坏官风，人人自危。公元前119年，汉武帝和宠臣张汤设计了一种皮币，向大农令颜异征求意见，本想听到颜异说几句支持的恭维话，结果却遭反对，武帝由此对颜异极为不满。正好不久有人因他事控告颜异，武帝就安排张汤查办。张汤早与颜异有过节，早欲除之而后快，就借故颜异某次在他人说到朝政的不是时，"微反唇"，也就是说嘴巴只是略微动了动，便上奏武帝称颜异"腹诽"，处以死刑。荒谬如此，严酷如此，完全是逆天理，灭人伦！

政治斗争历来就是成王败寇，以结果论英雄。虽然皇帝宝座风光无限，然而历史上的很多皇帝都明白自己从事的是高风险职业。鸟语花香的后宫往往杀机四伏，表面风平浪静的朝廷实则波诡云谲，为了防范他人对最高权力的觊觎和染指，高处不胜寒的皇帝不得不从最坏处着想，千方百计为自己建起一道安全的权力防火墙。因为贼的眼里都是贼，皇帝的眼里都是想当皇帝的人，所以他对臣民的不信任、不放心、不迁就的想法就顺理成章了。明太宗朱元璋出身贫苦，以卑微之命而享天子之尊，是一位爱走极端的严君。洪武九年，因江浙大旱、水灾及山东、河南、山西等地一连串天灾，朱元璋即位以来破天荒第一次向全国征求意见。山西儒学训导叶伯巨上书提了三点批评意见，直指"分封太多，用刑太繁，求治太速"。本是下诏求言，朱元璋读后却出尔反尔，大发雷霆，下令将叶伯巨捉来要亲手射死他。幸亏丞相胡惟庸趁朱元璋高兴时求情，叶伯巨才得以免遭惨杀，却仍被关进监狱直至最后死在狱中。大理寺卿李仕鲁见朱元璋迷信佛教，常常大集僧众做法事，就连上数十道谏章，朱元璋一概置之不理。道不同就不相与谋，不想干了的李仕鲁一日上朝时，将官笏放在地上，说笏还陛下，请求放其回乡。当过和尚的朱元璋哪里受得了，命武士当场把他摔死在阶下。

古书云："天子有争（诤）臣七人，虽无道，不失其天下。"又说"木从绳则直，后（君主）从谏则圣"，纳谏容谤本是修身齐家治天下的好办法，为什么却又屡屡不容于统治者呢？浩浩历史，比比谏祸，在说真话和听真话的态度上，后人又该做出什么样的选择来？

张东吾

　　张东吾，70 后，湖南新邵人，笔名龙溪河、张弛。自 20 世纪 90 年代开始发表作品，至今已在《知音》《意林》《涉世之初》《做人与处世》《南方都市报》《深圳商报》《湖南日报》《长沙晚报》《湘声报》等发表文学、新闻、理论作品 2000 余件，先后获得奖励近 100 项。

流芳不易

唐代以前，湖南本地文化并不发达，可以说是"碌碌无所轻重"。胡曾作为一代咏史诗人，虽然无法与李白、杜甫、白居易这样的大诗人媲美，却独辟蹊径，以诗咏史，为邵阳文坛做了一点贡献，为湖南诗坛保存了一点面子。

近日翻读《邵阳车氏一家集》，蓦然发现胡曾的咏史诗保存下来殊为不易。民国时著名的教育家、曾任湖南一师校长的曾沛霖在《〈车氏一家集〉序》中说："唐之胡秋田，邵之诗人也，其《咏史诗》历宋、元、明，已为海内孤本。清初编《全唐诗》时，得车平岳太史进呈，其诗遂得著录。"车平岳即车鼎晋，他的父亲就是大名鼎鼎的车万育，也就是《声律启蒙》的作者。根据记载，胡曾的《咏史诗》共有三卷，到了明代晚期，已经快失传了，只有车大任家收藏了一卷。车大任是车万育的伯祖，明代万历进士，曾出任福州知府、浙江参政等要职，晚年回邵阳奉养母亲。车万育考上进士后举家移居金陵（今南京），将车大任收藏的《咏史诗》也一起带到了南京。康熙三十年（1691），车万育的儿子车鼎晋考上了进士，成为翰林院编修。车鼎晋在奉命参与编修《全唐诗》时，将家藏的《咏史诗》毫无保留地献了出来，于是就有了《全唐诗》中的胡曾卷166首诗，有了胡曾唐代三大湖南诗人的名衔，有了矗立在邵阳资江南路的胡曾像。

和胡曾一样，当初收藏《咏史诗》的车大任，也是一个很有名的诗人，后世称其诗："诸体悉备而温厚和平，得古人之遗，有风致而不伤于境，有才情而不泥于气……具少陵之悲壮，太白之潇洒，义山之柔情。"少陵、太白、义山分别为杜甫、李白、李商隐的字或号。可见车大任的诗歌成就也是很高的。车大任做过高官，也享了高寿，80多岁才去世，一生留下了《囊萤阁集》四十卷、《归田集》十卷、《古今寓言》十卷等大量著作。车大任的诗文作品大都毁于明末兵乱和清初文字狱。其后历经数百年苦苦搜求，共搜集到诗歌739首，散文7篇，其中收获较大者有三次，一次是与车氏有姻亲关系的王嗣乾在外省意外获得一册残破的车大任诗集；一次是从车氏外嫁的女儿箱底中找到一巨册保存完好的车大任诗集；最后一次是到了民国时期编辑《车氏一家集》时，在时隔三四百年后，一位车氏后人居然又献出了一巨册家藏的诗集，堪为奇迹。而当初献出胡曾《咏史诗》的车鼎晋则没有那么幸运了。车鼎晋也是一个诗人，10岁时便以"虫鸣声在土"语惊四座，著有《天竹山房诗集》等著作。在献出《咏史诗》20年后，车鼎晋的弟弟车鼎丰、车鼎贲牵涉文字狱双双被杀，他也被连累，所有诗文悉数焚毁，今仅存诗10首、文2篇。像车鼎晋这样牵涉文字狱致使文字失传还可以理解。其实，即使没有飞来横祸，文字要流传也很困难。

在清代湖湘文化史上，王元复是一个不能不提的重量级人物。王元复出生在一个文化世家，他的爷爷王尚贤中过进士副榜，做过苏州同知，他的父亲王嗣乾和伯父王嗣翰虽然没有做过官，但也是很有名气的文人。值得一提的是，王尚贤、王嗣翰、王嗣乾还是有名的竹刻家。王元复生前的名气是很大的，他不仅与邵阳车无咎、衡阳王敔、攸县陈之驺并称为"楚南四家"，还与衡阳王敔、汉阳王戬并称为"楚中三王"。但由于王元复随写随丢的特点，他去世后大量诗文失传，留下来的著作也是没有经过校刊的，这与他在湖湘文坛上曾经拥有的地位并不相称。

　　由此可见，在这个世界上，生命难以永恒，文字流芳也殊为不易。

发表于 2013 年 10 月 25 日《湘声报》

"局长效应"与"焦点访谈"

最近某地报道了这样一个消息，在某机关办事时，没有局长打招呼就什么事情都办不成。只要局长打了招呼，则事情就可以马上迎刃而解。我想，这大概可以叫作"局长效应"吧。

这让我想起一个有趣的故事。一位美国出版商要出版一本书，于是他通过各种关系和途径将书送到了总统肯尼迪那里。肯尼迪日理万机，哪里对这样的一本书感兴趣，为了迅速打发来人，就奉承似的说了一句客套话："这是一本值得一看的书！"

结果那人在印书时在书上印上：美国总统说值得一看的书！书出版后销售一空。

后来，那人又要出书，于是他又如法炮制。这次肯尼迪吸取了教训，为打发来人，他就对来人说：这书根本不值一看。

那人就在书上印上"美国总统说不值一看的书"，结果书又畅销一空。

在这里，书写得如何并不重要，只要是与美国总统扯上关系。总统比局长大，当然效应会更加明显。其实，不论是局长，还是总统，他们都有权力，都有影响。这一点是一样的。

这又让我想起，巨贪王怀忠，年轻时在乡下任职，于是就编造自己是县里某重要领导的亲戚，后来他又编造自己是省里某重要领导的亲戚。这居然成了他飞黄腾达的开始，不能不让人深思和引以为戒。

其实，不论是局长，还是总统，之所以重要，就是因为他们有职权，有权威。一种绝对的权威。

长期以来，我们都很强调维护一把手的绝对权威，于是很多单位的一把手渐渐形成了说一不二的专制作风。他的副手，一般都不敢，也不愿发表意见。民主，在他的单位成了一个空壳。

前一段时间我国修改公务员法时，就曾对公务员是否要无条件服从领导引发了广泛争论。

从辩证的角度来说，民主和集中是对立统一的，集中是必要的，但集中应是民主的集中。对于这种"局长效应"现象的出现，不论是相关的个人，有关部门都应该引起重视。

在"局长效应"之外，我又想起现在另一个比较奇特的现象——焦点访谈。一些本来老大难的问题一经中央电视台"焦点访谈"节目播出后，一般都得到了及时妥善处理。"焦点访谈"包打天下，似乎成了处理某些麻烦事件的灵丹妙药。

"焦点访谈"受到人们如此重视，说明了新闻监督的威力及其在法治建设中的重要作用。执法机关能正确对待新闻监督，闻过则改，及时纠正自己的错误，这是好的一面，但从另一方面来说，这不能不说是某些执法机关和监督机关的责任缺失。作为执法机关，应充分发挥自己的职能作用，保证严格依法办事，及时处理各类案件，不要等曝光才来处理，才依法办事；作为法定的监督机关也应积极履行自己的法定职责，担负起保证法律实施的责任。

"局长效应"和"焦点访谈"这两个现象的出现，一个反映出权力的过剩，一个反映出权力的缺位，不能不说是一件耐人寻味的事情，也不能不引起我们的思考。

发表于 2005 年 5 月《浙江潮》

张亦斌

张亦斌，1965 年生于邵东县，笔名柽木山人。在《杂文选刊》《杂文月刊》《杂文报》《辽河》《长沙晚报》《湘声报》《教师报》和香港《大公报》等报刊发表文学作品并收入国内外 50 余种选集，出版过专著《满票》《枕上读史》，获奖 80 余次。

县衙墙上打洞除恶习

近年来，郑板桥所写的"难得糊涂"和"吃亏是福"八个字竟像传单一样被制作成各种各样的礼品或拓片，在各大旅游景点和大街小巷向游人和行人大肆推销，人们对这八个字所蕴含的哲理似乎颇为认同，由此对这位玩世不恭的郑板桥先生更增添了一层兴味。

《广陵奇才·郑板桥传》记载了一则轶事：乾隆六年（1741），时年49 岁的郑板桥才历尽千辛万苦考中进士，被任命为七品县令，他骑着毛驴，带着书童和一捆行李、几包书、一张琴来到山东范县县衙赴任。上任的第一件事，郑板桥叫人把县府衙门的墙壁打了百十来个洞，大家都感到莫名其妙。郑板桥不无幽默地解释说："出前官恶习俗气耳。"

从表面上来看，郑板桥这话的意思是，县衙与外面隔着厚厚的墙，新鲜空气进不来，衙里龌龊空气出不去。更深层次地挖掘一下，或者从郑板桥的人生阅历来看，他对清朝政府衙门里的脱离群众的官僚习气严重不满，他需要与百姓自由交往，所以，在县衙的墙上打洞，就是为了打破政府官员与老百姓之间的一层隔膜。郑板桥原本家境殷实，到他出世时家业衰败，于是他就常常以卖画鬻字来解救生活的贫困，所谓"日卖百钱，以代耕稼，实救贫困，托名风雅"。但是，由于他的竹画立意高雅，借竹咏志，能欣赏他字画的人并不多。卖字画不行，不得已办起了塾馆，教几个蒙童，过

331

着"傍人门户度春秋，半饥半饱清闲客"的生活。但灾荒年景，卖画无人要，教书无人来，"几年落拓向江海，谋事十事九事殆"，结果仍是一事无成。虽然落拓不羁，但他济世之志却未泯灭，四十岁以后还在为功名奔走。他不愿一辈子仅做个"锦绣才子"，因为"凡所谓锦绣才子者，皆天下之废物也，而况未必锦绣者乎！"在他看来："读书作文者，岂仅文之云尔哉？将以开心明理，内有养而外有济也。得志则加之于民，不得志则独善其身。"

如果在县衙墙上打洞这事放在现在，郑板桥此举颇有点眼下不少地方推倒"隔心墙"的味道，应该是大小新闻媒体大肆炒作的绝佳新闻题材。

郑板桥的创新之举还不止于此。为了真正拉近自己与百姓的距离，他上任之初就走出衙门，接触社会，了解民情。当时"父母官"出门，总得鸣锣开道，大张旗鼓，前呼后拥，喝令百姓肃静回避。郑板桥却一反惯例，"喝道排衙懒不禁，芒鞋问俗入林深。一杯白水荒途进，惭愧村愚百姓心"。将那些官场惯用的排场统统免去，经常深入到乡下巡视。由于郑板桥与农民接触很多，他认识到了农民的重要作用。他在《范县署中寄舍弟墨弟书》中说："天地间第一等人只有农夫，而士为四民之末"；"使天下无农民，举世皆饿死矣"。

为人谦和、不摆官架、办事公道、廉洁爱民，是郑板桥为官的原则，正是因为如此，范县老百姓不是把他当作"父母官"来尊敬，而是把他当成一个循循善诱的长者来敬重。他在范县一共5年，5年知县任上他关心百姓的生活疾苦，做了不少有益于百姓的事，所以被后人称颂为："爱民如子，绝苞苴，无留牍，公余辄与文士觞咏，有忘其为长吏者。"

正是由于郑板桥对清朝腐朽的官场习气十分憎恨，所以他为官清廉、办事公道、为人耿直，不爱巴结上司。《小豆棚杂记》还记载着这么一件事：郑板桥有次因公到省城济南去办事，上司都很器重他，请他去趵突泉赴宴，一边喝酒，一边观赏"天下第一泉"，并嘱他作诗。郑板桥应声道：

"原原有本岂徒然，静里观澜感逝川。流到海边浑是卤，更难人辨识清泉。"
这首诗的确很有胆识，一下刺痛了那些贪官污吏，让在座的大小官员脸上
挂不住，认为他在讥讽上司。

　　由于他秉性耿直，十二年官场生活，两袖清风，从不送礼孝敬上司，
在处理诉讼案中，也不袒护地方富豪。尤其是在灾荒之年，以救民为要而
开官仓，没把上司放在眼中，又令城内大户设厂煮粥，救济难民，这就更
直接侵犯了豪商富贾的利益，为大官富商所不容。所以在乾隆十八年春，
竟因"以请赈忤大吏"，被诬告有贪污中饱之嫌，郑板桥遂愤然辞官，卸
职返乡。

　　纵观郑板桥的人生历程，49 岁以前在贫困中成长，中举后做官十二载。
郑板桥洞察了官场的种种黑暗，虽然想改革弊政，体恤黎民，但在"十年
清知府，十万雪花银"那样官场腐败的大环境下，他"立功天地，字养生民"
的政治抱负难以实现，他从政之初那种"意在得志且泽加于民"的志向难
以施展，他由此感悟到"难得糊涂"，于是隐退归田，卖画终老。他身后
留下的不仅仅是成百上千幅的"日画日诗日书三绝"，更是留下了一个两
袖清风的楷模。

本文原载 2013 年 12 月 6 日《杂文报》

无 奈

一

　　市委书记下基层调研，对区里的财税收入、农业产业结构调整、特色农业、旅游开发、新型工业化、工业园区建设等各项工作大加赞赏，对领导班子团结务实、开拓创新的精神给予高度评价。末了，书记轻描淡写地说了句，街道还不够气派，与区域经济的发展不相适应。听了这一句话，区长把前面九十九句表扬的话全忘了，一门心思琢磨这一句话。市委书记走后，区长马上召集人员召开政府常务会，决定把原本打算用于发展工业和农业产业结构调整的资金抽出来，用于城区街道拓宽改造，把原来的六车道全部改成八车道。几位副区长面露难色，对这一决定发表了不同看法，认为"无农不稳，无工不活"，对经济发展不能这样釜底抽薪。区长长叹一口气说："你们说的道理我都懂，可我有什么办法呢？这是市委书记的要求啊！我的仕途还在他老人家手上拎着呢。"也许是区长觉得自己说漏了嘴，赶紧补上一句，"为了全区经济的跨越式发展，就这么定了！"于是，城区的主要街道开始"开肠破肚"。

二

　　推杯把盏后，区长拉着局长的手，把身边的一个大胖子介绍给他：这是我老家最好的哥们，挺仗义的。他的公司资金雄厚、技术力量雄厚、重合同、守信用，许多工程都是省样板工程……你们局里今年有几个工程项目，在公平、公开、公正的原则下，是不是……局长心知肚明：领导说"是不是"，绝不是征求自己的意见，而是在对自己下达必须执行的死命令。局长当即拍着胸脯表态说：您老人家放心，您的朋友，就是我们全区人民的朋友；您朋友的事，就是全区人民的大事。我一定会从全区人民的大局出发，慎重对待这件事的。在局务会上，局长宣布原来内定的施工方案作废，要想办法在开标时让区长的胖朋友中标。几个副职有想法，因为按照这几年的规矩，每个工程开标前都要由参与竞标的公司赞助局领导们一大笔钱，这还不包括外出考察等公关费用。局长这样做，无疑是断了领导们的财路。局长苦笑着说：我有什么办法呢？胳膊扭得过大腿吗？不过，咱们的老办法还得用，让那些交了赞助的公司从胖子手中转包工程，绝不能让咱们的利益受损失！

三

　　村民代表在审查村里的开支时，对村里招待费过高表示怀疑。村主任牢骚满腹地说：这里没有一分钱的假账，全是接待有关领导的费用啊！他扳着手指头一一算着细账：县里把咱们村定为新农村建设示范点，县里有关部门出钱出物为咱们修水泥路、打水井，为的是咱老百姓好啊！大伙说说，县上的干部大老远地到咱村里来，该不该好酒好饭地招待他们?! 村里要搞水利建设，县上支援咱们不少资金，干部们经常来检查工程质量，该不该招待他们?! 村里的电网改造、退耕还林、品种改良……哪一件事离得开乡里有关部门? 他们手中有权，资金投到咱村还是邻村，全是他们一句话的事，谁敢得罪他们?! 我只是一个村主任，我有什么办法? 上面来的都是领导，他们随便放个什么屁，咱必须说这是重要指示，必须无条件执行。

四

从市场上收摊后，男人没有急着回家，而是极不情愿地拎着一大袋东西往学校里走。女人见男人脸上一点笑容也没有，戳着他的脑壳开导说：你这是去给老师送礼，不是去还债，干吗总板着个脸? 你要想清楚，这是为了咱女儿好啊! 男人心里明白这些事，但没有回女人的话，只是加紧了步伐往前赶。自从女儿转学到县城的中学后，花费在她身上的钱就成倍地增加，更确切地说，是花费在学校和老师身上的钱更多了，什么"择校费""择班费"……各种名目的收费让他眼花缭乱。开学后，老师了解到他们在市场上摆摊子做生意，特意让女儿捎口信，让他去学校。老师对他说，女儿的成绩很好，学校准备把她做尖子生培养，但是……男人是在商海中摸爬滚打了十几年的角色，读懂了老师那意味深长的话语，当即留下了几张红色的纸币。从那以后，每逢调整座位、考试之类的大小事情和四时八节，老师总是及时与他沟通，他总是及时地提着大包小包到老师家中拜访。"付出总有回报"，女儿总能长期坐在教室里的"黄金码头"上，成绩也一直名列前茅。男人想着女人刚才说的话，长叹一口气，对着街边的绿化树说：

"我不是局长、股长，也不是校长，我只是家长。做家长的，除了送礼，还能有什么办法呢？"

本文原载《杂文选刊》下半月版 2007 年第 6 期，入选《2007 最适合中学生阅读杂文年选》

张亦斌

钟文晖

钟文晖，1948 年 8 月生，湖南武冈市人。在《中国教育报》《教育艺术》《广东教育》发表文章 160 多篇；参编、副主编、主编出版书 15 本。编著有《中学语文知识通鉴》，出版个人文集《薪火集》。

读张祜《集灵台（其二）》有感

张祜，唐代南阳清河人，字承吉。张祜曾被人向朝廷推荐，未被录用，从此仕途失意而漫游江淮以南，后隐居丹阳曲阿地。在当时很有诗名。其诗多刻画山水、题咏名诗之作。语词浅易，笔法纯熟，平易自然，但不流于浅俗。

他写的两首《集灵台》诗和《题金陵》诗都是较有名的诗。他的诗，看似客观叙述，锋芒不露，但讽刺的意味却极为辛辣。《集灵台（其二）》这一首诗的表现手法最能代表他的诗的风格。《集灵台(其二)》是这样写的：

虢国夫人承主恩，平明骑马入宫门。

却嫌脂粉污颜色，淡扫蛾眉朝至尊。

唐玄宗筑华清宫于骊山之上，宫中有长生殿，殿房是集灵台。"集"即"聚"，"灵"即"仙"。集灵台即长生殿，是唐玄宗祭神求仙之地。虢国夫人是杨贵妃的三姊。从这首诗的字里行间可以看出，这位自恃美艳的大唐国姨，居然不施脂粉，只是淡淡地描了一下眉毛，一大清早的就旁若无人地骑马入宫门，去朝见她的姐夫——当朝天子李隆基。

众所周知，脂粉乃女人化妆之物，而虢国夫人却嫌脂粉污损她的容貌，其天然妙丽之容貌可知，其炫美惑主之心亦可知；大唐宫禁森严之地，这位虢国夫人竟敢纵骑而入，其宠遇之渥可知，大唐天子唐玄宗之昏庸荒淫亦更可知。整个一首诗，明颂暗刺，实在是耐人寻味。虢国夫人自恃放纵无耻，唐玄宗昏庸荒淫无度。

细想起来，诗中明颂暗刺的人物形象、典型事件，在我们当今的社会仍然有借鉴的必要。

当今社会，不也还是有一些人，自恃 PMP（拍马屁）专业毕业，为了某种利益，低三下四、有失人格却还美其名曰"大丈夫能屈能伸"；阿谀逢迎、请客送礼亦美其名曰"会做人"；一旦所求之目的达到、图谋得手则"受宠不惊"，"子系中山狼，得志更猖狂"，甚至于连自己和祖宗姓什么也忘记了，此谓"大鹏展翅，前程无量"；弄虚作假、招摇撞骗、欺上瞒下、拿虎皮做大旗，此乃"有能耐、有招数"；"没牌的查有牌的"，"假牌的糊弄真牌的"，此乃"有头有面""有来头""有派头"；"大贪台上做报告，小贪台下听报告"，此乃"有权不用，过期作废"；昂首挺胸、振臂高喊"和谐社会"之口号却又在台上口若悬河地大谈"你病好过我头痛""你死好过我死"的"为政之道"，此乃"灵活变通""甲地非乙地""此一时彼一时"也；凡此种种，不胜枚举！呜呼，当今之世，得无"鼠猫一家，猫犹怕鼠"之言成真?!

笔者虽不才，却一向坚信"天地之间有杆秤""邪不压正""天理昭然""当官不为民做主，不如回家卖红薯"等饱含纯朴的民本意识的古训！而今，党中央正在逐步地加大反贪、肃贪的力度，大力地提倡构建和谐社会，重提"长征"精神（在纪念长征胜利七十周年的大会上，中央领导坐后排，老红军坐前排）。看来，党中央要"动真格"的啦。不是有人说，惩治贪腐分子，要在政治上搞得他身败名裂，精神上搞得他寝食不安，经济上搞得他倾家荡产？不已经是惩治贪腐，全球动员参与了吗？就是要让那些贪腐分子无栖身之地，就是要让那些人不愿做，也不能做，更不敢做贪官！不是有人说，周正毅是反贪战役的体温计吗？倘能如此，则顺乎民心，民心大快；果真如此，则合乎国情，国泰民安，社会和谐矣！普天下的老百姓翘首期待的也就是这一天！

原载河北师大《读写训练·高中版》2007 年第 1 期

周建军

周建军，湖南新邵人，1977 年 8 月出生。昆明理工大学法学院教授、法学博士、研究生导师；国际刑法学会会员、中国越轨行为预防与治理研究会常务理事、中国犯罪学学会理事、云南省东盟经贸法治研究会副会长、中国犯罪学学会理事。曾获第三届"中国法学优秀成果奖"三等奖，享受云南省高级人才引进二等资助。

司法改革的那些事

所谓"蜀道难，难于上青天"，不过是按图索骥，知易行难。相形之下，中国的司法改革，知难，行亦难，地地道道的"硬骨头"。以栽树判决为例：2006 年以来，我们在一系列的文章中提到，一个既有《刑法》第 36、37 条作为依据，又有极好社会效果，还能创新非刑罚处罚制度的判例，可以作为检验司法改革是否具有独立意味的验金石。时至今日，毫未用功便已建成巡回法庭，栽树判决依然石沉大海。可见，一旦涉及司法权力的独立性质，便似遇重峦叠嶂一般的困境，不仅水源山脉难寻，最终也是输赢难料之局。足见司法改革的那些事，事事难能而又事事关己，焉能忘却？

一、巡回法庭：毫未用功成一水

巡回法庭（circuit court）制度是西方司法制度的重要组成部分，对司法独立具有重要的保障作用。几年之前，宪法适用、司法独立还是学术表达的禁区。有一个著名的宪法案例——齐玉苓受教育权被侵犯的案件：1999 年 1 月，山东邹城的齐玉苓以侵害姓名权和受教育权为由，将陈晓琪等告上法庭，要求停止侵害、赔礼道歉并赔偿经济损失。2001 年 8 月 13 日，最高人民法院就此做出《关于以侵犯姓名权的手段侵犯宪法保护的公民受教育的基本权利是否应承担民事责任的批复》(以下简称《批复》),认定"陈晓琪等以侵犯姓名权的手段,侵犯了齐玉苓依据宪法规定所享有的受教育的基本权利,并造成了具体的损害后果,应承担相应的民事责任"。同年8月24日,山东高院根据《批复》做出二审判决:陈晓琪停止对齐玉苓姓名权的侵害;齐玉苓因受教育权被侵犯而获得经济损失赔偿48045元及精神损害赔偿5万元。由于《批复》破天荒在相关侵权依据中直接引用了《宪法》的规定,时任最高院副院长的黄松有在《人民法院报》撰文指出:此案"开创了法院保护公民依照宪法规定享有的基本权利之先河","创造了宪法司法化的先例"。不久,黄松有"出事",《批复》也被废除了。据说,《批复》被废除与黄松有"出事"之间并没有太多的联系。前者之所以被废除主要在于宪法适用抑或司法独立将会影响到既得利益集团的奶酪。

2012年以后,忽如一夜春风来,不仅关于宪法适用、司法独立的研究、表述纷纷解禁,饱受诟病的劳教制度断然被废止,针对被指具有侵犯人权嫌疑的计划生育政策、户籍制度的改革也都取得了重大的进展。众所周知,劳教制度、计划生育政策长期具有某种"神圣"性质。在过去,谁要是批评得太狠,便会因此遭受不利。因此,劳教制度的废除、计划生育制度的放松抑或改革表明执政党推行法治国家建设和相关改革工作的决心相当之大。当然,所有这些也为以"审判独立"为宗旨的改革工作做出了背书。在司法改革的各类措施中,巡回法庭制度的推进具有标志性的地位。根据党的《十八届四中全会公报》,最高院设立巡回法庭,探索设立跨行政区划的法院是推进以审判为中心的诉讼制度改革的重要举措。说到底,推进以审判为中心的诉讼制度改革就是要根据党中央的统一部署,加强法院的独立地位,从根本上改变司法权力严重依附于地方党委和行政的问题,部分实现审判独立抑或司法独立的要求,逐步改善司法严重不公的局面。

执政党推进司法改革的魄力甚至超过了多数学者的期望。从旁观者的角度来讲，难免喜出望外。然而，幸福来得突然，也容易失去。当年，朱镕基总理深知经济改革不易，发出了"不管前面是地雷阵还是万丈深渊，我都将一往无前，义无反顾，鞠躬尽瘁，死而后已"的铮铮誓言。如今，改革已向法治国家、权力制衡等纵深方向发展，仅有如临深渊的态度还不够，最难啃的骨头甚至需要主政者具有思接千载的心智、壮士断腕的勇气。在司法改革中，尤其巡回法庭的建立，执政党将改革的矛头指向了自己，率先触及地方权力，颇有些凤凰经火的意气。问题是，巡回法庭的建立既不能一举改变中国司法制度慵懒冗长、保守过度，常常指鹿为马的印象，也不是保障司法独立的根本所在。从本质上说，司法以公正为根，独立以制度为本，司法独立的根本在于公正的判决和制衡其他国家权力的司法制度。由此观之，巡回法庭的建立虽则毫未用功，却也成了一水。

二、判决栽树：水源山脉固难寻

栽树判决算得上司法改革的陈年往事。2006 年 7 月，时年 58 岁的温州老太季某上坟失火，由于没有经济赔偿能力，温州鹿城区人民法院一审判处季某有期徒刑 6 个月，缓刑一年，同时在两年内植树 13620 株。在司法不过是阶级统治工具的年代，此等判决无异于石破天惊，因此被冠以"栽树判决"的美名。同年 8 月，四川省泸县法院以失火罪判处被告人邓道芬有期徒刑 1 年 6 个月，并于刑满释放后 3 年内在失火林地内补种树木 20734 株；同年 12 月，重庆二中院改判犯失火罪的邱某、周某缓刑，并责令两人回家后在失过火的山头种树，将功补过……一时间，全国法院的判决，四处失火，人人栽树。众所周知，2006 年前后，时任最高院院长的肖扬教授以宽严相济刑事政策为主旨推行以刑事和解、程序简易化、多元化纠纷解决机制等司法试验为主要内容的改革运动。除栽树判决外，其他试验事项多在 2012 年的《刑事诉讼法》中修成正果。现在看起来，即便号称司法改革"硬骨头"的审判独立制度（包括相关的财政、人事保障制度），在当时也形成了相对成熟的方案。此情此景，正好回应了方干"水源山脉固难寻"的诗词老话。

究其本质，栽树判决属于从宽政策下的"非刑罚处罚措施"的制度创新。虽是创新，但栽树判决属于《刑法》第 36、37 条规定的赔偿经济损失抑或赔偿损失的范畴，符合罪刑法定的规定。与之相反，在 2012 年修订《刑事诉讼法》之前，全国法院系统推行的很多改革措施，如刑事和解、程序简易化的改革试验，并没有法律依据。说白了，就是改革抑或政策冲破法制底线的问题。问题是，改革究竟能不能冲破法制底线？通常情况下，基于法的安定性和权威性，改革应在法制的轨道内进行。这也是法治精神的应有之义。然而，2006 年前后的中国，基于经济发展和政治改革的脱节，出现了旺盛的制度需求与立法极度保守之间的矛盾。这种矛盾，不妨称之为变革社会情形下的制度短缺问题。从制度经济的角度来讲，制度短缺的问题愈发严重，增加制度供给的必要性随之增加。因此，在立法严重受阻的情况下，基于司法（正义）的本义，司法机关应该承担起将制度需求（实质理性）与判决合法（形式理性）结合起来，增加有效法律制度供给的责任。当然，这是要求极高的司法艺术。为此，德国法哲学家古斯塔夫·拉德布鲁赫（Gustav Radbruch，1878—1949）专门提出了著名的"拉德布鲁赫公式"——凡是正义根本不被承认的地方，法律不仅仅是不正确的法，甚至根本就缺乏法的性质。根据这个公式，不仅"法律的不法"是客观存在的，有时还会非常严重；此时，通过"非法律的法"（拉氏称之为"超法律的法"）增加法律供给的合理性也才凸显出来。

有人说，这里判决栽树，那里判决种草……更重要的是，司法权力的地位因此可能获得难以料及的提升。在有条件的情况下，判决栽树、种草，甚至看门、做保洁，为有效恢复被害法益而要求犯罪人承担的这些非刑罚处罚措施，不仅于法有据，而且改善了我国向来重刑有余、轻刑不足（非刑罚处罚措施尤其不足）的刑罚结构。于公于私，何乐而不为？至于司法权力的提升，在积贫积弱的司法背景下，何必杞人忧天。然而，栽树判决还是引起了某些人的不满，被按了暂停。随之被暂停的，还有前文提到的宪法适用问题。现在，宪法适用的研究已经满血复活了。不仅如此，习总书记还说："任何组织或者个人，都不得有超越宪法和法律的特权。一切违反宪法和法律的行为，都必须予以追究。""一切"的一切都发生了变化，以栽树判决为代表的刑罚制度改革理该成为司法改革事业的水源山脉。说到底，法官判决栽树的努力，不仅一扫此前司法制度慵懒冗长、保守过度的印象，还将在正义的探寻与民众的支持中获得权力的复活。称其为水源山脉，也是说该类问题关系到司法权力的根本。唯其如此，也才算得上啃到了骨头。

三、司法权力：有无明月在潭心

司法改革有难度。依现在的情形，不过爬山爬到半山腰的样子。古人云，非知之艰，行之惟艰。可是，中国的司法改革，知难、行亦难。和绝大多数国家不同，正在推行的司法改革是一党执政条件下带有司法独立倾向的改革运动。无论原理的认知，还是实际的执行，都有相当的难度。按说一党执政与司法独立并不矛盾，新加坡等高水平的法治国家也是一党长期执政的，没有人怀疑他们的司法独立水平。但是，国内不惜以审判独立的概念替代司法独立的范畴，有意无意回避司法独立问题。这就叫人犯难了！与其他国家权力相比，司法权是一项讲究独立思考、理性判断的权力。因此，司法不独立，公正和责任无从谈起，改革的措施也绝难取得根本上的收效。从新加坡的经验来看，党的领导和司法独立完全可以并行不悖。习总书记也说："司法体制改革的目标是确保司法机关依法独立公正行使司法权。"更重要的是，中国共产党是这场司法改革运动的领导者、组织者和发起者，他们的政治决心和创新意识已经得到了彰显，还用得着顾左右吗？

相当长的时间里，我们更习惯了摸着石头过河的改革方式。好比孩提时代，乡下的孩子光着屁股学游泳，不得已抱着石头慢慢熟悉水性。但如今的中国社会，早就不属于光着脚走路抑或光着腚游泳的孩提时代，再坚持摸着石头过河就有点贻笑大方了。从顶层设计的层面，党的《十八届三中全会公报》等文件明确提出："全面深化改革的总目标是完善和发展中国特色社会主义制度，推进国家治理体系和治理能力的现代化。"在现代国家的治理体系中，法治是治国理政的基本方式。根据法理学的研究，这句话至少包含以下两个方面的含义：第一，法律是国王，拥有至高无上的地位；第二，没有任何其他一种治理方式可以与法治相提并论。在法治的框架下，道德、纪律、习惯、乡规民约等治理方式都居于重要但不是最高的地位，与法律一起共同组成社会治理的堤坝体系。因此，从顶层设计的层面来讲，司法改革的确具有牵一发而动全身的地位和作用，既不能因噎废食、半途而废，也不能囫囵吞枣、不讲原则。前者不必多言，不能囫囵吞枣、不讲原则主要是指司法改革务必要遵循法治国家的基本原理，绝不能违背司法务必独立的理性和规律来开展司法改革。

基于司法务必独立的理性，以"就地审判，不拘形式，深入调查研究，联系群众，解决问题"为核心内容的马锡五审判方式只是革命战争时期边区政权的临时措施。在缺乏基本司法条件的年代，马锡五审判方式不失为践行群众路线，满足民众的公平正义需求的好方法。但是，作为边区政府任命的陇东专署专员（行政负责人）兼任边区高等法院陇东分庭庭长，有违司法职业的专业化；"就地审批、不拘形式"的审判方式，明显不符合司法程序、仪式的基本要求；深入调查研究，甚至达到不计成本的地步，也只有行政一把手兼任法官的时候才有可能做到。更有意思的是：马锡五的时代，制定法极少，无法可依，大量采用调解的方式结案也就罢了。现在呢，立法汗牛充栋，还提倡调解结案，岂非南辕北辙？司法常识表明，在事实清楚、法律明确的情况下，当判则判，否则还会影响到司法的权威和形象。对我们的司法改革来说，马锡五审判方式并非毫无意义——司法不独立，马锡五都去田间地头审判，法官、法袍、法槌也不必再要了。

原发《检察风云》2015 年第 3 期

周志懿

周志懿，1975年生，毕业于北京工商大学。资深传媒人，国家新闻出版总署《传媒》杂志社原执行社长。现任《中国铝业报》副总编辑，中国新闻文化促进会理事，中国产业报协会理事，北方工业大学客座教授。著作出版有随笔集《寄语点点》《有一种根叫故乡》，学术专著《大传媒时代》；主编《在北大讲传媒》《在人大讲传媒》《变局与转型》《中国传媒创新启示录》等传媒丛书。

鹅公大丘

"家之有谱，如国之有史也。"可以说，没有家族就没有民族。

中国的家谱文化与中华文明一起绵延五千年，记载着家族历史，也承载着中华民族寻根问祖的情结。有人把族谱比喻成永不熄灭的香火，而在我看来，族谱则是真正原汁原味的史书。

在湘中高坪峪，夹杂着周、袁、刘、彭、曾、邹、李、罗、杨、晏等数十个姓氏，这些姓氏绝大多数是宋朝前后"大移江西之民，以实梅山"迁居而来，各姓族谱均对此有较为明确的记载。

趁着那次到茶山袁氏宗祠采风的机会，我得以深入家乡，获得几个主要姓氏的族谱资料，结果发现，这些族谱除了记载各姓氏的世袭源流外，还对历代名人、典故、古迹、舆地、风土有不少的记载。

在家乡的各姓氏族谱中，几无例外地会提到一个迁出地"鹅什么大丘"，如鹅江大丘、鹅公大丘、鹅弓大丘、鹅掌大丘、鹅颈大丘等，其中以"鹅公大丘"为最多，如《唐氏家谱》提到吉安府泰和县清平乡白鹤堰鹅公大丘，《袁氏族谱》中也提到始迁祖伯庸公来自"鹅公大丘"。

无独有偶，在家乡采风期间，《高坪镇志》的主编袁国新老师不仅亲口确认了袁氏始迁祖确系来自鹅公大丘，而且向我讲述了一个有关始迁祖与鹅公大丘的感人故事。

相传宋时江西境内匪患。一日，土匪首领亲率大军，追杀仓皇逃难的老百姓。忽见马前不远处有一个妇人，背上背着一个孩子，手里拖着一个孩子艰难地行走，牵着的不过四五岁，一步一跛，号啕大哭，那背着的却有十来岁。匪首看在眼里，恼在心头，便策马跑到妇人跟前，斥道："汝妇人，好生无理，为甚背大拖小？"那妇人见问，忙抹掉眼泪答道："大人有所不知，大孩乃妾小叔，他父母为乱军所杀，唯一的亲人就是贱人，我必须格外关照他；小的却是贱人骨肉……拖小背大，实出无奈！大人若实在要杀，能否杀小留大？"说罢，泪如雨下。匪首听罢，大为感动，便抽出一面杏黄旗，叫妇人插在路旁田里。又传令三军：所插杏黄旗田里，不许军马进入，违者斩首。从此，上下军马，不敢入田。没多久，这丘田便挤满了人。那丘田就叫鹅公大丘。

袁国新老师告诉我，据传当时江西泰和就留下了这一丘人，这丘人便是高坪峪人各姓氏的祖先。听得我惊奇不已。

回到北京后，我第一时间上网搜索有关鹅公大丘的资料，发现已经有许多人在找寻这个神秘之地，同时网上也能找到关于鹅公大丘典故的不同版本。1954年版《新化县志》中记载，家乡各姓氏始迁祖均来自江西吉安府泰和县，与各族族谱的记载基本一致。说明这个鹅什么大丘一是确有其地，二是肯定是在江西泰和县境内。

而据我个人看来，所谓鹅公大丘、鹅弓大丘、鹅掌大丘、鹅颈大丘等，极有可能就是同一个地方，理由是公与弓发音相同，而颈为弓状，在江西古语中有把鹅颈说成鹅弓的提法，颈发音又与掌相似，考虑方言不同发音与表达的因素，实际均是指向同一个地块。至于这个地块究竟有多大，是不是真的只是一丘田，就不得而知了。可以推断，此"鹅公大丘"极有可能是宋时朝廷组织"江西之民，以实梅山"的移民集中营地。

而抛开故事的真实性不谈，如袁国新老师所讲，在家乡不同姓氏间共同口口相传的关于鹅公大丘的这个故事，我个人认为远不止教会后人如何认祖归宗那么简单。我的理解是，无论那位背大拖小的妇人是否真实存在，这个故事本身已经带有强大的教化意义，那种危难时刻所体现出来的大爱无私，足以成为今天故乡人民的精神宝典。之所以至今还能流传下来，就说明这个故事折射出来的传统美德，已经融入了故乡不同姓氏的宗祠之中，成为各宗祠无形的精神之源，已经而且还将继续深远影响着各个宗族的后人。

鹅公大丘的故事还深刻地告诉我们，我们的祖先可能不仅来自同一个"鹅公大丘"，而且还可能曾经共同面对生死抉择。祖先们在灾难面前，抛却了姓氏之别与门户之见，成为事实上同甘苦、共患难的一家人。历史已经走到了今天，也许我们之间是陌生的，也不管你姓什么，不管你来自哪个家族，我们始终都不能忘记，我们的祖先们团结一致、亲如一家，共同战胜困境与灾难的历史。也可以说，不论你姓什么，只有抛却门户之见，才能求得生存发展的最大公约数。

站在这个意义上说，今天故乡的每一座祠堂，每一本家谱，不仅仅属于各个宗族、各个姓氏与堂号，也属于全体家乡人民，甚至属于整个中华民族、整个人类。

这才是祠堂与家谱的真正意义所在。

原载于《湖南日报》2016 年 7 月 22 日第 16 版"湘江周刊"

周玉柳

周玉柳，新邵人，擅长文艺批评，领导艺术与湖湘文化研究。为湖南作家协会会员、湖南文艺评论家协会会员，《邵阳文库》办公室与编委会副主任，邵阳市地方志办公室调研员。著有《向曾国藩学领导艺术》《秒杀》《左宗棠绝活》《邵阳湘军》等专著，在《领导科学》《醒狮国学》等刊物及网络发表各类文章 50 余万字。

用众之道

齐宣王喜欢听 300 人合奏竽乐，南郭先生混杂其中，充了几年的数，领了几年的赏，戏耍了齐宣王，欺骗了各位行家，真的是高智商，高才情，高情商。可笑的是齐宣王，上当受骗，而浑然不知，且乐呵呵，笑哈哈。一个组织，一个团体，能够藏垢纳污，为无耻之徒打开大门，绝非偶然，也非个案。它告诉世人，糊涂的领导者一定会有混账的追随者。

用众之道，就是如何恰到好处地用好组织中每一个人，使之各安其位、各尽其能，使之心往一处想，劲往一处使，千万人一心。

吕不韦认为："夫以众者，此君人之大宝也"，"故以众勇无畏乎孟贲矣，以众力无畏乎乌获矣，以众视无畏乎离娄矣，以众知无畏乎尧、舜矣"。孟贲是古代的勇敢之士，乌获是古代的大力士，离娄是古代的"望远镜"，尧、舜是古代有德智的明君。

从这段话，我们不难看出一个极普通的道理：某些能力，某人具备，而别人不具备。不怕死、力气大、看得远是孟贲、乌获、离娄所擅长的。其他人没有这个长处，一对一，肯定不是他的对手。用众之道，就是要找到打败他们的办法。这个办法就是一个人奈不何，组织一套人马，肯定是没有问题。康熙是深通此道的。鳌拜是康熙朝第一勇士，武功卓越，无人可及，要打赢他，单靠一两个人，显然是没有成算的。于是找来一群人。

这些人又年轻，又不怕死，学了点摔跤手段后，一窝蜂上，就把鳌拜擒住了。

儒家将人分为上智、下愚、中近三类。上智是特别聪明的人，下愚是特别愚蠢的人，这两类人都特别少。中近介于上、下之间，性相近，是一个很大的群体。如果把上智比作和田玉，那么中近的人则是鹅卵石。建筑师修桥修路修房子，没有不用鹅卵石的。伟大、杰出、成功的人士之所以成功，关键是善于用好"鹅卵石"。有个几百亿的老板，自己很聪明，也很强势，但是他所用的干部大多普普通通。有人觉得奇怪，为什么用那样的人，也赚得到钱？

千百年来，齐宣王之所以被人耻笑，奢靡之风、好讲排场，固然是一个原因，但不是主要的。主要原因是他不会用众，而偏要用众。用众，并不是无原则滥用，也不是随意拼凑。齐宣王没有建立用众机制，既没有严格考察选择，也没有认真考核履职情况，给南郭先生大开方便之门，给滥竽充数提供用武平台。所以用众，绝不能走过场，摆花架子，偏信则暗；绝不能只听其言，而要观其行，"临之以事"。是真骡子，还是假马，不能听骡子说，也不能听马说，而是要拉出来骑一骑，溜达溜达。

"天下无粹白之狐，而有粹白之裘。"通身雪白如九尾灵狐的少而又少，黄毛、黑毛、灰毛、红毛、混毛之中夹着几撮白毛的却容易得到。对于黄狐狸、黑狐狸、灰狐狸、红狐狸、混毛狐狸来说，白毛是它们的短处，有心人将它们的短处集中起来，编织成裘，就可以得到"粹白之裘"。这不是用长，而是用短。短短相加、相乘，就是长。

左宗棠是一个善于编织"粹白之裘"的高手。晚年他曾问幕僚，他和骆秉章比，哪个更强。幕僚回答说："骆秉章的幕府有您这样的人才，而您的幕府没有您这样的人才。"这话很高明，骆秉章个人才智没有左宗棠高，但是他用了上智的左宗棠；左宗棠属于上智之人，但是他没有使用上智之人。的确，左宗棠所用之人，大多是普通人。

为什么左宗棠没有上智之才可用？原因比较简单。左宗棠常常笑曾国藩，笑他有"水陆万余人矣，而谓无人"。岂不知曾国藩出道时，天下人才济济，急于出售，选择余地大。左宗棠比曾国藩、胡林翼出道晚十年，等到他出来时，天下杰出的人才，早已"名花有主"，哪里还轮到他挑肥拣瘦？他有一个矮子里选高子的用众之法。这个办法就是：十选一、百选一、千选一。他所用的人才，大抵如此。

他给骆秉章当秘书长的时候，所用之人，"皆涤公用之而不尽，或吐弃不复召者"。这些人，被他用了之后，竟然产生了很大的作用。1860年，他在长沙招兵买马，以至于后来当巡抚，当总督，平定太平军、收复新疆，使用的就是这些人。短才到左宗棠那里就变成了长才，可见其用众之高明。

杨昌濬是一个比较典型的例子。杨开始在曾国藩幕府，没有突出表现，后来追随左宗棠，官至巡抚、总督。他在浙江巡抚上，因为见事不明，缺乏政治敏锐性，没有及时处理好杨乃武与小白菜一案，被政治对手利用，受到免职处分，与之相关的众多官员受到处理。他当闽浙、陕甘总督时，对当时昏浊的社会、亟须改革的国家，也没有什么突出的措施。时人据此评价他昏聩无能。昏则昏矣，然而，在左宗棠眼里，他却是当今"英雄"，是"知己"。事实证明，他在左宗棠手下，也是干得愉快，干出了成绩的。左宗棠用兵陕甘新疆，他筹饷上千万；左宗棠收复新疆、建立行省、创建福建船政局制造轮船，杨昌濬提出了许多建设性意见；刘锦棠对左宗棠发生误解，两人关系可能破裂时，他及时出面解释、协调，确保了湘军团结。

天下断无不可做之事，人间只有懒得为的人。左宗棠善于用众，根本原因是他善于把握大计方针，又能够亲力亲为督办。一经确定的事情，他过问到底。迫使手下人开动脑筋，下功夫去做。这就是"习相远"了。"性相近"的人，只要努力做，可以达于上智。

大厦非一木所支，宏业以众智而成。三个臭皮匠，奈得何一个诸葛亮。

一人之智再长也短，众人之智再短也长。为什么很多领导者喜欢看《红楼梦》《三国演义》？因为这两本书中，有很多领导艺术。其中用众之道，就值得把玩。王熙凤得病在家调理，荣府的管理工作由王夫人负责。王夫人本来不太喜欢管事，加上怕累，于是找来李纨、探春、宝钗、平儿几个助手。正好王夫人出去有事，这几个人就真枪真刀干起来了。其中有一件事是做得很好的，那就是改革大观园的管理。过去院里的花啊，草啊，树啊，竹啊，果啊，田啊，土啊，都是花钱请专人负责。探春给改革了，她将这些项目承包给大观园中的工作人员。不仅省了钱，而且事情管理得比以前更好了。这几个人既无管理经验，也没凤姐之泼辣，却能够管好管出效果，关键是她们善于商量，变众短为众长。

真正优秀的领导者，一定善于使用普通人才。吕不韦本人也是如此。他的府中人才成百上千，各色各样，为他出谋划策，为他东奔西走。正因为有这些人才，才有《吕氏春秋》传于后世；才有本事培养了一代伟大的雄主秦始皇。我们在赞叹吕不韦的时候，绝不要忘记他的背后之众，他们才是吕不韦成功的依托啊！

原发《醒狮国学》2014 年 8 月（中）

全生之道

楚王特别崇拜庄子，得知庄子在涡水钓鱼，专门派人带着厚礼去请他到楚国做官。特使阐明来意后，庄子不为所动地说："听说楚国有只三千岁的神龟，被楚王杀死，珍贵地供奉在庙堂之上。请问这个乌龟是死了被人供奉珍贵呢？还是活在泥水之中珍贵呢？"特使回答："当然是活着珍贵。"庄子说："我也是这样啊，宁愿在泥水中曳尾而行，也不愿意被供奉在庙堂之上啊。"

庄子曾做过漆园吏，生活贫穷困顿，却鄙弃荣华富贵、权势名利，力图在乱世保持独立的人格，追求逍遥自在的精神境界。按照他的意思，做官有损自己的人格；不做官，自己活得开心。然而，社会管理总是要人去担任，倘若大家怕损害独立人格、自由而不去管理社会，不去做领导者，整个社会、国家、单位、组织岂不乱套！那么有没有两全其美的办法呢？有，就是《吕氏春秋》主张的全生之道。

《吕氏春秋》认为人生有四种状态："全生为上，亏生次之，死次之，迫生为下。"什么是全生？什么是亏生？什么是迫生？全是指完全，亏是指亏损，迫是指强迫。战国时期，哲学家们将生、死、眼、耳、口、鼻定为人的六欲，以六欲的满足与否以及满足方式作为衡量人的生命价值的标准，六欲各得其宜，就是全生；有所亏损就是亏生；不得六欲，就是死；

屈辱没有尊严、苟且没有道义地活着，就是迫生。迫生不如死。对于人来说，全生是最重要的。全生然后治理国家，然后治理天下。

要做到全生，就要尽可能求精，不要为众多的用人所负累。精是精炼，精干，精粹。从数字上讲是不求多，从质量上讲是不求滥，是以最精粹的人力资源——而不是最少，获得最大的管理效益。吕不韦认为："多官而反以害生。"官多、人多，不仅领导者要花时间去管理他们，而且官多必杂，人多必乱。一个组织，干部太多，就不是办事，而是办人。领导会因人、因官太多而苦恼。二战后，福特公司陷入巨大的发展困难，福特三世大刀阔斧精简机构，裁减人员，企业得以起死回生。湘军能打硬仗、狠仗、死仗，起重要作用的是淘汰制度。招勇时，好中选好，强中选强；一仗下来，撤掉得病的、受伤的、怕死的、油滑的。曾国藩强调军队"不贵多而贵精"，"有时亦以人多为累"，将核心放在建立精兵之上。1858 年秋，刘长佑率领三千邵阳湘军在江西新城阻击从福建进入江西的太平军，当时林彩新、石镇吉等拥有军队十万之众。邵阳湘军有一半人得疟疾，然而打仗不慌不忙，齐心协力，冲锋陷阵不怕死，一个月内与太平军打了 12 仗，取得 12 连捷，打死太平军 2 万多人，连续取得以少胜多的胜利，靠的就是一个"精"字。

善用全生之道，必须讲求轻重。吕不韦认为："不知轻重，则重者为轻，轻者为重矣。若此，则每动无不败。"领导的心中要有一杆秤，懂得什么是轻，什么是重。轻重不分，决策就会紊乱。本来是该做的，不敢做；本来是不该做的，却做了。对这种情况，领导者还自以为得计，做得蛮好，结果必定是失败无疑。秦国统一六国后，面临着两个形势：一个是国内急于统一思想、稳定人心、安定社会；另一个是面对匈奴南下，侵略中原。这两件事，到底谁轻谁重？当时匈奴虽然日渐强大，但是远没有达到对秦发动大规模战争的程度；秦国虽然经历战乱，还没有恢复，但是抵抗匈奴入侵还是绰有余裕。这个时候，将基本国策定为防范匈奴，倾注大量人力、物力、财力、民力、兵力于北界，必然导致民怨沸腾，引发矛盾冲突。陈胜一呼，天下响应，顷刻之间，大秦帝国，分崩瓦解。刘邦一统天下，匈奴危险犹在，白登之围令天下震动。然而，刘邦和他的智囊团没有将重点放在对付匈奴之上，而是致力于休养生息，加快发展，恢复一穷二白、萧条凋敝的国计民生。一百年之后，国家强大了，于是汉武帝罢黜百家，独尊儒术，一改韬光养晦、屈膝和亲之政，对匈奴实施零容忍，不数年而大败匈奴，消除了威胁。假如秦始皇及时调整国策，重点安抚百姓，发展经济，减少劳役，中国的历史是否又会是另一番景象呢！

全生之道，需要人远离危害。从养生的角度来讲，就是不要接触对生、死、眼、耳、口、鼻有害的东西。明明看了就眼瞎，听了就耳聋，嗅了就呕吐，吃了就死去，也去看、去听、去嗅、去吃？这不是自投罗网，又是什么！聪明人必须善于取舍，"利于性则取之，害于性则舍之"。这就是"全性之道"。对于有危害的东西，东汉时期为刘秀重整河山立下了汗马功劳的名将吴汉提供了三种可供选择的态度。他说："上智不处危以侥幸，中智能因危以为功，下愚安于危以自亡。"上等智慧的人，处于危险的境地，不侥幸，要想办法避免危险；中等智慧的人，能够将危险转变为成功；愚蠢的人，安于危险，最后招致失败。吴汉曾经两次处于危险之中，两次都转危为机，取得了成功。一次是建武三年攻打广东，被周建率领的援军反包围，自己负伤，骑兵失利；另一次是进攻成都，迫近敌人大本营，被公孙述 20 万军队包围。第一次他组织了 3000 人的敢死队与敌人拼命，第二次他组织队伍躲过敌人的视线，悄悄与副将会合，最后击败了敌人，成功化解了危急，取得了胜利。前几年当美国的次贷风波引发金融危机，导致世界经济滑坡的时候，有些地方提出了弯道超车的发展理念，以此激励与凝聚人心，实现发展的转型与超越。

一个人真正按照全生之道去做，切实做到了全生，那么他的领导艺术

周玉柳

361

就会达到"不言而信，不谋而当，不虑而得"的高度，他们的智慧通彻宇宙万物，包裹一切，而不会受到泥滞，不论是处于上位，还是做一个普通人，都会明澈事务，不会骄傲昏聩。

原发《醒狮国学》2014 年 9 月（中）

从《100 ≠ 100×1》说孝道

我与刘诚龙相识，不记其年矣。观其为人，则有如东风呇上的煤，黑而发亮；又如朗概山，高峻而秀丽；他的心则似三溪的水，常常湍急，但是清澈见底；更似仓场宋代古建筑群，始终还是那个老样子，朴直简约。我喜欢他，因为他不仅文章写得好，而且做人也好。

近十年来，老小子写了四五百万字，国内七八家出版社给他出了十多本，堆起来比他个子还高，这就是古人所说的著作等身吧。老小子的文章我读过几百篇吧，叫我流连忘返，叫我神游八极。最近由天津教育出版社出版的《心心点灯》，我叫好没叫疲倦，还是要叫好。这本书好啊！开书第一篇叫作《100 ≠ 100×1》。读罢全文令人叹为观止，我情不自禁地说，这才是善行民族风的好孝文。

古代讲究孝道。孝，上面是个"老"字，下面是个"子"字，老子年龄大了，需要小子来赡养，所以儿子在下背着老子。这就是孝。儿子不背老子，就不是孝。为了倡导孝道，就有二十四孝那样的文章传世。里面有一个故事，说是有个老子病了，要吃黄河鲤鱼，才能快快地好起来。黄河的鲤鱼不难搞到，可是老子病的不是时候，正直隆冬季节，黄河正结着厚厚的冰。黄河结冰，其实也就是黄河得病。黄河不结冰，又怎么考验人间的孝道呢？这个儿子很孝顺，按照别人指点，脱了衣服，躺倒冰上，硬是用体温，融化了一个冰洞，鲤鱼从那里跳了出来。父亲吃了鲤鱼，病就好了。

这个故事本来有名有姓，好像真的一样。千百年来，不知道有没有人相信，反正我是不相信。我们南方冬天的河不结冰，勇敢的人去冬泳。冬泳的人，一个个在河中，像鲤鱼一样，游来游去，还挺舒服的。冬泳我是看到过，但是从来没有听说过，有人敢躺在河岸，享受寒冬。据说北方很冷，撒泡尿都结冰，一个人要脱掉衣服，躺在冰上，又不是练寒冰术，像杨过在古墓中，睡寒冰床，可以祛除百病，强身健体。一个人脱掉厚厚的棉衣，光光地躺在黄河寒冰之上，莫说要将病冰融化，就是用身子去捶，黄河的冰也会丝毫无损。也许北方人经冻一些，要是我去的话，只怕冰没有融化一点，人早结成硬硬的冰棒了。所以，这个儿子虽然行孝道，却用的是显然不可行的办法，不仅做不到，而且极其有危害。看到儿子行此徒劳无益且有害的孝道，我想要是我是绝对不会要儿子去冒险的。为什么？因为违背了基本的人性。行孝道，必须讲人性。不讲人性，就非孝道。刘诚龙的文章，写媳妇对婆婆的孝，是生活中极其普通平凡的事情，只要有心，谁都可以做得到。不需要高深莫测的道理，也不需要跋山涉水，让父母享受到儿女的孝顺，又不危及生命安全，才是孝道。

有人说，读《陈情表》而不流泪的，非人啊。《陈情表》书写的是一个特殊时期一个特殊人的孝道。晋朝，我们大家知道，是夺了魏国的天下为自己的天下。夺了别人的江山，司马家还是有点不好意思，毕竟名不正，于是就制定了以孝治天下的国策。以孝道著称的陈密就被推荐到朝廷去做官。这本来是求之不得的事情，可是这个陈密不通味，觉得自己虽然才高几斗，但看不起晋朝的皇帝，然而又怕得罪司马氏，于是写了一篇千古名篇《陈情表》，来说明自己不能为朝廷效力的原因。陈密这个人命途多舛，早早死了老子，娘也改嫁了，自己没有哥，没有弟，又少叔伯，只有一个奶奶，更糟糕的是他从小体弱多病，是奶奶一把屎一把尿把他拉扯大。这样悲苦的人生经历，为陈密不做晋朝的官，提供了很好的理由！这就是《陈情表》产生的原因了。这篇文章极言孝道，情理并茂，不能不让人同情。不过文虽好，却有一个问题。由于陈密个人太具特殊性，世人大多不会有他那样的经历，所以要学习他比较难。特殊性太强，不利于推广。真正优秀且有推广价值的文章，是写普通人平常事的文章。

为什么说《100 ≠ 100 × 1》是好孝文，就是刘诚龙写了生活中最普遍但存在几千年的一个永远也不乏味不过时的题材：婆婆、媳妇、儿子，三者关系千年来扯不断，理还乱，说不清，道不明。有些人看了海清演的《蜗居》，不害怕婆婆儿媳，是不可能的。婆婆和媳妇之间，其实没有大不了的事情，然而就是这些大不了的东西，往往闹得鸡飞蛋打，家庭不和睦。刘诚龙写的就是这么一些鸡毛蒜皮的事。

刘诚龙的爱人小艾老师是很贤惠的，有坪上女性典型的敬老爱老特点，人也很老实，不多话，不多名堂，待人很诚恳。可是刘诚龙这家伙居然还误解了自己的老婆。什么事情？小艾给她女儿的钱是一整张红票子，给她婆婆的则是"琐琐碎碎"的。琐琐碎碎，就是10块、20块一张的，每次都是一扎。刘诚龙这家伙看到只给他老娘小票子，却给女儿大票子，心里就有点不舒服，以为老婆厚此薄彼。开始他还忍着，几次之后，终于忍不住向他老婆发难，没好气地质问，你怎么给女儿红票子？给我老娘小票子？（写到这里，我偷笑一会儿）想象这小子一定是面红脖子粗的。按照一般逻辑，小艾应该反过来发脾气，给刘君一顿好果子吃。可是小艾不发脾气，她耐心地向他老公解释。原来是刘诚龙观察失误：小艾发现，她婆婆想吃点零食，但是舍不得花钱，准确讲是舍不得找开100元的票子去买零食，要是小票子，她老人家就会买点东西吃。果然，老人常常嘴边有点零食吃。他女儿呢，舍得花钱，要是给小票子，100元很快就花完，给整票子就舍不得找开。这样女儿虽然给的是整钱，却一直舍不得用；给婆婆的虽然是零钱，婆婆却会买点零食吃。对婆婆，可以说是尽到了做媳妇的孝道，对女儿却起到了教育其节俭的作用，真可以说是一举两得啊！小艾解释后，刘君释然，一块石头落了地，皆大欢喜。刘君颇有感慨，于是写出一篇妙文，活生生将我秒杀。小艾的做法行孝道之致，又极其容易，可以学习，可以模仿，所以说刘君的文章为好孝文，就是这个原因！

最近某学校推出孝的教育，早晨5点要学生们跪拜孔子。孔子是古代的圣贤，跪拜一下，以个人而论，无须非议。然而组织一校学生齐刷刷跪拜，就大可不必。我真不知道是校长脑壳进水了，还是得病了。人与人之间是平等的，哪怕是圣贤，和普通人也是平等的，无须跪拜，更不能组织集体拜。像这样的学校，就是不懂得什么是真孝顺了。什么是真孝顺？小艾的做法就是。什么是真孝文，刘诚龙的文就是。学古代的孝文，不如学今日之孝文，则国家幸幸，民族幸幸，家庭幸幸！

原发 2015 年 3 月 2 日《天津日报》

周克臣

周克臣，新邵县人。湖南省政府文史研究馆馆员，湖南省体育局原副
巡视员。为中国作家协会会员、中国摄影家协会会员、湖南师范大学兼职
教授。出版各类作品 500 余万字。

"童子骨"炖萝卜

去年夏末，朋友邀我去衡阳，为尽地主之谊，特地请我去一家开业一年多很有特色的酒店用餐。朋友请我点菜，叫来了大堂经理亲自服务。我说，来一份清炒萝卜丝。经理说：没有，只有筒子骨炖萝卜。我说，既然有筒子骨炖萝卜，便有萝卜了，为何不能来一份清炒萝卜丝呢？他回答说：我们店里不做。那就没有办法了，这是在人家店里，又不在你自己家里，想吃什么可以自己下厨房去做的。

我不想使请客的朋友为难，便说，你将菜谱拿来，我来选一个菜。一看菜谱，天啦，原来是"童子骨炖萝卜"！

开酒店，面向社会。菜谱、招牌、楹联，包括其他随处可见的文字，都应当规范，有美感。让大家感觉，在你这里既有做客的尊严，又有家庭的温暖；既有美食品尝，又有文化享受。将"筒子骨"搞成"童子骨"，人家敢来吃吗？筒子骨就是直骨，童子呢？便是儿童了！毛骨悚然啊！

其实呢，也不仅是这一家写成"童子骨炖萝卜"的。前几年我在长沙大街上，就看见过某家店子用偌大黑体字红底大书招牌立在街边："童子骨炖萝卜"！识者莫不咋舌！后来，我去我弟弟工作的地方。他特意请我到当地最讲究的宾馆吃饭，我讲了衡阳这个故事。他大笑之后，拿起菜谱一看："天啦！我们这里也是'童子骨炖萝卜'！"就在不久前，我去长沙一家饭店吃饭，这家饭店严格讲来是"土菜馆"，却大大地写上"×花香一中国驰名商标—××饭店"，推出"特价菜"招徕顾客，墙上大字招贴赫然入目："童子骨炖海带，5元！"

这是商家的错误。如今市场经济快速发展，商流汹汹涌涌，"老板"满天飞，难免泥沙俱下，有些人只认钱不认字，文化素质是不大讲究的。现在到处都在强调文凭，这对整个社会重视文化学习当然是好事。但追求高学历似乎走到了畸形变态的程度，使文凭的质量、文凭的来源大打折扣。你只要往大街小巷上走一走，墙上、地上、厕所里、垃圾桶上，到处都写有办证的电话号码，成为头痛的城市"牛皮癣"。说不定，有些人的文凭就是持这些电话号码的"牛皮癣人"提供的。难怪有人说，文凭就像亚当夏娃那块遮丑的树叶，有些人利用这一方纸来掩盖他的无知、愚蠢与狂妄。所以，如今错别字到处泛滥成了社会现象，并不奇怪了。除了是对中国文字的亵渎之外，更为严重的是害了青少年，害了子孙，是严重的社会责任感缺失行为，尤其是电视荧屏和出版物上的错别字，更加不能容忍。

我想说的最不应该出现的是书法家写错别字。

书法家是写字的艺术家、专门家，应当对中国文字有相当程度的了解，否则，如何妄称书法家？如今有些书法家或书法爱好者，似乎对书法的基础——汉字，缺乏必要的认识，便气宇轩昂地挥毫泼墨，笔走龙蛇，以致错字别字不乏其作。而人们总认为，你既然是书法家，你写的字肯定不会错的了。以讹传讹，岂不害人匪浅?!

诚然，书法家不可能一辈子不出现手误笔误。大凡出现手误笔误写了错字别字之后，要能及时改正，或者在落款时说明，也是无伤大雅的。还有些书法家虽然写错了字，但没改变文字的本意原意，倒也不至于贻笑大方。但是，有些书家出现手误笔误写了错字别字，将文字的本来意义搞得让人啼笑皆非。

不久前，我见到一位知名度很高的老先生的隶书作品，内容是王勃的《滕王阁序》。其书法造诣无可厚非，非我辈可以望其项背也，只是其中写错了两个字，使这幅作品的价值打了折扣。一是王勃在这篇骈体文快结束时有句客套话、谦逊语，曰"敢竭鄙诚"，意思说，我大胆地向大家奉献出我微不足道的诚意。鄙者，卑鄙的意思，是自谦之词，如鄙人、鄙作、鄙见之类，可是，老先生在书写时，将"鄙"字笔误为"彼"字，意思便完全搞反了，将自己换成了别人，"敢竭彼诚"，岂不是奉献出别人的诚意？文的最后，王勃有八句诗，最后两句是："阁中帝子今何在，槛外长江空自流。"老先生将"阁中帝子"误笔为"阁中弟子"了！这里的帝子指的是滕王李元婴，他为洪州刺史时，在南昌建了阁，人称滕王阁。他是李渊之子，所以称帝子。如果称弟子，便不知何意了！

我还看到一部装饰得很精美的书法集，卷首有一位先生写的文章，详细介绍书法作者是从事新闻出版工作几十年的老艺术家！这位"老艺术家"书法作品的艺术水准，在下无暇妄加评论，只是其中的两处错别字，让人莫名其妙。他书写了一位领导作的诗，有一句是："弹指已过五五春。"意思是说，弹指间我已经55岁了！却把"弹指"写成了"弹子"。书法中是如是写，释文中是如是注。不知是书法作者之错，还是诗文作者之错。你这么一写，盖因不懂"弹指"的本义，本想拍领导的马屁结果与领导"并肩"出了洋相。弹指者，时间短暂也。佛经说，二十念为一瞬，二十瞬为一弹指。而弹子呢，弹丸之谓，亦是台球之谓，讲的是物品，不是时间。这位老兄还书写了李白的"朝辞白帝彩云间，千里江陵一日还。两岸猿声啼不住，轻舟已过万重山"。这是小学课文里都收录的。问题是这位仁兄在落款时将诗名"早发白帝"写成了"早髪白帝"。"发"字作为简体字，"出发""头发"通用。但作为繁体字，出发的发（發）与头发的发（髪）不能通用。不能认为简体字相同，繁体字便是一个字了。早发白帝，是清早从白帝城出发。而早髪白帝，岂不是白帝很早就长白头发了?! 这本画册是一家名气很大的出版社出版的，看责任编辑名字，也是一位从事多年美术编辑的资深先生，不知为何没有改错。今年7月初，我专程瞻仰白石先生旧居。此地称星斗塘，盖传有星斗降落于白石旧居前那口大池塘而得名。而白石居室说明文中，竟将星斗塘写成星鬥塘。齐白石，国画泰斗文化大家也，此地出此错，很有些对白石不恭对瞻仰者不敬之嫌。斗，其一为容器，十升为一斗，十斗为一斛；另为星宿名，二十八宿之一，相对北斗而言，为南斗。唐朝刘方平诗《夜月》句"更深月色半人家，北斗阑干南斗斜"。鬥，争斗也，打架之意也。"鬥"字后来简化为斗，但"斗"字不可一概返繁为"鬥"，要弄清楚原意，如同"皇后"不能写成"皇後"一样。无独有偶。我有朋友，是一位成名的文化名人、书法名人，报出名字来想必大家都是知晓的。他书写了李白《将进酒》，作品挂在展厅醒目位置里，自觉而非自觉地将"斗酒十千恣欢谑"中的"斗酒"写成了"鬥酒"！将一斗酒，搞成鬥酒即赌酒了！

2005年夏，我赴南京，入住江宁金箔大酒店，"南京金箔"是闻名全国的大企业，其金箔产品几乎垄断了全国同类产品市场。在这家公司的展览大厅里，摆满了用金箔做成的各类艺术品，价值连城。其中的显要位置上，有一树偌大梅花，金光闪耀，雍容华贵，显摆着这家公司的尊贵与富有。上面刻有宋朝林逋林和靖先生的两句著名咏梅诗："疏影横斜水清浅，暗香浮动月黄昏。"我一瞧，不觉哑然失笑。你道为何？原来，"疏影横斜"中的"疏"字，上面加了个草字头，变成蔬菜之"蔬"！于是，梅花顷刻变成了蔬菜！这样价值连城的金梅花，也因一字之误变得身价大跌了！我出于好心对值班小姐说：这个字错了！她说，以前已经有人提出过了！意思大概是说："不只是你高明，人家早已高明过了！"我说，那为何不改正呢？姑娘似笑非笑，不置可否。于是便对这家闻名全国的里里外外装饰得金碧辉煌的大公司的文化素质产生疑问了！

某年秋，我陪几位书画艺术家赴内蒙古采风，回程去北京美术馆看某省一位人大常委会副主任的书展。省级领导啊，展品都是篇幅数米高的榜书大作，足以让你仰观而不可俯视。看到周敦颐《爱莲说》，立时驻步。怎么啦？"可爱者甚蕃"成了"可爱者甚藩"啦？错啦！身后一人说：我们主任怎么会写错呢？侧目一望，此人提着包，秘书模样！右前方一人腆着肚皮，踌躇满志，定是书展的主人了。便说：蕃者，茂盛也，多也；藩者，篱笆也，屏障也！你是要茂盛呢，还是要篱笆呢？主任插话了：我这是写的繁体字！我说：主任同志，蕃，就是繁体。车到石家庄，接到主任电话：谢谢！你是我的一字师！啊！到底是主任，水平大大地超过南京那位美女！

有一家医院，请领导题写了院名。为了体现文化，写了几个繁体字在其中。专科的专字，繁体字的上头是惠字的上半截，这位书者却将这个上半截写成了甫字，中间划了一横，下面再写了寸字，谁认识这是什么字？医院很虔诚，将领导赐的"墨宝"制成了牌匾，高高地一挂就是若干年，"皇帝的新衣"一样，谁也不讲此字写错了，谁也不说应将这块招牌换下来请那位领导再写一遍。你说是医院无文化还是写字人少修养？出了谁的洋相？还看到一本画册，前面照例有许多名人显贵的题词。有位领导大笔一挥将"圆满成功"写成"园满成功"。不知园子如何才叫满！编画册的先生们肯定不乏有识之士，肯定有人知道此字写错了，为了照顾领导的面子而不指出来。其实你不当面指出也行，找来一支毛笔，随便将园字中的元改为员，这位领导看到出版后的画册，人家改正了他的墨宝，或许会觉悟，下次便不会将这个字写错了，应当相信领导的水平嘛。你不改正，印成了画册，发行出去，说不定某年某月某日某人心血来潮，将此画册翻了开来，又会喷饭。这位领导的墨宝便"永垂不朽"了！

今年7月底，我游览广西灵渠万里桥。有对联："物换星移总是千年古韵；南通北达堪乘万里长风"。桥旁有石碑，刻了"万裡如归"四字，怎么将"里"字刻成了"裡"字？年号是大明成化癸巳（1473）秋，落款是吴玉，即撰《万里桥记》之人。吴玉在《万里桥记》里写的是里字，为何碑上的里字加了衣旁？寻思名胜古迹应该不会出这种错。后来查资料，方知此桥原无亭，吴玉为钦差，巡视此地，登桥遇雨，淋为落汤，脱冠弹水。讥曰："有桥无亭，有袍无冠。"时湖广都指挥陈望仁镇此，求其题字，吴有意错写成"万裡如归"，谓之让地方官"知错改错""千古戒勉"也。这是野史留下来的文人逸事，是有意错之还是无意错之，吾辈无意考究，一笑而已。

窃以为，有一定档次的领导者一般最好不要题词，要题词则一定要慎重。题词不同于讲话，讲话时讲了错字别字，听明白了的最多摇摇头，窃窃私笑了之，谁也不会去追究。曾经，有一位领导西装革履胸佩鲜花在大礼堂主席台上做汇报讲话，书记常委、正副省长、厅局负责人都参加了，够隆重的。汇报题材重要，稿子写得精彩，只是一念到"弘扬××精神"时，一而再地将"弘扬"念成"弦扬"，满堂听众上千人，"群贤毕至"，谁也不讲他念错了。讲了便讲了，听了便听了，错了便错了，风一吹无影无踪，天知地知人知，就是你不知。作为历史留了下来的是讲话稿，稿子上的字并没有写错。题词便不同了，白纸黑字，有些还被制成木石碑刻，流芳千古，马虎不得。不要旁边有几个好事者一阵阿谀怂恿，就热血沸腾，前无古人，瞬间以为自己真的是书法家文学家了。几个字写下去，书法功力差点，只是不好看而已，大都能理解："名人字嘛！"如果字写错了，真正地贻笑大方了，您老人家的形象便因此打了折扣了！

窃以为，做学问者编书编画册时，尽量不要麻烦领导、名人题词，"领导"是个风险极大的岗位，名人往往为名所累。弄不好，你编的作品会变成废品。当年胡长清在南昌大批量地题字写招牌，后来东窗事发，招牌拆都拆不赢，损失多大呀！任何作品都是靠内容取悦读者，不是靠名人、大人物和领导题词来提高身价的。谁见过诸如《西游记》《红楼梦》《三国演义》《水浒传》中国历朝历代传世佳作经典名著之类，有哪个当朝名人显要在前面题了词？

当然，出现错字别字在所难免。问题是出现之后，要及时处理，不能熟视无睹让其流传，这便是处理这些字的人的责任了。我曾经读过《湖南日报》一篇介绍大书法家欧阳询的文章，作者是知名的文化记者，自然是不会出现常识性错误的。但见报的文章中，唐高祖变成了唐高宗。唐高宗李治是唐高祖李渊的孙子。这里的错误可能源于电脑处理，但受苦受责的则是文章作者，因为上面明明白白署上了作者的名字！娄底宾馆四号楼一楼贵宾厅挂有已故老书法家傅国钦先生的一幅字，书写的是李白《黄鹤楼送孟浩然之广陵》："故人西辞黄鹤楼，烟花三月下扬州。孤帆远影碧空尽，惟见长江天际流。"这首诗脍炙人口，千古传诵的。然而，作品中的"孤帆远影"误写为"孤帆远望"了。傅老先生当年书写时已经90多岁高龄了，错字难免。但将这幅字装框张挂出来的人，应当采取补救措施，比如写一方说明贴上去，点上一笔：文中"影"误为"望"。这样，读者会赞扬张挂者的高明与负责。但是，几年前看到的是如此，几年后看到的依然如此。我与娄底友人谈及此事，调侃说：人家要将这个错版卖高价钱的。我说，那要将错指出来，人家才知道价值。不然，人家以为是无知者写成的，无知者挂出去的，碰到一个无知的买主，还是无知错版的价值！

其实，我在这里说人家写错别字，自己也是经常出错的。去年，我与湖湘文化艺术院的几位艺术家应湖南省政府驻海南办事处之邀赴琼岛。兴浓处，艺术家们纵情泼墨制成一幅山水画，嘱我写题记，我便将岳麓书院的一副对联题上："吾道南来，原是濂溪一脉；大江东去，无非湘水余波。"生生地将"无非"写成"除非"，当时没有觉悟，回到长沙看照片，发现这个字写错了！气得用写错字的右手直拍脑袋！可见手误笔误错字别字是多么顽固！本文中我提到的当事人，希望不要骂我。因为，我也是写错字别字的同道人。唯有大家一起努力，避免再吃"童子骨炖萝卜"！

原载湖南《作家天地》2008 年第 2 期

赵燕飞

赵燕飞，女，邵东人。中国作协会员，鲁迅文学院第十九届中青年作家高级研讨班学员。在《花城》《小说月报·原创版》《创作与评论》等刊物发表长篇小说一部，若干中短篇小说、散文，获第六届毛泽东文学奖。另有多篇作品被《小说选刊》《中华文学选刊》《北京文学·中篇小说月报》等刊物选载。出版中短篇小说集《浏阳河上烟花雨》《手心里的痣》《一声长啸》（敦煌文艺出版社）。主编有科普读物《世界未解之谜》（湖南科技出版社）。

哭泣的童星

　　男孩三岁，他表演完毕，从晃悠着的吊梯上面下来时，没有站稳。男孩一屁股坐到了地上，又慌慌张张急忙站起，对着观众招手谢幕。他一直咧着小嘴，我不知道那模样究竟是哭还是笑。我坐在第三排，我清楚地看到了小男孩脸上的泪水。这是某个节日的晚上，在一个座无虚席的歌厅里。据主持人介绍，这位小男孩是某杂技团的招牌明星。出名要趁早，这是张爱玲的名言。她可能没有想到，这个早，竟然能够早到三岁。关于童星，再早也早不过演戏的，只要出了娘肚子就行。如今层出不穷的小作家也令人瞠目结舌。刚学会说话就能弄个长篇出来，搞得我们这些码文字的大人们无地自容，几乎要砸了电脑金盆洗手，就算发些"伤仲永"的感慨，也显得十分的阿Q。小歌星小影星小作家，这些都无可厚非，顶多使他们的童年少了童趣。然而，对于杂技来说，三岁成名的艰辛可想而知。没有人不知道，台上一分钟，台下十年功。当然，这是夸张。否则，就算从精子追逐卵子的时候开始练功，也来不及练出三岁的小童星。也许，小男孩的第一个玩具就是吊梯。在他还不会走路的时候，他的父母或者他的师傅就扶着他爬吊梯了。可我不明白，那些高难度的动作无不充满了危险，一个一两岁的孩子又是如何学会的？为人父母的，又怎么放心那么小的孩子做空中飞人？吊梯从高空缓缓降下，音乐响起来。一个十一二岁的小女孩爬上去，小男孩紧随其后。我仔细看了看，还好，小男孩后腰上挂着一根保险带。吊梯升上高空，沿着逆时针方向画着大圆圈。小男孩使劲咧开小嘴，摆出各种惊险的造型，随着吊梯飞来飞去。台下不时发出鼓掌声、呐喊声、尖叫声。这一切，摇滚歌手们需要唱得声嘶力竭，跳得浑身湿透，还得不停地讨好甚至乞求观众才能得到。而这些孩子们，只需在空中轻飘飘地飞啊飞，观众的情绪立刻就高昂起来。高潮到了。小女孩仅用双脚勾在吊梯上，其余的身体都倒悬下来，她飞快地在脖子上系了个小绳套，又用这根绳套拴在小男孩的一双脚踝上。小女孩摘掉小男孩身上的保险带，小男孩的整个身体，就这样倒悬在半空。他唯一的支撑，就是小女孩脖子上的小绳套。小女孩的双手鸟翅般展开，小男孩的双手鸟翅般展开。两只小小的鸟儿在舞台上空飞啊飞。鼓掌声、呐喊声、尖叫声强烈冲击着我的耳膜。我不是一个很高尚的人，我也不是一个很矫情的人。但那一刻，我的心的确在抽搐。我们这一群麻木的看客，早已习惯看着别人被折磨、被欺压、被凌辱，甚至被砍头，只要"别人"与自己无关，我们就可以心安理得，就可以视别人的痛苦为自己的欢乐。鲁迅笔下的看客只是麻木不仁。几十年下来，看客们都进化成了消费者，看客们乐意掏钱去观赏别人的痛苦。而那些被看者，多半也乐意将自己的痛苦换成人民币，比如那些自残自戕的表演，比如那些贩卖自己隐私的作家。只有这位可爱的小童星，在掌声、呐喊声、尖叫声中，咧着小嘴流着泪。

刊于 2009 年第 10 期《雨花》

地球上最后一滴水是人类的眼泪

　　黄昏时刻，与朋友散步，至某繁华路段，发现一只小老鼠，比大人拇指粗不了多少，沿着人行道内侧，探头探脑往前爬。朋友反应快，冲上去，抬起高跟鞋，想一脚消灭那小鼠。小鼠挺机灵，左躲，右闪，朋友连踩了好几次，都没伤到它。我终于忍不住，叫道：饶了它吧！

　　朋友驻足，有点悻悻然：过街老鼠，人人喊打，你发什么慈悲！

　　它这么小！可能刚出生没多久！身为老鼠，再小也是死有余辜？

　　它这么小，能干出什么坏事来？又怎么会死有余辜？

　　我这是防患于未然，将罪恶扼杀在萌芽状态。

　　可它毕竟是一条生命，难道就因为它是一只老鼠，刚刚出生就得死？

　　我懒得理你！朋友哼了一声：你这人总是心太软！好心肠也不能善恶不分、是非不辨！

　　我一时哑然。是的，生为老鼠，就逃脱不了人人得而诛之的宿命。身为老鼠，为了生存，它们不得不去干那些被人类视为"坏事"的勾当。可是，对于一只出生不久的小老鼠来说，它还来不及干一丁点坏事，人类仅凭血统论，就非得将其先诛之而后快吗？

　　生物链上的每一环，都有它存在的理由。人类和其他动植物，只是这链条中的一环，但人类一向自诩为宇宙之主宰。人类破坏环境随心所欲，捕杀动物肆无忌惮，食用野生动物更是大快朵颐。因为人类的自以为是，1918 年的西班牙流感，四千多万人不幸身亡；因为人类的自以为是，20 世纪五六十年代发生的两次全球性流感，曾造成一百多万人死亡；因为人类的自以为是，埃博拉病毒来了、疯牛病来了、非典来了、猪链球菌来了，禽流感更是几次三番阴魂不散……

人类对自然界的疯狂攫取，已经遭受了一次又一次的报应。

最自私贪婪的莫过于人类，最欲壑难填的莫过于人心。人类为了一己之享受，总是视其他生命为草芥。而人类所谓的文明进程，也总是与破坏、掠夺和屠杀紧密相连。

地球上的每种生命，都有权利享受生命的幸福与和谐。如果人类对自己喜欢和需要的东西拼命攫取，对自己讨厌或不利的生命疯狂扼杀，那么，人类的末日就为时不远了。套用某广告上的一句话，那就是：地球上最后剩下的物种，将是孤零零的人类；地球上最后剩下的那滴水，就是人类的眼泪。

刊于《羊城晚报·花地》2006 年 8 月 22 日

曾令禄

曾令禄，笔名林绿、苏秋实、石建孝等，1937年2月13日生，湖南邵东县九龙岭镇人。1960年毕业于武汉大学，尔后在中国科学院内蒙古分院、邵阳市属工厂和市直机关工作，历任中共邵阳市委工交财贸政治部办公室主任、市档案局副局长、市地方志编纂委员会副主任等职。总纂有《邵阳市志·工业志》，编著有《邵阳文库·民间文学——灯谜卷》。创作发表多种文体作品上千篇，其中多篇获省级以上奖励。

"四"也吉祥

有位朋友趁近期房价松动，购得一套既宽敞又实惠的新房。我前去道贺时，他却紧锁双眉，说不该图便宜，购的房在四楼，共四室。我看了看房，连说不错，层次居中，比下层的采光好、视野开阔，比层次更高的容易爬。何况"四"也吉祥，我同老妻以及另立门户的儿子儿媳、女儿女婿，都住的是四楼呢。

"四"是常用数字，本无褒贬宜忌，受人忌讳的是它的谐音"死"。人人都说天堂好，谁又真愿进天堂？好死不如歹活嘛。这种数字忌讳别国也有。但认为"万物即数"的古希腊学者毕达哥拉斯（前572—前497）及其学派，却特别崇拜"四"，说"四"代表宇宙水、火、土、气四种元素，象征着造物主或宇宙的创造者。我们中国是文明之邦，历来敬重"四"数：人分士农工商四民，道德有仁义礼智四端，修养为孝悌忠信四德，治国用礼义廉耻四维，图书分经史子集四库，科学有造纸、印刷术、指南针、火药四大发明。从前孩子上学，要读《大学》《中庸》《论语》《孟子》四书；会用纸笔墨砚文房四宝；练习正草隶篆四体书法；掌握平上去入四声；若进一步研习，则有《史记》《汉书》《后汉书》《三国志》四史；有诗书礼乐四术；有琴棋书画四艺。儒家教以文行忠信四教，考以孔门四科（德行、言论、政事、文学）。人们按职业分工，农户喂的马牛羊猪谓之四扰（扰：驯养），商人精通加减乘除四则运算，中医用的望闻问切之法并称四诊，演员表演功夫为唱念做打四功,官员应记住杨震说的"四知"。《后汉书》载,东汉杨震任东莱太守时途经昌邑,县令王密趁黑送去十金,说"暮夜无知者";杨震拒收,反驳道:"天知、神知、我知、你知,何谓无知?"

广东人忌讳说"死",连"四"也改说为"两双"。若从数字风俗看,中华传统文化不正是崇尚对偶、喜欢好事成双吗?如称久旱逢甘雨、他乡遇故知、洞房花烛夜、金榜题名时为人生四喜;称忍、默、平、直为养生处世的"四印";还称麟、凤、龟、龙为四灵;梅、竹、兰、菊为四君子;燕、莺、蜂、蝶为花间四友……为了凑出"四"数,历史人物中便有远古四圣、商山四皓、战国四豪、唐初四杰、永嘉四灵、书法四大家、中国四大美女、京剧四大名旦之类,简直数不胜数。历史名人以四取号的也不少,如唐代诗人贺知章号四明狂客,金末红袄军领袖杨妙真叫四娘子,南宋著名文学家周密称四水潜夫,宋太医孙昉自号四休居士,意为"粗茶淡饭饱即休,补破遮寒暖即休,三平二满过即休,不贪不妒老即休"。凡此种种,谁说"四"有什么不好?至今,我们正在坚持四项基本原则,建设四个现代化哩!

也有人说,"四"与蚀、失音近,经商蚀本,投资失利,影响财运。说这话的人恐怕忘记小学音乐课上识简谱了。1234不是要唱成哆来米发吗?4就是发,财运大吉、四季发财、货畅其流、四通八达、生意兴隆通四海,就连财神爷也有四位呀!文财神是比干和范蠡,形象为头戴宰相纱帽、身穿蟒袍、五绺长须、手捧如意、足蹬元宝。武财神是赵公明及其弟子利市仙官姚少司,形象为黑面浓须,披甲执鞭,骑着老虎,身边堆满元宝。这当然只是一种民俗,却说明"四"也吉祥。不过,各地有不同数字风俗,经商者多了解点也好。多年前,中国红双喜牌乒乓球走俏世界,日本人也很喜欢,却不买;外贸部门了解到,原来日本人忌"四",于是将每盒四个改装为两个,生意便马上红火起来。我向朋友告别时,开玩笑说,如果数字有灵性,你这四楼四室的住房真好:发,发!

棋摊感悟

我年逾花甲，闲居在家，每日读读新到报纸，翻翻旧藏书刊，看看电视节目，查查孙子作业，别无公私事务能管，更无"有偿服务"可谋。天气好，上街去，朋友见问："去哪发财？"答："楚河汉界。"不消两分钟，便到宝庆西路与西湖路交会处。此处闹中取静，沿清真寺遗址的围墙摆开十几个棋摊，士相马车，阵容整肃，楚汉屯兵，营垒分明。老棋迷见了，得借用电影《铁道游击队》里一句唱词赞曰：这是我们杀敌的好战场。

杀什么敌？杀危害健康长寿之敌。人到老年，适当运动，节制饮食，平衡心境，防治疾病，乃至关紧要之事。而小小象棋摊，犹如疗养院，盘为运动场，子作养生丸，蕴含着诸多养生义理，吸引着大量"疗养员"哩。

先说运动。适合老年人锻炼身体的体育运动项目很多，下象棋是其中一项。象棋发明以前，"尧造围棋"，功能一样，开发智力，娱乐身心，消遣闲暇。孔子说："饱食终日，无所用心，难矣哉！不有博弈者乎？为之，犹贤乎已。"那意思是：成天吃饱喝足不干事也不动脑筋，不行啦！不是有博彩、下棋的活动吗？干干这些也比闲待着好。连2500年前的孔老先生也知道下棋有益健康，还用今人饶舌吗？

当然，棋摊下棋条件差，但差条件正好锻炼。这里露天对垒，傍黑鸣金，天雨休战，劳逸适度，有益身心。这里无中央空调，夏刮南风当电扇，冬出太阳送温暖，免费享受日光浴，不会害什么"空调病"。这里无软席包厢，仅有三片木板钉成的矮板凳，胖子坐上去吱吱响，有利于腹部收缩，可防止颈椎骨变形，每日去正襟危坐一阵，不比关在家里打坐练功差。这里无佳肴美味招待，连清茶淡水也不供应，就不用担心"喝伤了身体胀坏了胃，吃得单位无经费，职工去告纪检委"。这里无佳人美女奉陪，不惹肾虚精亏之祸，更远花柳梅毒之源，正中了"人要寿，灵台密闭无情窦"的古训，是"避色如避难"者的安全清静去处。这里无贵官阔佬驾临，免哈腰迎送之劳，少喝四吆三之扰。棋老板平等待客不宰客，童叟无欺亮价码：输棋者付两角钱盘租费，和棋赢棋免费。同那些"喝几口可乐，听几首旧歌，打几个臭啵，出门结账三千多"的高档娱乐场所比，这里简直成了囊中羞涩的老棋迷们的消费天堂。

诗仙李白"一日须倾三百杯"，尚且感慨"人生在世不称意"，我们凡夫俗子不是济公活佛，哪能"无烦无恼无忧愁"呢？下棋能稳定情绪，调节思路，陶冶性情，消除烦恼。《南部新书》载：仆射官李讷性子急躁，下起棋来却非常安详。每当他暴躁盛怒时，家里人便暗地将棋具放在他面前，他一见便取棋拨弄，欣然改容，火气顿消。我们这帮老棋迷在家里待闷了，信步来到棋摊旁，见群雄毕至，搏杀激烈，不亦乐乎？那四周"嘉宾"或虚怀袖手，观棋不语；或自摇羽扇，指点江山；或急不可耐，越俎代庖，不都是在分享弈棋乐趣吗？那座中"统帅"或成竹在胸，指挥若定；或兼听则明，随机应变；或旁若无人，"天机云锦用在我"（陆游诗），不都是乐在其中吗？弈到中局，楚河翻腾，高潮迭起，汉界震荡，险象环生，双方搏杀者眼里唯看盘子，手里仅抓棋子，管它人生如棋还是棋如人生，什么烦人的帽子位子、摊子票子、房子车子、孩子孙子……统统漠然置之，一路尽兴杀去，直达"心旷神怡，宠辱皆忘"境界，顾什么个人的进亦忧退亦忧呢！纵然哪一天遇到了柳大华、胡荣华一类超级杀手，被杀得四面楚歌，一败涂地，片甲不留，老帅推磨，也是兵家常事，无足挂齿，充其量数过块把几毛钱盘租了事。尽兴而归之时，老妻"虞姬"依然在，"江东父老"照样见，绝对不会落个乌江自刎的下场。读者对此若有怀疑，不妨亲临棋摊一试，那座中胖老倌准是曾某，我们后会有"棋"。

后 记

刘诚龙

领命编选《邵阳文库·现当代杂文选》，是为邵阳前贤之家国情怀而激荡，更为当代邵阳很多精英不谋稻粱而谋思想所激荡，这本选集里，不说群贤毕至，却也高朋满座。有老作家如《人民日报》资深编辑、著名散文诗作家刘老刘虔先生，有掌握舆论方向、摛笔社论如庖丁解牛的《湖南日报》高级编辑谢老谢石先生，有文学、新闻、书法、摄影等三栖四栖的老报人周老克臣先生……他们以其丰富的阅历、深广的见识，赓续魏源、蔡锷等先贤的思想传统，忧国忧民，激浊扬清，他们是领头雁，带着我们后生飞。自然，邵阳杂文当家好汉，是一批行走在湖南乃至全国一线的壮年作家，如肖仁福，如张建安，如陈柳钦，如周志懿，如张小牛，如李勇，如李跃；尤其可赞者，还有好几个娘子军，如赵燕飞，如罗小凤，如袁娇素，如刘草心，为杂文界着了一道曼妙色彩，阴阳因此调和，刚柔由此相济。可喜的，还有好几位八零九零后，与前辈比，他们见识或许窄些，思想或许浅些，却是代表着邵阳文学的未来，是希望之所在。

杂文是思想文本，也是文学文本。邵阳地处偏僻，有个好处，便是山水养人，山水养文。跟您吹个牛皮，鄙人没门户之见，对各种风格都真心喜欢，刘虔之诗意，肖仁福之铺陈，谢石之幽默，刘文华之谨严，周玉柳之正音，李勇之俏皮，李跃之以诗体作杂文，陈杨桂之以古鉴今，入得我眼来，我选入书来，赤橙黄绿青蓝紫，都持彩练当空舞，力图声音多声部，力图文采多色调。

这本《现当代杂文选》，是最先安排在《邵阳文库》的，被我拖了三年，其中缘故，第一是我疏懒甚，一万年太久，没争朝夕；另外也是在等文章送上门来，别说现在是通讯时代，微信微博，电视电话，人山里喊人，人海里捞人，看似联系容易，奈何高人要隐。他要隐于市，隐于朝，隐于宅，介子推隐于山水间，举火烧绵山，也烧不出他来。曾有"邵阳鲁迅"之称的左郁文，写得一手好杂文，出版过《一吐集》《两半集》《三品集》《四顾集》，他曾有豪情，要五六七八九十，一路集下去，奈何英年早逝，早早隐于山阿，山烧光他也不出来。我多次托人找他后人，找了大半年找不到，他的杂文便没选进来——还有多少好作家，多少好杂文找不到呢！为让此书显得厚重些，不瞒您说，也选了一些水准不怎么样的，使得此书既有遗珠之憾，也有鱼龙之恨。还要说的是，徐志频写过一本《湖南人怎么了》，对湖南所有地州市之人情物理全息描述，描述了一部"湘人性格全景图"，其中有《打手邵阳》，将邵阳人称为"湖南的打手"，是褒是贬？邵阳人可以对照其文，镜鉴镜鉴。徐先生是本书唯一一位非邵阳籍人，选他大作，是他对邵阳人解读得很有趣味。还好，他是邵阳的"外甥"。

搞选本，素来是不讨喜的事，何况鄙人眼光那么差，阅读那么少，知我者会罪我，不知我者更会罪我。隋炀帝知道罪他的人很多，他有自知之明，"好头颅，谁将斫之？"我没好头颅，却有一个烂脑壳，姑且等着时人与后人来敲。

图书在版编目（CIP）数据

现当代杂文选 / 刘诚龙主编.－－北京：光明日报
出版社, 2021.4

（邵阳文库.丙编；012）

ISBN 978-7-5194-5856-0

Ⅰ.①现… Ⅱ.①刘… Ⅲ.①杂文集－中国－当代
Ⅳ.①I267.1

中国版本图书馆 CIP 数据核字 (2021) 第 056728 号

现当代杂文选（邵阳文库·丙编012）
XIANDANGDAI ZAWEN XUAN

主　　编：刘诚龙	
责任编辑：刘兴华	责任校对：傅泉泽
装帧设计：蒋偲昕	责任印制：曹　净
特约编辑：苏争鸣	

出版发行：光明日报出版社

地　　址：北京市西城区永安路106号，100050

电　　话：010-63169890（咨询），010-63131930（邮购）

传　　真：010-63131930

网　　址：http://book.gmw.cn

E - mail：gmrbcbs@gmw.cn

法律顾问：北京市兰台律师事务所龚柳方律师

印　　刷：中煤（北京）印务有限公司

装　　订：中煤（北京）印务有限公司

本书如有破损、缺页、装订错误，请与本社联系调换，电话：010-63131930

开　　本：170mm×240mm		印　　张：26	
字　　数：300千字			
版　　次：2021年4月第1版			
印　　次：2021年4月第1次印刷			
书　　号：ISBN 978-7-5194-5856-0			
定　　价：100.00元